CH.-M. DES GRANGES

—

LE ROMANTISME ET LA CRITIQUE

—

La Presse Littéraire

sous la

Restauration

1815-1830

> Quand je voudrai me faire une idée nette
> des mœurs d'un siècle, je la chercherai moins
> dans les faits que dans la manière dont ils sont
> racontés par les contemporains, et dans l'im-
> pression qu'ils ont produite sur ceux qui en
> ont été les témoins.
>
> Guizot. *Archives philosophiques*, nº 1, 1817.

 *(décalé)*

PARIS

SOCIÉTÉ DV MERCVRE DE FRANCE

XXVI, RVE DE CONDÉ, XXVI

MCMVII

LA PRESSE LITTÉRAIRE

SOUS LA RESTAURATION

DU MÊME AUTEUR

CH.-M. DES GRANGES

—

LE ROMANTISME ET LA CRITIQUE

———

La Presse Littéraire

sous la

Restauration

1815-1830

Quand je voudrai me faire une idée nette des
mœurs d'un siècle, je la chercherai moins dans
les faits que dans la manière dont ils sont racontés par les contemporains, et dans l'impression qu'ils ont produite sur ceux qui en ont été
les témoins

Guizot. *Archives philosophiques*, n° 1, 1817

PARIS
SOCIÉTÉ DV MERCVRE DE FRANCE
XXVI, RVE DE CONDÉ, XXVI

—

MCMVII

JUSTIFICATION DU TIRAGE

INTRODUCTION

I

La plus belle et la plus rare forme de la critique est, incontestablement, celle que l'on croit railler ou déprécier en la traitant de *subjective*. Un homme *qui sait lire*, qui est un penseur et un philosophe, qui a le goût fin et la sensibilité juste, s'il nous dit ce qu'il éprouve à la lecture d'un livre, *nous apprend à lire :* il nous aide à prendre conscience de nos propres impressions, et à dégager du trésor d'humanité renfermé dans les chefs-d'œuvre tout ce qui convient encore à notre temps et à nous. La critique de ce critique vaudra ce qu'il vaut lui-même. Voilà pourquoi il y a, tout compte fait, un si petit nombre de grands critiques. Mais contre ceux-là, qu'ils s'appellent, pour ne citer que des morts, Sainte-Beuve, Prévost-Paradol ou Nisard, les chicanes de détail ne prévaudront jamais. Ils peuvent (ce qui est rare) s'être trompés sur une date, avoir mal connu la *bibliographie* de leur auteur et cité un texte d'après l'édition qui n'est pas la meilleure, peu importe ; ils restent aussi supérieurs aux érudits, que « l'esprit de finesse » l'emporte sur « l'esprit de géométrie ».

Quant à ceux qui écrivent l'*histoire littéraire*, considérée soit dans son ensemble, soit dans une période restreinte, ils font ou ils essayent de faire de la critique *objective*. Telle qu'on la pratique aujourd'hui, l'histoire littéraire est parvenue à un tel point de sûreté et de clairvoyance, qu'elle semble bien avoir définitivement constitué sa méthode et sa forme. Mais, on doit l'avouer, s'il est un défaut qui guette incessamment la critique *objective*, c'est le retour inconscient au *subjectivisme*. Est-ce un défaut au sens propre du mot ? Non, sans doute, s'il est vrai qu'on a toujours plaisir et profit à rencontrer dans un livre des idées et des sentiments : on s'attendait de trouver un érudit, et l'on trouve un homme.

Mais cette contradiction n'est pas toujours heureuse ; et elle est en soi la ruine de toute méthode. Le subjectivisme, s'il se glisse dans la critique historique, y agit comme une sorte de dissolvant. Tel critique prétend reconstituer le *milieu* et le *moment ;* mais il tire cette reconstitution soit du chef-d'œuvre même qu'il étudie, soit de son propre fonds. Il s'est fait, de la meilleure foi du monde, une idée préconçue d'un siècle, d'une civilisation, d'une société ; et c'est son imagination qui dresse et plante le décor. Il cite des documents ; mais il est guidé, dans leur choix, par la nécessité de soutenir sa thèse ou de ruiner celle d'autrui. Et l'on dirait qu'il ignore ou qu'il élimine tout ce qui ne rentre pas dans son *système*, système d'intellectuel ou de moraliste, non d'historien.

Faire de la critique objective et historique, ce n'est pas « mettre l'histoire au service de ses idées », c'est au contraire se mettre au service du vrai, en ne se réservant, après le mérite d'avoir cherché et classé les témoignages, d'autre rôle que celui du savant qui tire de ses expériences une conclusion. Les philosophes peuvent nous donner la théorie de la critique objective; ils sont peu propres à nous en enseigner la pratique. Ou, du moins, faudrait-il que, réellement *positivistes* dans leur méthode, ils n'aboutissent à des idées générales qu'après une série d'enquêtes impartiales et minutieuses. Mais leurs idées générales sont préalables à l'expérience ; et ils semblent être incapables de cette « indifférence expérimentale » qui est plutôt la qualité maîtresse des *philologues* et des *historiens*.

La *philologie*, au sens où les Allemands entendent ce mot, a déjà produit en France une école critique. Gaston Paris a laissé, en dehors de sa magistrale *Histoire poétique de Charlemagne*, une foule d'études et d'articles sur la langue et la littérature du moyen âge. On sait avec quelle pénétration et quelle exactitude il a traité les moindres questions comme les plus vastes. Chez lui, comme chez ceux de ses disciples qui continuent son œuvre, point de monographies, point de chapitres qui portent le nom d'un auteur ou d'une œuvre considérés isolément ; mais les œuvres, inséparables d'un ensemble, y sont étudiées dans leurs sources communes et dans leur évolution ; on y prend pour point de départ l'analyse des conditions historiques et sociales, et l'on suit les adaptations successives du genre à ces conditions toujours en mouvement. Bref, d'après cette méthode, on ne quitte jamais le *terrain* sur lequel ont germé les productions littéraires ; on se retourne sans cesse vers les lecteurs pour lesquels les œuvres furent écrites ; il semble que l'on marche dans un pays dont les plans successifs se

2

rédoulent à vos yeux, dont l'ensemble conserve son
unité et son harmonie, où la voix du poète trouve son
inspiration dans le cœur même de ceux qui l'écoutent,
où la vie, enfin, circule.

Quant aux *historiens* proprement dits, quelle leçon
nous donnent-ils? Ils nous apprennent à chercher et à
grouper les documents contemporains d'un fait, et
surtout à *laisser à chaque document sa valeur datée.*
Ils nous apprennent à reconstituer, au moyen de ces
témoignages, le sol, la maison, l'habitant, la ville, la
province, la croyance, le préjugé, la superstition,
l'idéal, l'art, la science, à chaque *moment social* du
passé. Ils rétablissent ainsi tous les degrés par lesquels
on monte insensiblement et logiquement des habitudes
et des mœurs d'un peuple considéré dans sa vie physique et morale de chaque jour, jusqu'à certains événements auxquels le lointain du passé a donné des
caractères miraculeux et des proportions colossales, et
aussi les degrés par lesquels on en redescend. Si bien
que, par une suite de découvertes dont quelques-unes,
prises à part, peuvent sembler mesquines ou inutiles,
ils recréent à la fois les pensées et les actes de ceux qui
dorment dans les tombeaux. Cette *résurrection* n'est
pas une vision de leur cerveau, une projection de leur
personnalité, comme chez un Michelet ; elle se produit
d'elle-même, en quelque sorte, par la combinaison et
par la cristallisation toute scientifique d'éléments pri-
mordiaux, retrouvés et rapprochés.

Sans doute, la méthode philologique et historique
s'imposait, dira-t-on, pour le moyen âge. Là, point de
personnalités littéraires ; tout, à peu près, y est anonyme et commun. Mais lorsqu'on arrive au xvie siècle,
le moyen de ne pas donner à ses chapitres un titre
individuel, et de ne pas étudier séparément et en eux-

mêmes Ronsard, Rabelais, Montaigne ? A plus forte raison pour les siècles suivants.

D'accord; c'est une manière très légitime et très critique de comprendre l'histoire littéraire. Nous possédons en ce genre, soit comme œuvre collective des plus célèbres critiques contemporains, soit comme *Manuels*, des ouvrages qui, conçus sur ce plan, satisfont toutes les exigences de l'esprit scientifique. En effet, peu importe qu'un chapitre porte pour titre *Molière*, si à propos de Molière et de ses comédies on étudie ses prédécesseurs, ses contemporains, ses sources et son public.

Mais ne pourrait-on essayer, par crainte d'un subjectivisme inconscient, d'appliquer soit au xviiie siècle, soit au xixe surtout, une méthode différente ? Si au xvie et au xviie siècle, le chef-d'œuvre se détache et s'impose, et s'il est vrai que ce chef-d'œuvre est destiné à un public très restreint dont on croit pouvoir subordonner l'étude à celle de l'auteur lui-même ; et, encore, s'il n'est pas douteux que *Polyeucte* ou *Athalie*, les *Fables* ou les *Maximes* sont des œuvres *littéraires*, c'est-à-dire conçues et écrites par un écrivain qui cherchait avant tout à exprimer son idéal et à se satisfaire lui-même ; n'est-il pas évident, d'autre part, qu'à dater d'environ 1721 (les *Lettres persanes*), le *livre*, quel qu'il soit, redevient, si l'on peut ainsi dire, plus *général* et plus *social* ? C'est l'opinion publique qui le provoque ; et c'est à l'opinion publique subitement élargie et multipliée que s'adresse l'auteur. Dès lors, qu'y a-t-il de plus intéressant que de chercher précisément dans quelle mesure et par quelles manifestations diverses, ce public a rendu peu à peu nécessaire et comme fatale l'œuvre *qui va naître;* et comment, par quels éloges, par quelles résistances, il a accueilli l'œuvre mise au jour ; enfin com-

ment il s'en est lassé, ou détaché, ou comment il a
continué de s'y attacher, en y découvrant de jour en
jour une nouvelle faculté d'adaptation à un milieu nouveau ? « Comment les œuvres se préparent, comment
elles naissent, comment elles meurent, et pourquoi
quelques-unes d'entre elles sont susceptibles d'évoluer
avec l'esprit public ? » Telle serait la formule de ce
genre d'*histoire littéraire*.

Bref, au lieu de prendre la critique *du dehors*, au
lieu de se placer sur le sommet des monuments pour
abaisser ses regards vers le sol ou pour les promener
sur des lointains, on retournerait la méthode. On s'ins-
tallerait sur le sol, je veux dire dans la société même
dont on essaierait de retrouver la complexe psychologie;
*et l'on tâcherait de se rendre semblable à l'un de ceux qui
attendaient le chef-d'œuvre, le lisaient, et éprouvaient à son
contact des émotions et des surprises.* Ainsi, l'on aurait
plus de chances de bien comprendre quel est, à chaque
époque, le rapport exact des lettres et des mœurs. Nous
risquons, en effet, de commettre des erreurs bien singulières si nous reconstituons, à distance, les mœurs de nos
ancêtres d'après les œuvres mêmes qui leur étaient destinées. Que de fois ces œuvres n'ont provoqué de leur
part que protestations ou défiance ! Ne les jugeons pas
sur ce qu'ils lisaient, mais *sur les opinions qu'ils ont
exprimées à propos de ce qu'ils lisaient.* Guizot a écrit :
« Quand je voudrai me faire une idée nette des mœurs
d'un siècle, je la chercherai moins dans les faits que
dans la manière dont ils sont racontés par les contemporains, et dans l'impression qu'ils ont produite sur
ceux qui en ont été les témoins (1). »

1. *Archives philosophiques* (1817), n. 1.

II

Il me semble qu'une *histoire littéraire* qui serait, au fond, une histoire de l'opinion publique, pourrait être réellement suggestive.

Tout le monde n'est-il pas d'accord aujourd'hui pour admettre que la pensée intime d'un poète, par exemple, nous est mieux connue, que son œuvre définitive est mieux comprise et plus intelligemment admirée, quand on a pris la peine de suivre, sur les manuscrits d'abord, puis sur les éditions successives, les retouches et les variantes ? Hésitations, retours, ratures, corrections, sacrifices, additions, si l'on ne se borne pas à relever tout cela avec la minutie d'un honnête comptable, mais si l'on est capable de retrouver le secret de chaque modification, quel profit pour la critique !

Mais s'il est utile, et même indispensable, d'assister au travail intérieur d'un cerveau qui imagine et qui pense, et de suivre lettre par lettre la plume du grand écrivain qui cherche l'expression unique et irrévocable, pourquoi ne serait-il pas intéressant aussi, et instructif, d'étudier la préparation et les effets de l'œuvre d'art dans la société même à qui elle a été destinée ? Dans quelle mesure le poète tragique ou lyrique, le romancier, le critique, ont-ils été d'abord compris et goûtés ? S'ils ont provoqué des résistances, des éloges, des enthousiasmes, pourquoi ? Si leur œuvre a duré, si elle a survécu à l'auteur et à sa génération, la génération suivante a-t-elle admiré dans cette œuvre les mêmes choses, et pour les mêmes motifs ? Aujourd'hui enfin, quand nous lisons *Le Lac* ou *Hernani*, pour charmés et émus que nous sommes, le sommes-nous comme le furent Virieu ou Gautier ?

Certes, en voilà des *variantes* à étudier ! Et sans dédaigner celles des manuscrits ou des éditions, je dirais
volontiers que celles-ci ne nous font mieux connaître que
la pensée d'un homme, et que celles-là nous initient à
la vie d'un peuple tout entier. Vous tous qui n'avez pas
laissé d'œuvre écrite, lecteurs méditatifs, spectateurs
attendris, âmes souvent exquises et dont les impressions,
évaporées aussitôt que conçues, raviraient nos propres
âmes, nous ne saurons jamais pourquoi vous avez aimé
ce livre ou applaudi ce drame. Mais il nous est permis,
du moins, de nous rapprocher de vous, en interrogeant
tous ceux des contemporains qui ont parlé. Peut-être,
grâce à leurs témcignages, retrouverons-nous ce qu'il
y eut de plus intime dans la vie intellectuelle et morale
dont vous avez vécu.

« Il y a, sachons-le bien, dans chaque génération
vivante, dit Sainte-Beuve, quelque chose qui périt avec
elle et qui ne se transmet pas. Les écrits ne rendent
pas tout, et, dès qu'on a affaire à des pensées délicates,
le meilleur est encore ce qui s'envole et qui a oublié de
se fixer. On sait qu'il y a des langues d'Orient dans lesquelles toute une portion vocale ne s'écrit point ; il en
est ainsi de chaque littérature. Tout ce qui a vécu
d'une vie sociale un peu compliquée a son esprit à soi,
son génie léger, qui disparaît avec les groupes qu'il
anime... (1). »

Il me semble, justement, que cette *portion vocale*, dont
parle Sainte-Beuve, si elle ne se retrouve plus dans
les œuvres mêmes, s'est en partie conservée dans les
jugements contemporains, lesquels nous apprennent, à
nous qui ne pouvons plus lire que les lignes, ce qu'on
lisait alors entre les lignes.

1. Sainte-Beuve. *Derniers Portraits*, éd. 1858 (Rémusat), p. 301.

Mais où retrouverons-nous ces jugements ?

Une règle s'impose tout d'abord, qui est de ne dédaigner aucun document, si médiocre qu'en soit l'auteur, et fût-il anonyme, pourvu qu'il soit authentique et qu'on le fasse figurer à sa date. Nous avons en effet, quand nous écrivons l'histoire littéraire, la superstition des *grands* critiques. Nous tiendrons compte, au xviii° siècle, d'un jugement de Vauvenargues, de Voltaire, de La Harpe ; mais Clément, Fréron, le *Journal de Trévoux*, etc., nous paraissent très négligeables. Pour le xix° siècle, nous citerons avec empressement Chateaubriand et M⁰ᵉ de Staël, Sainte-Beuve et Taine ; mais nous ne nous informerons pas d'une opinion de Feletz ou de Dussault, d'un feuilleton de Béquet ou de Merle. Or il n'y a pas d'enquête possible, ni de reconstitution du milieu, si nous commençons par établir, en nous basant sur nos idées ou sur nos préjugés actuels, une sorte de hiérarchie arbitraire entre les témoignages. Ces témoignages, aujourd'hui, ont telle ou telle valeur ; mais, jadis, à leur date, ils en avaient une autre, souvent très différente, et relative, en tout cas, à des préoccupations, à des préférences, à des besoins qui ne sont plus les nôtres. Bien plus, on pourrait soutenir, sans tomber dans le paradoxe, que les jugements essentiellement originaux d'un critique qui s'est imposé à la postérité, sont beaucoup moins révélateurs de l'opinion publique à une certaine date, que ceux des critiques de second ordre, lesquels pensent et parlent comme la masse de leurs contemporains.

C'est ce dont nous avertit très finement Rémusat : « *Quand on veut bien connaître l'esprit d'un temps, il ne faut pas le chercher de préférence dans les hommes supérieurs ; en eux domine l'originalité, ils ne sont qu'eux-mêmes. On ne doit pas non plus descendre trop au-des-*

sous d'eux, ni observer seulement la foule irréfléchie qui passe son chemin sans le regarder, et ne s'avoue ni ce qu'elle fait, ni ce qu'elle sent. Mais, s'il se rencontre, à une époque instructive, un jeune homme attentif à tout ce qui se passe, à tout ce qui se pense, à tout ce qui s'écrit, curieux, animé, flexible, et cependant ainsi fait qu'il lui faut des croyances pour agir et des raisons pour croire ; si, se précipitant avec ardeur dans le mouvement général de la société où le sort l'a placé, il a employé son intelligence à décrire, à mesurer, à propager ce mouvement sans aspirer à le conduire, sans prétendre envers aucune cause à un autre rôle que celui d'un serviteur fidèle, on pourra, ce semble, *l'écouter avec un peu de confiance en sa qualité de témoin, donner à ses écrits la valeur d'une déposition, et prendre sa pensée comme une image assez ressemblante de ses contemporains* (1). »

Voilà pourquoi, plus encore que les *lettres* et les *mémoires*, qui n'ont été conservés qu'autant que l'individualité de l'auteur était originale, je crois devoir chercher, lorsque la période étudiée le permet, dans les journaux.

Non seulement, en effet, les journaux expriment, sur les ouvrages contemporains, des opinions communes, ou collectives, celles d'une caste sociale, d'un parti politique ; et, en les comparant les uns aux autres, on peut s'en servir pour déterminer presque *mécaniquement* les poussées et les résistances du public. Mais encore, et surtout, par leur complexité, par leur confusion même, ils sont uniques pour représenter le milieu de préparation et le *milieu d'adaptation* du chef-d'œuvre. Ils contiennent la nomenclature de tout ce qui, à une

1. Préface à *Critiques et Études*, 2ᵉ éd., tome Iᵉʳ, p. 2.

certaine date, pouvait intéresser les lecteurs. En eux apparaît intégralement, avec ses dessous les plus profonds et ses accompagnements les plus puérils, tout le mouvement intellectuel d'une époque. Là, tout à côté de l'article consacré au roman ou au drame qui ont survécu, nous lisons d'autres articles, souvent plus élogieux sur des ouvrages aujourd'hui complètement *vidés ;* là, nous apprenons, mieux encore que par les confidences et par les préfaces des grands écrivains, quelles influences se sont exercées sur eux. Si je constate, en dépouillant des feuilletons dramatiques, que le mélodrame historique jouissait de la plus grande vogue sous l'Empire et la Restauration, je m'étonnerai moins du succès d'*Henri III* et d'*Hernani* ; et, au lieu de comparer ces drames aux tragédies pseudo-classiques du temps, je saurai voir en eux le point de perfection d'un genre depuis trente ans en pleine fusion. Quand j'aurai lu les divers articles consacrés aux représentations shakespeariennes données par des troupes anglaises en 1827, je comprendrai mieux l'originalité relative d'un A. de Vigny traducteur d'*Othello* et du *Marchand de Venise,* et surtout je saurai pourquoi le public lettré a accepté ce qu'il aurait peut-être sifflé dix ans plus tôt. Mais quoi ? n'a-t-on pas écrit bien des sottises sur les *Orientales* de V. Hugo, faute d'y avoir vu (ce qu'on apprend par les journaux, surtout) un des innombrables recueils de vers lyriques suscités par le mouvement philhellénique de 1824, et faute de savoir avec quelle faveur les *chants* analogues de Guiraud, de Soumet, de Delavigne, avaient été reçus par le public ?

On objectera peut-être que ces jugements de la première heure ou du lendemain sont d'un *subjectivisme* bien étroit, n'expriment que des préjugés, et même sont parfois d'une sottise révoltante ? Mais ils ne sont pré-

cieux, évidemment, que par leur subjectivisme même!
Je ne demande pas à un journaliste de 1760 ou de
1825, à Fréron ou à Tissot de m'apprendre ce qu'il convient que je pense sur Voltaire ou sur Lamartine ! —
Quand donc, grand Dieu ! cesserons-nous de considérer les ouvrages des critiques comme des recueils de
jugements tout faits, bons à répéter, bons à citer, bons
à démarquer ! — Non, je demande à ces journalistes
ce qu'ils pensaient de Voltaire ou de Lamartine, eux,
leurs amis, leur groupe, leurs lecteurs. S'ils ont eu à
cette date-là une idée confuse ou fausse de ce qui plus
tard devait s'éclaircir et se mettre au point, leur erreur
même m'intéresse. En un mot, notre critique *objective*
n'aura une valeur historique et scientifique, que si
nous en cherchons les éléments dans les témoignages
subjectifs du passé : et quoi de plus subjectif que ces
opinions émises au jour le jour, sous l'impulsion de
l'actualité ?

D'ailleurs, il est des journalistes qui ont compris
qu'ils écrivaient pour laisser des témoignages à la postérité. Dans un article consacré au *Sylla* de Jouy, un rédacteur des *Annales de la littérature et des arts*, après
avoir rendu compte des raisons qui expliquent, selon
lui, le succès tout politique de cette pièce, et raconté
les incidents des représentations, ajoute ceci : « Ce
n'est pas pour le présent, c'est pour l'avenir que j'ai
rapidement esquissé les effets de l'esprit de parti. La
tragédie de *Sylla* doit être conservée dans les répertoires; le recueil des *Annales* tombera peut-être entre les
mains des éditeurs futurs de ces répertoires, et j'ai
voulu leur laisser quelques matériaux (1). »

Ch. de Rémusat, réunissant, en 1847, les principaux ar-

1. *Annales*. Tome VII (1822), p. 217.

ticles donnés par lui, entre 1817 et 1830, à différents
périodiques, écrit dans sa préface : «... Ce qui m'attache à ces essais choisis parmi beaucoup d'autres, c'est
le passé dont ils sont, je ne veux pas dire un monu-
ment, mais un *témoignage* (1). » Et il met ceci, en note
d'un article consacré à Lamartine : « Toutes ces observations sur le talent et les idées de M. de Lamartine
paraîtront peut-être assez piquantes, aujourd'hui que le
temps les a complètement démenties (2). » Mais il a
voulu tout de même, en critique qu'il était, reproduire
loyalement son témoignage daté. Bien différent en cela
de Victor Hugo qui, réimprimant dans *Littérature et
Philosophie mêlées* quelques articles de sa jeunesse, les
a modifiés, c'est-à-dire mutilés, soit par coquetterie
d'écrivain, soit par *prudence*. M. Souriau cherche à
justifier ces changements ultérieurs ; je ne crois pas
qu'il ait raison de le faire (3). Montaigne disait: « Celui
qui a hypothéqué au monde son ouvrage, je trouve apparence qu'il n'y ait plus de droit. Qu'il die, s'il peut,
mieux ailleurs, et ne corrompe la besogne qu'il nous a
vendue (4) ! » Précepte discutable et presque paradoxal, quand il s'agit d'un *livre*, mais vrai d'un morceau de critique, paru à un certain jour, et qui se trou-
vait ce jour-là en corrélation avec le milieu social, En
le modifiant le jour où vous le réimprimez, vous trom-
pez *critiquement* et *moralement* vos lecteurs ; et, si
vos idées ont changé, écrivez un autre article ! mais
ne nous donnez point le change, sur un passé qui ne
vous appartient plus.

1. Préface à *Critiques et Études*, 2ᵉ éd., tome Iᵉʳ, p. 1.
2. *Critiques et Études*, I, 241.
3. *Introduction* à la *Préface de Cromwell* (Paris,(1896). Cf. plus
loin, pp. 67 et 70).
4. *Essais*, livre III, chap. XI.

III

Si les journaux sont utiles à consulter pour toute période de la littérature française depuis le xviiᵉ siècle, ils ont, je crois, un intérêt tout à fait exceptionnel aux yeux de quiconque étudie le *romantisme*.

Le romantisme est la charmante et vigoureuse adolescence du nouvel esprit français au xixᵉ siècle. Après les secousses de la Révolution, après les chevauchées de l'Empire, sur cette nation lasse et apaisée, un souffle harmonieux et parfumé, arrivant on ne sait d'où, des forêts allemandes, des bruyères d'Écosse, des grenadiers en fleurs de l'Andalousie, vint à passer : ce fut un enchantement. Mais, en dépit des apparences, le romantisme, s'il était spontané dans son élan, ne fut pas libre ni inconscient dans son évolution. Annoncé, sinon provoqué par la critique, et par elle surtout dirigé ou combattu, il réagit à son tour sur la critique même.

De plus, le romantisme est *en fonction* de la vie sociale et politique.

La Restauration, en rendant à la société une liberté relative, reconstitue en France l'opinion publique. Et justement, à cette époque, se produit un changement correspondant dans la littérature. En effet, il y a, semble-t-il, changement de décor, changement d'acteurs et de spectateurs. Le drame qui se jouait s'interrompt. La salle se vide, se remplit de nouveau, et une autre pièce commence. Et ce qui, à propos des autres Renaissances, n'existe souvent que dans les divisions des manuels, pour la commodité des écoliers, — à savoir l'avènement d'une génération neuve apportant son idéal et ses modèles, et se refusant à continuer la tradition, —

devait être vrai, cette fois, au sens littéral. En 1814 et 1815, d'une manière précise, commence pour la société française, considérée comme une personne vivante, une nouvelle psychologie. L'influence de Chateaubriand et de Mme de Staël, entourés par la police impériale d'un cordon sanitaire, ne s'était exercée que sur quelques individus ; maintenant le contact s'établit, et le courant circule.

Quant à la critique, elle trouve presque subitement ce point d'optique, jusque-là masqué par le despotisme impérial. Les Bourbons, en restaurant le pouvoir renversé par la Révolution, ramènent avec eux l'intelligence de la Révolution elle-même. « Nous ne savions même pas la Révolution, écrit Ch. de Rémusat ; c'est la Restauration qui nous l'apprit (1)... » Du domaine politique, cette intelligence passe dans toutes les manifestations sociales, philosophiques, littéraires. Et comme, à l'exception des classiques attardés, chacun pense que les lettres sont l'expression de la société, on n'écrit pas un seul article où l'on ne songe à justifier ses théories ou ses critiques par des *considérations actuelles*. Jamais, en un mot, on ne fit moins d'esthétique pure ; jamais on ne chercha davantage à établir des rapports entre les faits et les idées ; jamais on ne parla tant de *besoins nouveaux*, de *formes surannées*, d'*exigences de l'opinion publique*, de tout ce qui prouve que l'on ne consulte plus les arts poétiques, mais la société elle-même.

Il faut ajouter que, pendant la période qui nous occupe, la *critique* attire à elle tous les esprits éminents et trouve, dans le public lettré, des lecteurs curieux, sympathiques, et préparés pour la comprendre. Sous la

1. Rémusat. Préface à *Critiques et Études*, 2ᵉ éd., tome Iᵉʳ, p. 8.

Restauration, par suite de la liberté relative accordée
aux opinions, il se produit un mouvement de discussions politiques et sociales qui va jusqu'à entraîner
« les ouvrages de l'esprit ». Par nécessité, par goût, par
conviction, chacun défend ou attaque. Chaque groupe
a son organe, sa petite feuille à périodicité intermittente. Là, on écrira pour exprimer sa pensée, pour
formuler son jugement. La feuille n'aura presque pas
d'abonnés, elle ne vivra que peu de temps. Qu'importe !
on fera de la critique. On aura la coquetterie de l'indépendance, jusqu'à mesurer son succès et sa valeur au
nombre de ses ennemis.

Le public, de son côté, plus restreint, plus trié, s'intéresse à la critique, beaucoup plus que le lecteur
pressé de nos journaux contemporains. La vie sociale
s'est profondément modifiée, depuis la Restauration.
On vivait alors plus lentement ; et, surtout, comme
nous avons aujourd'hui la curiosité des faits, on avait
la curiosité des idées. Les hautes classes laissaient aux
petits bourgeois et au peuple la « marchandise » et les
« arts mécaniques » ; elles commençaient seulement à
s'initier à la vie parlementaire, et n'étaient pas absor-
bées encore par les sports et la villégiature mondaine ;
on avait réellement des loisirs. On causait, et quelques-
uns mêmes savaient écouter ; on lisait, et quelques-uns
ne dédaignaient pas de relire.

Ce n'est pas toutefois dans les journaux quotidiens
qu'on peut recueillir les jugements les plus significa-
tifs. Sous la Restauration, les seuls quotidiens utiles
pour la question romantique sont les *Débats* et le *Constitutionnel.* Mais c'est surtout ailleurs qu'il faut chercher.

Il se publie, entre 1815 et 1830, grâce à des conditions
toutes particulières qui précisément cessent à cette dernière date, un certain nombre de périodiques mi-politi-

ques, mi-littéraires. Par la force même des circonstances, la littérature y est presque toujours envisagée dans ses rapports avec l'état social ; les ouvrages y sont jugés, même par les classiques, moins d'après les règles des genres et du style, que sur leur fonds philosophique et moral. Or, c'est bien entre 1815 et 1830 que se livrent les grands combats romantiques ; après *Hernani*, la bataille sera gagnée. Et justement, après 1830, la presse étant redevenue libre, les journalistes politiques ne sont plus obligés de se déguiser en critiques littéraires. Il se fait alors une scission décisive. Les uns disputeront sur les lois, sur les doctrines, sur les institutions et sur les mœurs ; les autres, sur la littérature considérée désormais comme un noble divertissement à l'usage de ceux que la politique rebute ou fatigue. Sainte-Beuve l'a dit: « 1830 a licencié la critique. » Mais alors, naissent les grandes revues: *Revue de Paris, Revue des Deux-Mondes.*

Il n'est pas inutile de constater qu'au mouvement de la presse française à l'époque romantique correspond un mouvement analogue en Allemagne et en Italie. Rien de surprenant à cela. Les révolutions littéraires, comme les révolutions politiques, provoquent des conflits de doctrines et d'opinions. Si la presse eût été vivante sous Louis XIII, c'est dans les journaux que nous trouverions les éléments de la querelle du *Cid ;* et si quelque *Revue* avait existé en 1549, c'est là que du Bellay aurait publié sa *Défense.* En Allemagne, dès la seconde moitié du xviii° siècle, se pose la question d'une réforme littéraire ; et l'on voit apparaître une foule de petites revues. Lessing fonde avec Nicolaï les *Briefe die neueste Litteratur betreffend,* qui paraissent en vingt-quatre séries à Berlin, de 1759 à 1765: Mendelssohn et Thomas Abbt y collaborent. C'est une véritable petite revue que la *Hamburgische Dramaturgie* (1767-1770). En même temps, Nicolaï publie avec la collaboration de Mendelsshon, Winckelmann, Christian-Félix Weise, etc..., une suite de revues dont l'ensemble ne forme pas moins de deux cent cinquante volumes et qui embrassent toute la période de 1755 à 1806. Wieland crée le *Mercure* (*Der teutsche Mercur.*, 1773-1789), le *Nouveau Mercure allemand* (*Der neue teutsche Mercur.*, 1790-1810), et dirige, avec Hottinger et Jacobs deux autres revues. Qui ne connaît les *Heures* de Gœthe et de Schiller, et la *Gazette d'Iéna* ?

Pour la période romantique proprement dite, les revues sont nombreuses, et d'un intérêt critique supérieur à celui de la plupart des périodiques français : Bürger dirige l'*Akademie der schönen Redekünste* ; Guillaume et Frédéric Schlegel fondent l'*Athénée*, qui dure de 1798 à 1800, et où ils publient quelques-uns de leurs meilleurs articles en faveur du romantisme ; Novalis y insère quelques pages ; Tieck donne ses *Dramaturgische Blätter* de 1825 à 1827 ; malgré ces dates, il appartient par ses doctrines au premier groupe romantique allemand.

Le second groupe romantique a d'abord pour organe le *Journal des Ermites* (*Zeitung für Einsiedler*) (1808), auquel collaborèrent les frères Grimm, les deux Schlegel, Gœrres, La Motte Fouqué, Zacharie Verner et Uhland. En 1813, Gœrres fonde le *Mercure du Rhin* (*Der rheinische Mercur*) supprimé en 1818. Rückert dirige pendant quelques années le *Morgenblatt*.

La jeune Allemagne, après 1815, aura elle aussi ses organes mi-politiques, mi-littéraires, entre autres la *Balance* (*die Wage*), fondée et dirigée par Bœrne, de 1819 à 1822, et dont le programme est analogue à celui des périodiques de la Restauration : « La vie sociale, les sciences et les arts, considérés dans leur union intime (1). »

En Italie, la presse *romantique*, à la fois politique et littéraire, offre des analogies encore plus frappantes avec les périodiques de la Restauration. Le *Conciliateur*, dont les plus célèbres rédacteurs furent Berchet, Romagnosi, et Silvio Pellico, peut se comparer à la *Minerve française*. C'est à la même date, 1820, que l'un et l'autre sont supprimés ; et le *Conciliateur*, comme la *Minerve*, faisait de la politique sous le couvert de la critique littéraire : mais il défendait le romantisme. Sur le *Conciliateur*, il faut signaler l'ouvrage de C. Cantù (Milan, 1878), les articles de M. E. Clerici (Extrait des *Annales de l'École normale supérieure de Pise*, 1903) et de M. Egidio Bellorini (*Nuova Antologia* du 1ᵉʳ fév. 1904). M. G. Piergili a publié dans cette même revue (16 août et 1ᵉʳ sept. 1886) deux articles également consacrés à la presse romantique en Italie : *Il « Foglio azzurro » e i primi romantici* ; et M. G. Muoni a donné un livre intitulé : *Ludovico de Brême e le prime polemiche intorno al Romanticismo ed a Madame di Staël in Italia* (Milan, 1902). Mais il faut surtout consulter le travail de M. G.-A. Borgese, *Storia della Critica romantica in Italia* (Naples, 1905). Successivement, l'auteur examine l'œuvre critique et l'influence de Léopardi, G. Berchet, Romagnosi, Visconti, Manzoni, etc... La matière est admirable, et le livre tient toutes les promesses de son titre. J'y ai constaté sur-

---

1. J'emprunte ces indications sommaires à l'*Histoire de la littérature allemande*, de M. A. Bossert. Hachette 1904 (*passim*). On pourra consulter : L. Geiger : *Das Junge Deutschland und die preussische Censur*. Berlin, 1900.— R. Haym : *Die Romantische Schule* (1870). — Houben et Walzel : *Bibliographie der romantischen Zeitschriften*.

tout qu'un critique pouvait retirer de la lecture raisonnée des journaux littéraires et politiques, non seulement une documentation précise et variée, mais encore des idées générales et des conclusions vraiment *scientifiques* ; et je n'hésite pas à avouer que si j'avais connu plus tôt l'ouvrage de M. Borgese, j'aurais peut-être modifié mon propre plan (1).

IV

Quels services peuvent nous rendre ces périodiques pour l'histoire du romantisme ?

J'ai déjà dit, et je n'y insiste pas davantage, qu'ils étaient utiles, avant tout, pour reconstituer l'*opinion* et le *milieu*.

J'ajoute qu'ils présentent aussi à un historien de la littérature deux sortes de textes : 1° textes *originaux*, prose ou vers ; 2° textes *d'articles critiques*. Examinons ces deux points :

1° *Textes originaux*. — Pour ceux des poètes et des prosateurs débutant entre 1815 et 1830, et qui sont devenus illustres, les textes insérés dans les périodiques ont parfois une importance réelle. Certains de ces textes, en effet, ont été donnés *en manuscrit* par l'auteur lui-même à l'éditeur du journal ; ils sont inédits à leur date, n'ont été que plus tard réunis en volume, et constituent un premier *état critique* du morceau. Tel est le cas pour les pièces insérées par Victor Hugo

1. Je dois ces indications bibliographiques, et la communication de la *Storia* de M. F. A. Borgese, à M. Jacques Langlais, élève de l'École normale supérieure, actuellement en mission à Florence.

dans le *Conservateur littéraire*, dans la *Muse française*,
et dont la plupart ont été réimprimées dans *Victor
Hugo raconté*... ou dans les *Odes*. Le texte primitif offre
souvent de notables variantes. Tels sont aussi certains
fragments d'A. de Vigny, un des poètes qui s'est le
plus corrigé lui-même. Pour Lamartine, je citerai la
célèbre *Réponse à Némésis* publiée par le *Mercure du
XIXe siècle* du 9 juillet 1831 : très curieuses variantes.

Pour les *poetae minores*, l'intérêt me semble un peu
différent. Sans doute, là encore, la question d'établissement du texte a son importance, mais bien moindre,
on en conviendra. De ce côté, le point de vue critique
est celui-ci : on constate que, lus à leur date, les *petits
romantiques* emploient des procédés de développement
sensiblement analogues à ceux de Hugo et de Vigny,
et que leur plus grand défaut, ce fut d'en rester au
point où se trouvaient Hugo avec les *Vierges de Verdun* et Vigny avec *Héléna*. Quelques-uns d'entre eux,
les Saint-Valry, les Rességuier, les Lefebvre, les
Richomme, « donnaient des espérances » ; mais ils s'en
sont tenus là. Il est donc bon de lire, dans les périodiques, et de retrouver pour ainsi dire *sur le même plan*,
toute la production poétique d'une même époque ; rien
n'est plus propre à faire naître chez un critique le sens
du *relatif* et l'équité.

De plus, à voir la place que ces *poetae minores* occupent dans les périodiques (et aussi dans les *Annales
romantiques* et dans les *Tablettes romantiques*), à voir
cette place si large, et à voir si réduite celle de ceux
qui sont devenus des maîtres et dont les *essais* nous
paraissent aujourd'hui se détacher en lettres lumineu-
ses, on est amené à d'autres réflexions. On juge à
quel point les contemporains, si intelligents et si avertis qu'ils soient, ont peine à distinguer le talent du

génie, et pendant combien de temps ils confondent la
nouveauté légère qui doit s'évaporer, et l'œuvre durable,
dont les caractères extérieurs pour eux sont communs.
Et nous devons alors faire un retour sur nous-mêmes,
réfléchir à nos jugements du présent, et prendre une
bonne leçon de défiance critique.

2° Mais si les *périodiques* sont utiles pour l'établissement ou pour l'*évaluation* de certains textes littéraires,
ils le sont bien davantage pour la reconstitution et la
signification du texte des critiques.

Je dis d'abord *reconstitution.*

Nous avons l'habitude commode, mais peu scientifique, il faut l'avouer, d'aller chercher nos citations des
critiques — qu'ils s'appellent Sainte-Beuve ou J. Janin,
Gustave Planche ou F. Sarcey — dans les volumes formés par eux ou par leurs *héritiers* avec leurs articles
originaux. Or, presque toujours, le texte primitif de ces
articles a subi des modifications, soit de fond, soit de
forme. Ces changements ont sans doute amélioré le
style, et parfois la pensée ; et si l'on cherche dans les
critiques des *jugements à citer,* rien de mieux. Mais enfin,
le premier état, le premier jet authentique de la pensée,
chez un Sainte-Beuve, par exemple, mérite d'être connu
et établi, ne fût-ce qu'à titre de variante. Les manuscrits
de ces articles ont, la plupart du temps, disparu ; les
petites feuilles volantes s'égarent aisément dans l'imprimerie d'un journal ou d'une revue. Ce journal ou cette
revue est donc bien le *texte originel ;* il y faut recourir ;
et, depuis le travail de M. G. Michaut sur *Sainte-Beuve
avant les Lundis,* la démonstration est faite.

Cette *reconstitution* est utile pour les textes déjà connus par les volumes postérieurs ; mais combien d'articles les grands critiques n'ont-ils pas dédaignés, combien
de lignes n'ont-ils pas supprimées, quand, se relisant à

une certaine distance du jour où l'actualité et la polémique les leur avaient dictés, ils ont cru superflu de les
retenir pour la postérité. En un sens, ils ont fait preuve
de tact et de modestie. Mais le point de vue auquel ils se
sont placés ne peut être le nôtre ; nous voulons connaître leur œuvre complète, et surtout comment ils se
sont développés aux contacts successifs des œuvres
nouvelles. A nous donc de rechercher *tous leurs articles*,
à leurs dates. C'est encore ce que M. Michaut a si bien
fait pour Sainte-Beuve. C'est ce que j'avais essayé de
faire quelque temps auparavant pour Geoffroy, en qui
je découvrais le rédacteur de l'*Année littéraire* entre
1776 et 1790, et dont je reconstituais, au moyen du *Journal des Débats*, la suite entière des *feuilletons* pris à leur
date et en contact avec les œuvres jugées. Enfin, j'ai
indiqué récemment, pour Augustin Thierry, que la collection du *Censeur européen* et du *Courrier français* peut
servir à donner une nouvelle édition des *Lettres sur
l'histoire de France* et de *Dix ans d'études historiques*,
édition dont un bon tiers serait de l'inédit.

Parmi les critiques de la période romantique entre
1815 et 1830, à qui doit s'appliquer cette méthode, il
faut signaler Ch. de Rémusat, dont un grand nombre
d'articles excellents *à leur date*, n'ont jamais été réimprimés ; Dubois, Ch. Magnin, Duvergier de Hauranne,
Saint-Marc Girardin, dont les *œuvres* ou les recueils
ne contiennent pas, tant s'en faut, toute la production
critique.

Je dis aussi, et surtout, *signification.*

Ce second point est le plus important; et j'y ai déjà
touché dans l'introduction d'un précédent travail.

Dans les recueils formés d'articles critiques, jadis
publiés dans des journaux, ces articles ne sont pas toujours accompagnés de leur *date* ni de leur *lieu d'ori-*

gine. Aussi ont-ils perdu leur signification relative, *celle qu'il nous importe avant tout de connaître*, à *tous égards.* En quoi, je vous le demande, un jugement de Rémusat sur la *Préface de Cromwell* peut-il m'intéresser aujourd'hui, si ce n'est parce que je suis ou dois être curieux de savoir ce que pensait, en 1827, d'un ouvrage nouveau, brillant et bruyant, un des *intellectuels* ou *doctrinaires* de cette époque? Un feuilleton de J. Janin, lu dans un volume, à soixante ans du jour où il l'écrivit, n'a plus de sens; on est frappé seulement de ce que le style en a vieilli jusqu'à devenir ridicule. Mais lu, à sa date, dans les *Débats,* il s'éclaire de tout ce qui le précède et l'entoure ; il devient un *document.*

J'ajoute que ce qui est vrai pour les critiques illustres, l'est bien davantage pour les critiques de second ou troisième ordre, presque oubliés. Dans les journaux seulement, lus page par page, et méthodiquement dépouillés, nous découvrons des articles signés de noms obscurs, ou anonymes, et qui ont cependant, pour l'historien de la littérature et des mœurs, un intérêt considérable. Ces articles sont des témoignages contradictoires, des aveux ou des résistances soit du goût traditionnel, soit de l'opinion publique.

Ainsi celui qui veut considérer l'*histoire littéraire* comme celle de la vie intellectuelle et morale d'une société, vie prise dans la succession de ses *moments,* vie où les œuvres banales aujourd'hui oubliées ont pu provoquer de curieuses et instructives réactions, où les chefs-d'œuvre à leur apparition ont causé des remous d'opinions et des luttes de doctrines, celui-là doit ouvrir les journaux et les périodiques afin d'y rechercher au jour le jour toutes les pulsations de cette vie. S'il a la naïveté de s'en tenir aux *œuvres complètes* des cri-'iques illustres, « dernière édition, augmentée d'un ex-

cellent index », et d'ignorer les articles qui n'ont pas
survécu à leur succès de la première heure, il ne lui
est pas permis de croire qu'il ressuscitera jamais l'opinion publique.

Une fois ces textes critiques bien dépouillés et éva-
lués, on pourra établir aisément soit *la presse* d'un
auteur, soit *la presse* d'un genre ou d'une doctrine.

V

Aucun travail d'ensemble n'a paru, en France, sur
les journaux littéraires, si nombreux cependant au
xviiie et au xixe siècle. Presque tous les auteurs de
thèses ont consulté, pour leurs monographies, l'*Année
littéraire* ou la *Revue des Deux Mondes*. Mais il reste à
faire, pour toute la période qui va de 1750 à 1830, une
série de travaux patients, ingrats, et utiles. Il nous
faudrait d'abord une bibliographie spéciale de la *Presse
littéraire*, laquelle se trouve un peu sacrifiée dans le
livre méritoire, mais déjà vieilli, et parfois incomplet
de Hatin. Croirait-on, par exemple, que Hatin oublie
de mentionner la *Muse française* ? Il nous faudrait
ensuite des *Index* pour les principaux périodiques :
Année littéraire, *Gazettes* diverses, etc., et pour tous
ceux que j'étudie plus loin ; et des *Index* de deux espèces : par ordre d'auteurs, et par ordre de matières.
Enfin, il faudrait dépouiller le *feuilleton* des grands journaux (*Débats*, *Constitutionnel*, *Gazette de France*, etc.),
et en dresser des tables méthodiques. C'est vers ces
besognes un peu ingrates, mais d'un profit durable
pour la critique, et d'ailleurs très suggestives pour
celui qui a le courage de les entreprendre, que doivent
se diriger les étudiants de nos Universités.

Quand cette bibliographie, ces index et ces tables seront achevés, alors quelqu'un pourra entreprendre une *Histoire de la Presse littéraire en France*, qui ne sera pas moins qu'une histoire des opinions et des idées.

Pour le moment, pareille œuvre serait trop ambitieuse ; et si elle m'a tenté, je n'ai pas tardé à reconnaître qu'elle serait, dans l'état actuel des documents de ce genre, prématurée, incomplète dans ses sources, superficielle dans sa critique. Aussi, en lisant le chapitre que M. Ém. Faguet a consacré à *La Critique de 1820 à 1850* dans une récente *Histoire de la littérature française* (1), ai-je trouvé les limites, que j'ai restreintes encore, d'une étude pour laquelle je possédais déjà une information suffisante. Mais je demande à mes lecteurs de ne chercher ici qu'une *contribution*, et non, sous un titre trompeur, une sorte d'histoire du romantisme. L'expérience que je tente n'aurait aucune signification, si je profitais de tous les noms illustres rencontrés en chemin pour faire de savantes et copieuses digressions.

Le plan que j'ai suivi est très simple.

Deux parties : *Les Documents, les Exemples.*

Dans la première, après un chapitre consacré aux *généralités*, c'est-à-dire à l'étude sommaire des conditions dans lesquelles se publient les périodiques politico-littéraires de 1815 à 1830, et à leur groupement par doctrines, je fais la monographie des plus importants, dans l'ordre suivant : *libéraux, romantiques, doctrinaires.*

Dans la seconde, je cherche à prouver que ces périodiques sont en effet utiles pour reconstituer l'évolution d'une théorie ou d'un genre. Je choisis trois *exemples :*

1. *Histoire de la Littérature française,* publiée sous la direction de Petit de Julleville (Paris. Colin), tome VII, 1899, pp. 646 à 699.

1° *la définition du romantisme ;* 2° *le lyrisme ;* 3° *le drame.* Mais je me borne à l'essentiel; je ne sors pas des périodiques mêmes que j'ai analysés dans la première partie, et je déclare que ces exemples restent incomplets et devraient être accompagnés et fortifiés de toute une documentation *politique, sociale* et *bibliographique*, à tirer des journaux quotidiens tels que les *Débats*, le *Constitutionnel*, la *Gazette de France* et la *Quotidienne*. En effet, je ne saurais trop le répéter, une contribution critique et scientifique n'a de valeur que si la méthode en est loyale et rigoureuse. Mon but est de démontrer que l'on peut exploiter *les périodiques;* voilà tout. Je me borne à faire de mon mieux ce que je me suis proposé. A d'autres de faire la même enquête et la même preuve sur les journaux quotidiens. Les futurs historiens du romantisme n'auront plus qu'à réunir ces travaux parallèles.

Peut-être, un jour, étudierai-je, selon la même méthode, une autre période du romantisme. Ce ne sera pas celle qui va de 1830 à 1848, et pendant laquelle l'École triomphe : cette période appartient à *l'histoire de la littérature* plutôt qu'à *l'histoire littéraire*. Or ma curiosité se porte plus volontiers, puisque j'aime à chercher *les variantes de l'opinion et de la critique*, sur les époques de *préparation* ou de *dissolution.* Après 1848, sous des influences sociales très diverses, il se fait un retour à certains principes de l'ancienne critique, à certaines conventions classiques, et surtout il se produit une tendance irrésistible vers le *réalisme.* Alors, on peut s'intéresser aux réactions qui vont s'exercer sur les chefs-d'œuvre romantiques. On les voit soumis à une critique analytique et rationnelle ; et jusque vers 1870 ils sembleront perdre peu à peu tout le terrain qu'ils avaient conquis : il faudra des douleurs et des ruines, pour que la poésie d'imagination et de sentiment soit de nouveau goûtée et comprise. Cette seconde étude sur le *Romantisme et la critique* aurait donc pour limites les dates de 1848 à 1870.

En terminant, je dois indiquer les sources de ce travail, ce que je ferai d'un mot : tous les *périodiques* analysés se trouvent à la *Bibliothèque nationale* où chacun pourra les consulter. J'ai coupé les pages d'un grand nombre de livraisons qui, depuis le jour de leur impression, étaient restées intactes.

Août 1907.

PREMIÈRE PARTIE

LES DOCUMENTS

CHAPITRE I

DANS QUELLES CONDITIONS SE PUBLIENT LES « PÉRIODIQUES »
DE LA RESTAURATION.— LES DIFFÉRENTS « GROUPES » ET LEURS
ORGANES : « CLASSIQUES », « ROMANTIQUES », « DOCTRINAIRES »

I

Que faut-il entendre par la *presse littéraire sous la Restauration* ?

Tout d'abord, *presse* désigne ici la *presse périodique*. Cette indication n'est pas superflue. Sous la Restauration, en effet, les *lois sur la presse* qui, aujourd'hui, s'appliqueraient, sans équivoque possible, aux journaux et aux revues, sont relatives à « tout ce qui sort de la presse à imprimer » : livres, brochures, journaux. On n'a, pour s'en convaincre, qu'à lire le texte des *lois sur la presse* de 1819 ou de 1828. La *presse littéraire* dont nous nous occupons est plus restreinte : elle exclut le livre et la brochure non périodique.

D'autre part, on pourrait comprendre dans la *presse littéraire* la partie littéraire (feuilletons, variétés, etc...) des journaux politiques tels que les *Débats*, le *Constitutionnel*, la *Gazette de France*, la *Quotidienne*. Or, ces feuilletons, ces variétés, nous ne les bannissons pas complètement de notre étude ; mais ils n'y doivent entrer qu'à titre de comparaison.

Nous entendons ici par *presse littéraire* : les brochures périodiques (*Le Lycée français, la Minerve, la Revue française*, etc...) analogues à nos revues actuelles, et les journaux non quotidiens (tels que *Le Globe* de 1824) dont l'objet propre est de suivre le mouvement des idées et non d'enregistrer les faits.

Dans quelles conditions se sont fondés ces journaux ?

« Je ne sais, dit Hatin, quelles destinées sont réservées à la presse ; mais on peut douter qu'elle retrouve jamais ses beaux jours de la Restauration. Quelles luttes alors, et quels athlètes (1) ! » Le jugement doit s'appliquer surtout à la presse politique ; mais la presse littéraire, elle aussi, nous en semble digne, soit par son histoire, soit par la qualité de ses rédacteurs, soit par l'opportunité et même par la justesse durable de ses opinions.

Bien que la discussion des lois sur la presse reste en dehors de notre sujet et qu'il puisse nous suffire de renvoyer à la *Bibliographie* de cette question, établie par Hatin (2), toutefois il est indispensable, pour le lecteur des chapitres qui vont suivre, de pouvoir juger approximativement, d'après la date d'un journal ou d'un article, des conditions politiques et sociales au milieu desquelles le rédacteur écrivait, — ne fût-ce que pour se sentir averti et pour s'habituer à lire, assez souvent, entre les lignes.

On n'oubliera donc pas que le régime de la presse, sous la Restauration, se transforma plusieurs fois. — De 1815 à 1819, période de tâtonnements, de tergiversations, de défiances mutuelles. La Charte de 1814 avait inscrit parmi ses promesses « la liberté de la presse » ; et si l'on songe à la pression formidable que l'Empire

1. Hatin. *Manuel théorique et pratique de la liberté de la presse*, 1868, I, 119.
2. Hatin. *Id.*, II, 417.

avait fait peser sur les livres et sur les journaux, on
conçoit quelles durent être tout ensemble les espérances et les craintes des différents partis, quand le moment
fut venu pour la Restauration d'exécuter cette promesse.
Des dispositions temporaires, moins vexatoires à leur
heure qu'elles ne le paraissent à distance, permirent au
gouvernement de Louis XVIII de gagner la session de
1819 sans supprimer la censure.

Cette année-là, fut votée la nouvelle loi, bien restric-
tive encore, semble-t-il, mais dont tout de même M. de
Serre a pu dire légitimement « qu'elle fonda la liberté
de la presse ». — « Pour la première fois, écrit Hatin,
se trouve nettement formulée la distinction entre la
presse ordinaire et la presse périodique. A l'une, liberté
complète, sous la responsabilité de ses abus ; à l'autre,
dont les moyens d'influence et d'action sur l'opinion
sont incessants et énergiques, on demande des garanties contre ses écarts et ses abus. Les journaux, dans
la nouvelle législation, étaient sans doute moins favorablement traités que les livres : on leur imposait un *cautionnement*, un *éditeur responsable*, les peines étaient
rigoureuses ; mais ils échappaient à l'arbitraire, la propriété était constituée, on leur donnait des lois et des
juges : c'est un progrès immense (1). »

Ce n'est pas en effet à notre législation actuelle, nous
ne saurions trop le répéter, qu'il faut comparer la loi
de 1819, mais bien à la législation du premier Empire :
à cette condition seulement, on l'appréciera avec équité.
« Je ne voudrais pas affirmer, écrivait Guizot en 1858, que
les lois votées en 1819 sur la liberté de la presse fussent en parfaite harmonie avec l'état des esprits et les
besoins de l'ordre à cette époque. Pourtant, à quarante

1. Hatin. *Manuel*, I, 181. (Cf. le texte de la loi, p. 168).

ans bientôt de distance, et en examinant aujourd'hui ces lois avec ma vieille raison, je n'hésite pas à les regarder comme une belle œuvre législative, dans laquelle les vrais principes de la matière étaient bien saisis, et qui, malgré les mutilations qu'elle ne tarda pas à subir, fit faire alors à la liberté de la presse bien entendue un progrès dont la trace se reprendra un jour (1). »

Un point de cette loi intéresse tout spécialement notre sujet. Le pouvoir assujettissait au *cautionnement* « tout journal ou écrit périodique, qu'il parût à jour fixe ou irrégulièrement. » On voulait atteindre ainsi les brochures politiques du genre de la *Minerve*, des *Lettres Normandes*, etc. — Les éditeurs essayèrent d'éluder la loi, non seulement par une périodicité intermittente et capricieuse, mais aussi en changeant de titre. Nous aurons à nous occuper de ces métamorphoses et des procès qui en furent la conséquence.

Mais, d'ailleurs, comment estimer à sa valeur une loi dont la France ne put profiter qu'un instant? L'assassinat du duc de Berry vint tout remettre en question. M. de Bonald n'eut pas de peine à faire adopter une « disposition additionnelle » à la loi de 1819, par laquelle la censure était appliquée indistinctement à tous les journaux et écrits périodiques, aux journaux littéraires aussi bien qu'aux journaux politiques, « qu'ils parussent à jour fixe ou irrégulièrement et par livraisons, et quels que fussent leur titre et leur objet (2). » A cette disposition temporaire succède, le 18 mars 1822, la *loi de tendance*, proposée par M. de Peyronnet. La censure,

---

1. Guizot : *Mémoires*, tome Ier, p. 178.

2. Sur la censure à cette date, lire l'article de B. Constant dans la *Minerve*, t. IX (1820), p. 133.

en principe, n'existe pas; mais le Gouvernement se réserve de poursuivre les journaux pour les articles dont « l'esprit » peut lui sembler suspect. C'est l'époque où les procès de la presse se multiplient ; l'issue n'en est pas toujours favorable au ministère Villèle, qui cherche à domestiquer les journaux par l'*amortissement* (1), et qui finit par rétablir la censure.

Après une courte accalmie (Charles X ayant, comme don de joyeux avènement, supprimé, ou plutôt suspendu la censure), les procès reprennent de plus belle. Les journaux poursuivis, le *Constitutionnel*, le *Courrier français*, sont acquittés ; et la presse, du moins celle de l'opposition, devient de plus en plus puissante sur l'opinion publique. M. de Peyronnet propose alors à la Chambre, en décembre 1827, la fameuse *loi de justice et d'amour*, laquelle, après une longue et brillante discussion, est votée par les députés, mais rejetée par la Chambre des pairs. — Nouveau rétablissement de la censure ; mais chute du ministère Villèle. — En 1828, vote d'une nouvelle loi sur la presse, proposée par M. de Martignac, — loi relativement libérale.

1. « Le plan de cette opération financière d'un nouveau genre était des plus simples. Il existait alors à Paris dix ou douze journaux politiques, dont la propriété se divisait en plusieurs parts. Or, si l'on parvenait à acheter et à placer en mains sûres la majorité de ces parts, et si en même temps toute autorisation de fonder un nouveau journal était systématiquement refusée, on devenait sans bruit maître de la presse périodique. A cet effet, un fonds considérable que M. de La Bourdonnaye, dans la séance du 12 juillet 1824, évaluait à plus de deux millions, fut formé à l'aide de capitaux fournis par la liste civile, par les fonds secrets, et l'on se mit ardemment à l'œuvre. » Hatin : *Manuel*, I, 205. — Voir dans l'*Histoire de la Presse* de Hatin (VIII, 383) l'affaire de Michaud, dépossédé de la direction de la *Quotidienne*, et réintégré par la Cour royale.

Mais bientôt le ministère Polignac inspire à Charles X les malheureuses *ordonnances* : la liberté de la presse est supprimée ; et au lendemain de la Révolution de Juillet, la situation des *périodiques* est modifiée.

C'est pendant cette période si agitée que se publient, nous l'avons dit, un certain nombre de petites revues, où la politique, les sciences, les lettres, se trouvent mêlées. Ces revues, on ne les a pas tout à fait négligées comme documents *politiques* ; elles sont, à ce point de vue, d'un très haut intérêt, si l'on songe à la qualité de rédacteurs qui s'appellent Benjamin Constant, A. Thierry, Guizot, etc... Mais on les a un peu négligées comme documents *littéraires* : et c'est sous ce rapport, exclusivement, que nous allons ici les définir, les grouper et les consulter.

II

Les classifications que nous allons établir, sans être arbitraires, ne répondent pas, on s'en convaincra bientôt, à la réalité absolue. Il ne faudra pas s'étonner outre mesure de rencontrer tantôt dans un *périodique* libéral une concession au romantisme, tantôt, dans une revue *doctrinaire*, quelque violente sortie contre le drame. La vie est complexe, variée, pleine de contradictions apparentes, — et c'est la vie même que nous cherchons à reconstituer. Mais enfin, à y regarder de haut, et à en croire les rédacteurs mêmes de ces journaux, il y a, de 1815 à 1830, trois écoles, trois partis : les *classiques*, les *romantiques-ultras*, les *doctrinaires*.

1° Les *classiques* sont ceux qui, même après Chateaubriand et Mme de Staël, croient encore à la fixité des genres et à la nécessité d'imiter les *bons modèles* ; ceux pour qui Boileau est le « législateur de Parnasse », et qui donnent à tous les préceptes de l'*Art poétique* l'infaillibilité de lois scientifiques ; ceux pour qui, en dehors des chefs-d'œuvre de l'antiquité, de ceux du XVIIᵉ siècle, et des ouvrages qui en sont imités, tout n'est que barbarie ou décadence.

Les classiques sont, en majorité, des *libéraux*. On peut s'en étonner, et nous citerons à ce sujet des aveux singuliers. Mais le fait est indiscutable : les défenseurs d'Aristote, les maladroits amis de Boileau, les continuateurs de La Harpe, les admirateurs des ouvrages les plus *poncifs*, les adversaires les plus résolus de la *nouveauté*, sont, je le répète, les libéraux. Leur principal organe quotidien, *le Constitutionnel*, fait une guerre acharnée et stupide au romantisme, et s'établit gardien sévère du classicisme. J'en cherche les raisons, et celles que je trouve ne me satisfont qu'à demi ; mais je dois les donner, tout en souhaitant que l'on m'en indique d'autres.

Ces raisons me paraissent être les suivantes : d'abord, tous ces libéraux, Lacretelle aîné, Étienne, Jouy, Jay, Ev. Dumoulin, Arnault, etc., sont nés sous le règne de Louis XV ou de Louis XVI, et ont été nourris tout enfants de cette poésie bâtarde des Saint-Lambert, des Roucher, des Delille, — et des tragédies de Voltaire, alors au grand répertoire, — et des imitations de ces tragédies, — et de la critique de La Harpe. Ils ont le *pseudo-classicisme* dans le sang. Peut-être aussi, de voir après 1789 que tout était sapé, ruiné, remplacé, et qu'au milieu de ce naufrage universel, la tragédie classique et le poème descriptif restaient honorés ; et que la religion elle-même n'avait plus d'autels ni de ministres, mais qu'il y avait toujours des Muses, et un Temple du goût, celui-là même que construisit Voltaire, — de voir, dis-je,

ce contraste stupéfiant, ce fut la raison intime et in-
consciente d'un respect superstitieux pour le seul ordre
de choses que la Révolution n'ait pas ébranlé.

Puis l'Empire vient. Et, sous l'Empire, c'est l'immobilité intellectuelle. On se fige dans le respect superstitieux des grands maîtres. Chateaubriand et Mme de
Staël, qui ont tenté d'émanciper les esprits, sont persécutés ou proscrits. Luce de Lancival est considéré
comme l'héritier de Racine et de Voltaire.

Mais ces raisons littéraires sont fortifiées par des raisons morales et politiques. Les libéraux de la Révolution, d'origine jacobine ou césarienne, se rattachent
au xviiie siècle encyclopédiste et voltairien. Ils sont
classiques, comme d'Alembert ou comme Condorcet, en
ce sens qu'ils sont rationalistes et sensualistes. Philosophes, idéologues, géomètres, leur classicisme est
celui dont Taine a fait une si merveilleuse et si para-
doxale analyse (1). Ils savent gré à Boileau d'avoir banni
le christianisme des ouvrages de l'esprit ; ce que l'auteur de l'*Art poétique* faisait par respect de la religion,
ils le demandent et l'imposent pour des raisons très
différentes. Or Chateaubriand a voulu restaurer le christianisme, et Mme de Staël l'enthousiasme. C'en est assez
pour qu'il y ait un irréductible malentendu entre les
héritiers de l'école encyclopédique et les chefs du
romantisme.

Mais tous les classiques ne sont pas des libéraux, si tous
les libéraux sont classiques. Dans le parti monarchique,
toute une fraction, composée de ceux qui ont fréquenté
les derniers salons du xviiie siècle, et des jeunes gens
qui veulent être considérés comme « bien pensants »,

---

1. Taine. *Les Origines de la France contemporaine*, tome Ier,
p. 240 (édit. in-8e).

défend également une littérature de tradition et d'imitation. Ces classiques de droite ne parlent pas, eux, du XVIIIᵉ siècle, mais du siècle de Louis XIV. Ils rappellent, avec orgueil, et comme un argument sans réplique, que l'on vit coïncider jadis la sujétion politique et le plus bel essor du génie national. L'Académie française est la forteresse de ce parti, l'Académie qui repoussait Casimir Delavigne comme libéral et Lamartine comme romantique (1), l'Académie où Auger ne manquait pas une occasion de louer *l'orthodoxie littéraire* du récipiendaire (2), et de revendiquer les droits de la *légitimité .classique* (3).

Ajoutons que l'Université, du jour où elle fut dirigée par Mgr Frayssinous, se constitua officiellement la gardienne des « saines traditions ». L'École normale supérieure, foyer d'indépendance politique et littéraire avait été supprimée. En août 1825, à la distribution du Concours général, le professeur chargé du discours latin, Dalgue, du collège Charlemagne, lança d'ingénieuses périphrases et de puissantes périodes contre le romantisme. Après lui, l'évêque d'Hermopolis prit la parole, pour bien faire entendre aux jeunes élèves qu'il comptait sur leur double fidélité à la Charte et à l'*Art poétique* (4)...

Enfin, la *Société des bonnes lettres*, fondée en 1824, eut pour mission essentielle de maintenir l'accord entre la tradition monarchique et la tradition littéraire. Quand le jeune Victor-Marie Hugo y lisait *Louis XVII* ou les *Vierges de Verdun*, on l'encourageait au nom de Boileau, de Delille et du roi (5).

1. *Le Globe*, 1ᵉʳ janvier 1825.
2. Séance du 25 novembre 1824 : réception de Soumet.
3. Séance du 7 juillet 1825 : réception de Droz.
4. *Le Globe*, 18 août 1825 ; 20 août 1825.
5. Cf. page 203.

Ainsi des motifs contradictoires retenaient dans la pratique et dans la défense du classicisme, et les libéraux et les légitimistes officiels. Mais ceux-ci n'eurent point de périodique attitré pour y exposer leurs doctrines ; il faut glaner dans la *Gazette de France*, la *Quotidienne*, le *Drapeau blanc*, les *Débats* même, les articles qui représentent cet état d'esprit critique (1). Les libéraux, au contraire, par cela seul qu'ils « jouaient à cache-cache » avec les lois sur la presse et avec la censure, créèrent de petites feuilles où, ne fût-ce que pour glisser leur politique sous le couvert de la littérature, ils discutèrent les ouvrages nouveaux. Leurs plus célèbres journaux furent: les *Lettres normandes* (1817-1820), la *Minerve* ou *Minerve française* (1818-1820), le *Miroir* (1821-1823), l'*Album* (1821-1829), la *Pandore* (1823-1828), le *Censeur européen* (1817-1820), le *Courrier français* (1819-1851), et la *Revue encyclopédique* (1819-1833).

2° Mais il n'est pas vrai de dire de tous les émigrés qu'ils n'avaient rien oublié ni rien appris. Le contact avec l'étranger leur avait, à la plupart, élargi le goût ; le malheur les avait rendus sensibles et mélancoliques. Disposés ainsi à la religiosité, le paganisme classique ne leur avait pas suffi, et déjà séduits par Jean-Jacques, enthousiastes de Chateaubriand, ils étaient prêts à se reconnaître dans les *Méditations*. Les femmes surtout, fatiguées d'une poésie qui ne parlait point au cœur, lasses de ces tragédies, de ces *Germanicus* et de ces *Sylla*, dont les allusions politiques étaient le seul mérite, devaient applaudir les novateurs. Et les jeunes

1. Cependant les *Annales de la littérature et des arts* (1820-1829) semblent parfois défendre le classicisme monarchique ; de même, çà et là, les *Lettres champenoises* (1817-1825).

gens qui cherchaient à s'orienter vers le succès sentaient qu'ils trouveraient, dans cette aristocratie éclairée, des lecteurs et des lectrices « se laissant aller aux choses qui les prendraient par les entrailles. » Il se forme donc un groupe romantique-ultra, qui unit à la foi monarchique et religieuse, le goût, ou pour mieux dire la passion du *romantisme*. Pour ce groupe, — écrivains et lecteurs, — revenir au moyen âge et au christianisme, c'est renouer l'antique tradition de la monarchie légitime, en deçà des temps où certains excès ont préparé la Révolution ; c'est prouver que la Restauration a rendu la France à elle-même et lui a rouvert les trésors accumulés jadis par les ancêtres des Bourbons ; c'est démontrer surtout que l'esprit philosophique et encyclopédique, en ne retenant de l'esprit classique que le paganisme et la raison pure, avait fait dévier le génie national, dont la véritable expression était dans les prouesses de la chevalerie et dans les splendeurs de l'art gothique. Pour les mêmes hommes, s'ouvrir largement aux littératures étrangères c'était revenir à ce fécond échange qui était dans la tradition monarchique, à ces alliances hardies où la France, parfois dupe en fait, triomphait toujours par la diffusion de ses idées et par la propagation de sa langue.

L'histoire de ce parti est très claire, de Chateaubriand à Lamartine ; mais la jeune avant-garde romantique ne reste pas fidèlement attachée, même avant 1830, au trône et à l'autel. Victor Hugo, Alex. Dumas, Th. Gautier sont des plébéiens, et leur *romantisme* s'en ressent très vite. On verra, d'après les dates, se modifier le point de vue. Les périodiques où paraît, dans toute sa naïveté, ce genre de *romantisme-ultra* sont le *Conservateur littéraire* (1819-1821) et la *Muse française* (1823-1824). On voit l'évolution se faire dans les *Anna-*

les de la littérature et des arts (1820-1829), les *Lettres
champenoises* (1817-1825), et le *Mercure du XIXe siècle*
(1823-1833). Pour ces deux derniers périodiques, il faut
prendre garde que les *Lettres champenoises* sont libérales jusqu'en 1820, et que le *Mercure du XIXe siècle*
a oscillé du classicisme académique au romantisme
chevelu : c'est à partir de 1827 que le *Mercure* abandonne définitivement le classicisme.

3° Il nous reste à signaler le parti le plus sérieux, le
plus original, celui qui semble avoir le mieux contribué
au triomphe définitif de la littérature nouvelle; je veux
parler des *doctrinaires*.

Le parti *doctrinaire*, celui de Royer-Collard et de
Guizot, est le seul, on peut l'affirmer, qui ait vraiment
compris dans quelle mesure les lettres devaient profiter de la Révolution. Plus clairvoyants que les autres
partis en présence, les *doctrinaires* sentirent que, dans
les idées comme dans la politique, l'Empire avait été
un temps d'arrêt. La Charte, accordée plutôt que con-
sentie, rendait à la France une liberté relative. Ils vou-
lurent que tout en profitât. Jeunes, mais graves, leur
enthousiasme est réfléchi : aucune foi ne les lie à un rite;
aucune tradition intellectuelle et morale ne les empri-
sonne dans des formules. L'esprit largement ouvert à
l'admiration de chefs-d'œuvre classiques, ils affirment
seulement qu'à chaque siècle conviennent et des idées
nouvelles et une forme adaptée à ces idées. Pour eux
les lettres sont toujours en fonction des mœurs, et ils
soutiennent que le développement social et politique
entraîne un mouvement parallèle dans les arts.

Aussi tenteront-ils d'*émanciper rationnellement* les
genres littéraires, comme ils veulent organiser consti-
tutionnellement l'État. Ils sont les disciples de Montesquieu et de Mme de Staël. Sur eux n'agiront ni le

moyen âge, ni la religiosité, ni l'ossianisme, ni le byro-
nisme, mais plutôt la sereine et hautaine intelligence
de Gœthe, et le romantisme discret de Manzoni. De là,
chez ces hommes si instruits et si fins critiques, une
remarquable lacune. Nous verrons qu'ils ne comprennent du romantisme que le principe de *liberté*, essentiel
sans doute, mais non unique en lui. La poésie même,
la flamme, la vie, tout cela leur échappe. L'on peut
appliquer à toute la critique doctrinaire ce que Sainte-
Beuve dit de Rémusat dissertant sur *René* : « Pour la
juger, il commence par dépouiller une nature poétique
de ses rayons. » Et ils pénètrent si peu dans ce que
j'appelais le *foyer* même du romantisme que, en 1828,
ils croient que le premier élan est apaisé, qu'on est
entré dans l'ère de la maturité, et qu'ils donnent pour
épigraphe à la *Revue française* : *Et quod nunc ratio est,
impetus ante fuit.*

Vous les verrez donc, les *doctrinaires*, formuler d'admirables théories larges et fécondes, appeler de tous
leurs vœux les chefs-d'œuvre nouveaux, au nom de la
liberté des idées et de l'art; puis, les chefs-d'œuvre
parus, s'étonner, s'irriter, faire de singulières réserves.
Rien n'est plus surprenant que leurs articles sur
Henri III et *Hernani*, après leurs articles sur la nécessité d'une complète réforme du théâtre.

Mais s'ils n'ont qu'à moitié compris le romantisme,
on peut dire, par contre, qu'ils ont vu bien au delà.
Pour eux, le romantisme n'est évidemment qu'une
crise de jeunesse. Leurs doctrines, en somme, s'appliqueraient beaucoup mieux à la littérature qui se déve-
loppa dans la seconde moitié du xixᵉ siècle. Les vieux
genres, au théâtre, disparaissent; le mélange des tons,
si disparate chez Hugo ou Dumas, devient aisé et naturel chez Em. Augier et Dumas fils ; on ne dispute plus

sur les unités, on s'étonne même qu'on ait jamais pu ne pas s'entendre sur une question si *relative* ; tous les genres deviennent bons, même et surtout peut-être le genre ennuyeux... Bref, si, au lieu de se laisser tous absorber par la politique, les doctrinaires eussent continué à faire de la critique, ils auraient trouvé, je pense, dans le retour au réalisme et dans la dislocation définitive des vieux cadres, à partir de 1850, le triomphe même de leurs théories.

Stendhal écrivait, en 1825 : « J'aurai du succès vers 1880. » Ainsi auraient pu dire, à la même date, les rédacteurs du *Globe* ou de la *Revue française*.

Leurs périodiques sont nombreux. Ce sont : les *Archives philosophiques, politiques et littéraires* (1817-1818), le *Lycée français* (1819-1820), les *Tablettes universelles* (1820-1824), et surtout les deux publications les plus remarquables de toute cette époque : le *Globe* (1824-1830), la *Revue française* (1828-1830).

III

Tous ces périodiques, quelque parti qu'ils servent, ont-ils des caractères communs, caractères qui peuvent nous autoriser à les considérer comme un *groupe* original, et qui les distinguent à la fois des feuilles littéraires du xviiie siècle et des *revues* publiées à dater de 1830 ?

Les journaux littéraires du xviiie siècle sont formés d'articles de fonds sur les livres nouveaux et sur les pièces nouvelles. Ces articles sont rédigés, soit sous forme de lettres, soit sous forme de dissertations plus rhétoriques que critiques. Sur le mouvement général des idées, il n'y a rien; la *bibliographie* y est presque nulle ; peu de nouvelles des littératures étrangères. Les grandes revues qui paraissent après 1830 sont plus complètes et plus variées que l'*Année littéraire* ou le *Journal de Trévoux*. Mais leur prétention est de donner d'importants articles signés de noms illustres, beaucoup plus que de *tenir le lecteur au courant*. Les *romans* et les *nouvelles* y coudoient les études critiques. La *bibliographie* est reléguée sur la couverture. Et la *Revue des Deux Mondes* elle-même s'occupe presque exclusivement des productions de la librairie parisienne.

Les périodiques rédigés de 1815 à 1830 ont presque tous la prétention d'offrir à leurs lecteurs un *tableau complet* du mouvement des lettres et des sciences non seulement en France, mais en Europe. Excluons le *Conservateur littéraire*, la *Muse française* et la *Minerve ;* les autres périodiques sont rédigés à peu près sur le plan suivant : 1° *Poésies*, ou morceaux originaux en prose, extraits d'ouvrages parus ou près de paraître ; 2° articles de critique sur des livres nouveaux ; 3° nouvelles et *extraits* des littératures étrangères ; 4° bibliographie française et étrangère ; 5° faits-divers intéressant les lettres et les sciences. Tels sont les éléments très variés qui entrent dans le *Lycée français*, les *Annales de la littérature*, le *Mercure du XIX° siècle*, les *Tablettes universelles*, la *Revue encyclopédique*, la *Revue française*... Le *Globe*, en partie politique, est, lui aussi, très documenté en bibliographie européenne, et en nouvelles littéraires et scientifiques.

C'est dire que les rédacteurs de ces journaux, — nous le répétons une fois de plus, — envisagent la littérature dans ses rapports avec le développement social tout entier. On ne saurait donc trouver, à aucune époque de notre histoire, une critique plus large et plus vaste, plus abondante en comparaisons instructives, plus avertie de tout ce qui se pense et de tout ce qui s'écrit.

Si l'on forme quelque jour une bibliothèque des périodiques littéraires, ceux de la Restauration devront y occuper une place d'honneur, — entre ceux du xviii° siècle où la polémique est trop souvent mesquine et se réduit à des questions de personnes, — et ceux de la suite du xix° siècle où se glissent, quand elles ne s'y étalent pas, la *camaraderie* et la *réclame.*

CHAPITRE II

MONOGRAPHIE DES PRINCIPAUX PÉRIODIQUES LITTÉRAIRES
DE 1815 A 1830

Liste d'ensemble, par ordre de dates.

Existant en 1815. — *Mercure* (supprimé en 1818, et remplacé par la *Minerve*).

Paraissant en 1817. — *Archives philosophiques, politiques et littéraires* (jusqu'en 1818).

— — *Quinzaine littéraire* (jusqu'en 1818).

— — *Censeur européen* (jusqu'en 1820).

— — *Lettres normandes* (jusqu'en 1820).

— — *Lettres champenoises* (jusqu'en 1825).

— 1818. — *Minerve française* (jusqu'en 1820).

— — *Archives de Thalie* (jusqu'en 1819).

— 1819. — *Lycée français* (jusqu'en 1820).

— — *Conservateur littéraire* (jusqu'en 1821).

— — *Revue encyclopédique* (jusqu'en 1833).

— — *Courrier français* (jusqu'en 1851).

— 1820. — *Minerve littéraire* (jusqu'en 1822).

— — *Tablettes universelles* (jusqu'en 1824).

— 1821. — *Miroir des spectacles* (jusqu'en 1823).

— — *Pandore* (jusqu'en 1828).

— — *L'Album* (jusqu'en 1829).

Paraissant en 1823. — *Mercure du XIXe siècle* (jusqu'en
         1831).
—   —   *Muse française* (jusqu'en 1824).
—   1824. — *Globe* (jusqu'en 1830).
—   1826. — *Figaro* (jusqu'en 1833).
—   1828. — *Revue française* (jusqu'en 1830).

I

Les périodiques « libéraux » : le *Mercure.* — Le *Censeur
européen.* — Le *Courrier français.* — Le *Miroir.* — La
Pandore. — Les *Lettres normandes.* — La *Minerve
française.* — La *Minerve littéraire.* — La *Revue encyclopédique.*

Quelques-uns des périodiques que nous groupons
dans ce chapitre n'ont, à notre point de vue particulier,
qu'une importance très secondaire. Nous nous conten-
terons d'indiquer brièvement les suivants :

Le *Mercure de France*, restauré en messidor an VIII par
Fontanes, La Harpe, et l'abbé Morellet, dirigé par Esménard, vécut jusqu'en 1820, mais non sans quelques vicis-
situdes. Supprimé en février 1818 par le gouvernement,
il donna naissance a la *Minerve* ; puis il voulut recom-
mencer à paraître et reprendre ses anciens abonnés :
de là, procès avec la *Minerve*, et disparition définitive en
1820. Le titre de *Mercure* est repris en 1823 par le *Mercure du XIXe siècle* que nous retrouverons plus loin (1).

La *Quinzaine littéraire*, journal de littérature ancienne
et moderne, française et étrangère, pour faire suite à

1. Hatin. *Bibliographie*, p. 26.

l'*Année littéraire*, paraît de janvier 1817 à janvier 1818.
Le rédacteur est Amar du Rivier, conservateur à la
Bibliothèque Mazarine. Ce périodique est utile à consulter pour les questions de littérature anglaise et italienne (1).

Le *Censeur européen*, qui paraît en brochures sans date
fixe de février 1817 à avril 1819, puis devient quotidien
du 15 juin 1819 au 22 juin 1820, est du plus haut intérêt politique (2). Il eut à soutenir un des plus retentis-
sants procès de presse. Pour l'histoire littéraire, le *Censeur* nous donne les articles que A. Thierry a réunis
plus tard dans ses *Dix ans d'études historiques*, plus quelques autres qui sont restés ensevelis dans ce journal et
dont on peut dire qu'ils sont complètement inédits. Le
texte publié par Thierry dans son volume a d'ailleurs
été lui-même sensiblement modifié. On voit quelle serait
l'importance du *Censeur* pour l'établissement d'une édition critique et complète d'Augustin Thierry (3). De
plus, le *Censeur européen* contient des articles de P.-L.
Courier.

Le *Courrier français* est également un journal politique, qui paraît du 21 juin 1819 au 14 mars 1851 (4). Mais
il a publié le texte originel des *Lettres sur l'histoire de
France*, d'Augustin Thierry, texte à comparer à celui
des éditions successives (la 1re édition est de 1827) (5).

Il faut mentionner seulement pour mémoire : le *Mi-*

1. Hatin. *Bibliographie*, p. 570.
2. Hatin. *Bibliographie*, 317 ; *Histoire de la Presse*, VIII, 82 et
280.
3. *Revue d'histoire littéraire* de septembre-décembre 1905 :
Augustin Thierry journaliste.
4. Hatin. *Bibliographie*, p. 345 ; *Histoire de la Presse*, tome VIII,
p. 457, 590.
5. Voir l'*Avertissement* de la 2e édition, 1828.

roir des spectacles, des lettres, des mœurs et des arts, par
MM. Jouy, Arnault. Em. Dupaty, Cauchois-Lemaire, du
15 février 1821 au 24 juin 1823, recueil supprimé à cette
date, et qui reparaît en juillet 1823 sous le titre de :
la *Pandore*... pour durer jusqu'en août 1828. L'histoire
anecdotique des théâtres plutôt que la critique peut en
tirer profit (1).

Au même groupe que le *Miroir* et la *Pandore* considérés comme journaux littéraires, appartiennent : les
Archives de Thalie... publiées par Ricord aîné, pour
faire suite au *Journal des Théâtres* (4 vol. 1818-1819).
Ce recueil est précieux pour l'histoire de l'art dramatique en France et à l'étranger (2).

L'*Album*, journal des arts, de la littérature, des
mœurs et des théâtres, par Grille et Magalon, paraît
du 19 juillet 1821 au 25 mars 1823, puis reprend du
25 novembre 1828 au 5 mars 1829. Plus politique que
littéraire, il est célèbre par les procès de Magalon et
de Fontan (qui y publie le *Mouton enragé*) (3).

Nous sommes obligé de signaler seulement ces journaux, pour nous arrêter à ceux des périodiques où la
critique s'est réellement exercée : les *Lettres normandes*, la *Minerve française*, la *Minerve littéraire*, la *Revue
encyclopédique*.

LETTRES NORMANDES || *ou* || *petit tableau moral, poli-
tique* || *et littéraire* || *adressées par un Normand devenu*

1. Hatin. *Bibliographie*, p. 348. — *Le Miroir* et la *Pandore* ont
une certaine importance comme petits journaux politiques. Ils
faisaient au ministère une guerre d'escarmouches, et ils abondent
en traits piquants.
2. Hatin. *Bibl.*, p. 590.
3. *Id.*, *ibid.*, p. 347 ; *Hist. de la Presse*, VIII, p. 372.

Parisien à plusieurs de || *ses compatriotes : un marquis
et un officier à demi-solde ;* || *un abbé et un négociant ;
une dame du monde, une* || *paysanne et un cultivateur.*

*[Epigraphe] Messieurs les sots, je veux en bon chrétien
Vous siffler tous ; car c'est pour votre bien.*

VOLTAIRE.

A Paris || *au bureau des Lettres normandes,* || *chez
Foulon et C*ⁱᵉ, *libraires, rue des Francs-Bourgeois,* ||
nᵒ 3 || 1818 (1).

Ce recueil, dont le premier *volume* porte la date de
1818, commence au 18 septembre 1817, et finit le 11 septembre 1820. Ainsi que la *Minerve*, il paraissait à des
dates indéterminées pour ne pas être considéré comme
un journal. Présenter sous forme de *Lettres* des observations critiques et politiques, ce n'était pas une idée
neuve depuis les *Lettres siamoises* de Dufresny et les
Lettres persanes de Montesquieu, pour ne pas remonter
jusqu'aux *Provinciales*. Il suffit de regarder la table
alphabétique de la *Bibliographie* de Hatin, pour constater à quel point ce cadre parut commode aux pamphlé-
taires de tous les partis sous la Révolution et sous la
Restauration. Ici, nous trouverons en face des *Lettres
normandes*, libérales, les *Lettres champenoises*, royalistes.

Les *Lettres normandes* devaient, ainsi que la *Minerve*,
succomber sous la censure de 1820. Au mois de janvier
de cette année-là, elles eurent un procès retentissant,
à propos d'un article sur la cérémonie expiatoire annuelle
de la mort de Louis XVI. Dans la livraison de mars
1820 (tome X), on trouve toute l'histoire de ce procès ;

1. Hatin. *Bibliogr.*, p. 336.

5

à partir du 14 avril, les articles sont suivis de cette mention : *permis d'imprimer. H.*, et souvent le texte est interrompu par des lignes de points. Les *Lettres normandes* essayèrent donc de vivre malgré la censure, en conservant leur titre et leurs rubriques ordinaires, tandis que la *Minerve* renonçait à son titre et se transformait en brochures sans lien apparent. Mais contre les deux publications, la censure eut le dernier mot.

Toutefois, on aurait pu croire que les *Lettres normandes*, persécutées pour leurs articles politiques, allaient se transformer en une véritable revue littéraire. Le 14 avril 1820, dans leur *Mosaïque politique et littéraire*, les *Lettres* déclarent que la littérature va devenir leur principal objet. J'aurai plus loin l'occasion de citer une partie de ce curieux passage, où se montre avec une singulière naïveté le sentiment qui inspire à la plupart des libéraux leurs jugements sur les romantiques.

D'ailleurs, les articles littéraires sont, dans les *Lettres normandes*, assez nombreux. On y pourrait, à la rigueur, suivre le mouvement dramatique et poétique de ces deux années, ce qui serait impossible dans la *Minerve*. Non seulement, il y a des comptes rendus des principales nouveautés ; mais encore la *Mosaïque politique et littéraire* nous tient au courant d'une foule de détails intéressants sinon pour l'histoire au moins pour la chronique des lettres. Les *Spectacles* sont rédigés par Bert.

Le rédacteur en chef, Léon Thiessé (1), fut un homme

---

1. Léon Thiessé (1793-1854) fut rédacteur au *Diable boîteux*, au *Mercure*, au *Constitutionnel*, à la *Revue encyclopédique*, fondateur des *Lettres normandes*. Publia des compilations : Les *Débats de la Convention*, 1828 5 vol. ; les *Victoires de l'armée française*, 1819,7 vol. En 1816, *Zuleika et Selim ou la Vierge d'Abydos*, de Byron. En 1830,

célèbre à son heure ; et si l'on en juge par le ton de ses articles, par le choix des nouvelles, par une certaine variété de productions qui trahit en lui un agité, on peut dire qu'il est né cinquante ans trop tôt. Il aurait dû faire du journalisme sous le second Empire, et travailler au *Figaro* de Villemessant. Il n'a ni la gravité, ni la pesanteur non plus, de ses illustres confrères de la *Minerve ;* cependant, il se rapprocherait plutôt de Jouy et d'Étienne que de Lacretelle et de Tissot. Toute sa carrière littéraire et *administrative* tient entre 1815 et 1840 : libéral sous la Restauration, il devint préfet sous la monarchie de Juillet, rien de plus logique. Le titre le plus sérieux de L. Thiessé, c'est d'avoir été le premier traducteur de Byron. Ses articles, tant aux *Lettres normandes* qu'à la *Revue encyclopédique* et au *Mercure du* XIXᵉ *siècle*, nous instruisent beaucoup, eux aussi, sur la façon dont les libéraux croyaient devoir accueillir et attaquer les romantiques.

Parmi les articles littéraires des *Lettres normandes*, je signalerai d'abord les comptes rendus dramatiques, dus à Bert (1), et souvent très intéressants : la *Manie des grandeurs*, d'A. Duval (2) ; l'*Esprit de parti*, de Merville (3) ; *Bélisaire*, de Jouy (4) ; *Louis IX*, d'Ancelot (5) ; le *Frondeur*, de Royou (6) ; les *Comédiens*, de C. Delavigne (7) ; *Jeanne d'Arc à Rouen*, de Davrigny (8) ; l'*Irré-*

devient préfet des Deux-Sèvres, puis des Basses-Alpes. En 1851, publie les œuvres d'Étienne, avec des notices dont le ton est souvent plus politique que critique.

1. *Bert* (1768-1824) n'est guère connu que par des écrits de politique ou de droit.
2. T. I, p. 87 (nov. 1817).
3. T. I, p. 153 (nov. 1817).
4. IV, 219 (déc. 1818).
5. IX, 7 (nov. 1819).
6. IX, 47 (nov. 1819).
7. IX, 283 (janv. 1820).
8. VI, 205-284 (mai 1819).

solu, de Leroi (1) ; les *Vépres siciliennes*, de C. Delavigne (2).

Un bon article sur l'ouvrage posthume de Mme de
Staël : *Considérations sur la Révolution française* (3) ; sur
Chateaubriand et la prose poétique (4) ; sur les *Anna-
les littéraires*, de Dussault (5) ; sur le *Théâtre* de
M.-J. Chénier (6) ; sur *Thérèse Aubert*, de Ch. No-
dier (7) ; sur les *Messéniennes*, de C. Delavigne (8).

On trouve aussi, dans les *Lettres normandes*, un
grand nombre de détails piquants et précieux sur l'état
de la presse de 1817 à 1820, sur les rédacteurs de journaux, la censure, etc.....

La MINERVE || FRANÇAISE, || *par MM. Aignan, de l'Aca-
démie française ; Benja || min Constant ; Evariste Dumou-
lin ; Etienne ; || A. Jay ; E. Jouy, de l'Académie fran-
çaise ; || Lacretelle aîné, de l'Académie française ; ||
Tissot, professeur de poésie latine au Collège royal ||
de France, etc. || Tome Ier, || Paris, || au bureau de la
Minerve française, || rue des Poitevins, n° 14, || février*
1818 (9).

Le *Mercure* avait été supprimé en février 1818, pour
un article de Jubé sur le Concordat ; la *Minerve* succéda au *Mercure*, avec les mêmes rédacteurs. Il suffit
de lire le *prospectus* pour comprendre comment ce re-

1. VII, 66 (juil. 18119).
2. VIII, 288 (oct. 1819).
3. II, 245 (mai 1818).
4. IV, 43 (oct. 1818).
5. IV, 189 (nov. 1818)

6. V, 101 (fév. 1819).
7. V, 333 (mars 1819).
8. VIII, 56 (sept. 1819).
9. Hatin. *Bibl.*, p. 342. *Histoire de la Presse*, VIII, 228.

cueil essaya d'éviter, tout en continuant une campagne libérale, les « rigueurs de la censure ».

... Nous venons, disent les *auteurs*, de former une société qui publiera un ouvrage en quatre volumes, sous le titre de la *Minerve française*, et qui sera divisé en cinquante-deux livraisons. Il en paraîtra treize par trimestre, mais à des époques indéterminées ; dépouillant ainsi les formes périodiques, nous pourrons, libres de toute censure, user du droit que la Charte donne à tous les Français de publier leurs opinions. S'il y a moins de régularité dans nos envois, il y aura donc plus de franchise dans nos écrits. Nous jouirons d'une entière indépendance ; elle n'aura de limites que celles de la loi. Suppléant au silence forcé des journaux quotidiens, nous nous livrerons avec sagesse à des considérations sur la position générale de l'Europe, sur les débats des Chambres, sur les actes de l'administration en France ; nous aborderons toutes les questions d'utilité publique, et nous donnerons à la partie littéraire de l'ouvrage un nouveau relief, en prenant dans nos articles une allure plus franche et plus décidée...

... Chaque livraison portera toutes nos signatures ; nous sommes tous solidaires de ce que nous écrirons tous en particulier, et il nous semble que la garantie de dix hommes de lettres qui se nomment, vaut bien, pour l'autorité, celle d'un censeur, quel qu'il soit... (1)

Les auteurs font ensuite allusion à certaines menaces du gouvernement : « on serait prêt à retenir, dans les bureaux de la direction des postes, les livraisons destinées à la province » ; et ils terminent en citant la lettre qu'ils viennent d'adresser à Son Excellence le ministre de la police générale. Ce *document* vaut la peine d'être cité :

1. *Minerve*, tome I (février 1818), p. 4.

Paris, le 2 février 1818.

Monseigneur,

Nous avons appris que Votre Excellence avait retiré
le privilège du *Mercure de France*, et qu'il n'était plus
permis aux hommes de lettres qui ont fondé et fait pros-
pérer cette propriété littéraire, de profiter des avantages
de la périodicité. Nous aurons l'honneur de faire observer à Votre Excellence que ces hommes de lettres ont
obéi à tous les règlements et à toutes les garanties que
l'autorité a jugé convenable d'établir et de se réserver.
Jamais aucun article n'a été publié sans avoir été soumis à la censure, soit du ministère des affaires étrangères, soit du littérateur éclairé qui avait obtenu et qui
méritait si bien la confiance de Votre Excellence. Dans
cet état de choses, n'ayant nul reproche à nous faire,
nous croyons de notre devoir de prévenir Votre Excellence que c'est avec peine que nous renonçons à une
entreprise que nous croyions placée sous l'empire des
lois et des règlements particuliers aux ouvrages périodiques.

Comme nous avons l'intention d'user et non d'abuser
de la liberté de la presse, nous réunirons nos efforts pour
composer un ouvrage consacré à développer les avantages de la Charte, les principes de la liberté constitutionnelle, et à faire connaître les progrès de la littérature,
des arts et de l'industrie nationale. Cet ouvrage paraîtra
en quatre volumes divisés par livraisons, sous le *titre* de
la *Minerve française*, titre qu'indique suffisamment l'égide
sous laquelle nous voulons nous placer. Ces livraisons
seront publiées à des époques indéterminées. Si Votre
Excellence nous honorait de sa souscription, elle s'assu-
rerait bientôt elle-même que des hommes de lettres qui
respectent les lois et qui aiment leur pays, n'ont besoin
d'aucun privilège pour être utiles et obtenir d'honorables
succès.

Signé: AIGNAN, EVARISTE DUMOULIN, ÉTIENNE,
JAY, JOUY, LACRETELLE, TISSOT.

Nota. — M. Benjamin Constant, qui était absent, lorsque cette lettre a été écrite, déclare qu'il adhère à tout son contenu.

Dans un article de la première livraison, article consacré à l'examen des œuvres d'Andrieux, A. Jay écrit :

J'ai annoncé dans l'*Ancien Mercure*, il y a environ quinze jours, l'édition des œuvres de M. Andrieux; c'est sous les auspices d'une autre divinité que je publie aujourd'hui la suite de mes observations. Après cent quatre-vingt-dix-neuf années d'une existence pacifique, le *Mercure*, encore plein de vie et de santé, est mort subitement. Le ciel, comme pour le punir d'avoir été trop *galant* dans sa jeunesse, l'a condamné à périr entre les mains d'une femme ; il avait résisté à Mme de Genlis, il a succombé sous Mme Élisabeth de Bon (1). Dans cette fâcheuse extrémité, nous élevons une nouvelle chapelle sous l'invocation de la déesse qui préside aux arts d'imagination. Nous y placerons la statue de Minerve, dans l'espérance qu'aucun profane n'osera toucher à notre *palladium* (2).

Ainsi constituée, la *Minerve* continua à paraître avec un vif succès, jusqu'au moment où les lois d'exception de 1820 l'obligèrent à se transformer. Ses auteurs essayèrent alors de publier des brochures sous des titres divers: on en trouvera l'énumération dans la *Bibliographie* de Hatin (3). Enfin Étienne, Jay, Évariste

1. « Mme Elisabeth de Bon, auteur de quelques nouvelles françaises, et traducteur de quelques romans anglais, était au nombre des anciens propriétaires du *Mercure*. Elle était titulaire du privilège concédé par l'autorité. Elle a renoncé à ce privilège, et le *Mercure* s'est trouvé suspendu indéfiniment. » (Note de la *Minerve*.)

2. *Minerve*, t. I, p. 13 (février 1818).

3. Hatin. *Bibliographie*, p. 346 (avec une citation extraite du *Prospectus*).

Dumoulin et Tissot passèrent au *Constitutionnel*, tandis que Benjamin Constant, Jouy, Aignan fondaient, avec Pagès, un nouveau journal la *Renommée*, qui se réunit en juillet 1820 au *Courrier français* (1).

Cependant, le *Mercure*, remplacé par la *Minerve*, avait essayé de renaître en juillet 1819. Mais les rédacteur de la *Minerve*, qui se jugeaient seuls légitimes héritiers de l'ancien *Mercure*, protestèrent ; et voici ce que nous lisons dans le *Conservateur littéraire*, en décembre 1819 :

Un Mercure, né le 17 juillet 1819, a hérité comme on sait d'un Mercure mort le 31 janvier 1818 ; il se préparait à hériter encore de la vieille Minerve, que lui et tout le public croyaient morte depuis quelque temps, lorsqu'un acte rigoureux est venu lui révéler à ses dépens l'existence de la terrible déesse ; celle-ci, furieuse de voir s'enfuir les abonnés, et ne sachant ce qui les effrayait, puisqu'elle a eu soin de cacher les serpents de sa Gorgone sous le bonnet de police de M. E... et le bonnet de liberté de M. T..., s'est imaginé qu'ils étaient attirés ailleurs, et que le Mercure ressuscité voyait revenir à lui ses fidèles. Le fait paraissait assez plausible, car on sait que Mercure s'amuse à voler aux dieux leurs biens bestiaux. Là-dessus dame M... a tenu conseil ; d'abord elle a agi envers l'Hermès de nouvelle fabrique, comme Ninon envers le fils de Gourville (dans le *Dépositaire*) ; elle a voulu lui apprendre à vivre. Hermès a répondu, comme Zamore à Guzman, en lui offrant de lui apprendre à mourir. Dame M...n'ayant pas besoin de leçon en cette matière, après avoir chanté tant d'exploits, s'est vue contrainte d'en rédiger un, comme dit M. E... ; en conséquence, un huissier est allé, de la part de dame M..., annoncer au pseudo-Mercure,

1. Hatin. *Bibliographie*, p. 343.

qu'il était accusé d'avoir frauduleusement soustrait à ladite dame la succession du défunt Mercure, se composant de souscripteurs, lecteurs, etc., dont la plaignante était la seule et légitime héritière. A ces causes, etc.

L'inculpé soutient qu'il est innocent, et que le jour n'est pas plus pur que ses registres d'abonnement ; au reste, il prouvera qu'il n'a recueilli d'autre succession du trépassé que les mots de l'énigme, charade et logogriphe, insérés dans le numéro du 31 janvier 1818.

Un magistrat, professeur célèbre, et juge ignoré, qui est remonté après avoir *descendu*, décidera dans cette affaire de légitimité.

Dame M..., demanderesse, affirme qu'elle n'est autre chose que le Mercure sans culotte.

Sire Mercure, défendeur, prétend que, loin de descendre de Mercure, dame M... est sortie tout armée, non du cerveau, mais des antichambres de Jupiter-Scapin.

Non nostrum... (1).

Ce nouveau *Mercure* disparut en 1820; plus tard, en 1823, on trouve le *Mercure du* xixᵉ *siècle*, avec quelques rédacteurs venus de la *Minerve*.

La mort du duc de Berry ayant provoqué le rétablissement de la censure, la *Minerve*, en mars 1820, dut cesser de paraître. A la dernière page de la dernière livraison, Évariste Dumoulin écrit :

La note que je viens de tracer terminera la cent-treizième livraison de la *Minerve*. Elle contient probablement les derniers accents de liberté qu'il nous sera permis de proférer dans un ouvrage qui fut constamment consacré à la défense de la Charte, du trône et des droits de la nation. Cependant si, entourés des chaînes qu'on nous prépare, il nous reste encore quelque voie pour faire entendre des vérités utiles, on peut se reposer sur notre

1. Le *Conservateur littéraire*, décembre 1819.

zèle, et, nous osons le dire, sur notre patriotisme, du soin de la découvrir et d'en profiter... (1).

On vit paraître alors une suite de brocheries, sous des titres différents : *Considérations politiques et morales, Portefeuille politique, Lettres sur la situation de la France, Galerie,* etc... rédigées par les anciens rédacteurs de la *Minerve*. La critique littéraire n'y tient plus aucune place.

Quand on ouvre le premier des neuf volumes de la *Minerve*, on constate que chaque numéro, d'une cinquantaine de pages, renferme les matières suivantes : 1° sous la rubrique fixe *Littérature*, une poésie, une énigme, une charade, un logogriphe, et quelquefois un de ces articles alors appelés *extraits*, aujourd'hui *compte rendu;* 2° sous des rubriques mobiles : *Nouvelles littéraires, Variétés, Galerie littéraire et politique, L'Ermite en province, Essais historiques, Lettres sur Paris,* etc., des morceaux de tout genre, signés d'initiales dans lesquelles il est aisé de reconnaître les rédacteurs habituels.

A partir du tome deuxième, les *jeux d'esprit* disparaissent. Les poésies deviennent rares, ou prennent un caractère polémique et politique plus accentué; c'est, au tome III, *Brennus ou la vigne plantée dans les Gaules,* par Béranger ; au tome IV, la *Sainte Alliance,* du même ; au tome V, les *Diables missionnaires,* du même; au tome VI, *Mon habit,* du même; le tome VII contient encore trois chansons de Béranger ; plus de *poésies* dans les tomes VIII et IX. Ainsi, la *Minerve française,* à mesure que la lutte des partis devient plus

1. *Minerve,* t. IX (mars 1820), p. 428.

vive, à mesure qu'elle sent grandir son succès auprès des libéraux, fait la part de plus en plus large à la politique. C'est dire que les articles de *critique littéraire* qui figurent dans ce recueil pourraient être récusés comme représentant beaucoup moins le jugement sincère d'une école que les passions déguisées d'un parti. Mais, là, précisément, est l'intérêt relatif de quelques-uns de ces articles. On y voit comment et pourquoi les innovations encore timides des pré-romantiques sont suspectes aux défenseurs des classiques, et l'on surprend bien des aveux qui expliquent la résistance systématique de ceux qui se considèrent comme les continuateurs du xviii° siècle. Nous aurons donc à choisir, dans la collection de la *Minerve*, quelques pages curieuses.

Les rédacteurs appartiennent tous au parti libéral ; mais ils sont d'origine assez différente. De Benjamin Constant, ne disons presque rien, de peur d'en dire trop ou trop peu. Excellent polémiste, *journaliste* dans les moelles, avec tous les défauts, toutes les insuffisances, tous les partis-pris que le mot fait entendre, mais aussi avec la promptitude, le coup d'œil, la prescience, la pénétration, la vigueur et l'éloquence ; redoutable à l'adversaire qui lui résiste, mais s'enferrant lui-même quand on se contente de le laisser aller ; Constant a écrit dans la *Minerve* quelques-uns de ses plus beaux morceaux, et souvent à la politique il mêle les questions sociales et littéraires (1).

Parmi les rédacteurs presque exclusivement politiques figure Évariste Dumoulin, qui signe E. D. — Il est né en 1776. A ce propos, observons de nouveau que

1. Sur Benjamin Constant cf. Ém. Faguet : *Politiques et moralistes*, tome I.— V. Glachant : *B. C. sous l'œil du guet*. Plon, 1906. Cf. la *Quinzaine* du 16 fév. 1907.

presque tous les libéraux sont des hommes du siècle
précédent, jeunes gens pendant la Révolution, et vivement séduits alors par ce qu'elle avait de généreux et
de hardi ; sous l'Empire, *ils ont vécu*, attendant leur
heure. Quelques-uns sans doute n'ont fait à Napoléon
aucune opposition. Mais c'est qu'ils voyaient en lui surtout le soldat de fortune, l'adversaire des rois coalisés,
l'*usurpateur* ; le renverser, c'eût été ramener l'*ancien
régime* dont à cette époque on ne pouvait dire si la Restauration ne serait pas le retour à tous les privilèges
détruits en 1789, avec un flot de rancunes amassées
et de représailles. Rien alors ne faisait prévoir la Charte.
Cette Charte, les libéraux sincères l'acceptèrent avec
franchise ; ils se donnèrent pour mission d'en surveil-
ler la bonne application, et d'empêcher qu'on en violât
non seulement la lettre mais l'*esprit*. Là, d'ailleurs, le
champ de l'interprétation était trop large pour que fata-
lement de graves dissidences ne dussent pas se produire. A la distance où nous sommes aujourd'hui, et
maintenant que ces passions sont éteintes, nous pouvons nous étonner ou que certains libéraux aient pris à
tâche d'*agacer* le gouvernement, ou que celui-ci ait si
maladroitement défendu ses nécessaires prérogatives.
Qui peut dire aussi à quel point des événements impré-
vus, comme l'assassinat du duc de Berry, en février 1820,
modifièrent la position des partis ? Pour celui qui connaît la Restauration non par les *livres d'histoire*, mais
par les journaux, et qui s'est fait le « contemporain à
distance » de ces luttes quotidiennes, 1820 est bien la
date des irréparables malentendus. Or 1820 est aussi la
date héroïque de la *Minerve*.

Évariste Dumoulin, pour revenir au nom qui fut l'occasion de cette digression, est un de ces libéraux conséquents avec eux-mêmes. Sous l'Empire, il est avocat et

jurisconsulte; il travaille au *Journal du barreau*. Son rôle actif ne commence qu'en 1815, année où il fonde avec Maiseau et Bellemare le *Messager des Chambres*; puis il collabore au *Constitutionnel*, dont il devient, à partir de 1817 (1), un des principaux rédacteurs, avec Tissot, Étienne et Jay, qui seront également ses associés à la *Minerve*. Là, il publie d'assez nombreux articles de polémique politique : cependant sa signature apparaît moins fréquemment que celle de Jouy, de Jay, ou de Lacretelle aîné. Mais, sans doute, il était, tout autant que Benjamin Constant, l'âme du recueil; car c'est lui qui, en mars 1820, signe le dernier adieu de la *Minerve* au public. Dumoulin doit être aussi le principal auteur des brochures qui parurent en 1820 comme suite à la *Minerve*, et qui complètent le tome neuvième de la collection. Il contribua, comme journaliste et comme *combattant*, à la Révolution de 1830, fut décoré et nommé commandant de la garde nationale. Parvenu à une certaine notoriété, enrichi d'ailleurs par sa collaboration au *Constitutionnel*, il mourut subitement le 4 septembre 1833 (2). Nous devions nous arrêter à ce libéral militant pour bien faire comprendre quelle place la politique tient dans la *Minerve*.

Le type du libéral qui a ses *racines* dans le XVIIIe siècle est Lacretelle aîné. Celui-là, né en 1751, a connu tous les philosophes ; ses biographes nomment parmi ses amis : Condorcet, d'Alembert, Buffon, Turgot, Malesherbes, Ginguené, Fontanes, Garat. Il a été député

1. Le *Constitutionnel* prend alors le titre de *Journal du commerce* qu'il garde jusqu'au 1ᵉʳ mai 1819, date à laquelle il revient à son ancien titre.

2. Ev. Dumoulin a publié une *Histoire* du procès du Maréchal Ney (1815) ; *Lettre sur la censure des journaux et sur les censeurs* (1820) ; *Examen du projet de loi sur la presse* (1827).

de Paris à la Législative, en 1791-1792 ; éloigné de la politique pendant la Terreur, on le retrouve au Corps Législatif en 1801-1802. Il succède à La Harpe comme membre de l'Académie française, et son discours de réception est resté célèbre comme *éreintement* du prédécesseur. Sous l'Empire, il plaide. Sous la Restauration, il s'attache d'abord, en 1817, au nouveau *Mercure*, puis à la *Minerve française* ; de ce dernier périodique, il devient *l'éditeur responsable* ; puis, après la suppression, il est le *libraire patenté* des brochures qui en forment la suite. En 1821, condamné, à ce titre, par la cour royale, il se fait gracier par le roi. Lacretelle est un très honnête homme, fort exalté, et qui représente le libéralisme utopique (1). Il est le frère de Lacretelle jeune, également académicien, rédacteur aux *Débats*, au *Journal de Paris*, etc... et qui fut un royaliste militant jusqu'au jour où il présenta à Charles X les remontrances de l'Académie à propos de la *loi sur la presse.*

Voilà, si je ne me trompe, des libéraux dont le libéralisme, pour être assez étroit, et pour avoir été, en maintes circonstances, très maladroit, ne saurait du moins être suspect : ce sont d'honnêtes gens, et qui luttèrent loyalement pour la justice.

Mais il en est plusieurs autres qui sont assez déplaisants à considérer, quand on va au fond de leurs opinions, et quand on oppose leur servilité de la veille à leur libéralisme agité du temps de la Restauration ; je veux parler d'Étienne, de Jouy, de Jay, et de quelques autres.

J'ai eu l'occasion de parler ailleurs d'Étienne consi-

---

1. Ses *œuvres complètes* forment six volumes publiés de 1823 à 1824 ; une première édition en cinq volumes avait paru de 1802 à 1807.

déré non seulement comme auteur dramatique, mais encore comme rédacteur en chef du *Journal de l'Empire (Débats)* (1). Le 15 décembre 1808, Étienne adressait à Bertin la lettre suivante : « Je vous prie, Monsieur, de vouloir bien apprendre à M. Geoffroy que Sa Majesté m'a nommé *rédacteur principal du Journal de l'Empire, et que ma fonction ne se bornait point à la censure de cette feuille.* Ayez la complaisance de lui dire qu'il ne doit point se permettre de travestir dans son feuilleton, comme il l'a fait aujourd'hui, les articles que je crois devoir insérer dans le corps du journal, et que, *s'il se permet encore une fois un pareil mépris pour l'autorité que le gouvernement m'a confiée, il me forcera à prendre des mesures qui répugnent à mon caractère. J'ai supprimé les passages en question...* »

Tel était, sous l'Empire, le style de celui qui devait écrire, dans la *Minerve*, de 1818 à 1820, ces piquantes *Lettres sur Paris*, d'un libéralisme aigu, — et protester si éloquemment contre les entraves apportées à la liberté de la presse. Cette *inconséquence* avait frappé Sainte-Beuve qui, à propos de la réception d'A. de Vigny à l'Académie française (Vigny succédait à Étienne) écrivait ceci : « La chute de l'Empire coupa court, ou à peu près, à la carrière dramatique de M. Étienne ; la Res-

1. *Geoffroy et la critique dramatique sous le Consulat et l'Empire* (1897), p. 239, p. 424 ; et *Revue d'histoire littéraire: La comédie et les mœurs sous le Consulat et l'Empire*, 15 avril 1899. Étienne, né 1777, mort 1845 ; de 1796 à 1810, nombreux opéras-comiques et petites pièces ; *Les Deux Gendres*, 1810 ; Acad. fr., 1811 ; *L'Intrigante*, 1813 ; censeur du *Journal de l'Empire (Débats)*, 1810 à 1814 ; reprend cette place aux Cent-Jours ; rayé de l'Institut et de la Légion d'honneur, 1816 ; *Minerve*, 1818 ; député, 1820 ; pair de France, 1839 ; *Constitutionnel*. — Œuvres, en 5 vol. (1846-1853) ; le tome V contient les *Lettres sur Paris* publiées dans la *Minerve*. Cf. Le *Conservateur littéraire* (1820) tome III, 189.

tauration le fit publiciste libéral à la *Minerve* et au *Constitutionnel*. La première formation du parti libéral serait piquante à étudier de près, et, dans ce parti naissant, nul personnage ne prêterait mieux à l'observation que lui. D'anciens amis de Fouché ou de Rovigo, des bonapartistes mécontents, en se mêlant à d'autres nuances, devinrent subitement les meneurs et, je n'hésite pas à le croire, les organes sincères d'une opinion publique qui les prit au sérieux et à laquelle ils sont restés fidèles. Mais, au début, c'était assez singulier : quand ils attaquaient le ministère Richelieu comme trop peu libéral, ceux qui connaissaient les masques avaient droit de sourire... (1) »

Hâtons-nous d'ajouter qu'Étienne pouvait légitimement se plaindre d'un gouvernement qui l'avait exclu de la Légion d'honneur et de l'Institut ; aussi lui reprochons-nous non pas d'avoir été libéral sous la Restauration, mais de l'avoir été si peu sous l'Empire.

Les *Lettres sur Paris* touchent quelquefois à la littérature, et sont utiles à consulter, pour déterminer l'état d'esprit des pseudo-classiques. Plus *littéraires* sont les *Lettres sur le théâtre*, insérées de 1823 à 1825 au *Mercure du XIX⁰ siècle* (2).

A la littérature du Premier Empire et à la même nuance libérale qu'Étienne appartiennent aussi Jouy et Jay.

La biographie de Jouy est une sorte de roman (3).

1. *Sainte-Beuve. Derniers Portraits*, p. 392 (1ᵉʳ fév. 1846).
2. Cf. p. 126 et 131.
3. *E. Jouy* (1769-1846). Guyane (1785) ; Indes (1787-1789) ; Zurich, Lille ; retraité en 1797 ; *La Vestale* (musique de Spontini), 1807 ; commence son *Hermite de la Chaussée-d'Antin* (Gazette de France) on 1812 ; *Tippo-Saïb*, 1812 ; Acad. fr. 1815 ; *Minerve*, 1818-1820 ; *Bélisaire* (non joué) 1818 ; *Sylla* (avec Talma, 80 repré-

Celui qui s'est appelé l'*Hermite* fut pendant une trentaine d'années un voyageur aventureux, un soldat brillant, au service de l'ancien régime, puis de la Révolution. Il a connu, aux Indes, ce Tippo-Saïb dont il devait faire le héros d'une de ses tragédies. Qui ne croirait qu'il rapporte soit de l'Orient, soit de la Guyane, des *impressions* et des *sensations* neuves ? Mais il n'avait rien ni d'un Bernardin de Saint-Pierre, ni d'un Chateaubriand, rien même, comme poète, rien de ce Parny auquel il succéda à l'Académie française. Bourgeois voltairien, esprit sec et ironique, écrivain à la plume alerte et finement aiguisée, déplorable *pasticheur* en poésie du style pseudo-classique le plus démodé, Jouy semble n'avoir jamais quitté cette Chaussée-d'Antin où il établit en 1812 son principal *ermitage*.

Par contre, il était né journaliste. Il a fondé la chronique, comme Geoffroy le feuilleton. A la *Gazette de France*, au *Mercure*, à la *Minerve*, au *Constitutionnel*, il a écrit de très nombreux articles, les uns, d'une observation assez spirituelle sur les mœurs et les modes du jour, les autres à tendances politiques. Jouy, tout comme Étienne, oublia sous la Restauration qu'il avait été *censeur* sous l'Empire. Jouy est un classique xviii° siècle ; mais il ne touche aux œuvres littéraires que par occasion, et toujours avec une arrière-pensée politique.

sentations) 1821 ; *Julien dans les Gaules* (non joué) 1821; *Constitutionnel.* L'*Hermite de la Chaussée-d'Antin* est continué par l'*Hermite de la Guyane* (1816), les *Hermites en prison* (1823), l'*Hermite en province* (1824). *Œuvres complètes.* 29 vol. 1823-1828 ; Cf. *Biographie Michaud*, art. de E. Legouvé. J. Janin, *Débats*, 7 sept. 1846 ; Discours de réception à l'Académie française de son successeur, Empis, 1847. Cf. *Jugements historiques et littéraires*, de Féletz (1840) pp. 435-443, et *Geoffroy*, p. 395.

6

Plus nettement *anti-romantique* est Jay(1). Sans doute, sa collaboration a la *Minerve* est aussi souvent politique que littéraire. Mais Jay sait être, à ses heures, beaucoup mieux qu'un chroniqueur, un critique. Dès le premier volume de la *Minerve*, ses articles sur les œuvres d'Andrieux (2) et sur les *Mémoires* de Mme d'Épinay (3) ; aux tomes VI et VII, ceux qu'il consacre au *Cromwell* de Villemain (4), sont composés et écrits par un homme qui veut faire connaître à ses lecteurs le contenu et l'esprit des livres qu'il vient de lire. On peut regretter qu'entraîné de plus en plus par la politique militante, Jay perde souvent la clairvoyance et le sang-froid nécessaires à la vraie critique ; mais il y a, peut-être à cause même de ce défaut qui est celui de toute l'école pseudo-classique, beaucoup à glaner dans les A. J. de la *Minerve*. D'ailleurs, Jay ne s'est pas contenté, comme Jouy, ou comme Étienne, de lancer quelques traits contre les novateurs littéraires ; dans son cours, à l'Athénée, il se posa en adversaire résolu des romantiques, et il publia, en 1830, cette *Conversion d'un romantique* où il vise plus particulièrement les *Poésies de Joseph Delorme*, de Sainte-Beuve.

Il reste à nommer, pour terminer cette revue des col-

1. A. Jay (1770-1854), Voyage en Amérique de 1795 à 1802 ; Lauréat de l'Académie française 1810 et 1812 ; dirige le *Journal de Paris* ; professe à l'Athénée ; *Minerve* 1818-1820 ; *Constitutionnel* (jusqu'à sa mort) ; la *Conversion d'un romantique*, 1830 ; Académie française 1832 ; publie choix de ses articles : *Le Glaneur ou Essais de Nicolas Freeman*, 1842 ; *Œuvres littéraires*, 4 vol. 1831. Cf. *Constitutionnel*, 15 avril 1854 ; Disc. de réception à l'Acad. fr. de son successeur, Sacy, 1855. Cf. *Jugements historiques et littéraires*, de Féletz (1840) p. 443.
2. *Minerve*, I, p. 12.
3. *Id.*, I, p. 252, 256, 461.
4. *Id.*, VI, p. 545   VII, p. 99.

laborateurs de la *Minerve*, deux hommes qui sont, eux aussi, à la fois des littérateurs et des libéraux : Aignan et Tissot.

Sur Aignan, il n'y a pas beaucoup à dire (1). Aignan débuta dans la politique sous la Révolution, se rallia à l'Empire, devint aide des cérémonies en 1804, et rentra dans la vie privée après les Cent-Jours. Il avait donné en 1804 une *Polyxène* représentée une seule fois ; en 1811, *Brunehaut*, qui n'est pas sans mérite (2) ; en 1816, *Arthur de Bretagne*, qui tomba dès le premier soir. Aignan occupe une place distinguée parmi les critiques du temps, par sa connaissance des littérateurs étrangers ; traducteur de romans anglais, auteur d'une *Bibliothèque étrangère d'histoire et de littérature*, il collabora aussi aux *Chefs-d'œuvre de théâtre étrangers*. On lira plus loin un remarquable article de lui sur la littérature allemande.

P.-F. Tissot (3) est plus connu, et son « libéralisme » remonte à la Révolution. Il avait eu déjà une sorte de carrière politique, lorsque sa traduction des *Bucoliques* (1800) le fit choisir par Delille comme suppléant, dans sa chaire de poésie latine du Collège de France. Tissot était devenu titulaire de cette chaire en 1813. Comme

1. Aignan (1773-1824). *Mort de Louis XVI* (1793) ; traduction de romans anglais (1802-1803) ; traduction en vers de l'*Iliade* d'Homère (1816) ; *Polyxène*, 5 actes en vers (1804) ; *Brunehaut*, 5 actes en vers (1811) ; *Arthur de Bretagne* (1816) ; Académie française (1814) ; (il succède à Bernardin de Saint-Pierre) ; etc.

2. Cf. *Geoffroy et la critique dramatique*, p. 378 et 396.

3. P.-F. Tissot (1768-1854). *Bucoliques* de Virgile, an VIII ; *Mémoires historiques et militaires sur Carnot*, 1824 ; *Poésies érotiques*, 1826 ; *Études sur Virgile*, 4 vol. 1825-30 ; *Histoire de la Révolution française*, 6 vol. 1833-36 ; Académie française (1833) (il succède à Dacier), etc.

Étienne, et par une semblable inconséquence, il avait
accepté, en 1813, le poste de *censeur* de la *Gazette de
France* ; puis en 1814, pendant les Cent-Jours, il contribue à fonder l'*Indépendant* qui doit devenir le *Constitutionnel*. En 1821, il est révoqué, et sa chaire au Collège
de France ne lui sera rendue qu'en 1830. Ainsi pendant
qu'il collaborait à la *Minerve*, de 1818 à 1820, Tissot
enseignait la poésie latine. Cette qualité de *professeur*
lui attire, dans le *Conservateur littéraire*, d'assez froides plaisanteries de la part du jeune Victor Hugo (1).
Tissot ne manque ni d'érudition, ni d'esprit ; ses articles au *Mercure du xixe siècle* (1823-30) moins entachés
de politique que ceux de la *Minerve*, sont souvent judicieux.

Signalons quelques-uns des articles littéraires de la
Minerve, articles dans lesquels, ne l'oublions pas, la littérature est toujours plus ou moins subordonnée à la politique. (Les tomes I à IV sont de 1818 ; V à VIII, de 1819 ;
fin du VIII et IX, de 1820.)

Jay a donné : *Œuvres d'Andrieux* (2) ; *Mémoires de
Mme d'Épinay* (3); *Examen critique de l'ouvrage posthume
de Mme de Staël* (4) ; *Du second théâtre français, par N.
Lemercier* (5) ; *Annales littéraires de Dussault* (6) ; *Histoire de Cromwell par Villemain* (7).

Tissot : *L'Enfer, de Dante* (8) ; *Œuvres d'Arnault* (9);
Bélisaire, de Jouy (10) ; *Les Vêpres siciliennes, de C.
Delavigne* (11); *Louis IX, d'Ancelot* (12).

1. Cf. Souriau, *Préf de Cromwell*, p. 69.
2. *Minerve*, I, 12.
3. *Id.*, I, 252, 356, 431.
4. *Id.*, III, 97.
5. *Id.*, IV.1.
6. *Id.*, IV, 154.

7. *Id.*, VI, 642; VII, 99.
8. *Id.*, I, 156.
9. *Id.*, I, 596.
10. *Id.*, IV, 297.
11. *Id.*, VIII, 125.
12. *Id.*, VIII, 136.

Aignan : *Guillaume Tell, de Schiller* (1) ; *Sur la littérature allemande* (2).

Arnault : *Marie Stuart, de Lebrun* (3).

Benjamin Constant, qui écrit des articles politiques dans tous les numéros de la *Minerve*, touche à la critique littéraire deux fois seulement : *Des égards que dans les circonstances présentes les écrivains se doivent les uns aux autres* (4); *Considérations sur la Révolution française, par Mme de Staël* (5).

Lacretelle écrit *(passim)* le compte rendu des séances de l'Académie française.

Enfin, voici la liste des *chansons* de Béranger publiées par la *Minerve* : *La Vivandière* (I, 57); *Le Vilain* (I, 201); *L'Exilé* (I, 353) ; *La Bonne Vieille* (I, 497) ; *Brennus ou la Vigne plantée dans les Gaules* (III, 481); *La Sainte Alliance* (IV, 49) ; *Les Diables missionnaires* (V, 521) ; *Mon habit* (VI, 3) ; *Les enfants de la France* (VII, 97); *Le Retour dans la patrie* (VII, 289); *Le Temps* (VIII, 529).

Toutes ces chansons étaient inédites, et devaient entrer, en 1821, dans les deux volumes in-18, qui furent condamnés le 8 décembre, après un retentissant procès.

On le voit, d'après les opinions et d'après l'origine de ses rédacteurs, la *Minerve* est bien un organe classico-libéral. Et cependant M. Émile Faguet le considère comme un « organe romantique modéré ». Voici comment il explique le rôle de la *Minerve:* «... Elle s'occupait de la littérature et avait l'adresse de comprendre que les romantiques se trompaient en se croyant conservateurs, étaient un élément d'innovation générale et étaient destinés à devenir libéraux. Aussi ne leur fai-

---

1. *Minerve*, III, 289.
2. *Id.*, IV, 51.
3. *Id.*, IX, 292.

4. *Id.*, I, 413.
5. *Id.*, II, 105, 316, 601.

sait-elle point grise mine, et elle s'essayait à être con-
ciliatrice sur le terrain littéraire... (1). » M. Faguet cite,
en effet, un passage de l'article d'Aignan sur l'Allemagne, — article que nous donnons plus loin presque
tout entier, — et qui justifie cette opinion. Je n'en per-
siste pas moins à croire, d'après l'ensemble de la *Minerve*, que l'on peut ranger ce périodique parmi les
défenseurs de classicisme xviii° siècle. Mais ce qui rend
cette *détermination* assez difficile, c'est que la *Minerve*,
arrêtée dès février 1820, n'eut l'occasion de juger aucune œuvre proprement romantique : ni les *Méditations*,
ni les *Odes*, ni à plus forte raison les *Orientales* ou *Hernani*. De là, un peu d'incertitude dans ses doctrines ;
de là une discussion possible sur le véritable caractère
de la *Minerve*.

LA MINERVE || LITTÉRAIRE. || *Principaux collabora-
teurs : MM. Berville ; Emmanuel || Dupaty ; Duval
(Amaury), de l'Académie des inscriptions et belles-let-
tres ; de Latouche : Lemontey, || de l'Académie fran-
çaise ; Moreau ; de Sénancourt ; || Viennet ; et plusieurs
autres Académiciens savants || et gens de lettres.
MM. Alexandre de Lameth et || de Ségur, de l'Acadé-
mie française, donneront des mor || ceaux de poésie,
d'histoire et de littérature. M*me* Dufrenoy est chargée de
la direction.*
1820-1822, 7i numéros en 3 volumes in-8° (2).

Dans un *prospectus* sous forme de dialogue, la *Minerve littéraire* expose son programme. C'est un long
bavardage, d'où l'on peut extraire seulement ceci :

1. *Histoire de la littérature* (Colin). Tome VII, p. 669.
2. Halin. *Bibliogr.*, p. 570.

« — Beaucoup de politique? — Pas un mot. —... Votre carrière me semble bien bornée ? — N'avons-nous pas la philosophie, les mœurs, la littérature anglaise, allemande, espagnole, italienne, très féconde ? Nous nous sommes attachés d'excellents traducteurs. — Serez-vous classiques? — C'est notre projet: ne doit-on pas toujours en revenir aux modèles ?... »

Nous n'avons pas à retracer ici l'existence assez romanesque de Mme Dufrenoy. Née en 1765, elle s'était formé le goût poétique dans la société de la fin du xviiie siècle ; ses vers, parfois gracieux et mélancoliques, sont d'une élégante banalité : elle fut lauréate de l'Académie française en 1815. Très répandue dans le monde des gens de lettres, patronnée par Arnault et par M. de Ségur, elle fonda cette *Minerve littéraire* en 1820, par besoin de popularité et d'argent. Quand elle mourut, le 7 mars 1825, les journaux furent remplis de notices nécrologiques, toutes des plus flatteuses, et dont on peut voir les principales réunies dans le *Mercure du XIXe siècle* du 19 mars 1825. Une édition posthume de ses œuvres, en 1826, contient une notice de son gendre, Jay (1).

Autour d'elle, Mme Dufrenoy groupe des collaborateurs qui passaient alors pour *très distingués*. L'un de ceux qui signe le plus grand nombre de morceaux en prose et en vers, est Viennet, dont le nom représente aujourd'hui la médiocrité pseudo-classique dans sa perfection. Mais on oublie trop que si Viennet faisait des tragédies déplorables et ne comprenait rien au romantisme, il était homme d'esprit ; sa *Philippide* contient des traits piquants, et ses articles à la *Minerve littéraire*

1. Notice sur Mme Dufrenoy, Biographie Michaud. Cette notice a pour auteur Parisot.

sont parfois amusants ou instructifs. Je signalerai tout
particulièrement ceux qu'il consacre à M.-J. et André
Chénier (1), aux Poésies de Byron, W. Scott et Moore (2),
aux *Lettres inédites* de Voltaire (3).

Sénancour, l'auteur d'*Obermann*, fort peu romantique
dans sa critique, donne des comptes rendus d'ouvrages de tous genres, en un style terne et lourd. Il s'occupe d'histoire, de géographie, de morale... Je ne
trouve à relever, comme articles quelque peu originaux, qu'un essai intitulé *Du génie* (4), et deux études
sur J.-J. Rousseau (5).

Em. Dupaty consacre à Bouilly, des pages enthousiastes (6), et à propos de l'*Almanach des Muses*, il juge
quelques-uns des poètes contemporains (7). Je cite plus
loin ce qu'il dit de Lamartine (8).

Ajoutons que, fidèle à son *prospectus*, la *Minerve littéraire* publie quelques traductions alors tout à fait nouvelles: plusieurs odes de Klopstock, par C. Jordan (9);
la *Cloche*, de Schiller, par H. de Latouche (10); *Les
Déesses*, de Engel, par Michel Berr (11); *L'Idéal*, de
Schiller, par C. Turles (12); une scène de *Guillaume
Tell*, de Schiller, par H. de Latouche (13), etc.

1. *Minerve littéraire*, tome I (1820), p. 57,102.
2. *Id.*, ib., p. 293.
3. *Id.*, tome II (1821), p. 165.
4. *Id.*, ib., p. 293.
5. *Id.*, ib., p. 466, 497.
6. *Id.*, ib., p. 69.
7. *Id.*, ib., p. 246.
8. Cf. p. 225.
9. *Id.*, I, p. 5. 246.497, etc...
10. *Id.*, ib., p. 145.
11. *Id.*, ib., p. 375.
12. *Id.*, II, p. 14".
13. *Id.*, ib., p. 336.

Revue encyclopédique || *ou* || *analyse raisonnée*
|| *des productions les plus remarquables* || *dans la lit-*
térature, les sciences et les Arts || *par une réunion de*
membres de l'Institut || *et d'autres hommes de lettres.*
Paris, au bureau de la Revue Encyclopédique, || *rue*
Choiseul, n° 3 ; || *Beaudouin frères, libraires-éditeurs*
de la Revue Encyclopédique, || *rue de Vaugirard, n° 36.*

Soixante volumes 8° (1819-1833), plus deux volumes de
tables pour les années 1819 à 1829 (1).

La *Revue encyclopédique* fait suite à deux publications
importantes : le *Magasin encyclopédique*, dirigé par
A.-L. Millin de 1795 à 1816 (122 volumes et 4 vol. de
tables), continué sous le titre d'*Annales encyclopédi-*
ques de 1817 à 1818 (12 vol.)
Le Directeur de la revue est Jullien de Paris. A propos d'un volume intitulé *Une mission en Vendée*, 1793,
notes recueillies par Ed. Lockroy (2), M. E. Biré a consacré un article à Jullien, *héros* de cette mission, et grand-
père de M. Lockroy (3). Nous n'avons pas à nous préoccuper du rôle politique de Jullien à Nantes et à
Bordeaux. Sous l'Empire, Jullien occupa, comme tant de
Jacobins convertis au despotisme, une place de sous-ins-
pecteur aux revues. Après la chute de Napoléon, il renonça aux situations officielles, et devint directeur de la
Revue encyclopédique. Il avait groupé des collaborateurs qui étaient presque tous, comme lui, d'anciens
impérialistes devenus libéraux, mais dont quelques-uns
cependant étaient des libéraux indépendants : Andrieux,

1. Hatin. *Bibliog.*, p. 559.
2. Paris, Ollendorf, 1893, in-18.
3. *Univers*, 9 et 29 mai 1893 (inséré dans *Histoire et littérature*,
1895, p. 151).

Amaury Duval, Barbier du Bocage, de Gérando, Alex.
de Laborde, Émeric Duval, Lacépède, Langlois, Lanjuinais, N. Lemercier, Naudet, Ph. Chasles, L. Thiessé,
Tissot, etc... Le secrétaire général de la *Revue* fut
Edme Héreau (1), qui avait longtemps séjourné en
Russie, et qui peut compter pour un des premiers ini-
tiateurs de la France à la littérature russe. Héreau
déploya dans ses fonctions une activité prodigieuse ;
ses articles sont innombrables, touchent à tous les sujets
et témoignent d'une rare compétence sur les points les
plus variés.

Le *prospectus* de la *Revue encyclopédique*, reproduit
en tête de la première livraison sous le titre d'*Introduction*, donne une idée du vaste plan tracé par les collaborateurs de la première heure, et fidèlement observé
jusqu'à la fin.

En voici quelques passages :

Ce recueil... a pour objet d'exposer, avec précision et
avec fidélité, la marche et les progrès successifs des connaissances humaines, dans leur rapport avec l'ordre social
et son perfectionnement, qui constituent la véritable civilisation.

... Nous espérons contribuer ainsi à rendre plus active
la circulation des richesses intellectuelles et morales.
Sans doute, il y a beaucoup de recueils spéciaux...

Mais présenter l'ensemble des produits de la pensée
humaine, appréciés dans leurs rapports mutuels et devenus plus instructifs par leurs rapprochements, c'est ce
qu'aucune autre *Revue* ne fait alors, c'est ce que fera celle-
ci. En effet, un besoin de lectures et d'études solides se
fait généralement sentir. Nos écoles publiques, plus mul-

1. Edme-Joachim Héreau, 1791-1836. Il a publié des vers, surtout
des *fables* dans l'*Almanach des Muses* et dans l'*Almanach des
Dames*.

tipliées,plus remplies d'auditeurs qu'elles ne l'ont jamais été,attestent les heureuses dispositions de nos jeunes contemporains.

Ce programme est, en 1819, très significatif. Il devance de cinq ans celui du *Globe* (1),avec lequel il offre quelques analogies.

Le 'plan de chaque livraison est ainsi disposé :

Ire classe : *Sciences physiques et mathématiques ;*

IIe classe : *Sciences religieuses, rationnelles, morales et politiques ;*

IIIe classe : *Littérature et beaux-arts.*

Et cette troisième classe est subdivisée de la façon suivante :

1re partie : Analyses et critiques raisonnées d'ouvrages choisis;

2e — : Mémoires, notices et mélanges;

3e — : Nouvelles littéraires et scientifiques;

4e — : Bulletin bibliographique.

Il suffit de parcourir un des soixante volumes de la collection pour voir que ce plan est rigoureusement suivi, et pour constater qu'aucun autre périodique ne peut être comparé à celui-là pour l'abondance et la précision des renseignements.

Si nous devons en extraire un moins grand nombre de jugements littéraires que du *Globe*,des *Annales*, du *Mercure*, etc., cela tient à ce que les articles développés et personnels sont un peu sacrifiés à la partie technique. Mais tout historien de la littérature, soucieux de *repérer* exactement le point de contact des grands ouvrages romantiques avec le mouvement social, doit avoir sous

1. Le *Globe,* malgré ses tendances différentes, fera l'éloge de la *Revue encyclopédique* (14 et 20 octobre 1824), tout en insérant une légère réclamation de la *Revue européenne.*

la main la collection de la *Revue encyclopédique*. C'est,
en ce sens, un admirable instrument de travail.

II

Le groupe « romantique » : Les *Lettres champenoises.*
— Le *Conservateur littéraire.* — La *Muse française.* —
Les *Annales de la littérature et des arts.* — Le *Mer-
cure du XIX° siècle.*

LETTRES || CHAMPENOISES || *ou* || *Correspondance* ||
politique, morale et littéraire, || *adressée à Mme de ***,*
à Arcis-sur-Aube.
   Paris, || *Chaumerot, jeune, libraire, Palais-Royal,* ||
galerie de Bois, n° 188, || 1817, (in-8°, 1817, 21 mai 1825,
24 vol. in-8°).
   [*Epigraphe*]: *Iliacos intra muros peccatur et* ULTRA (1).

Il y a deux séries de *Lettres champenoises.* La première série comprend les trente-six premiers numéros ;
elle est rédigée par Mély-Janin; si elle fait déjà une large
part à la littérature, elle est surtout politique, nuance
royaliste modérée. La deuxième série commence en
1820 : au titre *Lettres champenoises,* s'ajoute, dorénavant :
*ou Correspondance morale et littéraire par MM. de Féletz,
Michaud, O'Mahony, Mély-Janin, Laurentie Saint-Prosper et plusieurs autres hommes de lettres ;* et à partir
du tome IX (1821) : *par MM. de Féletz, Lalanne de Géronval, Peyrot, Léon Maussalé et autres.*
   La première série est la moins intéressante; cepen-

1. Hatin. *Bibliogr.,* p. 336.

dant, on y annonce des préoccupations littéraires qui
méritent d'être signalées:« La politique a tout absorbé;
elle s'est infiltrée partout ; la littérature n'est plus
rien par elle-même, et elle ne s'exploite qu'au profit de
la politique... » Ne dirait-on pas une critique anticipée
du *Conservateur littéraire* (1819) et de la *Minerve*(1820)?
« Je ne prendrai parti, ajoute le rédacteur, ni pour les
romantiques ni pour les classiques... Les siècles précédents ont eu de grandes révolutions et dans la religion
et dans la politique; qui sait si le tour de la littérature
n'est pas enfin venu? » (1)

En tête du premier numéro de la nouvelle série (1820),
nous retrouvons les mêmes déclarations: « La liberté
de la presse a tué la presse hebdomadaire. Ce serait une
prétention trop haute que d'aspirer à réveiller l'attention sur des événements qui ont huit jours de date, surtout lorsque douze journaux, tout chargés de nouvelles
et tout palpitants de l'intérêt du moment, font chaque
matin explosion au milieu du public... La littérature
nous occupera spécialement. Nous voulons la défendre
contre les envahissements journaliers de l'aride politique... (2). »

On verra les *Lettres champenoises* prendre en effet une
situation intermédiaire entre les romantiques et les classiques ; elles formeront comme le *centre droit,* tandis
que le *Globe* forme le *centre gauche.* Les citations paraîtront certainement curieuses, et l'on peut affirmer qu'elles
seront absolument inédites. Il n'est malheureusement
pas toujours possible de mettre les noms sous ces articles. [Quelques-uns sont signés des initiales M. J. et
doivent être de Mély-Janin. Un autre (au tome VIII)

1. *Lettres champenoises,* tome I (1817), p. 8, 19.
2. *Id.,* tome I (nouvelle série, 1820). *Prospectus.*

est signé de Soumet : il est consacré à Vigny. D'autres
sont de Saint-Prosper. D'autres enfin portent la signature A.V. ; serait-ce Alfred de Vigny, qui, à en juger
par les articles qui lui sont consacrés et les longues
citations de ses œuvres, semble fort bien dans la maison?Cette attribution serait très intéressante,notamment
pour un compte rendu des *Odes* de V.Hugo,au tome IX
(1822). N'oublions pas un article sur les *Poètes du jour*
(tome XIII-1823), signé E. Géraud.

Quel est ce Mély-Janin, qui rédige d'abord presque
à lui seul les *Lettres champenoises*, et qui en reste jusqu'à la fin un des principaux collaborateurs ? C'était un
rédacteur de *la Quotidienne*, royaliste *ultra*, auteur de
nombreuses odes de circonstance sur les grands événements de la Restauration, — auteur d'une tragédie
d'*Oreste* qui tomba bruyamment à l'Odéon,sous la cabale
des écoles de droit et de médecine (16 juin 1821), — et
d'une comédie historique intitulée *Louis XI à Péronne*,
jouée au Théâtre français le 15 février 1827 : cette dernière pièce,assez habilement construite,et dans laquelle
on peut voir un des ouvrages précurseurs de *Henri III*,
eut un assez vif succès. Mély-Janin meurt cette même
année.—En dehors de ses feuilletons de *la Quotidienne*
et des *Lettres champenoises*,on lui doit, comme critique,
une étude sur La Harpe, imprimée en tête de l'édition
Coste.

M. de Féletz (1) était, à cette époque,un des vétérans

1. Charles-Marie, Dorimond de Féletz (1767-1850). Ses articles
des *Débats* sont signés A. (Cf. *Le livre du centenaire du Journal
des Débats*, 1889).Il a réuni quelques-unes de ses études critiques
dans *Mélanges de philosophie, d'histoire et de littérature* (Paris,
1828, 5 vol) et *Jugements historiques et littéraires* (Paris, 1830,
1 vol.) Sur Féletz, consulter *Souvenirs contemporains* de Villemain,
t. I, p. 439.

de la critique. Le *Journal des Débats* le comptait, depuis 1801, au nombre de ses rédacteurs ; et sa collaboration devait y durer jusque vers 1830. Nommé inspecteur de l'Université en 1820, reçu à l'Académie française en 1826, l'abbé de Féletz est plutôt attaché à la défense des traditions qu'intéressé par les nouveautés. Quelle est sa part dans les *Lettres champenoises* ? Aucun article ne porte sa signature.

Au moment où Michaud (1) collaborait aux *Lettres champenoises*, il était un des principaux propriétaires et rédacteurs de la *Quotidienne*, journal qui représente sous la Restauration le royalisme fervent mais indépendant. On sait que Michaud empêcha le ministère Villèle d'acheter la *Quotidienne* ; c'est un caractère. Il est d'ailleurs plutôt *journaliste* et compilateur érudit, que critique.

Laurentie (2), également rédacteur de la *Quotidienne*, est devenu un de nos plus célèbres publicistes contemporains. Il a dû collaborer à la partie politique des *Lettres champenoises*.

Saint-Prosper (3) est encore un royaliste militant, rédacteur de la *Gazette de France*, du *Drapeau blanc*, de la *Quotidienne*. Il a écrit nombre de petits ouvrages de circonstance, quelques-uns dans le ton du pamphlet ;

1. Michaud (A.-F.) (1767-1839). *Histoire des croisades*, 5 vol., 1811-1822). *Collection des mémoires pour servir à l'histoire de France*, 32 vol. (1142-44). Il a fondé avec son frère Gabriel la *Biographie Universelle* (1re édition en 52 vol. 1810-1828).

2. Laurentie (1793-1876). *Quotidienne*, *Courrier de l'Europe*, *Union*. A publié de nombreux ouvrages d'histoire et de politique, reste un des grands noms du journalisme militant, au même titre que L. Veuillot, dont il n'a cependant ni la violence ni le talent.

3. Saint-Prosper (Cassé de) (1790-1841).

tels : son *Almanach des Cumulards* (1860) et son *Oraison funèbre de Napoléon-Bonaparte* (1821). Son principal titre aux yeux de ses contemporains fut un recueil de ses articles, publié par lui-même sous ce titre : l'*Observateur au XIXᵉ siècle*, 1819.

LE ‖ CONSERVATEUR LITTÉRAIRE ‖ *à Paris* ‖ *chez Anth. Boucher, imprimeur-éditeur,* ‖ *rue des Bons-Enfants, nᵒ 34.*

Décembre 1819 (1) à mars 1821 (30 livraisons en 3 vol. in-8ᵒ), à partir de la deuxième livraison, décembre 1819, épigraphe :... *Fungar vice cotis acutum Reddere quæ ferrum valet, exsors ipsa secandi* (Horace) (2).

L'histoire du *Conservateur littéraire* a été faite par M. Biré, puis par M. M. Souriau; le premier, dans *Victor Hugo avant 1830* (3) ; le second, à deux reprises : dans les *Annales de la Faculté des Lettres de Caen* (1887) et dans l'*Introduction* de son édition critique de la *Préface de Cromwell* (4). Mais la notice la plus complète sur ce périodique se trouve dans le *Catalogue de la Bibliothèque romantique de M. J. Noilly*, rédigé par M. Émile Paul (5). En tête de l'article, se trouve la note suivante :

1. La couverture de la première livraison porte décembre *1816*, simple coquille.
2. Hatin. *Bibliogr.*, p. 570.
3. Chap. V, p. 154-221.
4. Paris, Colin, 1897.
5. Paris, A. Labitte, 1886 (nᵒ 197, p. 81 à 88). L'exemplaire décrit dans ce *Catalogue* fut adjugé au prix de 810 francs. Je dois la reconnaissance de ce catalogue, et plusieurs renseignements sur le *Conservateur littéraire* et sur la *Muse française*, à M. Joseph Dumas,

LE
CONSERVATEUR
LITTÉRAIRE.

. . . . Fungar vice cotis acutum
Reddere quæ ferrum valet, exsors ipsa secandi
(Hor.)

IIe. LIVRAISON

Tome Ier.

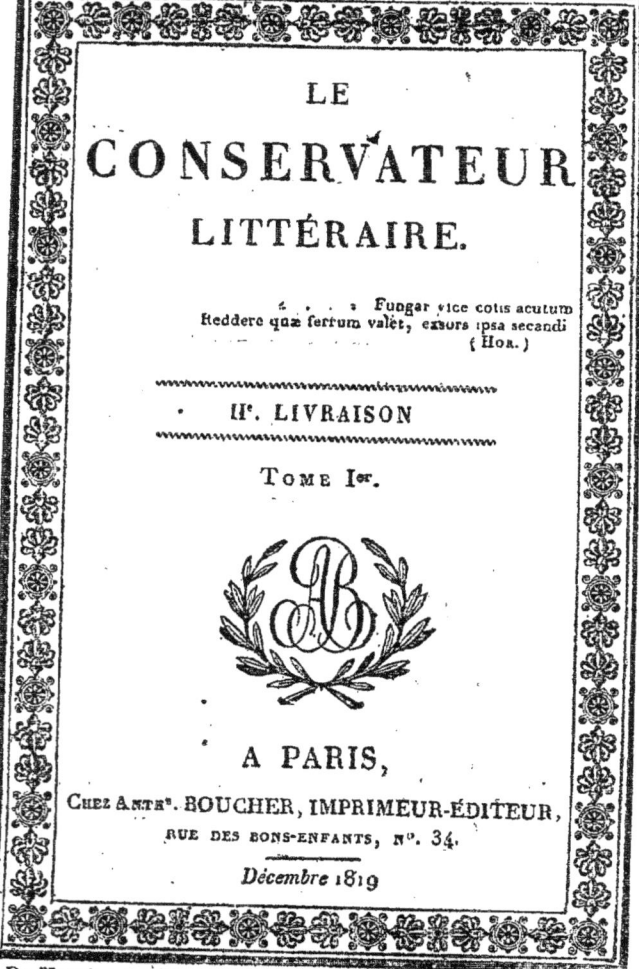

A PARIS,

Chez Anthe. BOUCHER, IMPRIMEUR-ÉDITEUR,

RUE DES BONS-ENFANTS, No. 34.

Décembre 1819

De l'Imprimerie d'Anthe. BOUCHER, Successeur de L. G. Michaud,
rue des Bons-Enfants, No. 34.

Très bel exemplaire de cette *Revue* rarissime et la plus importante de la période du romantisme légitimiste. Elle a été fondée par MM., Abel et Victor Hugo avec la collaboration de plusieurs jeunes écrivains de l'époque, presque tous devenus célèbres. Le premier numéro parut en 1819 et le dernier en mars 1821. Ce recueil, précieux en ce qu'il contient les œuvres de jeunesse de Victor Hugo, alors âgé de dix-sept ans, et dont la plupart n'ont jamais été réimprimées, est indispensable à une collection romantique. On n'en connaît qu'un très petit nombre d'exemplaires complets et les fragments en sont même très rares... Notre exemplaire... a appartenu à M. Paul Lacroix qui a placé en tête de chaque volume une note autographe donnant la liste des articles de chacun des frères Hugo et les noms de la plupart des auteurs qui ont signé leurs articles d'un pseudonyme ou de simples lettres initiales. Mais les indications données dans ces notes sont incomplètes ou inexactes; nous les rectifierons de notre mieux.

M. Émile Paul donne ensuite, pour les trois tomes, la liste complète des pièces en vers et en prose de Victor Hugo, et discute l'attribution de quelques-unes d'entre elles. Ce travail est, semble-t-il, définitif, et nous en adoptons toutes les conclusions.

Dans *Victor Hugo raconté...*, l'idée de la fondation du *Conservateur littéraire* est attribuée à Abel Hugo, l'aîné de Victor : ce devait être une sorte de supplément, de *feuilleton*, du *Conservateur*, journal politique dont Chateaubriand était le rédacteur en chef. Les frères Hugo furent encouragés par des notes élogieuses du *Conservateur*. Au tome IV, 75e livraison, M. Agier qui, le premier, avait présenté Victor Hugo à Chateaubriand,

qui m'a largement ouvert sa riche bibliothèque romantique, et m'a permis de profiter de sa compétence toute particulière sur cette période de notre littérature.

consacre plusieurs pages au *Conservateur littéraire*.
Après des doléances sur le mauvais esprit du temps, il
avoue que l'on doit garder quelque espérance, « car de
jeunes et belles âmes échappent à la contagion ».

Cette dernière réflexion, dit-il, nous est inspirée par la
lecture des quatre premiers numéros d'un nouveau journal intitulé : le *Conservateur littéraire*, qui est rédigé par
trois frères, MM. Hugo, dont l'aîné à peine a vingt et un
ans, et dont le plus jeune n'en a que dix-sept. Celui-
ci qu'on distingue par le nom de Victor, était déjà connu
par une ode sur la Vendée, et par une satire sur le télégraphe. Dans le premier de ces ouvrages, qui en a suivi
un autre si célèbre sur le même sujet, sa verve semble
s'être animée à l'éloquente et poétique prose de M. de
Chateaubriand ; dans le second, elle se montre trempée
à l'école du grand maître, de Boileau. Rien n'est plus
ingénieux, plus spirituel, plus fréquent que les réflexions,
les descriptions, les rapprochements, les traits, les détails
que le télégraphe fournit à M. Victor Hugo. L'arme du
ridicule, dans ses jeunes mains, est dégagée de fiel, et
n'est forte que de vérité... C'est surtout vers la satire que
son talent parait se porter...

Agier analyse ensuite la pièce de vers insérée au
n° 1 du *Conservateur littéraire*, l'*Enrôleur politique* ; il
en cite plusieurs passages, et il ajoute :

Il y a dans cette honorable entreprise quelque chose de
plus intéressant ; de plus touchant encore, c'est son motif,
dont MM. Hugo, que nous n'avons point l'avantage de
connaître (?), nous pardonneront de révéler ici le secret.
L'éducation de ces intéressants jeunes gens a été dirigée
par une mère distinguée, qui a pensé de bonne heure que
de bons principes et des talents formaient la seule fortune qui pût être à l'abri des révolutions, la seule arme
avec laquelle on pût, ne pas se défendre de l'envie, de la

calomnie, mais la braver. Maintenant, fils reconnaissants,
ils essaient d'acquitter une dette aussi sacrée que douce.
Ils doivent à leur mère une seconde vie : ils veulent soutenir, embellir la sienne ; et, pour y parvenir, ils unissent
la fraternité du talent à la fraternité du sang. Heureux
jeunes gens d'avoir une mère qui ait senti le prix de l'éducation ! Heureuse mère de voir ainsi couronner ses soins !
Outre l'utilité et la bonne rédaction du *Conservateur littéraire*, c'est donc la piété filiale et maternelle qui le re-
commande à tous les amis des lettres et du bien... (1).

C'est en ces termes un peu niais, il faut l'avouer, que
M. Agier faisait de la réclame aux trois Hugo et à leur
excellente mère, dans le *Conservateur politique*.

En avril 1820, ce dernier journal cessa de paraître ;
mais le *Conservateur littéraire* voulut continuer à vivre ;
et voici la *Préface* de son tome II (avril 1820) :

Aujourd'hui des suffrages distingués nous mettent à
même de poursuivre avec assurance une carrière que
nous n'avions pas commencée sans nous défier beaucoup
du public, et plus encore de nous-mêmes. Nous osions
avouer notre attachement aux Bourbons : c'en était assez,
nous le savions, pour nous attirer la réprobation de tout
le parti révolutionnaire : nous osions proclamer notre
amour pour les lettres : il ne nous est plus permis de dire
maintenant combien nous avons craint que cette témé-
rité, rare de nos jours, ne fût payée d'une indifférence
générale. Il n'en a pas été ainsi, et nous éprouvons le
besoin de renouveler à ceux qui nous ont favorablement
accueillis, une profession de foi, dont nous espérons qu'il
serait impossible de trouver le dément idans tout ce que
nous avons écrit jusqu'à ce jour.
Nous continuerons donc de servir autant qu'il sera en
nous le trône et la littérature ; trop heureux si nous pou-

1. *Conservateur*, journal politique, tome VI (1820), p. 465.

vons ranimer le goût des lettres et éveiller de jeunes
talents ; plus heureux encore, si nous pouvons propager
le royalisme et convertir aux saines doctrines de généreux
caractères !

Lorsqu'il s'agira des personnes, nous distinguerons toujours, dans nos critiques, l'homme de lettres de l'homme
de parti, parce que la partialité tue la vraie critique littéraire. Nous sommes loin de vouloir nous interdire par là
toute réflexion sur la vie et les actions publiques des écrivains que nous examinerons ; bien au contraire ; mais
nous respecterons sans cesse la vérité, que nous nous
engageons du reste à dévoiler sans crainte toutes les fois
qu'elle sera à notre connaissance, et que l'occasion s'en
présentera.

Et l'on peut se reposer sur nous du soin de faire écla-
ter notre impartialité, car, on l'a pu voir jusqu'ici, nous
avons toujours eu tant à admirer parmi les royalistes, que
toutes les fois qu'il s'est présenté quelque chose à louer
dans le parti contraire, ç'a été pour nous une bonne fortune que nous avons saisie avec empressement.

Enfin, puisque notre redoutable aîné, le *Conservateur*,
a cessé de paraître, nous promettons de conserver intact
l'héritage de saints principes qu'il nous a légués avec son
titre ; nous espérons que ses honorables rédacteurs recon-
naîtront entre eux et nous une confraternité, sinon de
talent, du moins de zèle et d'opinions ; et nous croyons
dire assez quel haut prix nous attachons à ce titre de
royalistes, en ajoutant que cette seconde confraternité ne
nous paraît pas moins glorieuse que la première.

On voit très exactement par cette *Préface* quelle est
la position du *Conservateur* ; nous sommes, avec lui, à
l'*extrême droite*, et le romantisme s'y confond avec le
royalisme *ultra*. Victor Hugo, qui a dix-sept ans quand
il commence à rédiger le *Conservateur littéraire*, se jette
sur tous les sujets avec une fougue juvénile ; sa critique n'a pas, à vrai dire, d'intérêt durable, et l'on n'ira

pas chercher, pour juger définitivement Voltaire ou
Delille, les articles du *Conservateur*. Mais, à leur date,
et comme exprimant l'état d'esprit, en 1819 ou 1820,
d'un jeune *jacobite* qui s'appelle Victor Hugo, ces pages
sont des plus précieuses. Voilà pourquoi il faut, plus
que d'autres encore, les relire dans le journal lui-même,
et les citer d'après le texte original.

Quelle est exactement la part de collaboration de
V. Hugo? Nous ne saurions mieux faire ici que de reproduire une partie de la notice consacrée par M. Ém.
Paul, dans le catalogue Noilly, au *Conservateur littéraire*.

... On a vu, dit-il, que nous lui avons attribué les articles
signés des initiales : E., H., M., V. et P. et B. et les pièces de vers signées : *V. d'Auverney, Aristide*, et **** (1),
et cependant M. Paul Lacroix, dans les notes placées en
tête de volumes, indique seulement comme étant de Victor Hugo (en dehors des quatorze pièces où son nom est
en entier), les morceaux signés : *V., V. d'Auverney* et
Aristide. D'après lui, la signature E. désignerait Eugène
Hugo ; la signature H., *quelquefois*, Victor Hugo ; la
signature M., M. Mennechet ; et la signature B., M. Brifaut ; il passe sous silence la pièce signée ****. Nous
croyons donc devoir donner les motifs qui nous ont amené
à penser que Victor Hugo s'était caché sous les initiales
que nous avons indiquées plus haut. Et d'abord il est

1. Sans compter, bien entendu, celles qui sont signées Victor-
Marie Hugo et V.-M. Hugo, M. Émile Paul croit pouvoir aussi
lui attribuer les articles signés *Publicola Petissot* (I. pp. 228 et
262) ; les Préfaces des tomes II et III, non signées ; deux articles
du tome III : *Sur quelques articles du Défenseur* (p. 246) et *Sur
un article des Lettres normandes* (p. 366) ; enfin, une grande partie des *Nouvelles littéraires*. M. Souriau accepte toutes ces attributions ; il se sépare de M. Ém. Paul en ce qui concerne la lettre
U, qui, pour lui, désigne encore V. Hugo : M. Ém. Paul croit voir
dans cet U. la signature de Ulrich Guttinguer.

incontestable que les vingt-deux articles signés V., et les seize articles signés M. sont de lui ; ces deux lettres sont les initiales de ses prénoms : Victor et Marie, et en outre, plus de la moitié des premiers articles et trois des seconds, les n°s 6, 10 et 20, sont reproduits en partie dans son ouvrage : *Littérature et philosophie mêlées*. Nous ne devons pas oublier de mentionner que son roman *Bug-Jargal*, imprimé ici pour la première fois, porte à la fin la lettre M. pour toute signature. Le doute n'est pas possible non plus pour les n°s 11 et 16, signés B., le n° 63, pièce en vers, signée **** (autant d'étoiles que de lettres dans le nom de Hugo) et l'*Epître à Brutus* (n° 9), signée *Aristide*, car on retrouve des fragments de tous ces articles dans l'ouvrage cité plus haut. Le pseudonyme *V. d'Auverney* est trop connu pour que nous nous y arrêtions ; disons pourtant que les sept pièces de vers qui portent cette signature ont toutes été réimprimées, mais avec des changements et des suppressions, dans *Victor Hugo raconté par un témoin de sa vie*.

Les seize articles signés H. sont-ils de Victor Hugo ? Nous ne saurions nous prononcer d'une façon affirmative ; mais cependant un de ces articles, le n° 22, étant reproduit en grande partie dans *Littérature et philosophie mêlées*, nous avons cru devoir les lui attribuer tous. La signature E. appartient-elle à Eugène ou à Victor Hugo? Ici, notre indécision est grande. De prime abord, cette lettre initiale paraît s'appliquer au premier des deux frères, et ce qui semblerait confirmer cette opinion, c'est que la notice sur André Chénier (Tome I, p. 15) a été réimprimée en tête de l'édition des œuvres de ce poète, publiée par Gosselin en 1840, avec le nom de Eugène Hugo en entier, et que, d'autre part, la traduction de la poésie erse le *Duel du précipice*, lui a été de tout temps attribuée. Mais cependant, Victor Hugo, par le fait qu'il a reproduit, dans *Littérature et philosophie mêlées*, la plus grande partie des sept articles signés E., sauf un, le *Duel du précipice*, les revendique comme siens. D'un autre côté, nous lisons, dans le *Conservateur littéraire*, tome I,

p. 320, que l'*aîné* (Abel) *et le plus jeune* (Victor)*des frères Hugo comptent seuls parmi les rédacteurs.* Cette note
laisserait donc supposer que Eugène Hugo ne collaborait
pas à cette Revue, et qu'il n'y a de lui que les deux pièces de vers qui portent son nom en entier : *Stances à Tha-
liarque,* et la *Mort du duc d'Enghien, ode.*

. M. Jean-Abel Hugo, frère aîné de Victor, a fourni un
grand nombre d'articles à ce recueil. Nous en comptons
vingt-trois signés A., quatorze signés J., six signés A. H.,
un signé J.-A., et trois pièces de vers, au tome I, signées
*D. Monières,*pseudonyme sous lequel s'est caché cet écrivain, dans une pièce de théâtre faite en collaboration avec
M. Romieu (voir Quérard, *Supercheries,* II, col. 1182).
M. Jean-Abel Hugo, qui avait, croyons-nous, un troisième prénom, celui de François, ne serait-il pas également l'auteur des articles signés F. ? M. Paul Lacroix
attribue à M. Jal les articles signés J., et à M. Victor
Foucher, beau-frère de Victor Hugo, les articles, au nombre de vingt, signés F. (1).

Ainsi, Victor Hugo et ses deux frères étaient les principaux rédacteurs du *Conservateur littéraire.* Leur père,
le général Hugo, s'inquiétait, paraît-il, de les voir
négliger leurs études pour s'occuper de littérature. On
trouve, en effet, dans le catalogue Noilly (2) la curieuse
note que voici : « *Lettre autographe* du général Hugo,
père du poète, au doyen de la Faculté de droit de
Paris ; Blois, le 28 avril 1820, 1 p. 1/2 in-4°. Il s'informe
auprès du doyen de la Faculté de droit de Paris si
Eugène et Victor Hugo suivent leurs cours. Il craint
qu'une entreprise littéraire dont il a entendu parler
(Le *Conservateur littéraire*) n'absorbe leur argent et ne
les détourne de leurs études. »

1. Em. Paul. *Catalogue Noilly,* p. 86.
2. P. 153.

LE CONSERVATEUR

LITTÉRAIRE.

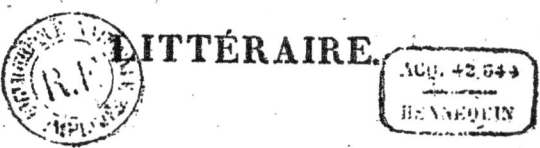

ACQ. 42.544
HENNEQUIN

> Fungar vice cotis, acutum
> Reddere quæ ferrum valet, exsors ipsa secandi.
> (Hor.)

TOME PREMIER.

A PARIS,

CHEZ Anthᵉ. BOUCHER, IMPRIMEUR-ÉDITEUR,
RUE DES BONS-ENFANTS, N°. 34.

M. DCCC. XIX.

Mais les frères Hugo avaient aussi de nombreux collaborateurs :

Les initiales A. S. et X. désignent Alexandre Soumet, d'après Quérard (1); si cette attribution est juste, Soumet n'aurait travaillé qu'au troisième volume du *Conservateur*, 1820 et 1821, avec les articles suivants : *De l'usage et de l'abus de l'esprit philosophique*, par M. de Portalis (III, 216), *Voyage dans la Vendée*, par M. Genoude (III, 265), *La Cloche*, par E. Deschamps (III, 293).

La lettre S. est la signature de Félix Biscarat (2), dont les articles sont très nombreux et assez intéressants. Ainsi il juge les *Messéniennes* de C. Delavigne (1.181), les *Odes* du comte de Valory (1.213), une *Marie Stuart* anonyme, que l'on pouvait comparer à celle de Lebrun (III, 142), les *Lettres de Paris*, d'Étienne (III, 189).

Les lettres C. D. et T. P. indiquent Théodore Pellicier (3), et je crois qu'il faut voir encore et à plus forte raison le même rédacteur dans la signature L.-Th.-P. Pellicier publie (II, *passim*) plusieurs traductions de poèmes étrangers.

Tézenas de Montbrison, lequel a signé en toutes lettres quelques poésies, use le plus souvent des initiales : L. T., T., ou T. D. M.

J. A. et J.-J. A désignent Jean-Joseph Ader (dont

---

1. *La France littéraire*, IX, 389.

2. Félix Biscarat ou Biscarrat, ancien maître d'étude à la pension Cordier, où Eugène et V. Hugo furent élevés. Paul Lacroix attribue à Augustin Soulié les articles signés S.

3. Selon Paul Lacroix et Asselineau, L.-Th.-P. désignerait Théodore Pavie. « Il ne peut être question du célèbre orientaliste de ce nom, dit Em. Paul, car il n'avait que neuf ans à cette époque. »

nous avons déjà signalé, comme poète, le pseudonyme Reda).

G. de P. doit être Gaspard de Pons (1). A. de V. est Alfred de Vigny, qui publie un premier article sur les *Œuvres complètes* de Byron (III, 212), lequel ne fut jamais suivi d'un second.

Enfin, toujours d'après le catalogue Noilly, « les initiales C. et M. paraissent désigner Ch. de Saint-Maurice (2) ; A. D., Antony Deschamps ; J. L***, Jules Lefèvre (3). Enfin A.-S. Saint-Valry est le pseudonyme de M. A. Souillard (4). » « Nous laissons à d'autres, ajoute M. Émile Paul, le soin de trouver quels sont les rédacteurs de la Revue qui ont signé : D. B., L. D. A., C. D., A. M., L. D. V..., N., D. R., F. de B., etc. »

1. Gaspard de Pons (1798-1861) a publié en 1819 : *Constant et Discrète*, poème en quatre chants, suivi de poésies diverses ; en 1824 : *Amour. — A Elle* (anonyme) ; en 1825 : *Inspirations poétiques*. Il est compté par Jay, dans sa *Conversion d'un romantique*, 1830, au nombre des « étoiles de la Pléiade romantique. »

2. Ch. de Saint-Maurice (1796-1865) renonça de bonne heure à la critique pour faire du mélodrame en collaboration avec Crosnier et Jouslin de la Salle, et des romans.

3. Jules Lefèvre-Deumier (1797-1857) publia, en vers, *Le Parricide* (1823), *le Clocher de Saint-Marc* (1826), *Ode sur la mort du général Foy* (1826), *les Confidences* (1833). Poète très distingué, il obtint peu de succès. Ses romans (*Sir Lionel d'Arquenay*, 1834 ; *les Martyrs d'Arezzo*, 1036) réussirent plus brillamment. Il fut avec A. Houssaye propriétaire de l'*Artiste* et se remit à la critique, en 1848, à *la Patrie*. Il est mort bibliothécaire des Tuileries. — Cf. la *Notice* de M. E. des Essarts, 1860.

4. Saint-Valry (Adolphe Souillard de) (1802-1862). Ami d'enfance de V. Hugo, son père ayant servi sous le général Hugo. En dehors de sa collaboration au *Conservateur* et à la *Muse française*, il a publié en 1826 dans les *Annales romantiques* un poème intitulé *Les Ruines de Montfort-l'Amaury* ; en 1829, *Les Fleurs* (poésies) ; en 1836, *Mᵐᵉ de Mably* (roman). — Cf. Ed Fournier, *Souvenirs poétiques de l'école romantique* ; E. Biré, *V. Hugo avant 1830*.

D'après Quérard, nous l'avons vu plus haut, C.D. désigne Théodore Pellicier. Quant aux autres initiales, nous
ne pouvons que souhaiter de les voir quelque jour
authentiquement déchiffrées.

En août 1821, le *Conservateur littéraire* cesse de paraître, ou plutôt il se réunit aux *Annales de la littérature et des arts* comme en fait foi l'article que voici,
publié par les *Annales* au verso de la couverture du
numéro du 7 août 1821 :

> Réunion du *Conservateur littéraire* aux *Annales*. Des
> travaux littéraires commencés depuis longtemps et aux-
> quels MM. Hugo désirent se livrer presque exclusivement
> ne leur permettant plus de consacrer au journal qu'ils ont
> fondé le temps et les soins que demande une pareille entre-
> prise, ils nous ont offert de réunir leur recueil aux *Annales*
> et de prendre part avec nos collaborateurs à la rédaction
> de ces dernières. Les talents de MM. Hugo, l'identité de
> leurs doctrines politiques et littéraires avec celles que
> nous professons, nous ont fait accepter leur proposition
> avec autant d'empressement que de plaisir. Nous avons
> regretté que les rangs complets de notre rédaction ne nous
> permettent pas de donner dans les *Annales* à tous les émi-
> grants du *Conservateur littéraire* la place qu'ils méritent
> d'y occuper. Nous espérons cependant ne pas être privés
> de toute coopération de leur part et nous comptons bien
> qu'ils nous aideront à jeter dans notre journal une variété
> de tons et de matières que les lecteurs ont le droit d'exiger
> dans un ouvrage qui n'a pour objet que de les distraire.

Mais Victor Hugo écrit le 3 octobre 1821 à son oncle
M. Trébuchet, à Nantes, une lettre dans laquelle on lit
le passage suivant :

...... Nous sommes depuis deux mois ouvertement
brouillés avec les *Annales*, dont le Directeur a ouverte-

ment abusé de notre bonne foi; nos intérêts ont été frois-
sés d'une manière criante et notre rupture va être enfin
décidée par arbitrage. Ce qui nous contraint plus enrore
que la lésion de nos intérêts, c'est que plusieurs papiers
importants pour nous (entre autres votre intéressante *No-*
tice) (1) sont entre les mains du Directeur dans la fidélité duquel nous n'avons pas appris à nous fier. Nous espérons cependant pouvoir vous mander bientôt quelque
chose de satisfaisant à ce sujet. Nous remuerons ciel et
terre s'il le faut (2).

Tel est le dernier document relatif au *Conservateur*
littéraire. Mais pour compléter ce document, je ferai remarquer que la brouille des frères Hugo avec les *An-*
nales fut de courte durée, puisque, en 1822, les *Annales*
publient : *La Bataille de Denain* de Abel Hugo (3),.
Louis XVII de Victor Hugo (4) ; en 1823, *l'Épitre à*
Molière par Romie et Victor Hugo (5), *Jéhovah* (6) et la
Mort du duc de Berry (7), de Victor Hugo.

On sait que Victor Hugo réimprima plus tard un certain nombre de ses articles du *Conservateur littéraire*
dans le *Journal d'un jeune jacobite...* Là, il se vante de
les avoir reproduits *sans y rien changer.* M. E. Biré a
discuté, pièces en main, cette singulière prétention; il a

1. Cette notice est sans aucun doute un travail sur les antiquités de la Bretagne dont M. Anne-Marie Trébuchet était l'auteur, et
dont il est de nouveau question dans une lettre du 30 du même
mois recueillie par les éditeurs de la *Correspondance.*
2. *L'Amateur d'autographes,* 16 février 1902, article de M. Tour-
neux.
3. *Annales,* tome VIII (1322), p. 383.
4. *Id.,* IX (1822), p. 334.
5. *Id.,* tome X (1823), p. 54.
6. *Id.,* p. 139.
7. *Id.,* p. 161.

prouvé que V. Hugo avait modifié les dates et les textes. M. Souriau a discuté à son tour les conclusions
de M. Biré dans son *Introduction* à la *Préface de Cromwell* (1) : nous y avons déjà fait allusion, et nous y revenons plus loin (2).

LA || MUSE FRANÇAISE.

> Jam redit et virgo..........
> Jam nova progenies cœlo dimittitur alto.
>
> VIRGILE.

Paris, || *Ambroise Tardieu, éditeur,* || *rue du Battoir-
Saint-André,* n° 12, 1823-1824.
2 vol. in-8° (de juillet 1823 à juin 1824, 12 livraisons) (3).

Ces deux volumes, dit M. Émile Paul dans le *Catalogue
Noilly*, ont été publiés en douze livraisons, de juillet 1823
à juin 1824. Chaque livraison est divisée en trois parties :
Poésie, Critique littéraire, Mœurs. Chacune de ces parties est précédée d'un titre de départ compris dans la
pagination. Au tome II, la deuxième partie porte pour titre
Littérature au lieu de *Critique littéraire...*
Le *Conservateur littéraire* et la *Muse française* doivent
être considérés comme les hérauts du romantisme. Le
second de ces recueils n'est pas moins important que le
premier. Il renferme des pièces de vers ou des articles

1. E. Biré, *V. Hugo avant 1830,* p. 174-193.
2. Cf. pp. 19 et 106.
3. Hatin *(Bibliogr.)* ne mentionne pas la *Muse française.* — Sur
ce périodique, cf. E. Biré : *Victor Hugo avant 1830,* p. 305 ; L.
Séché : *Alfred de Vigny,* p. 101 ; L. Séché : *Lamartine de 1816
à 1830,* p. 248 ; Brunetière : *Victor Hugo,* tome I, p. 112 ; Em.
Faguet : *Hist. de la litt. fr.,* (Colin), VII, p. 667.

La
Muse Française.

Jam redit et virgo. . . . .
Jam nova progenies cœlo demittitur alto.
VIRGILE.

Tome premier.

Paris,

AMBROISE TARDIEU, ÉDITEUR,
RUE DU BATTOIR-SAINT-ANDRÉ, N° 12.

1823.

de critique de MM. Victor Hugo, Alexandre Soumet,
A.-D. Saint-Valry (A. Souillard), Alexandre Guiraud,
M. Pichald (Pichat), J. Lefèvre, J. de Rességuier, Ulric
Guttinguer, Alfred de Vigny, Ch. Nodier, E. Deschamps,
Ancelot, G. de Pons, etc., et de Mmes Desbordes-Valmoré,
Amable Tastu, Dufrénoy, Sophie et Delphine Gay, etc..,
Tous les articles signés : *Le jeune moraliste* sont de M. Emile
Deschamps qui les réimprime plus tard (1826) sous le titre
de : *Le jeune moraliste du XIXe siècle*.

La part de collaboration de Victor Hugo à ce Moniteur
officiel de l'École romantique est de sept articles, savoir :

Tome I : *Quentin Durward ou l'Ecossais à la cour
de Louis XI, par Sir Walter Scott* (pp. 29 à 45) ; *Essai
sur l'indifférence en matière de religion, par M. l'abbé
F. de Lamennais* (pp. 91 à 105) ; *A mon Père, Ode*.
Pièce suivie d'une note biographique sur le général Hugo
(pp. 141 à 145) ; *Sur Voltaire. Fragments* (pp. 427 à 436).

Tome II : *La Bande noire. Ode* (pp. 44 à 49) ; *Eloa, ou
la Sœur des Anges, mystère, par le comte Alfred de
Vigny* (pp. 275 à 286) ; *Sur Georges Gordon, lord Byron*
(pp. 328 à 339) (1).

Dans une note de son *Introduction* à la *Préface de
Cromwell*, M. Maurice Souriau écrit :

> Des cinq morceaux en prose qu'il donna à la *Muse*,
> quatre, *Quentin Durward, Essai sur l'indifférence...,
> Sur Voltaire, Sur Georges Gordon*, ont été reproduits
> avec quelques corrections dans *Littérature et philosophie
> mélées*, pp. 231-279... En général, dans sa réédition,
> Victor Hugo a mis ses articles au point. Il supprime ce
> qui ne pouvait intéresser que les lecteurs de la *Muse*,
> ou encore les formules qui convenaient peut-être à un
> débutant, mais non pas au maître. Ainsi, pour l'article
> sur l'*Eloa* de Vigny, publié dans la livraison de mai 1824,

1. *Catalogue Noilly*, p. 1.

La Muse Française,

A mon Père.

Ode.

Quoi ! toujours une lyre et jamais une épée !
Toujours d'un voile obscur ma vie enveloppée !
Point d'arène guerrière à mes pas éperdus !
Mais chercher de David les traces effacées !
Consumer tous mes jours en stériles pensées,
    Toute mon âme en chants perdus !

10..

8

il y a des modifications importantes, déjà signalées par
par M. Biré dans son *Victor Hugo avant 1830*, pp. 317-
320 : ce morceau reparaît dans *Littérature et philosophie
mélées*, sous le titre *Idées au hasard ;* ce sont les fragments III, IV et V. Le nom d'A. de Vigny est effacé partout, et remplacé au fragment V par celui de Milton. J'ai
déjà expliqué pourquoi et de quel droit Victor Hugo
effaçait ainsi de ses articles de jeunesse le nom de ses
contemporains. Il n'avait pas besoin, en 1835, de faire de
la réclame à Vigny. Il n'y a donc pas là, comme dit
M. Biré, « un petit subterfuge », mais une habitude cons
tante et toute naturelle (1).

Qu'il y ait là une habitude *constante*, soit ; que cette
habitude soit *toute naturelle*, et qu'elle ne soit pas
fâcheuse à tous les points de vue, c'est ce qui mérite
discussion ; et certains arguments de M. Biré conser-
vent leur portée. Il me paraît impossible d'expliquer
autrement que par des calculs d'intérêt ou de vanité
quelques-uns des changements introduits par V. Hugo.

Le *prospectus* (2) de la *Muse française* est intéressant ;
le *romantisme* s'y présente avec discrétion ; on y plaide
surtout la cause de la poésie, et celle de la libre critique. Après des réflexions sur l'indifférence du public à
l'égard des poètes :

... Peu à peu, l'amour de la poésie comme tout autre
amour pourrait bien languir et s'éteindre faute d'aliments.
La *Muse française* est instituée principalement pour ral-
lumer et entretenir ce feu sacré.
Des poètes dont le nom est déjà classique, d'autres plus
jeunes, recommandés par des triomphes récents, et qui

1. M. Souriau. *Préface de Cromwell* (1897), p. 100. — Cf. notre
Introduction, p. 19, et plus haut, p. 101.
2. Ce *prospectus*, publié à part, est ensuite reproduit comme
Introduction dans la première livraison de la *Muse*.

sont aujourd'hui l'espoir et l'honneur de la scène ou de la lyre, lui apportent successivement leurs tributs d'harmonie. Elle accueillera aussi les offrandes modestes de plusieurs de ses disciples encore peu connus du public, heureuse d'ouvrir à leurs premiers pas une lice où ils pourront s'illustrer un jour. Des femmes mêmes à qui les hommes ont pardonné la gloire, et de jeunes *Corinnes* qui ont déjà besoin de pardon, viendront à ce trophée poétique entremêler quelques fleurs détachées de leurs fraîches guirlandes.

Voilà pour la poésie. Quant à la critique, l'auteur du *prospectus* reconnaît qu'elle est déjà pratiquée dans quelques journaux *avec autant d'esprit que d'érudition.*

Les principes orthodoxes de la langue et du goût y trouvent d'habiles et ardents défenseurs qui n'ont jamais laissé passer une hérésie sans la foudroyer : ce sont les *pères* de la critique. Toutefois, s'il est difficile d'entrer en concurrence avec eux dans la direction qu'ils ont adoptée, d'autres sentiers se présentent, que l'on peut tenter avec l'espoir d'être utile, et du moins sans la crainte de les y rencontrer.

Quoique les règles de l'art soient immuables comme les lois de la nature, la physionomie des littératures variant avec les siècles, la critique doit nécessairement avoir aussi sa partie variable. Elle consiste à saisir et à déterminer les nouveaux rapports d'une littérature qui se modifie avec le type éternel du *beau*. Or, la révolution française ayant jeté la société dans des voies inconnues et des combinaisons sans exemple, la littérature, *qui est l'expression de la société*, s'est ressentie profondément de ces violentes secousses et de ces étranges innovations. La critique, par système ou par habitude, paraît être restée un peu en arrière du mouvement général. Il en résulte qu'elle n'est pas toujours suffisamment applicable à la littérature actuelle ; car pour la guider, encore faut-il faire route avec elle. C'est à régulariser et non à paralyser sa marche jeune et libre, que la *Muse française* consacrera ses efforts et sa sollicitude ; elle se présentera aux auteurs, armée d'un aiguillon plutôt que d'un frein, plus avide d'embrasser la composition d'un ouvrage que de le poursuivre dans ses détails ; assez indolente à punir les hardiesses ou les négligences de langage, dont les critiques quotidiens feront parfaitement justice ; mais fort exigeante sur le nombre et la nature des beautés ; car l'admiration pour le *médiocre* est le fléau de l'art.

Voilà certainement une judicieuse et fière définition de la critique. L'auteur du *prospectus* ajoute que la *Muse* sera complètement impartiale.

Dans aucune circonstance nos jugements littéraires ne seront dictés par notre conscience politique, ni souillés par la moindre apparence d'une personnalité. Nous ne connaissons que des livres bons ou mauvais...

Comme poésies, la *Muse française* semble aujourd'hui très éclectique. A côté de noms authentiquement reconnus pour romantiques, nous en voyons qui représentent la poésie pseudo-classique. Nous ne sommes plus à même d'en juger. Au tome Ier, nous rencontrons Alex. Soumet, Alex. Guiraud, Mme Desbordes-Valmore, Mme Tastu, Victor Hugo, Pichald, Ulric Guttinger, A. de Vigny, Ch. Nodier, Saint-Valry, qui sont des romantiques ; mais aussi Ancelot, Chênedollé, Baour-Lormian, Mme Dufrénoy, Brifaut. — Au tome II, même mélange : voici, en dehors des romantiques déjà nommés, Em. Deschamps, Rességuier, mais aussi Mme Sophie Gay, et encore Brifaut et Ancelot. A ceux que la réunion de ces auteurs très divers pourrait étonner, nous recommandons, la *composition* des *Tablettes romantiques*.

La partie critique de la *Muse française* est, je crois,

plus intéressante que celle du *Conservateur littéraire*. Hugo a trois ans de plus, ce qui est considérable dans la prompte maturité du génie ; ajoutons qu'il n'accapare plus le journal entier, et que d'autres collaborateurs consacrent aux nouveautés des articles réfléchis et étendus. A Victor Hugo appartiennent les articles suivants : *Quentin Durward* (I, 29); *Essai sur l'indifférence*, de Lamennais (I, 91) ; *Voltaire* (I, 42) ; *Eloa*, d'A. de Vigny (II, 276) ; *George Gordon, lord Byron* (II, p. 327).

Emile Deschamps donne : *La guerre en temps de paix, Ourika, l'Académie* (II, 293); et tous les articles signés : *Le Jeune Moraliste* (réimprimés, en 1826, sous le titre de : *Le Jeune Moraliste du XIXᵉ siècle*).

Alex. Soumet (1) collabore activement à la *Muse*. Il donne : *Les Soirées de Saint-Pétersbourg*, de J. de Maistre (I, 241) ; *La Jérusalem délivrée*, traduction de Baour-Lormian (I, 377) ; *Nouvelles Odes*, de V. Hugo (II, p. 161).

Alex. Guiraud (2) signe : *Mémoires du Général Hugo* (I, 398) ; *Nos doctrines* (II, p. 7) ; *Essais poétiques*, de Mˡˡᵉ Delphine Gay (II, p. 233).

De Ch. Nodier, nous avons : *Les Femmes romantiques* (II, p. 226).

De J. de Rességuier (3), un article sur *les Chants élégiaques* de Guiraud (II, p. 95).

1. A. Soumet (1788-1845) ; Lauréat des jeux floraux; *Clytemnestre*, 1822; *Elisabeth de France*, 1823; *Jeanne d'Arc*, 1827; Académie française, 1834. On ne cite plus de lui que *la Pauvre fille*, élégie, 1814. Ses articles critiques, non recueillis, ont à leur date une certaine valeur.

2. A. Guiraud (1788-1847); *Les Macchabées*, 1822 ; *Élégies savoyardes*, 1824 ; *Le comte Julien*, 1824; Académie française, 1826.

3. J. de Rességuier (1788-1862) ; Conseiller d'Etat, 1823, publie, en 1827, *Tableaux poétiques* ; en 1838, *Prismes poétiques*.

G. Desjardins (1), donne le compte rendu du *Saul* de

1. G. Desjardins. Ce Desjardins doit être celui qui publia, en 1834, un drame en vers intitulé SÉMIRAMIS LA GRANDE, *journée de Dieu en cinq coupes d'amertume, traduit d'un manuscrit hiéroglyphique égyptien.* Sur ce drame, voir : *Maxime du Camp, Souvenirs littéraires*, I, p. 156, et une analyse humoristique d'Alph. Karr dans le *Monde dramatique* (1835, tome I, p. 90).

M. Joseph Dumas, qui me communique ces détails, s'est adressé, en 1893, à l'*Intermédiaire des chercheurs*, et voici les réponses à ses questions : 1° « G. Desjardins, auteur de *Sémiramis la Grande...* était une sorte de solitaire habitant Passy, à ce que je crois. Il me semble bien que c'était un professeur libre. Ce que je sais mieux, c'est que de 1830 à 1834, il a appartenu au groupe des républicains avancés, alors représentés par *La Tribune*, le plus intransigeant des journaux de ce temps. Cette même tribune a fait l'éloge du drame en question, œuvre grandiose mais soporifique. Feu Germain Sarrut, le directeur de cette feuille impitoyable, que je questionnai un jour là-dessus, m'a répondu : « Oui, l'auteur était de mes amis, mais il fallait avoir bien du courage pour lire son drame d'un bout à l'autre. » Trouverait-on *Sémiramis la Grande* dans l'une ou l'autre de nos bibliothèques ? L'idée m'est venue de m'en informer, mais je n'ai pas donné suite à ce projet, je ne me rappelle plus pourquoi. En sorte que je ne connais cette conception bizarre que par la piquante analyse qu'en a faite A. Karr dans le *Monde dramatique.* » Signé *Philibert Audebrand* (*Intermédiaire*, 30 oct. 1893, col. 466). 2° « Th. Gautier a écrit un très remarquable article sur cet ouvrage. Il est inséré dans la *Chronique de Paris* (période dirigée par Balzac) du 19 juin 1836. » Signé : *Ch. de Lovenjoul.* (*Intermédiaire*, 20 nov. 1893, col. 543).

L'article de Th. Gautier, écrit dans la note ironique, ne me paraît pas aussi *remarquable* que veut bien le dire M. de Lovenjoul ; la plaisanterie, facile d'ailleurs, y est fort diffuse, et l'on n'y apprend rien de précis sur l'auteur, sinon qu'il est disciple de Buchez.

Plus heureux que Ph. Audebrand, j'ai pu, grâce à M. Joseph Dumas, feuilleter *Sémiramis la Grande*. C'est un énorme volume dont l'impression a dû coûter fort cher à l'auteur ; on y trouve des pages entières de hiéroglyphes égyptiens, d'hébreu, de chaldéen, etc... sans compter une *langue inconnue* dont G. Desjardins doit être le père. Il est difficile, à la lecture de *Sémiramis*, de décider si

Soumet (I, p. 161) et Holmondurand (1) celui de la *Mort de Socrate* et des *Nouvelles Méditations* de Lamartine.

Alfred de Vigny ne collabore qu'au tome deuxième ; il donne : *Œuvres posthumes du baron de Sorsum* (II, 62) ; *Amour ;* à *Elle* (de G. de Pons) (II, 174).

A. S. Saint-Valry (2) est un des critiques les plus actifs de la *Muse*, au premier volume. Ses principaux articles sont : *Poésies de M. Campenon* (I, 193), éloge un peu singulier d'un poète pseudo-classique s'il en fut ; *Le Frère et la Sœur*, drame (I, 266), etc...

La *Muse française*, organe d'un cénacle, fut souvent rudoyée par les adversaires du romantisme. Entre autres jugements sévères, le plus remarquable est celui de E. Héreau dans la *Revue encyclopédique*. Héreau consacre un article de trois pages à la *Muse ;* il y fait des citations de quelques passages de V. Hugo, sur les *Méditations*, sur *W. Scott*, etc... et il ajoute :

Que conclure de nos observations, et qu'espérer des rédacteurs de la *Muse française ?* En général, on doit les croire fort jeunes, et par conséquent susceptibles d'écouter de sages avis. Mais ils sont entrés dans une route entièrement fausse, et des critiques qui osent avouer qu'ils seront « indolents à punir les hardiesses ou les négligences de langage », et qui le prouvent par une foule d'incorrections de style, de tournures bizarres, par un néologisme enfin des plus barbares, ne semblent pas appelés à faire écouter leur voix, tant que les Français conserveront quelque respect pour les chefs-d'œuvre de

l'auteur était un *plaisant* ou un fou. Je crois, pour ma part, à une lourde mystification.

1. Holmondurand est un des pseudonymes de F. Durangel († 1879). Cf. E. Biré : *V. Hugo avant 1830*, p. 137-142).

2. Cf. p. 99.

Racine, de Boileau, de Voltaire, etc., et pour la langue dans laquelle ces auteurs, si dépréciés (voy. n° VI, l'article sur Voltaire) ou négligés par eux, ont écrit (1).

Mais tous les romantiques eux-mêmes ne s'y enrôlèrent pas. Nous savons que Lamartine ne voulut pas s'y inféoder. La *Revue de Paris* du 15 avril 1904 a publié une lettre inédite de Lamartine à Victor Hugo, datée du 8 juin 1823, et dans laquelle, après avoir refusé sa collaboration, Lamartine dit : « Voilà ce que je vous propose, mon ami, d'accepter. Entrer comme fondateur, et moi qui ne puis y mettre ni nom, ni esprit, j'y mettrai bien volontiers les mille francs convenus (2). Cela restera entre nous deux ; vous me les rendrez quand ils seront couverts et au delà par les bénéfices de l'ouvrage. Vous concilierez ainsi toute convenance et vous resterez à portée d'utiliser pour l'avenir les avantages peut-être considérables qui résulteront de l'entreprise. Songez que nous sommes des frères en poésie, en doctrine, en religion, et j'espère en sentiments. Ce serait d'un mauvais cœur de refuser. Répondez-moi. »

M. Léon Séché, qui cite cette lettre (3), explique ce refus par les raisons suivantes :

D'abord Lamartine avait horreur des coteries, et il était loin de partager toutes les idées du cénacle de la *Muse française*, si peu révolutionnaires qu'elles fussent ;

1. *Revue encyclopédique*, tome XX (1823), p. 66 .
2. Voilà un détail qui nous explique peut-être certaines collaborations à la *Muse* ? Les « mille francs convenus » n'avaient pas dus être exigés des romantiques *purs*, fondateurs de la *Muse* ; mais les Rességuier, les Ancelot, les Mme Dufrénoy, etc..., pouvaient bien être commanditaires ? Le *geste* de Lamartine n'en serait que plus ironique et dédaigneux.
3. L. Séché. *Lamartine* (1906), p. 248.

ensuite, pour le moment, il avait intérêt à ménager les derniers représentants de l'école classique : *Je reçois quelquefois cette* Muse française *qui vous amuse tant,* écrivait-il de Mâcon, le 22 mars 1824, à M. Eugène de Genoude ; *elle est en vérité fort amusante. C'est le délire au lieu du génie.* Mais je trouve qu'avec votre autorité en littérature, vous dites des niaiseries aussi. L'autorité est bonne en matière de foi ; mais en matière de goût, le goût est à lui-même son juge. Il faudrait donc parler comme parlaient nos bons pères, en Gaulois, penser et sentir comme pensaient et sentaient nos barbares aïeux, et chaque mot, chaque idée, chaque sentiment, apportés par le temps et les hommes nouveaux, auraient été autant de crimes contre l'autorité précédente, *absurdité digne des doctrinaires de la poésie, qui siègent sur le canapé de la rue du Cherche-Midi.* La sottise suffisante de leurs risibles adversaires va faire prévaloir quelques jours ce bizarre système ; mais amis et ennemis disparaîtront bientôt, et les deux absurdités rivales, en s'écroulant, feront place à la vérité en littérature : vérité dans les sentiments, force et sûreté dans l'expression (1).

Annales || de || la littérature et des arts, || *par MM. Quatremère de Quincy, Vanderbourg, Raoul-|| Rochette, de Chézy, Abel Rémusat, C.-L. Molle-|| vaut, Charles Nodier, Ancelot, Amar, Destains || et plusieurs autres hommes de lettres.*

(Aux noms des rédacteurs précédents, s'ajoutent, au tome III (1821), ceux de : *Victor Hugo, Malitourne, Abel Hugo*).

Paris, au bureau des Annales de la littérature et des arts, place des Petits-Pères, nᵒ 9 ; et chez Nicolle, libraire, rue de Seine, nᵒ 12 MDCCCXX.

1. *Corr. de Lamartine,* t. II, p. 265. (L. Séché, *Lamartine* (1906), p. 249.

(Du 1er octobre 1820 au 1er avril 1829, 34 vol. 412
nos in-8u. Au n° 52, deviennent *Annales de littérature,
journal de la Société des Bonnes Lettres* ; au n° 134,
reprennent leur titre primitif) (1).

Comme tous les périodiques qui ont *duré*, — et en
particulier comme le *Mercure du XIXe siècle*, — les *Annales* ne présentent pas, durant leurs neuf années, une
entière unité. Mais elles n'en sont que plus instructives.
Leur *romantisme* est celui de Charles Nodier, un peu
ironique et difficile à définir, très ouvert, très curieux,
autrement *intelligent* que celui du *Conservateur* et de la
Muse française. Mais le *classicisme* aussi a chez elles
leur représentant, dans la personne d'Edmond Géraud,
qui est un sot.

Les auteurs favoris des *Annales* sont d'abord, semble-
t-il, Lamartine, Mme Desbordes-Valmore, Victor Hugo,
Chateaubriand, A. de Vigny, Guiraud, Soumet, bref tout
le groupe *aristocratique* du romantisme ou du classicisme mitigé. C'est là qu'on peut trouver, comme à la
Société des Bonnes Lettres, dont les *Annales* sont en
quelque sorte le *bulletin* (2), des jugements littéraires
conditionnés par les opinions politiques. S'agit-il du
Sylla de Jouy, on écrira que ce succès ne prouve rien :
il est dû aux efforts des *libéraux* (3) ; mais les *Macchabées* de Guiraud sont-ils applaudis à l'Odéon, on dira
que ce succès, *dû au triomphe des saintes doctrines*, est
du meilleur aloi (4).

Peu à peu cependant, Lamartine semble moins admirable aux rédacteurs des *Annales*. Les articles consa-

1. Hatin. *Bibliogr.*, p. 570.
2. Sur la *Société des Bonnes Lettres*, cf. p. 194.
3. *Annales*, tome VII (1822), p. 217.
4. *Id*, *ibid.*, p. 436.

ANNALES

DE

LA LITTÉRATURE ET DES ARTS,

PAR

MM. QUATREMÈRE-DE-QUINCY, VANDERBOURG, RAOUL-
ROCHETTE, DE CHÉZY, ABEL RÉMUSAT, C. L. MOLLE-
VAUT, CHARLES-NODIER, ANCELOT, AMAR, DESTAINS,
et plusieurs autres Hommes de lettres

TOME PREMIER.

PARIS,

AU BUREAU DES ANNALES DE LA LITTÉRATURE
ET DES ARTS,
Place des Petits-Pères, N°. 9;
ET CHEZ NICOLLE, LIBRAIRE, rue de Seine, N°. 12.

M. DCCC. XX.

crés à la *Mort de Socrate*, aux *Nouvelles méditations*, au
Dernier chant du pèlerinage de Childe-Harold, sont plutôt durs. Hugo devient l'objet d'articles sévères et
presque ironiques. Seul Vigny continue à provoquer
une respectueuse admiration. Quant à Chateaubriand,
il reste le dieu intangible. Alex. Dumas, enfin, est jugé,
dans le dernier numéro, d'une façon presque malveil-
lante.

D'ailleurs, qui chercherait, non seulement dans la
même année des *Annales*, mais dans le même numéro,
une « doctrine », serait assez déçu. Ce « panachement »
même est significatif. Il prouve que les camps n'étaient
pas aussi tranchés qu'on le croit, et que certains journaux gardaient une position intermédiaire en littérature.

Les noms des rédacteurs sont intéressants à connaître. Un mot d'abord de ceux qui figurent sur le
titre même des *Annales*.

Charles Nodier n'a pas besoin de notice. Mais il est
bon de remarquer que cette période de sa vie (1820-
1829) coïncide précisément avec la publication de ses
œuvres les plus originales : *Adèle, lord Ruthwen*, le
Vampire (mélodrame), *Bertram* (tragédie de Maturin,
traduite), *Smarra, Trilby*, etc. On ne sera pas surpris
de voir que l'imagination tienne une large place dans
sa critique, et l'imagination la plus fine, la plus capricieuse. Il s'occupera souvent du romantisme *frénétique*, dont le *Vampire* et *Smarra* semblent être de spirituelles parodies. Enfin, c'est en 1823 que Nodier
devient bibliothécaire de l'Arsenal ; à partir de cette
date, son salon est le centre du premier *cénacle* ; de là
l'importance de sa critique aux *Annales*.

Ses principaux articles sont : compte rendu du *Petit-
Pierre*, traduit de l'allemand de Spiess, dans une note

romantique aussi montée que celle de la *Muse française ;* il y réprouve vivement le genre *frénétique* (1).
Un deuxième article, sur le même ouvrage, contient des
traits piquants à l'adresse du romantisme en général (2).
— *Chefs-d'œuvre du théâtre étranger* (édition de Lavocat) : très bonnes réflexions sur la nécessité de traductions *intégrales* (3); un deuxième article, moins important (4). — *OEuvres complètes et inédites de Millevoye :*
bon pour l'étude des conditions sociales et politiques
favorables à l'éclosion de la poésie (5) ; nous aurons à
le citer (6).

Après le tome X, je ne retrouve plus le nom de
Ch. Nodier. Peut-être faut-il lui attribuer un article sur
la *Jane Shore* de Lemercier, signé *Le Vieil amateur* (7)?

Ancelot écrit des articles : sur les *Opuscules poétiques* de Carnot, très sévère (8), — les *Poésies* de Mme Desbordes-Valmore (9) — sur les *Poèmes* d'A. de Vigny, très
élogieux (10).En 1820,Ancelot n'était encore que l'auteur
d'une tragédie, *Louis IX,* ouvrage assez faible de conception et de style, mais auquel le parti monarchique
ultra avait fait un gros succès, par esprit d'opposition
à celui que les libéraux faisaient alors, plus justement
d'ailleurs, aux *Vêpres Siciliennes* de C. Delavigne. En
1823, Ancelot donna le *Maire du Palais* ; en 1824, un
Fiesque imité de Schiller; en 1828, *Olga ou l'orpheline*

1. *Annales,* tome II (1821), p. 76.
2. *Id.,* tome III (1821), p. 175.
3. *Id.,* tome VI (1821), p. 219.
4. *Id.,* tome VI (1821), p. 373.
5. *Id.,* tome X (1823), p. 321.
6. Cf. p. 222.
7. *Annales,* tome XV (1824), p. 73.
8. *Id.,* tome I (1820), p. 233.
9. *Id.,* tome II (1821), p. 197.
10. *Id.,* tome VII (1822), p. 73.

moscovite; en 1823, *Elisabeth d'Angleterre*. Les sujets, on le voit, ou les modèles, sont romantiques ; la forme est du classicisme le plus conventionnel. Aussi Ancelot était-il dans cette situation intermédiaire et fausse, qui le rendait susceptible d'être adopté par un parti. Je l'aime mieux après 1830, quand il inonde les petits théâtres de vaudevilles sans prétention, où l'on trouve du moins des *idées*, et pas de *style*. « Et surtout, pas de zèle ! » disait Talleyrand aux jeunes diplomates : aux dramatiques, il faut dire : « Et surtout, pas de *style !* »

Quatremère de Quincy, Vanderbourg, Raoul Rochette, de Chézy, Abel Rémusat (l'orientaliste, qu'il ne faut pas confondre avec Ch. de Rémusat), Mollevaut, Amar, Destains, n'ont signé aucun article littéraire, intéressant pour notre sujet.

Mais à côte de ceux-là, il faut citer quelques-uns de ceux qui ont, eux aussi, signé des articles ou donné des morceaux originaux : Casimir Bonjour, poète comique très distingué. et que j'ai étudié ailleurs (1), collabore aux premières livraisons des *Annales ;* et la présence de ce « classique » dans une revue à tendances romantiques, est encore une preuve de la situation un peu confuse des partis littéraires, à cette date de 1820. Il publie : deux articles sur J.-B. Rousseau (2), dont nous pouvons extraire quelques bonnes remarques sur l'absence et l'impossibilité du *lyrisme* dans la littérature française antérieure à la Révolution ; — deux articles sur le *Théâtre des Grecs* (traduction Brumoy, revue

---

1. Cf. *La comédie et les mœurs sous la Restauration et la monarchie de Juillet*. Paris. Fontemoing, 1904 ; Em. Faguet : *Débats*, 17 et 24 août 1903.

2. *Annales*, tome I (1810), p. 4 et 117.

par Raoul Rochette) (1) ; — sur le *Théâtre complet des Latins*, de Levée (2); —sur le *Lycée* de la Harpe (3); — sur les *Maximes* de la Rochefoucauld (4). Il y a une grande finesse dans ces articles presque tous inédits; mais on peut regretter que C. Bonjour ait seulement jugé des ouvrages classiques anciens ou modernes : on aimerait à le voir aux prises avec quelque nouveauté romantique. Il donne également quelques petites pièces de vers, d'un tour épigrammatique ou galant (5). Après le tome IV, et au moment où les *Annales* deviennent l'organe officiel de la Société des Bonnes Lettres, Bonjour cesse d'y collaborer. Mais ses comédies y sont toujours l'objet d'articles très élogieux.

La signature C. J. doit être celle de Camille Jordan fils : on trouve de lui, dans les *Annales*, deux articles intéressants sur la *Mort de Socrate* (6), et sur les *Nouvelles méditations poétiques* (7), de Lamartine.

A. de Saint-Valry donne deux comptes rendus : *Odes et poésies diverses de V. Hugo* (8), *Le Parricide*, de J. Lefebvre (9). Saint-Valry est de ces jeunes romantiques royalistes qui restèrent fidèles à leurs opinions politiques, et qui, à ce moment, n'admirèrent pas moins en V. Hugo l'*ultra* que le poète. Il avait collaboré au *Conservateur littéraire* et à la *Muse française*.

1. *Annales*, tome I (1820), p. 389 ; tome II (1821), p. 1. (Ces deux articles ont été insérés dans le tome des *Mélanges* de C. Bonjour. Paris, Lemerre, 1903).
2. *Id.*, tome III (1821), p. 91.
3. *Id.*, tome III (1821), p. 259.
4. *Id.*, tome IV (1821), p. 107.
5. *Id.*, tome I (1820), p. 259, p. 373; tome II (1821), p. 64, p. 98.
6. *Id.*, tome XII (1823), 484.
7. *Id.*, tome XIII (1823), p. 44.
8. *Id.*, tome VIII (1822), p. 65. -
9. *Id.*, tome X (1823), p. 257.

Ses vers et sa prose sont de bonne qualité, et vau-
draient, par fragments, une réimpression, comme échantillon du romantisme *aristocratique*.

Dans la même note, les articles d'Ernest de Blosseville, sur les *Natchez* de Chateaubriand (1). Blosseville, d'une illustre famille militaire et diplomatique,
devait bientôt devenir député, et s'adonner à la composition d'ouvrages d'histoire. Pendant qu'il travaillait
aux *Annales*, il était conseiller de préfecture à Versailles (2).

Le baron d'Erckstein collabore assez activement à
la partie politique et historique des *Annales*, et donne
aussi des articles de littérature étrangère. Signalons
en ce dernier genre, *Gœthe* (3), *Schiller* (4), *des Écoles
littéraires de l'Allemagne* (5).

Gaspard de Pons (Gaspard de P***) écrit en 1824 un
compte rendu des *Nouvelles odes* de Victor Hugo (6).

Edmond Géraud, à partir de 1825, inonde de sa
prose les *Annales*. Les principaux articles sont : *Le dernier chant du pèlerinage de Childe-Harold*, de Lamartine (7), *le Chant du Sacre*, du même (8), les *Odes et
Ballades* de Victor Hugo (9).

---

1. *Annales*, tome XXVI (1826), p. 176 et 212 ; tome XXVIII,
(1827), p. 167.

2. E. de Blosseville (1799-1886), député de l'Eure (1833-63) : collabore à divers journaux politiques, tels que le *Quotidien*. La
principale œuvre est : *Histoire des colonies pénales de l'Angleterre en Australie* (1821).

3. *Annales*, t. XII (1323), p. 270, 388, 508.

4. *Id.*, XIII (1824), p. 102, 153.

5. *Id.*, XV (1824), p. 27, 178, 344, 464.

6. *Id.*, t. XV (1824), p. 172.

7. *Id.*, t. XIX (1825), p. 427 ; XX (1825), p. 49.

8. *Id.*, t. XIX (1825), p. 450.

9. *Id.*, t. XXVI (1826), p. 493 ; XXVII (1827), p. 178.

Géraud représente, au sens le plus étroit du mot, le traditionalisme classique : il est le type complet du *jeune homme qui ne comprend absolument rien aux idées ni à l'art de ses contemporains, et il est sous ce rapport tout à fait représentatif d'un groupe : celui de la jeunesse qui n'se pas sortir de ses admirations scolaires.*

Mais les *Annales* contiennent aussi bon nombre de *textes*, et pour quelques-uns, cette *impression* peut servir d'original.

Signalons : — de Chateaubriand, un passage supprimé dans le *Génie du Christianisme*, intitulé : les *Rois athées* (1) ; un fragment sur le *Vésuve* (2) ; *Des Lettres et des gens de Lettres* (3) ; le *Roi est mort, vive le roi!* (4).

De Lamartine : *Adieu au Collège de Bellay* (5) ; à *M. Tramblay, auteur de l'OEnologie* (6) ; la *Perte de l'Anio* (7).

De Victor Hugo : La *Fille d'O-Taïti* (8) ; *Louis XVII* (9) ; *Entrée à Molière* (10) ; *Jéhovah* (11) ; la *Mort du duc de Berry* (12) ; et en prose : un article sur les *Jeux floraux* (13).

1. *Annales*, t. III (1821), p. 474.
2. *Id.*, t. V (1821), p. 107.
3. *Id.*, t. VI (1821), p. 418 ; VII (1822), p. 23.
4. *Id.*, t. XVI (1824), p. 462.
5. *Id.*, t. III (1821), p. 463, avec cette note : « M. de L... a fait ses études à ce collège. Cette pièce, composée en 1809, et encore inédite, mérite d'être connue. C'est un de ses premiers essais poétiques ; mais cet essai précoce annonçait déjà le grand poète. »
6. *Id.*, t. XVII (1824), p. 292.
7. *Id.*, t. XXVI (1826), p. 440.
8. *Id.*, t. III (1821), p. 15.
9. *Id.*, t. IX (1822), p. 354.
10. *Id.*, t. X (1823), p. 54.
11. *Id.*, t. X (1823), p. 139.
12. *Id.*, p. 161.
13. *Id.*, t. III (1821), p. 379.

9

D'A. de Vigny : *La Neige* (1).
D'E. Deschamps : *La Noce d'Elmance* (2).
De Reboul : *L'Ange et l'enfant* (3).
La signature A-TH... semble indiquer Adolphe Thiers, à qui nous attribuerions deux articles sur l'*Histoire de Russie*, de M. de Ségur (4).
Les *Annales* donnent encore des articles anonymes qui, sur la querelle des classiques et des romantiques, peuvent être utilisés. Nous en citerons quelques-uns. En avril 1829, elles cessent leur publication ; les abonnés doivent recevoir, à la place des *Annales*, l'*Universel* « journal quotidien se rapprochant de leurs doctrines littéraires », lesquelles doctrines étaient alors, à en juger par le dernier volume, étroitement classiques. L'*Universel* lui-même disparaît en juillet 1830.

LE MERCURE || DU || DIX-NEUVIÈME SIÈCLE || *rédigé* || *par une Société de gens de lettres* || *Paris,* || *Beaudoin frères, libraires, rue de Vaugirard, n° 36,* || 1823.
A partir du tome IV, le titre porte : .... *Rédigé par MM. Aignan (de l'Académie française), Année, Bert, Berville, Félix Bodin, Buchon, Chatelain, Dulaure, Alexis Duménil, Evariste Dumoulin, Etienne, Guadet, A. Jay, Lanjuinais (de l'Académie des inscriptions), de Latouche, Cauchois-Lemaire, Montrol, Moreau, J.-P. Pajès, L.-B. Picard (de l'Académie française), X.-B. Saintine, de Sénancour, Léon Thiessé, A. Thiers, P.-F. Tissot, Ymbert, etc., etc.,* 35 vol. in-8° (5).

1. *Annales*, t. X (1823), p. 336.
2. *Id.*, t. IX (1822), p. 406.
3. *Id.*, t. XXXVI (1829), p. 163.
4. *Id.*, t. XII (1823), p. 92.
5. Hatin. *Bibliogr.*, p. 570.

Le premier *prospectus* de cette revue (réimprimé sous
le titre d'*Introduction* en titre de la première livraison)
est signé de Tissot. En voici les passages essentiels :

Si comme l'a dit Voltaire, tous les heureux succès en
tout genre sont fondés sur les choses faites ou dites à
propos, la nouvelle entreprise que ce jour voit paraître
serait menacée de ne point obtenir l'assentiment public.
Quel moment, en effet, pour ressusciter le *Mercure* que
l'époque où une nouvelle guerre d'Espagne commence
pour l'affliction des gens de bien qui aiment leur pays...
Ces objections ont une apparence de force au premier
abord, mais elles ne soutiennent pas longtemps l'examen...
On répète sans cesse que la politique a tué la littérature ;
il n'y a rien de moins fondé que cette accusation banale...

Tissot donne pour exemple le « vénérable Ducis » et
« l'audacieux Lebrun » qui ont « conservé le feu sacré
au plus fort de nos orages ». Puis viennent le « tendre »
Legouvé, le « tragique » Arnault, l'auteur d'*Agamemnon*
(N. Lemercier), Andrieux, Duval, Ginguené, M.-J. Chénier, Delille, le peintre David. Un peu plus tard Baour-
Lormian « qui répand les beaux vers comme un homme
riche et prodigue sème l'argent » et Parceval-Grandmaison. Dans l'Académie, Maury, Suard, Morellet. Tissot
nomme encore Parny, Chateaubriand, Jouy, Lemontey,
Cabanis, et quelques autres qu'il désigne par des périphrases en vers latins ou par des allusions à la manière
alexandrine, sorte de logogriphes devenus très obscurs.
Et il conclut sur cette première partie : « Certes, elle
n'est ni morte, ni dégénérée, une littérature représentée
par de tels hommes !... »

Pendant que toute cette génération de talents florissait
chez un peuple enivré de triomphes, de brillants rejetons
s'élevaient à côté d'elle. Les Villemain, les Ancelot, les

Soumet, les Lamartine, les Casimir Delavigne, autour
desquels nous voyons déjà de jeunes successeurs qui les
poussent pour prendre leur place, sont venus partager
l'opinion publique, et inspirer ce vif intérêt que prête au
talent un âge brillant d'espérances et de jeunesses. Ils
avaient été étouffés par le spectacle de notre gloire qui
faisait palpiter leurs cœurs, lorsque leur jeune intelligence
apprenait à lire Homère et Virgile, Tacite et Cicéron ;
leur talent n'a point été flétri par le douloureux tableau
des revers de la patrie ; ils ont voulu protester, autant
qu'il était en eux, contre les torts de la fortune, en montrant que la France, même vaincue, était digne encore
de servir d'exemple à l'Europe. Tous ces écrivains, et
même ceux d'entre eux qu'une erreur qui ne saurait durer,
paraît avoir rangés sous le drapeau contraire, ont reçu de
la liberté renaissante une impression forte qui est la cause
de leurs succès. Tous, en examinant leurs ouvrages, ont
dû reconnaître en secret que tout ce qui leur a obtenu les
suffrages publics est marqué au sceau des opinions généreuses.

Tissot affirme ensuite que la jeunesse « dévore avec
la même avidité les principes de la Charte, les mystères
de la science, les secrets des arts, et l'étude de la littérature. » Il la félicite de sa connaissance des littératures étrangères. « Nous étions un peu rassasiés de nos
richesses, nous allons renouveler la vivacité de vos
anciennes impressions par des impressions nouvelles...
Peut-être sera-t-on téméraire et peu judicieux d'abord
dans les imitations ; mais on sortira du moins des bornes trop étroites que l'on s'était prescrites ; une légitime
audace remplacera enfin une timidité excessive... » Il
termine par quelques réflexions sur le rôle social des
lettres.

Au tome III (1), paraît un nouveau *prospectus*, pré-

1. P. 577.

cédé d'une liste de collaborateurs citée plus haut. Cette fois, ce n'est pas la *plume élégante* de Tissot qui rédige ; aussi est-ce plus net et plus clair.

Si la littérature est l'expression de la société, elle ne doit pas se borner à la peindre telle qu'elle est, et à retracer, seulement pour en perpétuer le souvenir, ses mœurs, ses travers et ses vices ; il faut encore qu'elle essaie d'exprimer ses besoins pour hâter le moment de changer ses espérances en réalité.

La littérature, comme la politique, est aujourd'hui plus que jamais divisée en deux partis : l'un, mécontent du présent, craignant l'avenir, et redoublant d'efforts pour rétrograder vers le passé ; l'autre qui pense que tout est susceptible d'amélioration, que l'esprit humain ne peut décroître et que la vérité, compagne inséparable de la raison, ne saurait avoir ni trop d'interprètes, ni trop de défenseurs pour répandre ses maximes et ses bienfaits.

... De nos jours, la littérature n'est plus pour une certaine classe d'esprits serviles, qu'un moyen de parvenir aux richesses, aux honneurs, aux dignités. Ceux qui voudraient la rendre exclusive, ne reçoivent que les inspirations du pouvoir, et se plaisent dans une dépendance productive. Cette littérature financière travestit l'histoire au gré des passions contemporaines, dénature les faits pour flatter l'orgueil en crédit, corrompt le goût, prostitue le talent et l'irrite contre le génie...

... Tel n'est point l'esprit du *Mercure du XIXᵉ siècle*, il adopte tous les talents vrais, toutes les gloires non usurpées. Pour lui, le mieux n'est point ce qui est, encore moins ce qui a été, il essaye de le découvrir dans ce qui sera. En rappelant les saines doctrines, il voudrait arriver à des conséquences salutaires et à une application positive.

(Le *Mercure* se propose donc de développer la partie relative aux *arts utiles*, aux *sciences*, à l'*agriculture*, à l'*industrie*... Il donnera chaque mois la statistique d'un département de la France).

Le nom des hommes qui vont concourir à la rédaction du *Mercure* se présentent avec trop de titres à l'estime publique, nous osons le croire, pour qu'il soit nécessaire d'entrer dans de plus longs détails. Une telle réunion peut déplaire à l'esprit intolérant de parti ; peu importe ; nous ne cesserons d'être dans un état permanent d'opposition contre les fausses doctrines, contre les préjugés nuisibles et tous les systèmes qui ne tendraient pas à procurer à l'espèce humaine la plus grande somme de prospérité à laquelle elle puisse prétendre. Nous serons vrais avant tout, et le véritable homme d'État, l'artiste habile, le savant éclairé, l'artisan laborieux, le poète et le littérateur dignes de leur mission, n'ont rien à redouter des lumières et de la vérité.

Le *Mercure* aura souvent à combattre, sans doute ; il y est préparé. La lutte sera pénible ; c'est une raison de plus pour s'y livrer sans crainte ; et nous entrons avec confiance dans la lice sous le drapeau de la tolérance et de la raison, sous la bannière de la philosophie et de la liberté.

Ce prospectus a été rédigé et publié en 1823.

Cependant, les collaborateurs restent les mêmes ; la signature de Tissot y alterne avec celle de L. Thiessé ; on y trouve plusieurs articles importants de H. de Latouche, de Félix Bodin ; Étienne y continue ses *Lettres sur le théâtre* jusqu'au tome XII, à partir duquel le rédacteur dramatique est Saint-Marc Girardin. On est surpris, dans ces volumes où le *classique* domine, de rencontrer çà et là des articles plutôt favorables au romantisme, et dont nous ferons notre profit.

Au tome XIII (1826) paraît un nouvel *Avant-Propos*, qui, d'ailleurs, ne nous fait pas présager un changement notable dans les doctrines. Toutefois, les noms de Ph. Chasles, de G. de Pons, de Saint-Marc Girardin, qui n'excluent pas, il est vrai, ceux des anciens rédacteurs, annoncent un véritable éclectisme.

Au tome XIX (1827), cet éclectisme s'affiche, pour ainsi dire : dans un quatrième *prospectus*, la direction du *Mercure* affirme qu'elle gardera une parfaite neutralité entre classiques et romantiques. On y voit apparaître ·les signatures de : Ch. Nodier, d'A. Dumas (qui donne de nombreuses poésies), de Ch. de Rémusat, d'E. Deschamps; le *Mercure* publie des vers de Chateaubriand, de Lamartine, de Pichald, de Soumet; et, d'une façon générale, il semble se préoccuper surtout des œuvres romantiques.

Avec le tome XXI (1818), cette tendance s'accentue : le romantisme, français ou étranger, prend toute la place. Mais autre changement au tome XXVI (1829). Dans un *Nouvel Avant-propos*, la direction annonce qu'elle veut « suivre les faits scientifiques... »; et les articles de sciences et de voyages deviennent en effet plus nombreux, sans que la critique cesse d'être romantique. Il dut en résulter quelques tiraillements, car, au tome suivant (XXVII), on lit encore un *Nouvel Avant-propos*, signé J.-J.; le style seul, à défaut de la signature, dénoncerait bien Jules Janin. Après une modeste allusion au prospectus du tome précédent, et une rapide histoire du *Mercure*, Janin écrit :

... Voilà le bon temps qui recommence; le journal redevient en lumière; la lutte renaît plus vive et plus franche; les débats littéraires recommencent avec plus d'énergie ; on remet tout en question; on ne sait plus où en est la chose littéraire, pas plus que la chose politique. Vive le chaos en fait de journal! Le bâton du roi Jean ne se jette que dans un tournoi bien mêlé ; alors, il fait beau voir tous ces chevaliers qui s'arrêtent, ces visières qui se lèvent, ces écuyers qui s'essuient le front. Mêlez-vous donc, hommes de style et de pensée, hommes de gouvernement et d'opposition, hommes selon Boileau et selon Schlegel;

confondez-vous, Racine et Shakespeare, Voltaire et Schiller, Byron et Delavigne; qu'il y ait schisme, qu'il y ait colère, qu'il y ait fureur, tout ce que vous voudrez, pourvu qu'il n'y ait pas ennui, qu'il n'y ait pas dégoût.

Mais il faut croire que le *schisme* menaça de ruiner tout à fait l'entreprise, car, en tête du tome XXVIII (1830), on lit encore un *avertissement* nouveau.

Le Mercure a changé de rédacteurs en même temps que de couverture... Il nous a été confié brusquement vers le milieu du vingt-septième volume, qui, par cela même, est bigarré d'éléments hétérogènes et d'opinions contradictoires. C'est donc seulement à compter de ce présent volume que nous prenons acte de propriété. Nous sortirons peu du domaine de la littérature ; mais comme nous sommes jeunes et nés avec le siècle, nous nous adresserons de préférence à tout ce qui est jeune en France. Cette vocation nous prescrit d'avance une inexorable impartialité, libre de tout engouement et de toute coterie.

Ces nouveaux directeurs sont, je crois, Amédée Pichot et Paul Lacroix (le bibliophile Jacob), qui signent des initiales A.-P. — P.-L., la préface du tome XXXIII, où ils disent : « *Le Mercure continue à offrir* un asile aux gens de lettres... »

Au tome XXXV, A.-P. et P.-L. annoncent que le *Mercure* change de mains : et il n'y a pas de tome XXXVI.

Telle est, en résumé, l'histoire de ce périodique, d'abord classique, puis neutre, puis romantique aussi exagéré que la *Muse française*, enfin romantique assagi. Il est des plus curieux et des plus utiles à consulter ; mais il faut tenir compte des dates : la période la plus féconde en renseignements utiles est celle de 1829-

1832 (tome XXIV à XXXV), où le *Mercure* est tout romantique.

Essayons maintenant de signaler quelques-uns des collaborateurs les plus importants de ce changeant périodique. Tous ceux que le premier titre indique n'ont pas signé, si tous ont écrit ; et les *attributions* sont très problématiques. Retenons d'abord les *Lettres sur le Théâtre*, d'Etienne, au nombre de cinquante et une, du tome Ier au tome IX, réimprimées dans ses *Œuvres complètes*. Tissot, a donné de nombreux articles, entre autres *les Méditations* de Lamartine (1) ; *la Mort de Socrate*, du même (2) ; *Trois Messéniennes nouvelles* de C. Delavigne (3) ; *Odes* de V. Hugo (4) ; *Nouvelles Odes*, du même (5), *Byron* (6) ; *Mélanges poétiques*, d'U. Guttinguer (7) ; *Poésies* de Mme A. Tastu (8).

L. Thiessé, qui avait dû renoncer aux *Lettres normandes* en 1820 (9), collabore activement au *Mercure*. J'ai déjà dit qu'il était beaucoup plus intelligent que Tissot ; sa critique est bonne à consulter chaque fois qu'il touche au romantisme. Nous relevons sous son nom : *Tablettes romantiques* (10) ; *Han d'Islande* (très spirituel éreintement) (11) ; *Poésies de Gœthe* (12) ; *Le dernier chant du pèlerinage d'Harold*, de Lamartine (13) ; *Correspondance de Byron* (14).

1. *Mercure du XIXe siècle*, I (1823), p. 101.

2. *Id.*, I (1823), p. 485.

3. *Id.*, p. 148 et 341.

4. *Id.*, V (1824), p. 61.

5. *Id.*, V (1824), p. 285.

6. *Id.*, VI (1824), p. 297.

7. *Id.*, VII (1824), p. 97.

8. *Id.*, XV (1826), p. 210 et 411.

9. Cf. p. 58.

10. *Mercure du XIXe siècle*, I (1823), p. 162.

11. *Id.*, I (1823), p. 513.

12. *Id.*, IX (1825), p. 206.

13. *Id.*, X (1825), p. 302 et 340.

14. *Id.*, VIII (1825), p. 509.

J.-A. Buchon (1) donne aux tomes II et III une
suite d'articles sur l'*Art dramatique en Angleterre* (2) ;
puis une intéressante étude sur Manzoni (3) ; il analyse les drames dont il cite, en italien, quelques passages, et annonce la prochaine publication des *Fiancés*.
Il voulait qu'on établît, au début de chaque année, une
sorte de statistique comparée de la production littéraire
dans toute l'Europe.

Le nom de Sénancour (4) apparaît fréquemment dans
les premiers volumes du *Mercure*. On pourrait croire
que l'auteur d'*Obermann* a des vues intéressantes sur
les nouveautés romantiques ? Il n'en est rien, et l'on ne
reconnaît même plus en lui l'esprit critique fort étroit
mais parfois intelligent, qui lui a dicté les observations
sur le *Génie du Christianisme* (1816). Tout est terne,
incolore, indécis, imprécis, dans les doctrines comme
dans la prose de Sénancour, de celui du moins qu
collabore au *Mercure du XIX*° *siècle*, et qui est plutôt
un adversaire qu'un partisan du romantisme. Entre
autres articles de Sénancour, signalons : *Considérations
sur la littérature romantique* (5), *Songe romantique* (6),

1. J.-A. Buchon (1791-1864), avait déjà collaboré au *Censeur
européen*. Ses articles sur l'*Art dramatique en Angleterre* sont
le résumé du cours qu'il venait de professer à l'Athénée. Ses
voyages, à la recherche de documents pour une publication de
Chroniques Nationales (1822-1829), l'avaient mis en contact direct
avec les littératures étrangères, dont il fut un des plus intelligents vulgarisateurs en France.

2. *Mercure du XIX*° *siècle*, II (1823), p. 18, 149, 260, 351 463,
60; III (1823), p. 75, 215, 415.

3. *Id.*, VI (1824), p. 254.

4. Sénancour (1770-1846) : *Rêveries sur la nature primitive de
l'homme* (1798), *Obermann* (1804), *De l'Amour...* (1805), etc. Il a
travaillé au *Mercure du XIX*° *siècle* et à la *Revue encyclopédique*.

5. *Mercure du XIX*° *siècle*, II (1823), p. 216,

6. *Id.*, III p. 244.

aussi incohérent qu'un cauchemar (*ægri somnia*) ; *De la prose du XIXe siècle* (1).

Beaucoup plus intéressants sont les articles de H. de Latouche (2), critique incomplet sans doute, et qui manque de science, de sang-froid, souvent même d'impartialité, mais journaliste de tempérament, ayant un peu de la verve copieuse de J. Janin et beaucoup de la verve ironique de Gustave Planche. Il faut tenir compte de son opinion. Voir en particulier : *Eloa* de Vigny (avec une curieuse théorie du style romantique en poésie) (3) ; *Des gens de lettres, vers l'an de grâce* 1825 (d'une excellente ironie) (4) ; *Trois Épitres* de Lamartine (avec un très sévère jugement sur les *Méditations*) (5) ; *Bug-Jargal* de V. Hugo (« cet ouvrage appartient à deux genres : l'horrible et l'ennuyeux, mais l'ennuyeux domine ») (6); *OEuvres complètes* de Lamartine (favorable) (7).

Saint-Marc Girardin, alors jeune professeur au collège Charlemagne, conférencier à la Société des Bonnes Lettres, succéda à Étienne, en 1836, comme critique dramatique du *Mercure*. Ses *Lettres sur la littérature dramatique* ne sont plus, comme celles de son prédécesseur, de petits pamphlets politiques et libé-

1. *Mercure du XIXe siècle*, IV (1824), p. 420.
2. H. de Latouche (1785-1851). Premier éditeur d'André Chénier (1819). Auteur du célèbre article sur la *Camaraderie* paru dans la *Revue de Paris* en 1829. C'était un *journaliste*; ses articles au *Mercure* et au *Figaro* valent mieux que ses romans et que ses pièces. N'oublions pas de rappeler qu'il devina George Sand dont il protégea les débuts littéraires.
3. *Mercure du XIXe siècle*, IX (1825), p. 347.
4. *Mercure du XIXe siècle*, IX (1825), p. 400.
5. *Id.*, X (1825), p. 531.
6. *Id.*, XII (1826), p. 271.
7. *Id., id.*, p. 422.

raux; Saint-Marc Girardin traite réellement le *sujet;* il
sait faire une analyse, critiquer une situation, discuter
une thèse morale, reconstituer un type ou un caractère.
Tel de ses feuilletons sur Picard, sur Scribe, sur
C. Bonjour, etc., est excellent (1).

Il nous reste à citer des collaborateurs occasionnels,
dont nous ne signalons les articles que s'ils ont une
réelle importance : Artaud, Phil. Chasles, Ch. Nodier
(*Le théâtre anglais à Paris*) (2) ; Ch. de Rémusat (*Réception de M. Royer-Collard à l'Académie française*) (3):
l'intérêt de cet article vient surtout de ce que, en 1847,
Rémusat devait lui-même occuper le fauteuil académique de Royer-Collard ; Jules Janin (des *Contes littéraires*) ; Brizeux (deux articles sur A. de Vigny) (4) ;
Paul Lacroix (*N. D. de Paris*) (5); *Marion Delorme* (6);
A. de Vigny signe un article sur le *Retour à Paris* de
Émile Deschamps (7).

Parmi les articles importants non signés, ou signés
seulement d'initiales d'attribution douteuse : *Des différents âges de la poésie* (A. L. P.), avec des réflexions
excellentes à leur date pour l'influence de la révolution
sur la littérature (8); *Poésies de Ch. Nodier* (non signé) (9); *Cromwell,* de V. Hugo (non signé), article

1. *Lettres sur la littérature dramatique ; Mercure du XIXe siècle*
XII (1826), p. 556 ; XIII (1826), p. 33, 335, 538, 595 ; XIV (1826),
p. 25, 88, 175, 274 ; XV (1826), p. 135, 224, 273, 462 ; XVI (1827),
p. 216, 316, 457, 502 ; XVII (1827), p. 15, 367, 514 ; XIX (1827),
p. 66, 223, 468 ; XX (1828), p. 248.
2. *Mercure du XIXe siècle*, XIX (1827), p. 40.
3. *Id.,* XIX (1827), p. 306.
4. *Id.,* XXV (1829), p. 178, 304.
5. *Id.,* XXXIII (1831), p. 30.
6. *Id.,* XXXIV (1831), p. 374.
7. *Id.,* XXXVI (1832), p. 113.
8. *Id.,* XII (1826), p. 7.
9. *Id.,* XIX (1827), p. 9.

assez sévère (1) ; en réponse à cet article sur *Cromwell*, le *Mercure* insère une lettre d'Emile Deschamps (2) ; *Études françaises et étrangères* d'Emile Deschamps (non signé), très élogieux, avec citation de la Préface (3) ; *Odes et ballades*, de Victor Hugo (4) ; *Orientales*, de Victor Hugo (5) ; *Le dernier jour d'un condamné*, de Victor Hugo (6) ; *Henri III et sa cour* d'A. Dumas (7) (éloge enthousiaste); *Vie, poésies et pensées de Joseph Delorme* (signé R...), très favorable (8) ; *Le marchand de Venise*, traduit par A. de Vigny (9); *Des Poètes lyriques contemporains* (signé P. B.) (Petrus Borel) (?) (10) ; *Hernani*, de V. Hugo (11) ; *Les Consolations*, de Sainte-Beuve (12).

Mais le *Mercure du XIXᵉ siècle* n'est pas moins intéressant par les *poésies* ou les *fragments* originaux, qu'il publie. Nous devons nous contenter de signaler ici les principaux morceaux.

Les premiers volumes ne sont pas très riches en poésies signées de grands noms romantiques : un peu de Béranger (13), de Casimir Delavigne (14), de Guiraud (15),

1. *Mercure du XIXᵉ siècle*, XX (1828), p. 33.
2. *Id.*, *id.*, p. 289.
3. *Id.*, XXIII (1828), p. 253 et 309.
4. *Id.*, XXIV (1829), p. 119.
5. *Id.*, *id.*, p. 195.
6. *Id.*, *id.*, p. 271.
7. *Id.*, *id.*, p. 326.
8. *Id.*, XXV (1829), p. 118.
9. *Id.*, XXVII, p. 172.
10. *Id.*, XXVIII, p. 118.
11. *Id.*, XXVIII (1830), p. 462, 520, 544, 555.
12. *Id.*, XXIX (1830), p. 132.
13. *Id.*, I (1823), 101 (*Conseils de Lise*); 533 (*Les Sciences*).
14. *Id.*, I, 15 (Versailles, élégie) ; 289 (*Les Serments*) ; II (1823) 337 (*Discours d'inauguration par le théâtre du Havre*).
15. *Id.*, I, 61 (*Le jeune poète à Leucade*).

de Saintine (1), d'assez nombreuses pièces de Mme A.
Tastu (2), quelques élégies de G. Richomme, d'un tour
vraiment élégant et lamartinien (3), une chanson de Ch.
de Rémusat (4) etc.; sans compter le Viennet, le F. de
Neufchâteau, le Tissot, et l'inévitable Mme Dufrénoy.

Mais, à partir du tome X, on trouve quelques textes
plus dignes d'attirer l'attention : de Lamartine : *Le
Retour* (5) ; *La Perte de l'Anio* (6) ; *Le Chêne* (7) ; à
M. Tremblay (8) ; à *Némésis* (9) (curieuses variantes
avec la pièce publiée dans les *Harmonies*).

De V. Hugo: *Lui* (10); *Epître à Brutus*; les *Vous* et les
Tu (écrit en 1816) (11); *La Charité* (12) (curieuses variantes) ; *L'Avarice et l'Envie*, conte écrit en 1816 (13) ;
L'Antre du Cyclops (extrait d'une traduction de l'Enéide,
par V. Hugo, à l'âge de seize ans) (14) ; *A la jeune
France* (15) ; *Nouvelle ode à la Colonne* (16) ; *Le Jeune
banni* (écrit en 1818) (17) ; *César passe le Rubicon*

1. *Mercure du XIXe siècle*, I, 389, etc..
2. I, 245 (*Le dernier jour de l'année*) ; 58 (*L'Excuse du barde*,
mélodie irlandaise, imitée de Th. Moore) etc.
3. En particulier VIII (1825), p. 337, *Le Torrent ; p. 437, Aveu
d'amour*.
4. *Id.*, IV (1824), p. 193 (*Le Combat ou Lise et la bouteille*).
5. *Id.*, X (1825), p. 481.
6. *Id.*, XX, p. 97.
7. *Id.*, XXIX, p. 465.
8. *Id.*, XXXII, p. 85.
9. *Id.*, XXXIV (1831), p. 195.
10. *Id.*, XXIV (1829), p.
11. *Id.*, XXVIII (1830), p. 337.
12. *Id.*, XXVIII (1830), p. 882
13. *Id.*, XXVIII (1830), p. 49.
14. *Id.*, XXIX (1830), p. 49.
15. *Id.*, XXX (1830), p. 377.
16. *Id.*, XXXI (1830), p. 145.
17. *Id.*, XXXII (1831), p. 241.

(extrait d'une traduction de Lucain, 1817) (1); à *M. de Lamartine* (tiré des *Feuilles d'automne*) (2). En prose, le *Mercure* donne, de. V. Hugo, un chapitre de *N.-D. de Paris* (3) ; la préface de Hugo pour les *œuvres de feu Dovalle* (4) ; quelques articles du *Conservateur littéraire* (sur W. Scott, sur Lamartine, etc.) sont reproduits à titre de curiosité. Signalons ici un fragment sur *le Génie*, signé Eugène Hugo, et accompagné de cette note: « C'était un frère de Victor Hugo, qui devait nous donner un poète de plus (5). »

A. de Vigny : *La Beauté idéale*, extrait du *Déluge* (6) (morceau supprimé dans l'édition définitive du poème).

A. Dumas, de nombreuses poésies, un fragment de *Christine* (7), avec cette note « drame en cinq actes et en vers, reçu à l'unanimité au Théâtre-Français ».

A. Barbier : *Le Lion populaire* (8).

Th. Gautier: *La demoiselle* (9); *l'Orage* (10); *Paris* (11).

Sainte-Beuve : *Les Antiquités de Dijon* ; *A mon ami Boulanger* (avec cette note: « Extraits des *Consolations* par Joseph Delorme... Ce livre est un pendant aux *Méditations* de Lamartine ») (12).

Ch. Nodier : quelques pièces de vers ; — en prose :

1. *Mercure du XIX⁰ siècle*, XXXV (1831),
2. *Id.*, XXXV (1831), p. 451,
3. *Id.*, XXXII (1831), p. 535.
4. *Id.*, XXVIII (1830), p. 248.
5. *Id.*, XXVIII (1830), p. 440.
6. *Id.*, XI (1825), p. 197.
7. *Id.*, XXI (1828), p. 233.
8. *Id.*, XXXII (1831), p. 97.
9. *Id.*, XXXI (1830), p. 241.
10. *Id.*, XXXIII (1831), p. 99.
11. *Id.*, *id.*, p. 473.
12. *Id.*, XXVIII (1880), p. 521.

L'Aveugle des Alpes (1); *Le chien de Brisquet* (2) ; *Un premier amour* (3).

Chateaubriand : *Deux nouvelles Préfaces* (4) ; *Extraits d'un voyage en Amérique* (5) ; *Lettre sur l'art du dessin dans les paysages* (1795, Londres) (6). En vers : *La Forêt* (7).

Vitet : *Une nuit à l'hôtel de Soissons* (Extrait des *Barricades*) (8).

III

Le Groupe « doctrinaire ». — Les Archives philosophiques. — Le Lycée français. — Les Tablettes universelles. — Le Globe. — La Revue française.

ARCHIVES || PHILOSOPHIQUES, || POLITIQUES || ET LITTÉRAIRES, || *tome 1er,* || *à Paris,* || *chez Fournier, libraire, rue Macon, n° 10,* || *MDCCCXVII (juillet 1817 à décembre 1818,* 5 volumes in-8°) (9).

Cette feuille avait pour rédacteurs principaux Royer-Collard et Guizot. Elle fut en même temps que les *Annales,* et d'une façon plus sérieuse, plus complète, l'or-

1. *Mercure du XIXe siècle,* XXVIII (1830), p. 165.
2. *Id., id.,* p. 365.
3. *Id.,* XXXIII (1831), p. 216 (extrait des *Souvenirs de la Révolution et de l'Empire*).
4. *Id.,* XIII (1828), p. 510.
5. *Id.,* XIX (1827), p. 177, 242, 433, 519 (*Préface, et Mœurs des Indiens*).
6. *Id.,* XXI (1823), p. 378.
7. *Id.,* XII (1826), p. 420.
8. *Id.,* XIII (1826), p. 17.
9. Hatin : *Bibl.* 334. — *Histoire de la Presse,* VIII, 189.

ARCHIVES

PHILOSOPHIQUES,

POLITIQUES

ET LITTÉRAIRES.

TOME PREMIER.

A PARIS,

CHEZ FOURNIER, LIBRAIRE, RUE MACON, N° 10.

M. DCCC XVII.

gane du parti doctrinaire. Le *prospectus*, très intéressant,
a été fort bien analysé par Hatin ; mais il faut compléter ses citations, pour bien montrer quelle pouvait être,
à cette date de 1817, la pensée directrice d'une revue
au titre presque encyclopédique.

La multiplicité des journaux et des écrits périodiques
de tout genre est sans contredit un des traits les plus remarquables de l'état actuel des peuples ; de même que
les progrès du commerce et de l'industrie indiquent à
la fois et des richesses nouvelles et des besoins nouveaux, de même le nombre et la variété des routes récemment ouvertes au commerce des pensées, annoncent à quel
point les esprits sont tourmentés et de la fécondité qui
veut produire, et de l'avidité qui veut acquérir. Cet intérêt intellectuel unit maintenant les hommes éclairés de
tous les pays ; par là, les nations correspondent et se
tiennent, lors même que leurs existences politiques sont
diverses et séparées. Peu importe où naît la pensée ; dès
qu'elle est née, elle se propage et exerce partout son influence : puissance prodigieuse, qu'on ne peut régler que
par elle-même, et à laquelle, en définitif, on est toujours
contraint de recourir pour lui demander des remèdes
contre les maux qu'elle a produits.
Les événements qui, depuis trente ans, ont agité l'Europe, et surtout la France, ont donné à cette activité
générale des esprits un caractère qu'on ne saurait méconnaître ; le besoin des idées sérieuses est aujourd'hui le
besoin dominant ; ce n'est plus un simple amusement,
c'est une occupation forte et utile que l'intelligence cherche aujourd'hui dans l'étude. Les institutions que la
France a reçues de son Roi sont favorables à cette tendance;
pour des citoyens appelés à connaître des intérêts de l'État,
une instruction étendue et approfondie est une nécessité
comme un devoir.
Cette nécessité embrasse tout le public qui lit et qui
pense ; l'importance des discussions dont il est le témoin;

la part qu'il y prend, par cela seul qu'il les entend et les
juge ; l'infinie variété de matières qui peuvent en être le
sujet ; toutes ces circonstances réunies contribuent à répandre le goût des lectures sérieuses, et à diriger insensiblement les esprits vers un même but.

De même que maintenant les peuples ne sont plus étrangers les uns aux autres, de même les connaissances humaines ne sont plus des études isolées et sans connexion
entre elles ; elles se sont unies par leurs progrès : comme
une terre dont le défrichement commence, n'offre que
quelques espaces cultivés çà et là et à de grandes distances ;
à mesure que la culture s'étend, les propriétés se rappro-
chent, et bientôt elles ne sont plus séparées que par d'étroites limites : ainsi, dans le vaste champ de la science, maintenant tous les domaines se touchent, et ceux qui les
exploitent s'empruntent mutuellement des lumières et
des secours. Toutes ces explications ont un but commun,
le perfectionnement moral des hommes et l'amélioration
de leur sort.

Telles sont les considérations qui ont fait naître l'idée
de l'ouvrage périodique que nous annonçons. Offrir aux
Français un examen impartial des écrits où seront trai-
tées les grandes questions qui intéressent la patrie, et profiter des occasions que nous fournissent ces écrits pour
traiter nous-mêmes ces questions, selon nos propres idées ;
étendre et fortifier l'union des peuples, en faisant connaître en France les productions importantes publiées chez
les nations étrangères, quel qu'en soit l'objet ; réunir en un
même faisceau toutes les connaissances humaines, n'en
exclure aucune, accorder à chacun sa place, et faire sentir
par leur rapprochement, qu'elles tendent toutes au même
but : tel est le plan des *Archives philosophiques, politiques
et littéraires*.

Les *rubriques* sont les suivantes: *Politique spéciale ;
Sciences politiques; Sciences physiques; Économie politique ; Littérature ; Variétés ; Gazette littéraire.* Cette

dernière partie comporte plusieurs subdivisions : la *bibliographie* (*Annales littéraires*) y est faite avec autant de soin que de méthode, pour la France et pour l'étranger : titres *in extenso*, dates, lieux, prix, rien n'y manque. Il y a là de précieux renseignements.

Très peu d'articles sont signés. Sans doute, dans le cercle assez restreint où circulaient les *Archives*, chacun reconnaissait les idées et le style des auteurs; à distance, cela nous est d'autant plus difficile qu'une parfaite unité de doctrines et de théories donne à tous ces articles un certain air d'uniformité, et que les *doctrinaires*, un peu comme les jansénistes, n'ont, semble-t-il, aucun style. Ils écrivent, dirait La Bruyère, proprement et ennuyeusement. Cependant, n'est-ce point à Guizot qu'il faut attribuer un compte rendu des *Confessions de M*^mᵉ *XXX* (1)? il y a là un passage sur le rôle social des femmes au XVIIIᵉ siècle, qui, s'il n'est pas de M. Guizot est de Mᵐᵉ Guizot. J'en dirai autant d'un article publié dans la deuxième livraison, à propos d'un ouvrage de lady Morgan, *la France ;* on y trouve une très fine discussion rattachée à ce principe : comment les femmes voient et jugent. On aimerait à savoir qui a écrit les notices nécrologiques sur Mᵐᵉ de Staël et sur Suard (2). Pour nous en tenir à la littérature, nous aurons à signaler des articles sur la *Poésie italienne* (3), les *Puritains d'Ecosse* de W. Scott (4), *Ondine* (5), *Manfred*, de Byron (6), *Le Lépreux de la cité*

1. *Archives philosophiques...* t. I, n° 1, p. 78 (Cet ouvrage qui porte pour sous-titre, *Principes de morale pour se conduire dans le monde*, parut en 1817, en 2 vol.-12, avec une préface de Suard).

2. *Archives...* t. I, n° 2, p. 217.

3. *Id.,* n° 3, p. 338.

4. *Id.,* n° 11, p. 24.

5. *Id., id.,* p. 220.

6. *Id., id.,* p. 254.

d'Aoste, de X. de Maistre (1) (signé T — u. ?) ; les *Ballades* de Burger (2) ; les *Mémoires de M^{mo} d'Épinay* (3) ;
De l'influence du dernier ouvrage de Mme de Staël (4).
Si nous ne connaissons pas les auteurs de tous ces articles judicieux, représentant bien, par leur anonymat
même, l'opinion moyenne de la classe la plus éclairée et
la plus modérée de ce temps, nous savons que Charles
Loyson est l'auteur des deux articles sur Pindare (5) ;
de Loyson également l'article sur le *Cours de littérature*
de Lemercier (6). Ch. Loyson a encore signé une étude
sur les *Mélanges* de l'abbé Morellet (7). Victor Cousin
a signé, au tome III, un morceau intitulé : *Du beau
réel et du beau idéal* (8), et un autre : « Sur le véritable
sens du *Cogito ergo sum* » (9). On trouve enfin le nom
d'A. Trognon sous deux articles consacrés à l'*Enfer* de
Dante (10). Dans les *Critiques et études* de Rémusat, au
tome Ier, on lit quelques pages sur la Révolution française, sans autre indication d'origine qu'une date : 1818.
Ces pages sont extraites de deux articles publiés par lui
dans les *Archives* à propos de l'ouvrage posthume de
Mme de Staël : *Considérations sur la Révolution française* (11).

1. *Archives, id.*, p. 316.
2. *Id.*, t. III, p. 17.
3. *Id., id.*, p. 30.
4. *Id.*, t. V, p. 27.
5. *Id.*, t. III, p. 450 ; III, p. 77.
6. *Id.*, t. III, p. 257 (c'est un *premier article* ; le second n'a
point paru).
7. *Id.*, t. IV, p. 336.
8. *Id.*, III, p. 1.
9. *Id.*, III, p. 316.
10. *Id.*, t. IV, p. 1, p. 385.
11. *Id.*, t. V, p. 75 (Cf. *Sainte-Beuve : Derniers portraits*, 1853.
p. 317).

Le Lycée français || ou || *Mélanges de littérature* ||
et de critique || *par une Société de gens de lettres*
(épigraphe : *Dulces ante omnia Musæ*), || *Paris,* || *Béchet aîné, libraire, quai des Augustins, n° 57.*

[Au tome III, la couverture donne la liste des collaborateurs : *Avenel, Bert, Brifaut, Bruguière de Sorsum, C. Delavigne, G. Delavigne, J.-V. Leclerc, de Lécluse, Ch. Loyson, Patin, Scribe Viollet-Leduc, etc...*] 1819-1820 (1).

Après la disparition des *Archives philosophiques, politiques et littéraires* (décembre 1818), Ch. Loyson fonde le *Lycée français,* dont le premier numéro paraît le 25 juin 1819.

Le prospectus du *Lycée français* est un document important, à cette date de 1819; il prouve qu'une sorte de détente s'était faite dans quelques esprits, et que l'on concevait la possibilité d'une revue *littéraire,* impartiale, d'où les allusions politiques seraient à peu près bannies, et dans laquelle on essaierait de juger les œuvres sans tenir compte des opinions de leurs auteurs. Au lendemain des *Archives,* toutes « doctrinaires », à côté de la *Minerve* où la politique gagne et gâte tout, le *Lycée* tente, pour n'y réussir d'ailleurs que pendant quelques mois, ce que pourront réaliser pleinement les grandes revues postérieures à 1830.

Voici ce prospectus :

La culture des lettres et des arts est l'un des plus heureux développements de la société ; elle est pour la France, en particulier, une des meilleures parts de ses hautes destinées. L'état politique ne doit pas être pour

1. Hatin : *Bibliogr.*, p. 570.

LYCÉE FRANÇAIS,

OU

MÉLANGES DE LITTÉRATURE

ET DE CRITIQUE.

PAR UNE SOCIÉTÉ DE GENS DE LETTRES.

Dulces antè omnia musæ.

TOME PREMIER.

PARIS.

BECHET AÎNÉ, LIBRAIRE, QUAI DES AUGUSTINS, N°. 57.

MOREAU, Imprimeur de S. A. R. MADAME, successeur
de M. VALADE, rue Coquillière, n°. 27.

1819.

nous la patrie tout entière ; ainsi que l'esprit constitutionnel et l'honneur guerrier, le goût des beaux-arts nous la
représente et nous la fait adorer également sous des attri-
buts non moins glorieux. L'harmonie qui devrait régner
entre ces nobles facultés nationales a pu être souvent
rompue par les malheurs et le besoin des grands changements ; mais on croit déjà pressentir le moment où la
France, assurée de ses principales institutions, voudra
commencer à en jouir en paix. La renaissance de l'esprit
littéraire qui, dans tous les temps, a marqué un état de
société fixe et complet, quel qu'il fût d'ailleurs, sera pour
notre pays le signe du repos dans la liberté. Aspirons-donc
à ces heureux loisirs d'une civilisation étendue et amé-
liorée, mais qui veut être encore embellie par les beaux-
arts, amis de l'humanité. Nous le savons sans doute, la
lyre des Muses a quelquefois aidé le despotisme à plonger
les nations dans un sommeil corrupteur ; ce danger n'est
point à craindre tant que subsisteront et notre légitime.
gouvernement, et cette tribune éloquente, ces talents de
conduite et ces vertus actives appelés de toutes parts
pour diriger l'œuvre politique au grand jour de la publicité
Ce ne sont pas les encouragements du pouvoir qui
manquent à la littérature et aux arts. Le plus puissant de
tous, celui que ni les rois ni les grands ne peuvent leur
donner, la faveur et l'affection populaires, ne leur est plus
accordé aujourd'hui. Le talent du poète ou de l'artiste se
trouverait mieux sans doute de toute autre injustice que
d'une telle indifférence. Le délaissement auquel le con-
damneraient ses protecteurs. ou même la persécution de
l'envie lui seraient mille fois moins funestes que l'abandon de l'opinion publique.
Qu'arrive-t-il ? Voyez comme, de tous côtés, la littérature et les arts spéculent sur la vogue des partis, comme
le caractère de l'homme de lettres se dénature et perd de
sa dignité propre par je ne sais quel faux air du caractère
politique, si différent de l'autre, pour ne pas dire si contraire. Nous avons eu, il est vrai, de ces moments terribles où les maux de la patrie ont dû nous enlever à toute

autre pensée ; mais quand l'incendie est éteint, retour-
nons chacun à notre demeure, et quand l'édifice se relève
plus solide que jamais, songeons à reprendre chacun nos
véritables occupations, sans renoncer à ce dévouement
que les dangers publics retrouveront toujours; tâchons
enfin de nous soustraire aux trop fréquentes distractions
d'un zèle devenu inutile. Cultivons et encourageons, par
nos efforts, la poésie, l'éloquence et les arts ; à ce prix
nous serons toujours, en temps de paix, assez bons citoyens.

Voilà les sentiments dont s'honorent les membres d'une
société nouvelle dont les travaux, purement littéraires,
vont être offerts au public. Ils ont voulu, en resserrant
les liens d'émulation et d'estime qui doivent unir des
gens de lettres et des artistes, appeler les regards de leurs
concitoyens sur des travaux qu'ils chérissent. Ils ignorent quelle sera en France la destinée du génie des arts.
Jeunes, la plupart, ils n'apportent point de prétentions
insensées, mais ils n'ont encore désespéré ni de leur noble
profession, ni de leurs efforts ; ils appellent au milieu
d'eux les talents trop négligés de la génération nouvelle
pour se soutenir et s'animer par de mutuels encouragements. Un amour sincère de ces études qui ont aussi
mérité le nom de libérales, ne saurait être tout à fait
infructueux : et d'abord la seule nouveauté d'une réunion d'hommes de lettres s'occupant de bonne foi de littérature, ne pourrait-elle pas aujourd'hui leur offrir une
première garantie du succès ?

Nous voudrions, par exemple, mettre fin à un abus
assez remarquable chez une nation si féconde en ouvrages
périodiques : c'est que, quand une production littéraire
de quelque importance vient à paraître, l'auteur ne
trouve entre lui et le public que des feuilles d'annonces,
ou seulement quelques articles d'une critique bien superficielle, accordée en manière d'acquit à ses longs travaux,
et confinés tristement dans l'étroit espace qui échappe
soit au budget, soit aux discussions politiques. Heureux
encore quand sa prose ou ses vers, et par occasion sa

personne même, n'ont pas à gémir du crime de ses opinions ! Au contraire nous promettons aux écrivains et
aux artistes un examen attentif de leurs travaux ; l'esprit,
le talent et le goût nous trouveront toujours de leur
parti ; nous n'en connaîtrons point d'autre, et notre *Lycée*
paisible, ouvert à tout le monde, assez éloigné de la place
publique pour n'en point ressentir les murmures, sera
peut-être en France le seul asile où les Muses sauront se
faire respecter de la tyrannie des factions.

Il est deux sortes de critique : l'une, à l'aide d'idées
plus communément admises, s'applique à déterminer son
jugement sur tel ou tel ouvrage en particulier, sans remonter à la discussion des principes généraux ; l'autre
cherche à établir des notions plus fixes et plus élevées
sur les lois de l'art, les caractères des différents genres,
ou bien elle étend ses vues aux divers génies des siècles
et des peuples. La censure particulière s'exerce avec d'autant plus d'avantage, qu'elle est plus solidement appuyée
sur la science et les études générales. Les besoins d'une
nation éclairée, nous le savons, veulent qu'on l'entre-
tienne également et de ses travaux actuels, et de ceux
des autres nations, et de ce qu'ont fait les anciens âges,
et de ce qu'on peut faire à l'avenir. Aussi prendrons-nous
successivement pour matière de nos considérations la littérature et les beaux-arts de la France, de l'étranger et
de l'antiquité, sans oublier les principales théories auxquelles on a songé à les soumettre.

Le principal rédacteur, Ch. Loyson, a été tout récemment l'objet d'une excellente étude de M. Léon Séché,
dans les *Annales romantiques* (1). Pour faire connaître

1. *Annales romantiques*, tome II, 1905, fasc. I. (*Un précurseur
de l'École romantique : Charles Loyson*, 1791-1820, *d'après des documents inédits*, par Léon Séché.) — Ch. Loyson, né à Château-
Gontier, 1791, mort Paris à 1820, élève de l'École Normale Supérieure 1809, y rentre, en 1815, comme maître de conférences de
philosophie. Fonde le *Lycée français* en 1819, donne des articles
de critique et des poésies non seulement dans ce recueil, mais aux

et apprécier le jeune critique, mort si prématurément, M. Séché a cité ses articles sur A. Chénier (1) et sur Lamartine (2), extraits du *Lycée français*, et il les compare à ceux du jeune V. Hugo, sur les mêmes sujets, dans la *Muse française*. Il aurait pu citer encore un bon article sur la *Jeanne d'Arc* de Davrigny (3).

Le prospectus a fait connaître suffisamment la *doctrine* de Ch. Loyson ; cette doctrine, d'ailleurs, il faut l'avouer, manque de principes et de force. Elle est fondée sur une parfaite équité ; mais, par cela même, elle doit être sans influence sérieuse. On est assez surpris de constater que les articles du *Lycée* ne sont ni classiques, ni romantiques ; ou plutôt, laissons parler Sainte-Beuve : « Les opinions exprimées dans ce recueil, dit-il, étaient en général classiques, mais modérées, ouvertes, conciliantes ; elles avaient une couleur de centre droit littéraire. M. de Rémusat y forme une sorte de côté gauche (4). » Sainte-Beuve a vu très juste. Les articles de Rémusat sont de beaucoup les plus vigoureux et les plus suggestifs. On peut relire, dans ses *Critiques et Études*, deux des principaux : *Jacopo Ortis* (5) et *Révolution du théâtre* (6) ; en note à ce dernier, Rémusat écrit :

Archives, aux *Débats*, au *Spectateur*. A publié lui-même : *Le Bonheur de l'Étude*, 1817 ; *Épitres et Élégies*, 1817 ; en prose : *Tableau de la Constitution anglaise*, traduit de Custance (1817). Un volume d'*Œuvres choisies* a été donné par M. Ém. Grimard, Paris, 1868, avec une lettre préface du P. Hyacinthe Loyson, son neveu. A l'article de M. Léon Séché, on peut ajouter : *Notice*, écrite par Patin, au tome V du *Lycée français*, et Sainte-Beuve. *Portraits contemporains*, III, 276.

1. *Lycée français*, tome II (1819), p. 162, 261, 340, 398.
2. *Id.*, tome IV (1820), p. 51.
3. *Id.*, tome I (1819), p. 55.
4. *Derniers Portraits*, p. 332.
5. *Lycée français*, tome I (1819), p. 254. (Études I, p. 117).
6. *Id.*, tome V (1820), p. 11 et 205 (Études I, p. 127).

« Cet article, inséré dans le *Lycée français*, tome V, est, je crois, un des premiers où l'on ait conseillé la tentative d'une réforme théâtrale, sans traduire M. Schlegel, et sans emprunter des idées aux critiques étrangers. » Je ne vois pas que Rémusat ait retenu, pour ses deux volumes, son article sur les *OEuvres de Mᵐᵉ de Staël*, au tome III du *Lycée*.

On trouve encore dans le *Lycée français* un article de Brifaut, l'auteur de *Ninus II*, sur l'*État actuel du théâtre en France* ; des feuilletons dramatiques de Bert (sur la *Famille Glinet* de Merville ; les *Vêpres Siciliennes* ; le *Louis IX* d'Ancelot ; la *Marie Stuart* de Lebrun, etc....)(1) ; Viollet-Leduc donne de nombreux articles, et notamment au tome II, deux études intitulées : *Origines et progrès de la poésie française* (2), où il attire sur le moyen âge l'attention de lecteurs que Raynouard commençait à instruire par ses travaux sur les Troubadours (3). Ajoutons que l'on trouvera, au tome IV, un compte rendu du *Carmagnola* de Manzoni, signé Chauvet ; or, c'est à Chauvet que Manzoni écrivit, en réponse à cet article, sa *Lettre sur les deux unités*, un des plus beaux morceaux de la critique dramatique au xixᵉ siècle.

On pourra lire aussi, dans le *Lycée français*, le premier texte d'un certain nombre de *Poésies*. Sans compter celles de Ch. Loyson, très nombreuses, signalons, au tome I, les deux élégies de *Jeanne d'Arc* de C. Delavigne (4), la *Canadienne suspendant au palmier le tom-*

---

1. *Lycée français*, tome I, p. 453 ; II, p. 193 ; p. 246 ; III, p. 369.
2. *Id.*, II, p. 53, 212.
3. Viollet-Leduc, (1781-1857) : 1809, *Nouvel art poétique* ; 1829, édition de Rotrou ; 1827, Régnier ; 1843, *Bibliothèque poétique* ; 1843, *Ancien théâtre français*, 1) vol. (Bibl. elzévirienne).
4. *Lycée français*, I, p. 9, 195.

beau de son nouveau-né de V. Hugo (1), poésie « qu'il n'a pu recueillir dans ses œuvres, dit M. L. Séché, sans doute parce qu'elle n'est qu'une imitation d'une scène *d'Atala* » (2); au tome II, *Danaé*, cantate par C. Delavigne (3) ; au tome III, *Hymne à Vénus* de C. Delavigne (4) ; au tome IV, *Ode à mes amis,* du même (5) ; *Fragment d'une scène d'Euripide (Hécube),* du même (6); *Stances à mes amis,* du même (7). J.-V. Leclerc a publié dans le *Lycée français* plusieurs pièces de vers, qu'il n'a pas recueillies dans ses œuvres.

Le *Lycée français* donne enfin des traductions, les premières sans doute : de *Parisina,* de Byron (8) ; de *Manfred,* du même (longs extraits) (9), et de poésies *arabes* (10).

TABLETTES ‖ UNIVERSELLES, ‖ *Répertoire* ‖ *des événements, des nouvelles et de tout ce qui concerne* ‖ *l'histoire, les sciences, la littérature et les arts, avec* ‖ *une bibliographie générale* ‖ *par une Société d'hommes de lettres.*

Dirigé et publié | *par J.-B. Gouriet* 1820-1824, 31 tomes, 11 volumes in-8° (11).

1. *Lycée français,* I, p. 337.
2. *Annales romantiques,* 1905, fasc. I, p. 25.
3. *Lycée français,* II, p. 5.
4. *Id.,* III, p. 105.
5. *Id.,* IV, p. 49.
6. *Id. id.,* p. 194.
7. *Id. id.,* 289.
8. *Id. id.,* p. 215.
9. *Id.,* II, p. 120.
10. *Id.,* V, pp. 309, 312, 343, 413, 441.
11. Hatin. *Bibl.,* p. 347.

Il faut distinguer deux séries dans les *Tablettes universelles*. Jusqu'en janvier 1823, c'est une sorte de répertoire très touffu, composé de quatre parties : I. *Histoire* ; II. *Sciences, Littérature, Beaux-Arts* ; III. *Bibliographie* ; IV. *Mélanges*) correspondance, modes, nécrologie, annonces). Sous cette première forme, les *Tablettes* sont très intéressantes à consulter, mais fournissent des dates, des titres, des faits, bien plutôt que des jugements ou des théories. Voici, d'ailleurs, un fragment de l'introduction :

... Rassembler dans un cadre qui ne soit ni trop borné ni trop étendu, la série complète des faits historiques, scientifiques, littéraires, que l'espace de chaque mois offre à la méditation de tous les esprits éclairés ou qui aspirent à l'être ; présenter dans l'ordre avantageux d'une classification simple et naturelle, les résultats honorables des travaux de nos savants, de nos artistes, de tous les genres d'industrie ; concentrer enfin, dans un foyer unique et central tous les rayons de lumière qui s'échappent à la fois de divers points de la France et du monde ; tel est le but utile et vaste que les auteurs des *Tablettes universelles* se sont proposé de remplir.

... Tout se tient, tout est coordonné dans un gouvernement représentatif.

... Le gouvernement constitutionnel est celui des lumières ; plus chacun des citoyens apporte en tribut à la masse générale, plus la prospérité publique doit s'accroître. Sous ce régime, instruire le peuple, distribuer des lumières à toutes les classes, c'est servir utilement la société ; c'est se montrer ami des lois constitutionnelles ; c'est bien mériter de son pays.

Il est un autre but que tout bon citoyen doit se proposer. Si l'amour de la patrie est un sentiment énergique et fécond, n'oublions pas que tous les peuples sont frères ; n'oublions pas que les arts et les sciences sont un lien fraternel dont le charme a souvent adouci la rigueur des inimitiés politiques.

Mais en janvier 1823, à la suite de circonstances que nous ignorons, Gouriet cède la direction des *Tablettes* à Coste qui, dit Hatin, « de simples annales qu'elles étaient, en fait un journal des plus vifs, autour duquel il groupa les forces vives de la presse, les jeunes écrivains, très nombreux, de cette époque, disséminés dans tous les journaux. Jusqu'au 21 janvier 1824, les rédacteurs sont MM. Coquerel, Cauchois-Lemaire, Dubois, Thiers, Rémusat, Mignet, Alph. Rabbe, Fr. Bodin, Sylv. Dumon, etc. *Amorties* par le ministère à la fin de janvier 1824, elles furent rédigées depuis par MM. Adair, Regnault-Warin et Jules Maréchal (1). »

On reconnaît dans cette liste, à côté de *libéraux* comme Cauchois-Lemaire, Rabbe (2) et Bodin, les noms de quelques jeunes gens qui allaient bientôt fonder le *Globe*, — dont les *Tablettes*, les *Annales*, les *Archives*, le *Lycée*, semblent avoir été autant d'esquisses ou d'essais, — et qui devait rester le type du périodique doctrinaire. Rémusat, dans un article sur Jouffroy, écrit : « Un recueil s'était fondé, un moment remarqué, oublié aujourd'hui, les *Tablettes universelles*. Il disparut bientôt, brisé par les difficultés légales qui alors entravaient la presse. Chacun se reprit à chercher de

1. Hatin. *Bibl.*, p .347.
2. Alphonse Rabbe (1786-1830). Un des plus remarquables journalistes de la Restauration. D'abord rédacteur du *Phocéen*, à Marseille (1819-1820), il collabore, à partir de 1822, au *Courrier français* et à l'*Album*. Sa mort prématurée, le 1ᵉʳ janvier 1830, l'a empêché de recueillir, comme les Thiers, les Mignet, les Rémusat, auxquels il n'était inférieur ni par le talent, ni par le caractère, la récompense de sa courageuse opposition. (Cf. *Mémoires* d'Alex. Dumas, tome VII, p. 262.)

son côté des chances de succès, des occasions de travail. M. Thiers et M. Mignet rentrèrent dans la voie où ils trouvèrent plus tard à créer le *National*. Pour nous, nous fûmes bientôt ralliés autour d'une œuvre qui a laissé quelques souvenirs : je veux parler du *Globe* (1). »

C'est donc entre janvier 1823 et janvier 1824 qu'il faut consulter les *Tablettes universelles* pour y trouver les *doctrines* soit politiques, soit littéraires. A partir de la livraison qui porte le n° 30, le plan nouveau est établi ; il vaut la peine d'être connu. Le Directeur annonce que chaque livraison comprendra les éléments suivants : *Politique extérieure* ; *Politique intérieure* ; *Littérature politique* ; *Industrie et commerce* ; *Sciences, arts, littérature* ; *Mélanges* ; *Bibliographie*.

Sous ces rubriques, on découvre non seulement une foule de renseignements utiles à l'histoire des faits et des idées pour cette année 1823, mais encore nombre d'articles étendus, où déjà se reconnaissent les théories larges et un peu abstraites du *Globe*. L'attribution de ces articles n'est pas toujours aisée. Rémusat a signé de ses initiales C. R. un compte rendu de la *Vie de Shakespeare* par Guizot (2) : nous en citerons quelques passages. Cet article a été inséré par Rémusat dans ses *Critiques et études* (*Passé et Présent*) sous un titre nouveau qui en résume bien l'esprit et le mérite : *Du théâtre de Shakespeare dans ses rapports avec la société anglaise* (3). Rémusat est aussi l'auteur de l'article intitulé : *Du choix d'une opinion*, signé C. de R., paru dans la trente-neuvième livraison des *Tablettes*, le 17 août 1823, et recueilli par lui sous le même titre (4). Signalons encore

1. *Revue des Deux Mondes*, 1844. (*Critiques et études*, II, 205.)
2. *Tablettes universelles*, 30° livraison (1823), t. 24, p. 341.
3. *Critiques et études littéraires* (*Passé et Présent*, 2° éd), I, 210.
4. *Id.*, I., 157. Rémusat met en note : « Ce fragment, ainsi que

les articles suivants : *De la politique extérieure qui convient à la France* (1), et *De l'Industrie et de la Liberté* (2), que Rémusat a jugés dignes de figurer, eux aussi, dans son œuvre définitive.

A qui attribuer d'autres morceaux, très intéressants pour l'étude du romantisme, tels que le compte rendu de *Falkland* (3), drame de Laya ? La signature S. D. semble indiquer Sylvain Dumon porté sur la liste des rédacteurs. Mais Sylvain Dumon, qui fut avocat général, député, ministre des travaux publics et des finances, a dû collaborer plutôt à la partie politique des *Tablettes* ? S'il est l'auteur de cet excellent article, c'est que, comme Rémusat, Thiers, Guizot, Dubois, et tant d'autres à la même époque, il aimait à découvrir et à synthétiser, dans les « ouvrages de l'esprit », les idées et les sentiments qui font agir les hommes en société. — Il n'y a même plus d'initiales sous les articles consacrés au *Carmagnola*, de Manzoni (4), à l'*Adelghis* du même (5), à *Quentin Durward* de W. Scott (6), à l'*Histoire de la Révolution*, de Thiers (7), à Lamartine (8), à l'*École des vieillards*, de C. Delavigne (9), etc... Quels qu'en soient les auteurs (et il y a certainement là beaucoup de Rabbe),

quelques-uns qui suivent, fut inséré dans les *Tablettes universelles*, recueil périodique fondé par M. Coste et qui eut assez de succès de 1823 à 1824. La rédaction politique en était confiée principalement à M. Thiers et à moi. MM. Dubois, Trognon, de Guizard, Mahul, Rabbe, coopérèrent activement à cet ouvrage. »

1. *Tablettes universelles*, 1823, 30ᵉ livr., p. 111.
2. *Id.*, 31ᵉ liv., p. 35.
3. *Id.*, 32ᵉ liv., p. 76.
4. *Id.*, 36ᵉ liv., p. 13.
5. *Id.*, 44ᵉ liv.
6. *Id.*, 44ᵉ liv.
7. *Id.*, 56ᵉ liv.
8. *Id.*, 46ᵉ liv.
9. *Id.*, 56ᵉ liv.

nous aurons à en tirer profit ; on verra quel était, en cette année 1823, l'état de certaines questions romantiques, et le jugement sur Lamartine, qui est de Rabbe, paraîtra, à sa date, des plus curieux.

Par contre, nous reconnaissons Dubois, celui du *Globe*, dans les inititiales P. F. D. — Dubois avait alors trente ans ; en 1821, il avait été privé de sa rhétorique à Charlemagne ; à cette date de 1823, il traite avec une éloquence passionnée les questions les plus irritantes. C'est ainsi que nous trouvons deux articles de lui aux *Tablettes*, tous deux consacrés, à un mois de distance, à la *Querelle* de Lamennais avec l'Université (1).

Dans la soixantième livraison (janvier 1824) on lit la note suivante : « Forcé de renoncer à la propriété des *Tablettes universelles*, je déclare être tout à fait étranger à compter de la cinquante-neuvième livraison tant à la rédaction qu'à la direction et à l'administration dudit Journal. » Signé : Coste, ex-directeur-propriétaire des *Tablettes universelles*.

Avec la soixante-huitième livraison, le recueil s'achève ; l'*amortissement* avait tué les *Tablettes*. Mais de ses cendres va naître le *Globe*.

LE GLOBE, || *journal littéraire,* || *paraissant tous les deux jours.*

A partir du 30 octobre 1824 : *paraissant les mardi, jeudi et samedi (le samedi la feuille est double)* (2).

Après tant d'essais, les doctrinaires arrivèrent à fonder un organe durable, le *Globe*, qui de septembre 1824 à juillet 1830 conserva une rédaction homogène,

1. *Tablettes universelles*, 27 août 1823, 40e liv., et 27 sept. 1823, 43e liv.

2. Hatin : *Bibliog.*, p. 352. *Histoire de la Presse*, VIII, p. 499.

N. 23.

LE GLOBE,

JOURNAL LITTÉRAIRE.

PARAISSANT LES MARDI, JEUDI, ET SAMEDI

PARIS, SAMEDI 30 OCTOBRE 1824.

À partir d'aujourd'hui samedi 30 octobre, le GLOBE, qui paraissait tous les deux jours, paraîtra les mardi, jeudi, et samedi de chaque semaine : le samedi, la feuille sera doublée. Ainsi les publications seront mieux déterminées ; d'autre part, ce journal devient hebdomadaire par le double numéro du samedi, et presque quotidien par les publications du mardi et du jeudi; la rédaction y gagnera; nous pourrons jeter plus de variété, et en même temps donner plus d'étendue à des articles qu'auparavant nous étions obligés de resserrer. Nous avons peu promis au public à notre début; nous espérons que ces dispositions nouvelles lui seront un garant de notre désir de lui complaire, et de notre continuelle attention à chercher les moyens d'être plus utiles.

ABONNEMENT. Le prix de l'abonnement est, pour Paris, de 15 fr. pour trois mois, de 26 fr. pour six mois, et de 48 fr. pour l'année. — L'affranchissement est de 1 fr. par trimestre pour les départements, et de 2 fr. pour l'étranger. — Le bureau est rue Saint-Benoît, n° 10. — Les lettres et paquets doivent y être adressés franc de port. — On s'abonne aussi à la galerie de Bossange père, rue de Richelieu, n. 60, chez Delaunay, libraire, Palais-Royal, galerie de bois, et chez tous les libraires et directeurs de postes des départements.

ÉTATS-UNIS.

DE LA SITUATION DES BEAUX-ARTS DANS LES ÉTATS-UNIS

Il existe à New-York, depuis près de vingt ans, une académie des beaux-arts, qui compte parmi ses fondateurs le célèbre Robert Fulton, l'inventeur des panoramas, et le premier qui introduisit et appliqua en Amérique la machine à vapeur perfectionnée par le génie de Watt. Nous venons de recevoir un Discours prononcé, il y a peu de temps, dans une séance publique de cette académie. L'auteur avait pris pour son sujet *la situation des beaux-arts dans les États-Unis*, et il nous semble l'avoir traité avec une franchise remarquable. Bien éloigné de cette petite vanité qui nous porte à exagérer les qualités de nos compatriotes, et à atténuer leurs défauts, il passe en revue les productions des architectes, des sculpteurs, des graveurs, et des peintres de son pays, et il les juge presque toujours avec une impartialité sévère. Au reste, ce discours présente plus de conseils que de faits, plus d'exhortations que d'éloges : et cela devait être : les Américains ne font qu'entrer dans la carrière des beaux-arts; dans quelques années peut-être ils pourront célébrer leurs triomphes, mais c'est déjà beaucoup pour un peuple aussi nouveau de pouvoir parler de ses tentatives.

De tous les arts, l'ARCHITECTURE paraît être jusqu'à présent le plus négligé aux États-Unis. L'orateur se plaint du mauvais goût qui règne généralement dans les édifices publics. « Un étranger, dit-il, lorsqu'il visite notre patrie, ne peut pas espérer sans doute de retrouver ici la magnificence des palais de Versailles ou de Blenheim, et encore moins ces galeries, ces voûtes immenses, ces dômes majestueux, des églises de l'Europe : mais la liberté et la gloire de notre république s'unissent dans son esprit au souvenir des républiques anciennes; il voudrait retrouver chez nous leurs monuments de l'art, comme il a retrouvé leurs principes;

il regarde autour de lui, et ses espérances sont bientôt déçues. Le génie de l'architecture, disait Jefferson, il y a quarante ans, dans ses *Notes sur la Virginie*, semble avoir répandu sa malédiction sur notre terre. » Ce n'est, en effet, que dans ces dernières années que nous avons commencé à puiser aux sources de l'antiquité. Jusqu'alors nous avions tout emprunté à la France et à l'Angleterre, et nous n'avions pas même choisi dans ces emprunts les meilleurs modèles que ces nations pouvaient nous offrir : aussi, lorsque l'accroissement de nos richesses nous a permis d'élever de grands édifices publics, nous n'avons pas eu les restes de ces belles proportions de l'architecture grecque qui ont fait l'admiration de tous les siècles. Nos plus beaux édifices ont été gâtés par l'introduction du mauvais goût qui domina long-temps sur le continent de l'Europe, et qui était encore généralement répandu dans la Grande-Bretagne pendant le siècle dernier : je veux parler de cette corruption de l'architecture romaine ou plutôt palladienne, qui ne se plaît que dans une profusion d'ornements insignifiants, de petites colonnes, de pilastres inutiles; de cette mesquinerie prétentieuse qui s'efforce de remplacer l'unité et la grandeur par une foule d'embellissements partiels, et une élégance minutieuse de détails. Nos essais dans les monuments gothiques ont été presque toujours infructueux, parce qu'au lieu d'imiter fidèlement et simplement les chefs-d'œuvre du moyen âge, nous avons voulu faire des tentatives au-dessus de nos forces; d'ailleurs l'architecture du moyen âge ne peut en aucun cas nous convenir, parce qu'elle ne présente pas à notre imagination les touchants souvenirs qu'elle offre aux nations de l'Europe. Nos maisons particulières ne sont point non plus ce qu'elles devraient être; en un mot, l'architecture a besoin chez nous d'une réforme presque générale.

L'orateur examine ensuite l'état de la SCULPTURE. Il regrette de voir que presque toutes les statues et les bustes des grands hommes de l'Amérique ont été faits par des artistes étrangers : la statue de Washington dans la Caroline est de Canova, et Chantrey en fait en ce moment une autre pour sous un même directeur, et qui, par l'équilibre parfait de son esprit et l'étroite union de ses collaborateurs, exerça une incontestable et féconde influence.

L'histoire du *Globe* et de ses rédacteurs a déjà été faite plusieurs fois, ou par fragments, ou dans de bons travaux d'ensemble. Sainte-Beuve, qui y avait écrit ses articles de début, y touche fréquemment, — soit qu'il veuille *corriger* un récit du *Victor Hugo raconté par un témoin de sa vie* (1), — soit que, dans son étude sur la *Littérature industrielle*, il oppose à *la presse à* 40 fr. les anciens journaux comme le *Globe* (2), — soit que, dans le célèbre manifeste intitulé *Dix ans après en littérature*, il souhaite de provoquer parmi ses contemporains un groupement analogue à celui du *Globe* (3), — soit qu'il consacre des monographies à Jouffroy (4), à Rémusat (5), à Dubois (6)... En consultant l'*Index* de M. Giraud, on noterait encore nombre d'allusions au *Globe*.

Dans son *Histoire de la Littérature française sous la Restauration* (dont la 1ᵉ édition parut en 1852), A. Nettement consacre au *Globe* une dizaine de pages très équitables (7). Il renvoie à un passage des *Mémoires* de Guizot, qui signale à la fois les qualités et les défauts du journal auquel il a collaboré (8).

Demogeot, dans une *Histoire* qui n'est pourtant qu'un abrégé, accorde au *Globe* trois pages; c'est, avec la

1. Sainte-Beuve. *Portraits contemporains*, I, 467.
2. *Id.*, II, 451, 455.
3. *Id.*, II, 473, 492.
4. *Id.*, I, 467.
5. *Id.*, II, 491.
6. *Premiers lundis*, III, 261, 357, etc.
7. A. Nettement. *Histoire de la littérature française sous la Restauration*, 2ᵉ éd. 1874, II, 381 à 391.
8. Guizot. *Mémoires pour servir à l'histoire de mon temps*). I 324.

Muse française le seul journal littéraire auquel il fasse cet honneur (1).

Paul Janet a donné une étude d'ensemble sur le *Globe*, dans la *Revue des Deux Mondes* du 1ᵉʳ août 1879. Il envisage surtout son action politique, et semble dédaigner un peu, de parti pris, ses doctrines et son influence littéraires.

Cette même année 1879, les héritiers et amis de Dubois publiaient deux volumes sous le titre suivant: « *Fragments littéraires* de M. P.-F. Dubois (de la Loire-Inférieure). Articles extraits du *Globe* précédés d'une notice biographique par M. E. Vacherot, de l'Institut, et accompagnés d'éclaircissements historiques. Paris, Ernest Thorin, éditeur. » A la suite de la notice signée de Vacherot, et comprenant LXXX pages, une étude intitulée *M. Dubois au Globe* (1824-1830) et non signée, nous mène jusqu'à la page CXXVIII. Chaque article est précédé d'une courte introduction, et des renvois nécessaires. Il y a quelques fausses attributions.

A Zurich, en 1881, M. Th. Ziesing a fait paraître une brochure intitulée: *Le Globe et l'École romantique* (1824-1830).

M. Ad. Lair a publié dans la *Quinzaine* du 1ᵉʳ février 1904, un bon article d'ensemble sur le *Globe*.

Enfin, M. G. Michaut, dans son étude sur *Sainte-Beuve avant les Lundis* (2) a consacré ses chapitres III, IV et V à la collaboration de Sainte-Beuve au *Globe* ; il en a profité pour donner sur ce périodique une notice critique et historique des plus intéressantes.

Ainsi le *Globe* a sa place marquée dans notre histoire littéraire. Nous n'avons point ici de reconstitution ni

1. Demogeot. *Histoire de la littérature française*, 1ʳᵉ éd., 1851 p. 621.

2. Paris et Fribourg, 1903 (pp. 51 à 128).

de découvertes à faire. Il suffit d'enregistrer, en les con-
trôlant et en les coordonnant, les résultats acquis.

P.-F. Dubois venait d'être destitué de ses fonctions
universitaires (il occupait alors une chaire de rhétorique à Charlemagne), quand il commença à écrire, nous
l'avons vu, aux *Tablettes universelles* ; en même temps,
il traduisit, pour Guizot qui avait entrepris de publier
les chroniques de l'histoire de France, l'*Histoire de
l'Église de Reims*, par Frodoard. On peut se figurer aisément l'état d'esprit d'un jeune homme érudit et ardent,
qui à l'École normale avait eu pour camarades Augustin Thierry, Jouffroy, Damiron, — et pour maîtres, Royer-
Collard, Guizot, Villemain, Cousin. Si, plus tard, l'École
normale eut des générations plus brillantes qui s'élan-
cèrent vers le journalisme, — si, de nos jours, elle a
formé, avec des méthodes plus scientifiques, des érudits et des savants capables de renouveler par la base
la critique historique et littéraire, — on peut croire que
jamais *promotion* ne fut plus chargée d'idées généreuses. Ces jeunes gens avaient vraiment un foyer dans le
cœur ; leur gravité est charmante, parce que l'on y
sent un effort de la raison pour discipliner l'enthousiasme ; chez eux le scepticisme est respectueux, la
perte de la foi est douloureuse et laisse espérer des
retours ; persécutés, ils se défendent loyalement, sans
taquiner de parti pris un pouvoir dont ils acceptent le
principe, et qu'ils veulent seulement ramener à la stricte
observation de ses promesses.

Qu'on se représente donc Dubois, regrettant son enseignement actif, s'appliquant pour vivre à des travaux
pénibles et obscurs qui ne porteront même pas son nom,
et rêvant de coopérer d'une façon efficace au mouvement
des idées. Il voit venir à lui un de ses anciens condisci-
ples du lycée de Rennes, un fils d'ouvrier, Pierre Leroux,

qui lui propose de fonder un journal. Entre 1820 et 1830, tout homme qui avait en tête une idée ou une utopie songeait à fonder un journal ; et Pierre Leroux était déjà ce rêveur qui devait du saint-simonisme passer au socialisme, ce *lanceur* d'entreprises et de théories qu'il était incapable de diriger pratiquement. Leroux ne voulait d'ailleurs que remplacer une des nombreuses feuilles récemment tombées, et créer « un petit journal composé d'extraits de littérature étrangère dans la forme des journaux de théâtre et de satire et n'ayant qu'une revue sommaire des sciences et des lettres » (1), quelque chose comme la partie bibliographique des *Archives* ou des *Tablettes*. Mais Dubois, avec une rare clairvoyance du moment politique, social et littéraire, devina qu'une forme nouvelle et plus large devait se substituer à celle de la veille. « Si cet éminent journal, écrit Vacherot, dut son nom à Pierre Leroux, qui proposa à notre ami d'en faire une feuille d'informations recueillies sur toute la surface du *Globe*, à Dubois revint l'honneur d'en avoir conçu la haute pensée et le large programme. Il fit mieux encore ; il amena à la rédaction du nouveau journal une élite de jeunes gens sortis des rangs les plus divers de la société française pour se réunir dans cet esprit de critique supérieure, qui embrassait toutes les doctrines et tous les partis... » (2)

Une lettre de Jouffroy à Dubois, citée par M. A Lair (3). nous éclaire plus encore :

... Voilà, écrivait Jouffroy le 16 août 1824, notre critique littéraire en bonnes mains ; vous la sortirez de l'or-

1. Dubois *Souvenirs inédits* (passage cité par M. A Lair. *Quinzaine* du 1er février 1904).
2. *Fragments littéraires* de Dubois.... Notice... p. XV.
3. *Quinzaine* du 1er février 1904.

nière sans la dépopulariser et vous prêcherez la liberté
littéraire en bon français : deux choses qui ont besoin l'une
de l'autre et qui attendaient depuis longtemps. Soyez purement littéraire, et ne descendez pas aux misérables allusions politiques ; cela sent la prison et MM. Jay et Jouy,
deux boutiques de mauvais goût et également usées aux
yeux du public. (Ce conseil ne devait pas être suivi exactement, et nous verrons la politique se faire largement sa
place au *Globe*). Vous avez une belle mission à remplir,
honorable, lucrative et sans péril, celle de révolutionner
la littérature. Ce n'est pas moi qui vous l'apprends, mais
je vous le dis, pour vous donner confiance en vous-mêmes...
Vous allez, le premier chez nous, attaquer les règles avec
le bon sens et le bon goût qui ne font qu'un et qui ne peuvent appartenir qu'à la jeunesse, car en tout la génération
précédente est frappée de discrédit : également incapable, blasée comme elle est, de sentir juste ; sceptique et
immorale comme le temps l'a faite, de parler franc ; passée et flétrie par les scandales de trente années, d'obtenir
confiance et d'échapper au ridicule...

Jouffroy, dans ces dernières lignes, caractérise avec
une singulière justesse, la fausse position des *libéraux*
proprement dits, qui, nous l'avons fait remarquer, ayant
occupé presque tous sous l'Empire, des charges ou des
emplois, jusqu'à ceux de *censeurs*, et compromis par
conséquent aux yeux de la jeunesse néo-libérale, n'ar-
rivaient dans la *Minerve* qu'à taquiner le pouvoir, sans
pouvoir gagner l'opinion publique. En littérature,
d'autre part, les Jay, les Jouy, les Étienne, les Tissot, les Thiessé, étaient ou des auteurs déjà démo-
dés, ou des théoriciens attachés à une sorte d'abso-
lutisme pseudo-classique, en contradiction avec leurs
belles phrases sur le progrès. Ajoutons qu'à presque
tous, comme à ceux qui avaient de quinze à vingt
ans sous la Révolution, il leur manquait cette forte

instruction que de plus jeunes avaient reçue dans l'Université réorganisée par l'Empire, et surtout ces années de travail libre et fécond dont un Dubois, un Jouffroy, un A. Thierry, un Damiron, avaient fait si bon usage à l'École normale. Ces derniers et ceux qui, de la même génération, vinrent se joindre à eux, Rémusat, Ch. Magnin, Thiers, Vitet, Sainte-Beuve, savaient lire et savaient penser, et, — en admettant que cela s'apprenne, — savaient écrire. Ils entraient tous dans la critique avec autant de bonne foi que d'ardeur, décidés non pas à « faire de l'opposition » à tout prix, en politique, — et à condamner toutes les innovations en littérature, — mais à défendre sur tous les points la liberté. « La cause principale du succès du *Globe*, déclare Dubois, fut le caractère même de sa rédaction. Elle était jeune et libre de toute attache avec le passé. Il n'y avait pas parmi nous un écrivain déjà ancien et qui eût un nom. Venus, comme on dit, des quatre vents de l'horizon, *carbonari*, libéraux de toute origine, nous formions avec la variété de nos opinions et de nos esprits une armée absolument neuve. » (1) Sans doute, quelques hommes déjà *arrivés* donnent des articles au *Globe* : Chateaubriand, Guizot, Villemain, Cousin ; mais leur collaboration est accidentelle et très rare, et Dubois veut parler des rédacteurs habituels, propriétaires et actionnaires du *Globe* de 1824 à 1830.

Quel fut le programme du *Globe* ? Demandons-le à Dubois lui-même qui, en tête du premier numéro, le 15 septembre 1824, expose ses intentions. On va voir que ce prospectus semble annoncer seulement, comme le titre du journal, de la critique littéraire ; toutefois,

---

1. Dubois. *Souvenirs inédits* (cité par M. A. Lair. *Quinzaine* du 1er février 1904.

la littérature est, pour Dubois, tellement liée aux questions sociales, qu'on prévoit inévitablement, rien qu'à lire ce document, la prochaine invasion de la politique dans le *Globe*.

Depuis dix ans, au milieu des agitations politiques, et malgré le dédain dont elle semblait être l'objet, la littérature a prospéré en France. Des poètes nouveaux ont apparu, pleins de verve et de jeunesse; des essais quelquefois heureux ont avancé la réforme du théâtre; un système de philosophie religieuse a fait école; et de grands et sérieux travaux ont ramené l'histoire à son véritable but. Cependant, la critique littéraire a dépéri de jour en jour, et l'on aurait peine à citer une feuille où elle s'exerce à la fois avec indépendance et vérité. Les journaux politiques ont été obligés de la bannir; les graves sujets de leurs discussions, et les vives inquiétudes de l'attaque ou de la défense, ne leur permettent pas de s'y livrer. Si quelquefois ils s'occupent de littérature, c'est encore pour eux un intérêt de parti : l'homme ou l'ouvrage leur appartient; ils le jugent avec leur préoccupation; et dès lors, rien ne s'écrit dans l'intérêt de l'art ou de la justice.

Aussi, continue Dubois, a-t-on fondé des journaux littéraires, mais frivoles, faits « d'épigrammes, de quolibets, d'anecdotes de coulisses ». Ici le créateur du *Globe*, trop plein de son objet, oublie que la *Revue encyclopédique*, fondée en 1819, continuait à paraître, et ne méritait pas un tel mépris; il aurait pu également songer aux *Annales de la littérature et des arts* qui, depuis 1820, faisaient une large place à la critique et à la bibliographie, et qui durèrent jusqu'en 1829; le *Mercure du XIX⁰ siècle* lui-même (1823-1831) ne pouvait être confondu avec ces « légers essais » condamnés par Dubois. Mais poursuivons.

Est-ce là de la critique littéraire ? N'y a-t-il dans les
esprits aucun autre besoin à satisfaire ? Ces générations
élevées depuis la Restauration, et tourmentées du désir
de s'instruire, trouvent-elles là ce qui peut occuper leur
pensée ? On a souvent reproché à la jeunesse sa hâtive
impatience de se mêler aux débats politiques. Peut-être.
entre beaucoup de causes, n'est-ce pas une des moins
puissantes que de n'avoir présenté à son activité d'esprit
aucun objet de méditation sérieuse et de saines études :
il lui fallait une occupation digne d'elle ; une seule s'est
offerte, est-ce sa faute ?

On a le tort, aussi, fait observer Dubois, de ne voir
dans le monde que la France, et dans la France que
Paris (et cela est encore très injuste à l'égard des feuilles que je citais plus haut, et qui font leur part aux littératures étrangères). Un autre vice « déshonore » les
journaux :

   La critique est devenue une spéculation d'auteurs,
et un commerce de librairie. Chaque coterie a sa feuille ;
sous le voile de l'anonyme, chacun y loue son livre ou
le fait louer par un secrétaire ou un disciple ; d'autres
fois c'est un doux échange de services avec un ami ; le
public, qui n'est pas dans le secret, croit à l'éloge où
quelquefois la main paternelle, par surcroît de finesse et
ruse de calcul, veut bien jeter çà et là une censure de
bienveillance qui le relève et *fasse valoir*, comme on dit.
   ...Chaque matin, la France est étourdie de certains noms,
jeunes ou vieux, qui doivent rappeler la gloire des beaux
siècles : et cependant de grandes compositions, des travaux de conscience et d'utilité publique, obtiennent à
grand'peine l'annonce de politesse pour les deux exemplaires ; le jeune homme modeste et inconnu est repoussé
dans l'obscurité qui désespère, ou bien on l'enrôle, et il
se perd en prenant livrée. Ainsi la justice littéraire est à
l'encan, et il faudrait désespérer de la critique, si, par

bonheur, la raison et le goût n'étaient au-dessus des
atteintes de quelques traitants, ou de quelques meneurs
de parti... Le temps est venu pour une réforme qui doit
tout à la fois retirer la critique du commerce et des passions politiques, ramener, la justice avec l'indépendance,
et satisfaire à cette sérieuse curiosité de l'utile qui travaille tous les esprits.

Telle est la partie *négative* du programme, tels sont les
considérants qui expliquent le programme lui-même,
dont voici maintenant les points essentiels :

... Donner toutes les nouvelles étrangères, littéraires,
industrielles ou morales, sans toutefois entrer dans des
discussions trop profondes, au moins sur tout ce qui
regarde les sciences : voilà ce qui remplacera dans notre
feuille le compte rendu des théâtres et les esquisses pari-
siennes. Le *Globe* se propose aussi d'exposer le mouvement des lettres, des arts, des sciences, dans les départements. Enfin, examiner sérieusement et en conscience
toutes les productions littéraires vraiment utiles et remarquables; s'occuper du théâtre, quand le théâtre produira
quelque nouveauté originale, ou grave ou légère ; quand
quelque acteur de talent paraîtra pour la première fois
sur la scène, ou s'essaiera dans un genre nouveau ; mais
laisser à l'oubli toutes ces pièces qui passent, et tous
ces acteurs qui se succèdent, sans aucun bénéfice pour
l'art ; en un mot constater les succès, et en montrer la
raison, voilà notre but.

Ce plan, on le voit, n'est pas très différent de celui
qu'on a pu lire dans quelques-uns des *Prospectus* déjà
cités. C'est un trait commun à tous les critiques de la
Restauration que cette curiosité pour les littératures
étrangères ; d'ailleurs, ils étaient sûrs de plaire par là,
et à ceux qui avaient parcouru l'Europe à la suite de
Napoléon, et aux émigrés qui y avaient séjourné long-

temps, et à tout le public qui s'était habitué à porter ses regards et ses vœux au-delà des frontières. De même, on trouve à peu près dans tous les *prospectus* le même intérêt pour le mouvement des sciences et de l'industrie. Ajoutons que déjà plusieurs revues avaient réduit leur compte rendu théâtral à ceux des ouvrages qui paraissaient *originaux*. La nouveauté du *Globe* n'est donc pas, si l'on peut ainsi dire, dans la *lettre* ; elle est toute dans l'*esprit*. Voici en effet ce que l'on n'avait encore lu dans aucun programme de journal :

... Il nous reste à parler de nos doctrines littéraires. Deux mots suffisent : liberté, et respect du goût national. Ni nous n'applaudirons à ces écoles de germanisme et d'anglicisme, qui menacent jusqu'à la langue de Racine et de Voltaire ; ni nous ne nous soumettrons aux anathèmes académiques d'une école vieillie, qui n'oppose à l'audace qu'une admiration épuisée, invoque sans cesse les gloires du passé, pour cacher la misère du présent, et ne conçoit que la timide observation de ce qu'ont fait les grands maîtres, oubliant que les grands maîtres ne se sont ainsi appelés que parce qu'ils ont été créateurs. Le devoir de la critique, à juger du moins par ce qu'elle a été de tous les temps, n'est pas d'interdire, mais de provoquer les essais : car ce sont les essais heureux qui lui donnent ses règles ; elle ne fait jamais loi qu'après coup. Laissons donc tenter toutes les expériences, et ne craignons de devenir Anglais ni Germains. Il y a dans notre ciel, dans notre organisation délicate et flexible, dans notre goût si juste et si vrai, assez de vertu pour nous maintenir ce que nous sommes.

Dubois termine, en assurant le public de la compétence et de la bonne foi de ses collaborateurs. « Si nos formes, dit-il, ont quelque chose de dogmatique, c'est

habitude de conviction ; mais nous n'avons ni intolérance ni préventions obstinées... »

Ainsi, la doctrine littéraire du *Globe*, c'est une sorte
de *libéralisme* que nous étudierons de plus près quand
nous comparerons entre elles les diffférentes définitions
du *romantisme*.

Nous avons dit que la politique se glissa bien vite
dans le *Globe*. C'est que ses rédacteurs, à commencer
par celui qui l'avait fondé, ne séparaient pas les *mœurs*
d'avec les *lettres* ; pour eux, le principal et presque le
seul intérêt d'un ouvrage, est dans les idées, dans les
théories, et dans leur conformité ou leur opposition à certains principes généraux. Tout est ramené, dans leur
critique, — et c'est ce qui en fait la grandeur, sans doute,
mais aussi l'insuffisance, — à une sorte d'utilitarisme
philosophique et social. On est vraiment surpris de ne
trouver, dans ce journal *littéraire*, presque aucun sentiment de l'art. Ni Dubois, ni Rémusat, ne semblent
avoir été sensibles, dans le style, à autre chose qu'à la
correction. Et quand on pourra plus loin comparer leurs
jugements à ceux des pseudo-classiques ou des jeunes
ultras, il deviendra évident, je pense, que les caractères
essentiels de la renaissance romantique leur ont, plus
qu'aux autres, échappé. Magnin, seul, semble faire
exception.

N'aurait-on pas exagéré leur influence, puisque, après
tout, ce n'est point dans le sens où ils le voulaient orienter que le romantisme s'est développé ? De leur théories *juste-milieu* ne sont issus ni Dumas, ni Hugo, ni
Michelet. Ils ont admiré C. Delavigne et Béranger plus
que Lamartine, Hugo et Vigny.

Que reste-t-il donc, comme part d'influence réelle,
au journal *Le Globe* ? Il lui reste surtout d'avoir été,
de 1824 à 1830, un lieu de réunion et de coopération

pour un certain nombre de jeunes esprits très ouverts, libéraux du lendemain et non de la veille, vivement pénétrés du besoin de réformes et de nouveautés, mais désireux d'éviter ou d'enrayer toute entreprise téméraire et compromettante. Il lui reste d'avoir contribué, plus que tout autre journal, à discréditer *ce qui était*, et à préparer la route libre à *ce qui venait*. Ses efforts répétés contre le pseudo-classicisme ont abouti à la ruine des vieux genres ; et, assurément, les genres nouveaux n'ont pas été ce que les rêvait la critique doctrinaire, c'est-à-dire le drame historique à la Manzoni, ou le lyrisme politico-philosophique ; mais tout de même on peut croire que l'école du *Globe* a formulé cinquante ans trop tôt les principes d'une littérature à la fois psychologique et rationaliste qui devait, vers 1848, commencer à éclore. Il reste enfin au *Globe* de constituer, pour un historien de l'opinion publique, un *témoignage* d'une incomparable valeur. Tout y est sincère et probe. Pas un grain de ce charlatanisme qui gâte les feuilles romantiques ou libérales. Point de réclame ni de complaisances. On y a l'impression vraiment pénétrante d'un constant souci de la vérité ; et tel est le charme immortel de la bonne foi, qu'à trois quarts de siècle de distance, on sent palpiter à travers les feuillets de ce vieux journal les âmes à la fois hautaines et candides qui y ont laissé le meilleur d'elles-mêmes.

Passons en revue ces nombreux collaborateurs ; nommons d'abord ceux qui, comme nous l'avons dit, sans prendre une part régulière au journal, lui *communiquèrent* des lettres ou des fragments de leurs ouvrages.

Dans ce premier groupe, se présente pour ainsi dire *hors rang*, Chateaubriand qui donne au *Globe* la *Préface générale de ses œuvres* (11 mai 1826), et une lettre sur

la *Sainte Thérèse* de Gérard (8 mars 1828). Benjamin
Constant communique, le 7 mai 1825, un fragment de son
ouvrage sur la religion, sous ce titre : *Christianisme et
causes humaines qui, indépendamment de la source divine,
ont concouru à son établissement.* Du général Foy paraît,
le 14 avril 1827, peu après sa mort, un fragment de son
Histoire de la guerre de la Péninsule, communiqué
par sa veuve. De Béranger (4 sept. 1827) une lettre sur
la souscription ouverte pour le tombeau de Manuel, et,
le 5 mars de l'année suivante, une chanson sur l'orateur
libéral ; et une autre chanson le 23 septembre 1829. Guizot a publié les articles suivants : *Lettre sur le général Foy*
(3 déc. 1825), *Notice sur A. de Staël* (27 nov. 1827), la
Sainte Thérèse de Gérard (15 mars 1828), sur *l'Histoire
d'Angleterre* de G. Brodie (29 janvier 1825). En outre,
il donne au *Globe* la primeur de quelques pages de son
Histoire de la révolution d'Angleterre (11 mars 1826,
26 mai 1827) et un fragment intitulé : *De la souveraineté*
(25 nov. 1826). Après la mort de sa première femme,
Pauline de Meulan, il communique quelques pages d'elle
sur l'éducation des femmes (13 déc. 1827). Très nombreux sont les morceaux publiés par V. Cousin ; on en
compte dix-sept : lettres, arguments de *dialogues* de Pla-
ton, préfaces, articles sur Kant (1). Ajoutons qu'à partir
d'avril 1828, le cours de Cousin, comme celui de Guizot,
est l'objet d'analyses fréquentes ; celui de Villemain
y est suivi, dès 1824. Villemain lui-même ne donne au
Globe que deux fragments de ses ouvrages : sur *l'éloquence chrétienne au IVᵉ siècle* (9 déc. 1826) et sur *saint
Jérôme* (18 janv. 1827).
Voilà pour le groupe des *maîtres*, de ceux dont les

1. On en trouvera l'énumération dans la *Préface* citée,
p. LXXXVIII.

noms sont une garantie, un témoignage d'estime et un encouragement. Les autres sont tous des jeunes gens ; si quelques-uns sont devenus illustres, leur notoriété était, en 1824, assez modeste, sinon dans le petit cercle où ils s'appréciaient et s'admiraient mutuellement, du moins auprès du public. Quelques-uns d'entre eux, sans *collaborer*, considèrent comme un honneur d'y faire insérer, par anticipation, des fragments de leurs ouvrages.

Augustin Thierry envoie au *Globe* un morceau inédit de son *Histoire de la conquête de l'Angleterre par les Normands*, tiré de l'*Introduction* (16 avril 1825), et une des *Lettres* déjà parues dans le *Courrier français* (1), retouchée, sous ce titre : *Des caractères d'une véritable histoire de France* : c'est la première des dix qui composent le volume (30 déc. 1826).

A. Carrel donne au journal de Dubois de nombreux fragments qui devaient entrer dans une *Histoire de la contre-révolution en Angleterre* (1827-1828-1829) (2). Le général Ph. de Ségur envoyait au *Globe*, les 4 et 6 novembre 1824, quelques pages de l'*Histoire de Napoléon et de la grande armée en 1812*; et M. de Salvandy, les 12 novembre 1825 et 21 mars 1829, deux chapitres de son *Histoire de Sobiesky*. Ainsi le *Globe* avait la primeur de toutes les grandes nouveautés historiques et philosophiques. Par contre, il était moins ouvert à la littérature proprement dite ; et, en fait de *communications littéraires*, on ne trouve guère qu'un fragment de la *Préface* et du drame de *Cromwell* de Victor Hugo (6 déc. 1827).

Tels sont les jeunes collaborateurs intermittents. D'au-

1. *Courrier français*, 1819 et 1820..
2. A. Carrel était à cette époque secrétaire d'Aug. Thierry. Il fonde en 1829, avec Thiers et Mignet, le *National* dont le premier numéro paraît le 8 juin 1830 ; mais il n'en devient le maître et le *leader* qu'après la révolution de Juillet.

12

tres sont plus assidus, sans cependant faire partie de la rédaction proprement dite.

Thiers, depuis 1822, écrivait au *Constitutionnel*; dans les *Tablettes universelles*, en 1823, il rédigeait le Bulletin politique, où l'on croyait à tort reconnaître la plume d'Étienne ; avec E. Bodin, il venait de publier (1823) les deux premiers volumes de l'*Histoire de la Révolution*. Thiers n'est donc pas un inconnu quand il entre au *Globe*; mais il n'est pas encore célèbre, et il ne faudrait pas le mettre, sur la foi de son nom, au même rang que les Guizot et les Cousin, hommes déjà *publics*. D'ailleurs, dans le *Globe*, où il se dissimule sous la lettre Y., Thiers ne fera ni politique, ni histoire, ni philosophie, mais seulement de la critique d'art (huit articles, du 17 septembre au 24 octobre 1824).

Mais la véritable rédaction du *Globe* est formée par les *propriétaires* du journal : Dubois, Duchâtel, Duvergier de Hauranne fils, Jouffroy, Lafitte, P. Leroux, C. Magnin, Rémusat, Sautelet, Vitet. A ces noms il faut ajouter ceux de Sainte-Beuve, J.-J. Ampère, Charles Renouard, Charles Lenormant, A. Trognon, Rosseuw Saint-Hilaire, Charles Comte, Charles Lucas, Lherminier, etc., sans compter nombre d'anonymes signant de lettres initiales, et qu'il a été jusqu'à ce jour impossible d'identifier (1).

Sur Sainte-Beuve et sa collaboration au *Globe*, nous ne pouvons que renvoyer à l'étude de M. Michaut qui a consacré trois longs chapitres à cette partie de son sujet (2), et qui, dans sa *Bibliographie* (3), nous a donné

1. La liste complète en est donnée : *Fragments littéraires de P.-F. Dubois.*, p. C LI, CIII.

2. G. Michaut. *Sainte-Beuve avant les Lundis*. Paris, Fontemoing 1903 (chap. III, IV, V).

3. *Id.*, p. 584.

le relevé complet des articles publiés de 1824 à 1831,
dans le journal doctrinaire et éclectique, par le futur
auteur des *Lundis*. Rappelons seulement que Sainte-
Beuve débuta au *Globe* par une série d'articles sur la
Grèce, ou, pour préciser, sur la géographie de la Grèce;
il s'agissait, comme le demandait Dubois, de donner
au public une topographie pittoresque des différents
lieux où se déroulait la guerre que les Hellènes soute-
naient pour leur indépendance. Puis il écrivit d'assez
nombreux articles de critique littéraire dont quelques-
uns seulement n'ont pas été recueillis dans les premiers
Lundis; les plus célèbres sont ceux qu'il consacre les 2 et
9 janvier 1827 à Victor Hugo(1). Enfin, du 15 avril 1827
au 30 avril 1828, en douze fragments, il publie son
Tableau de la poésie du XVIe siècle.

Parmi les autres rédacteurs, retenons seulement les
noms caractéristiques, les noms de ceux qui incarnent
et résument l'esprit du *Globe*.

Ainsi, on ne connaîtrait pas la politique du *Globe*, si
l'on négligeait les articles de Duvergier de Hauranne
fils (2) sur les élections anglaises et sur la question
irlandaise ; on ne saisit bien sa philosophie qu'en
lisant les nombreux articles de Jouffroy (3), que le sujet
en soit d'ailleurs historique (comme l'insurrection grecque) ou plus particulièrement philosophique (la Sorbonne et les philosophes). A côté de Jouffroy, Dami-

1. Cf. Michaut, ouv. cité, p. 131, p. 135.
2. Duvergier de Hauranne (Prosper) (1798-1881), député 1831 ;
exilé au 2 décembre 1851 ; Académie française, 1870 ; outre quelques écrits politiques de circonstance, publie : *Histoire du Gouvernement parlementaire en France de 1814 à 1848* (Paris, 10 vol.
1857-1873).
3. Th. Jouffroy (1796-1842). École normale, 1813. Répétiteur
pour la philosophie à l'École normale, 1817 à 1822. Faculté des
Lettres de 1828 à 1833. Député, 1831. Collège de France, 1833 à

ron (1), moins brillant, plus conscieucieux, publie du
14 avril 1825 au 30 mars 1828, une série d'études sur
les philosophes contemporains ; réunies, ces études ont
formé, dès 1828, l'estimable *Essai sur l'histoire de la
philosophie en France au XIX⁰ siècle*. Sa collaboration
au *Globe* le fit destituer de sa chaire du Collège Bourbon.

Dans la partie critique et littéraire, Ch. Magnin (2)
fut un des plus solides et des plus utiles ouvriers. Il
écrivit un grand nombre d'articles de théâtres, tous fort
judicieux, et quelques-uns sur les littératures étrangères.

Vitet (3), connu surtout pour ses belles scènes dramatiques, fit, au *Globe*, de la critique musicale, depuis
le 13 novembre 1824 jusqu'en 1829.

Il témoignait déjà, comme plus tard en archéologie,
d'un goût sévère et sûr qui n'excluait pas l'enthousiasme. Il eut d'ailleurs la bonne fortune d'assister à
l'une des plus brillantes périodes des représentations
italiennes en France.

J.-J. Ampère (4), fort capricieux, donna seulement

1842. Ses *Mélanges philosophiques* (1833) contiennent ses plus
beaux articles du *Globe*.

1. Damiron (1794-1862). Faculté des Lettres (1830-1850). *Cours
de philosophie* (1834-1836). *Souvenirs de vingt ans d'enseignement
à la Faculté des Lettres* (1859). Édite en 1842 les *Nouveaux Mélanges* de Jouffroy (polémique à ce sujet avec P. Leroux, qui
l'accuse d'avoir mutilé le texte original).

2. Ch. Magnin (1794-1862). Suppléant de Fauriel à la Sorbonne
(1834-1845). Académie des Inscriptions (1838). *Les Origines du théâtre en Europe* (1838), ouvrage inachevé ; *Histoire des Marionnet-
tes* (1852).

3. L. Vitet (1802-1873). *Les Barricades* (1826); les *États de Blois*
(1827); *Henri III à Saint-Cloud* (1829); Inspecteur des Monuments
historiques (1831). Député (1834). *Monographie de N.-D. de Noyon*
(1845). Académie française (1845); Inscriptions (1849).

4. J.-J. Ampère (1800-1864). Fils de André-Marie Ampère. Sup-
plée Fauriel et Villemain à la Sorbonne (1830-1832) ; Collège de

trois articles au *Globe*, sur le *Théâtre de Clara Gazul*
de Mérimée (4 juin 1825), sur le *Racine et Shakespeare*
de Stendhal (9 juillet 1825), sur *Gœthe* (29 avril 1826).

A la *littérature étrangère* collabora encore E. Desclozeaux, avec des études sur Burns (28 oct. 1824) et
Shakespeare (27 nov. et 25 déc. 1824), et un très grand
nombre d'autres articles jusqu'en 1829.

Nous arrivons à l'un des rédacteurs les plus assidus et
les plus brillants du *Globe*, Charles de Rémusat, qui en
représente l'élément *aristocratique*, et, pour ainsi dire,
anglais. Dubois est plébéien; Duvergier de Hauranne est
janséniste; Magnin a l'érudition un peu lourde; Sainte-
Beuve, au *Globe*, n'est pas encore lui-même, il se cherche et souvent, déjà, se contredit et, déjà aussi, laisse
filtrer des arrière-pensées et des jalousies sous un style
aux habiletés déplaisantes; Rémusat donne l'impression
d'un homme *distingué*, le prenant d'un peu haut, très
perspicace et très fin, jusqu'à gâter quelquefois la
finesse qu'il a par celle qu'il veut avoir, ayant plus
d'idées que de sentiment, plus de souplesse que de
force, plus d'étendue que de profondeur, plus de justesse que de goût. Il excelle à poser des principes, à
rappeler des vérités générales avant de descendre à
l'examen des faits particuliers ou des qualités indivi-
duelles ; sa méthode est le contraire de la méthode
expérimentale ; il aime à rester dans l'abstraction, et il
y met une sorte de coquetterie. C'est un doctrinaire de
salon. Thiers disait : « Je n'ai connu dans ma vie que

France (1833) ; Académie des Inscriptions (1842) ; Académie française (1847). Il voyagea beaucoup, et de tous côtés. Sainte-Beuve
a dit : « On ne sait si ce sont ses voyages qui interrompaient ses
cours, ou ses cours qui interrompaient ses voyages ». *La Grèce,
Rome et Dante* (1848) ; *Histoire littéraire de la France*, 3 vol.,
1840, etc.

trois journalistes : Rémusat, Carrel et moi. » Il faisait allusion au Rémusat qui, de 1828 à juillet 1830, donna, au *Globe* même, quelques-uns des plus beaux articles politiques où l'on sent se préparer la révolution de Juillet : c'est Rémusat qui écrit à lui seul les numéros des 27 et 28 juillet 1830, où l'on peut découvrir aujourd'hui un abus de *philosophie*, mais dont on ne saurait trop admirer, à leur date, la clairvoyance et la courageuse vigueur. Nous n'avons point à nous occuper ici de ce Rémusat journaliste exclusivement politique ; il nous faut parler seulement de celui qui a exprimé presque en perfection la doctrine littéraire du *Globe*, et qui nous a laissé soit les considérants les plus larges, soit les formules les plus précises du *romantisme libéral*.

Or, celui-là, nous le ferons connaître par un grand nombre de citations ; et l'on constatera que s'il peut être, non sans quelque ingratitude tout de même, oublié par les historiens de la littérature qui jugent de l'excellence de la critique passée par le plus ou moins de conformité de cette critique avec nos jugements actuels, il faut souvent recourir à lui pour bien comprendre l'état d'esprit des jeunes intellectuels de 1824 à 1830 en présence des œuvres nouvelles. S'il n'a pas fait de la critique durable, comme Sainte-Beuve, il a fait ce que j'appellerais volontiers de la *critique documentaire*.

Il s'y engagea de bonne heure. J'ai dit qu'il publia en 1818, dans les *Archives*, son premier article, sur la *Révolution* de Mme de Staël. Cet article, si l'en en croit Sainte-Beuve, « fit du bruit et même un peu de scandale » (1).

En 1819, Rémusat collabore au *Lycée français*. En 1823, il écrit dans les *Tablettes universelles* ; c'est là

1. Sainte-Beuve. *Derniers portraits*, p. 318.

qu'il fait la connaissance de Thiers. Enfin, en 1824, il contribue à la fondation du *Globe*, dont il devient bien vite un des rédacteurs les plus assidus.

Il donne d'abord une série de quatre articles sous ce titre général : *De l'État de la Poésie française*. En les reproduisant dans ses *Critiques et Études* (1), il les accompagne de la note suivante : « Voici *le premier article* que je publie en l'empruntant au recueil auquel m'attachent les plus précieux souvenirs de ma vie littéraire... Ce journal qui, je puis le dire, exerça une certaine influence philosophique, littéraire et politique, fut le manifeste le plus systématique et le plus animé des idées nouvelles de toutes sortes, telles que les avaient développées et mûries l'expérience des dix premières années de la Restauration. Il s'éteignit dès que la révolution de 1830 fut faite. L'histoire de ce recueil ne serait pas un épisode sans intérêt de l'histoire des lettres et des opinions dans notre pays... » Cette longue étude de trente pages compactes, dans le volume, avait paru en quatre articles dans le *Globe*, les 22 janvier, 12 février, 12 mars, et 16 avril 1825 (2) : le premier contenait des réflexions générales ; le second était consacré plus spécialement à C. Delavigne ; le troisième, à Lamartine ; le quatrième, à Béranger. Ils sont signés C. R. Le 25 août 1827, il a donné : *De la poésie anglaise et de la poésie allemande* (3). le 29 avril 1826, *De l'Abus de la critique* (non recueilli), le 26 janvier 1828, sur le *Cromwell* de V. Hugo (4), et le 5 novembre 1828, *De l'Histoire de la Poésie fran-*

---

1. Rémusat. *Critiques et études littéraires* ou *Passé et Présent* 2ᵉ éd. 1859. I. 219.

2. Et non le 14 avril, comme il est dit par erreur dans la *Notice des Fragments* de Dubois.

3. *Critiquee et études...* I, 320.

4. *Id.*, I, 249.

çaise, à propos du *Tableau* de Sainte-Beuve, paru dans
le *Globe* même (1).

De ses nombreux articles politiques, Résumat a conservé, dans ses *Études*, une série sur les *mœurs du
temps* (2), composée de quatre fragments : *Des opinions
dans le grand monde* (14 mai 1825), *De la déclamation
en matière de religion* (26 fév. 1825), *Des caractères*
(10 déc. 1825) et *De l'Égalité* (26 août 1826) : les morceaux II et IV ont été attribués à Dubois par les éditeurs de ses *Fragments*, lesquels auraient bien dû consulter les deux volumes de Rémusat, tout en recueil-
lant les articles de leur critique ! Rémusat ayant fait
lui-même un choix de ses œuvres, n'a pas dû s'attribuer,
dès 1847, plusieurs pages de Dubois. Il insère également dans son premier volume deux articles sur Lamennais (18 et 20 mai 1826) (3) et *Controverses au sein du
protestantisme* (2 déc. 1829 et 3 fév. 1830) (4).

LA REVUE FRANÇAISE.

Janvier 1828 à septembre 1830. 16 vol. in-8° (paraissant tous les deux mois, par livraisons de 300 pages) (5).

Le *Globe*, tendait de plus en plus à ressembler aux
journaux quotidiens ; ses rédacteurs principaux devaient
se sentir mal à l'aise pour développer leurs théories et
leurs analyses. La place de chacun était, au *Globe*, trop

1. *Critiques et études*, I, 280.
2. *Id.*, I, 331.
3. *Id.*, I, 364.
4. *Id.*, I, 402.
5. Hatin. *Bibl.* p. 363. — Aucun article n'est signé. Mais on trouvera dans *Quérard* (*Dict. des anonymes*, IV. p. 357-358) une liste
complète des attributions jusqu'à la 15ᵉ livraison inclusivement.

exactement mesurée; l'actualité, dès cette époque, avait
les pires exigences. Aussi Guizot et Rémusat, qui ne
manquaient pas, on peut le croire, de complaisance pour
leurs propres idées, voulurent-ils, tout en continuant à
collaborer au *Globe*, créer un autre organe qui serait le
complément du premier. Ils revinrent à peu près au
format et aux rubriques des *Archives* et du *Lycée*, et
fondèrent en janvier 1828 la *Revue française*.

Les rédacteurs ordinaires sont : Rémusat, Guizot, de
Guizard, Ampère, de Broglie, C. Lenormand, Rossi,
Vitet, Duchâtel, Saint-Marc Girardin, A. Carrel, A.
Thierry, Royer-Collard, de Barante, Lerminier, Dunoyer,
Duvergier de Hauranne, Villemain, le comte de Saint-
Aulaire.

On reconnaît là un certain nombre de collaborateurs
du *Globe*. D'ailleurs, il y eut toujours étroite union entre
les deux périodiques, comme le prouvent les notes élogieuses que le *Globe* consacre souvent à la *Revue française* (1).

Le *prospectus* a pour épigraphe, comme la *Revue* : *Et
quod nunc ratio est, impetus ante fuit* (Ovide). Ce *prospectus* ne devança pas la publication, mais fut joint au
troisième numéro de la *Revue française*, et donna, sur un
second feuillet, le sommaire des livraisons 1, 2 et 3. En
voici le début :

Tenir le public au courant des ouvrages dignes de
fixer son attention dans les diverses branches de nos connaissances, lui en présenter, suivant l'occasion, les résultats analysés, discutés ou complétés par une critique éclairée et consciencieuse, et se servir du mouvement des esprits
pour traiter à mesure qu'elles se font jour et dans leur
double caractère de circonstance et de généralité, toutes

1. Cf. en particulier *Globe* du 8 juillet 1829.

les questions importantes, quoique passagères, qui naissent du cours des événements ou du progrès naturel des
idées ; populariser en un mot les travaux et les découvertes de la science, en ramenant en même temps à une discussion scientifique les phases successives de l'opinion,
tel est le but que se proposent les auteurs de la *Revue
française*. L'utilité ne saurait en être contestée, l'on peut
dire même la nouveauté, s'ils réussissent à exécuter leur
entreprise avec le degré de soin et d'intelligence qu'elle
exige. Ils auraient en effet alors enrichi la France du seul
genre de littérature qu'elle ait encore à envier à l'Angleterre, dont les recueils à longs intervalles de publication,
analogues à celui dont il s'agit ici, ont si puissamment
secondé le développement moral et politique...

   Rémusat a écrit pour la *Revue française* une remarquable *Introduction* (1). Jamais critique littéraire, homme
politique du lendemain, n'a plus étroitement uni les
lettres et la liberté. Quelques-uns avaient pu craindre,
dit-il en substance, que la liberté fût défavorable aux
sciences et aux arts ? L'expérience venge la liberté de
soupçons calomnieux. On doit reconnaître que partout
on s'efforce de rajeunir les formes du beau, comme de
retrouver les sources du vrai. « Soyons reconnaissants,
nous ne serons que justes. Il y a deux choses dont on
ne peut dire trop de bien, c'est la paix et la liberté. »
Les lettres elles-mêmes ont besoin de la liberté. Sous le
despotisme, *les grands sujets sont défendus...* Pas d'opinion, pas de public. « La littérature est dédiée à la cour,
au grand monde, aux beaux esprits ; rarement nationale, jamais populaire, elle ressemble au gouvernement. » Voilà ce que Taine devait redire.
   Ainsi dans les écrits du xvii° siècle, Rémusat recon-

   1. N° 1 (janvier 1828, p. 1 à 21.) (Reproduite dans *Critiques et
Études*, 2° édition II, 1.)

naît partout ce que le grand Arnauld appelle *le génie du temps*, et qui était *de ne point savoir résister...* « Les facultés sont immenses, et l'œuvre est petite. » Le xviii° siècle devient plus hardi, mais il reste trop frivole, et il lui manqua de pouvoir faire l'expérience politique. Voici la Révolution ; mais les lettres ne sauraient renaître tout de suite. « Tant que les révolutions durent, la passion absorbe ; et lorsqu'elles finissent, la lassitude est si grande que les hommes n'aspirent plus qu'au repos. C'est la génération suivante qui recueillera le fruit de leurs efforts, et continuera leur ouvrage. » « Le moment est venu. Il a manqué aux vingt premières années de la révolution, d'abord la paix, et presque toujours la liberté. Nous avons la paix, et la liberté commence... » Rémusat prédit l'avenir prochain d'une philosophie nouvelle. Il compare le rôle et le génie de l'Allemagne et de l'Angleterre au génie et au rôle de la France ; et celle-ci lui paraît destinée à exercer la plus grande influence philosophique, politique et scientifique. Pour les lettres et les arts, l'esprit français, qui est devenu *la raison même*, les renouvellera d'abord *par la critique* ; et cette critique peut, dans une certaine mesure, tenir lieu de l'inspiration.

Comme elle n'exclut rien, comme elle aperçoit tout, elle peut conduire au beau par l'examen, et ramener par la réflexion à l'originalité. Aussi bien, dans un siècle raisonneur tel que le nôtre ; lorsque tout est divulgué et que les mystères ont fait place aux questions, cette innocence naïve du génie qui s'ignore lui-même, qui crée par instinct, est, j'en ai peur, une chimère qu'il faut renvoyer à l'âge d'or de la littérature : et peut-être la raison, à qui rien n'est interdit, reste-t-elle en droit de révéler au génie ses propres secrets, de remplir l'œuvre de la nature, de tout refaire enfin, même la poésie.

Il suffirait de parcourir les tables des seize livraisons de la *Revue française*, pour voir comment ce programme fut rempli.

Rémusat donne au n° III : *La philosophie française au XIX⁰ siècle* ; au n° IV : *De l'état du théâtre* ; au n° VI : *De la philosophie écossaise* ; au n° VII : *De la politique de la France* ; au n° XII : *Traité de droit pénal par M. Rossi* ; au n° XIV : *Hernani* ; au n° XV : *Traité de législation de Ch. Comte*, etc.

Guizot : n° I : *État de la France* ; *Histoire des maires du Palais, de Pertz* ; n° II : *Histoire constitutionnelle de l'Angleterre, par Hallam* ; n° V : *Éducation progressive, par Mᵐᵉ Necker de Saussure* ; *De la session de 1828* ; n° VI : *De la législation des Visigoths* ; n° IX : *De l'état des cabinets européens* ; n° XI : *De la correspondance de Grimm et des derniers salons du XVIII⁰ siècle* ; n° XIV : *Du vrai caractère de la crise actuelle*.

Saint-Marc Girardin : n° II : *De la comédie historique ;* et de nombreux compte rendus bibliographiques ou dramatiques.

A. de Broglie : n° I : *De la piraterie* ; n° II : *De l'interprétation des lois*, etc...

Ch. Lenormant publie plusieurs articles d'archéologie et d'art ; L. Vitet parle de Rossini ; de Barante, du siècle de Louis XIV ; Villemain, de Manzoni et de Moore ; A. Carrel, de P.-L. Courier ; de Guizard, de la Nouvelle école poétique et de V. Hugo ; Barante, du moyen âge, et du *Henri III* de Dumas ; etc...

Mais les lettres et les arts ne tiennent qu'une place relativement réduite, dans cette revue consacrée surtout au mouvement politique et social.

D'ailleurs, la lecture de la table prouve à elle seule que nous n'avons pas, dans la *Revue française* comme dans le *Globe*, une critique de combat. Il ne s'agit pas ici de diriger l'opinion, ou d'ouvrir des sources nouvelles, ou de canaliser des courants, mais plutôt de faire, en toutes choses, des statistiques. Sur telle question politique, sociale, économique, géographique, littéraire, etc., quels sont jusqu'à ce jour les résultats acquis? Où en sommes-nous, et que nous reste-t-il à faire? Ce sont des dissertations : *De l'état actuel du théâtre,... De l'état des opinions,... De l'état actuel de la psychologie,... De l'état actuel de la botanique générale,... De l'état des cabinets européens*, etc. Presque tous les articles, d'ailleurs, portent un titre que l'on traduirait par le *de* latin.

Ce caractère est des plus importants, entre 1828 et 1830; en effet, presque tous ceux qui collaborent à la *Revue française*, vont, après juillet 1830, se disperser; et désormais la politique les absorbera; il n'est donc pas indifférent de les voir donner un avis réfléchi sur ces questions littéraires, qu'ils s'étaient habitués à considérer dans leurs rapports avec la société et avec les mœurs, et qui, eux partis, redeviendront la proie des *professionnels* de la littérature et de la critique. Ils les jugeaient de haut, et d'un peu loin peut-être; mais ils avaient ce grand avantage de n'être point *orfèvres*; et l'on pouvait sans doute ne pas accepter leur décision; mais il fallait bien reconnaître leur impartialité. Avec le *Globe* et surtout avec la *Revue française*, disparaît en juillet 1830, une forme de critique supérieure que jamais, depuis, à aucune heure du XIXe siècle, nous n'aurons l'occasion de retrouver.

D'autre part, 1829 et 1830, sont, dans l'histoire du romantisme, des dates essentielles, et comme un pivot. Les articles de la *Revue française* sur *Henri III*, sur *Hernani*, sur l'*État de la poésie*, ont une importance particulière. Certes, ni Guizard, ni Rémusat, ni Vitet n'ont été vraiment des prophètes! L'épigraphe même de leur

Revue le prouve bien : *Et quod nunc ratio est, impetus ante fuit.* Ainsi à la veille de 1830, ils proclamaient que l'*élan* de la première heure s'était transformé en *raison*? c'est : l'*ordre règne*, à la veille d'une émeute. Mais les jugements n'en sont peut-être que plus curieux ; on y retrouve en effet, aujourd'hui, si loin du tumulte romantique, certaines objections, certains avis, certaines railleries, que, depuis 1850 environ, nous avons prodigués contre les œuvres de Hugo et de Dumas. Ces *intellectuels*, ces *naturalistes* de 1830, auxquels échappe la poésie du romantisme, en voient les exagérations et les dangers avec une singulière clairvoyance ; on pourrait dire que tandis que les libéraux pseudo-classiques parlent, en jugeant les romantiques, le langage du passé, les doctrinaires devancent, sur leur œuvre faite et à faire, le jugement de l'avenir.

LA MÉTHODE ET LES EXEMPLES

J'ai indiqué, dans l'*Introduction* de ce livre, quel usage on peut faire des *périodiques* pour l'établissement des textes. En parcourant les monographies de la première partie, on a constaté que, pour les poètes comme pour les critiques, les références sont nombreuses. A d'autres, beaucoup plus compétents sur ce point particulier, je laisse le soin de comparer et de reviser ces textes. Et pour rester dans mon domaine qui est celui de l'histoire littéraire telle que j'ai essayé de la définir en commençant, j'étudierai, à titre d'*exemples*, trois questions :

> 1º *La définition du romantisme.*
> 2º *L'évolution de la poésie lyrique.*
> 3º *La formation du drame.*

Mon but est uniquement de démontrer, pièces en mains, qu'on trouve dans les périodiques publiés de 1815 à 1830, un grand nombre de *témoignages*. On ne s'étonnera donc pas que les citations soient très fréquentes, et parfois longues ; le seul mérite que je revendique, c'est de les avoir cherchées, et extraites, toutes, des journaux mêmes où elles dormaient, puis classées. Mais si l'on en reconnaît l'intérêt relatif ; si l'on conclut, après avoir parcouru ces témoignages, qu'en effet l'histoire littéraire peut être en quelque sorte *retournée*, et considérée dans les contacts successifs des idées et des œuvres avec l'opinion, la démonstration sera faite.

CHAPITRE I

§ 1. — Les résistances pseudo-classiques.

Les pseudo-classiques libéraux reprennent, en général, les arguments des Morellet, des Ginguené, bref,
ceux des *philosophes* et des *idéologues*. Partisans du
progrès social et politique, ils sont, en critique littéraire, des « immobiles », et leur polémique est à ce
point démodée qu'ils semblent même dédaigner de lire
les ouvrages nouveaux.

Les *Lettres normandes* ne manquent pas une occasion
de railler Chateaubriand. Tantôt on dira de lui « qu'il
a beaucoup écrit en prose pour prouver qu'il était
poète », et on lui fera soutenir cette théorie : « Avec la
prose poétique, on peut tout dire impunément ; son heureuse obscurité se prête à toutes les interprétations ;
personne, excepté vous, ne sait au juste ce que vous avez
pensé. Quel avantage !.. (1) ». Cette boutade sera déve-
loppée avec complaisance dans le passage suivant :

M. de Chateaubriand aurait pu devenir un écrivain
illustre, une des lumières de son siècle. La manie de faire
du bruit l'en a rendu la fable. Doué d'une ardente imagi-

---

1. *Lettres normandes*, tome IV (octobre 1818), p. 43.

nation, d'un talent facile et brillant, il pouvait suivre les principes de style des grands écrivains ; il pouvait prendre son rang après Rousseau et Buffon ; mais c'eût été trop de docilité pour cet esprit âpre et sauvage. Il lui a fallu inventer une doctrine nouvelle ; ouvrir des chemins inconnus ; se faire à lui-même un style qui tient à la fois de l'allemand et de l'hébreu, s'abandonner à toutes les hardiesses d'une poésie également éloignée de nos vers et de notre prose ; et cependant comme il est un grand nombre d'esprits que l'extraordinaire subjugue, que l'obscurité et l'entortillage séduisent, il s'est fait une secte (1) ; il trouve des admirateurs, au besoin il aurait des martyrs ; il rencontre des hommes qui parlent de ses ouvrages comme Lambin et Richelet parlaient des vers de Ronsard.

Et si l'on veut savoir pourquoi Léon Thiessé, qui rédige cet article, est si sévère pour Chateaubriand ; c'est que Chateaubriand vient de fonder un journal royaliste *Le Conservateur*, et que sa politique est *anti-libérale*.

C'est peu de chose, continue Thiessé, que d'écrire en style bouffi et rocailleux. M. de Chateaubriand a compris que cela ne suffirait pas pour lui faire jouer un rôle proportionné à son ambition. Le Lycophron de la littérature a voulu être quelque chose en politique. De même qu'il eût pu suivre d'assez près les traces de nos bons auteurs, son jugement formé de bonne heure eût été capable de servir la vérité et la raison. Mais il y avait tant d'écrivains sur les rangs ! une gloire si partagée n'était pas digne de lui... Voilà la clef de toute la conduite politique et littéraire de l'auteur d'*Atala*. Ainsi s'expliquent tous ces ouvrages ; ainsi s'explique le *Conservateur* (2)...

1. Les *Lettres normandes* rappellent (tome IV, p. 249), le mot de Martainville : « M. de C. pourra bien faire secte ; il ne fera jamais école. »

2. *Lettres normandes* (Tome VIII, sept. 1819), p. 53 (article signé Léon Thiessé)

C'est à peu près sur le même ton que parle Viennet, un des plus acharnés partisans des classiques, dans la *Minerve littéraire :*

... Je suis, dit-il, tellement attaché à mes vieilles admirations ; je suis si fortement encroûté d'Aristotélisme; tranchons le mot, je suis un *ultra* si déterminé en littérature, que la moindre innovation dans les lois du Pinde me semble le présage d'une épouvantable anarchie... [Après ce début, il attaque avec verve la poésie descriptive, qu'il accuse de *descripto-manie*, — exécute au passage Chateaubriand, dont le style, « mélange de poésie et de prose, n'est précisément ni l'un ni l'autre », — et il se demande enfin ce qu'est *le romantique* ? Aux écrivains romantiques, il ne faut pas savoir gré de quelques belles pages : tout cela *était dans leurs prédécesseurs* ; autrement dit, où ils sont bons, ils sont classiques.] Tout ce qui leur appartient en propre n'offre que du bizarre et de l'absurde. C'est le *vague*, les *images...* ; ce sont *bulles de savon...* Cependant tout cela fait fureur, surtout parmi les jolies femmes à vapeurs et à migraines. (1)

Ces observations sont utiles à retenir. Chateaubriand, d'une part, est coupable de *ne pas suivre les principes de style des grands écrivains*, et de manquer de *docilité*; d'autre part, comme politique, il ne sert pas la *vérité* et la *raison.*

Même confusion volontaire — ou absurde — entre la politique et les lettres, dans le passage suivant :

... Quoique les bonnes doctrines littéraires ne dépendent pas essentiellement des bonnes doctrines politiques, et qu'il se trouve assez souvent des hommes très éclairés en politique, qui ne le sont guère en littérature, cependant nous ne voyons pas sans plaisir que la plupart

1. *Minerve littéraire.* Tome I (1820), p. 293.

des écrivains qui s'efforcent de corrompre le goût en France, appartiennent à une classe d'hommes dont nous nous honorons de ne pas faire partie. L'*Atala*, le *Jean Sbogar* les *Folies du siècle*, ne sont pas nés parmi les libéraux. On nous permettra donc de jeter à loisir le ridicule sur les productions du même genre, sur les œuvres romantiques, qui fourmillent aujourd'hui parmi nous avec une déplorable abondance... (1).

Le *Constitutionnel* ira plus loin, à propos d'une comédie *Les femmes romantiques* :

Le romantisme n'est point un ridicule : c'est une maladie, comme le somnambulisme ou l'épilepsie. Un romantique est un homme dont l'esprit commence à s'aliéner : il faut le plaindre, lui parler raison, le ramener peu à peu; mais on ne peut en faire le sujet d'une comédie, c'est tout au plus celui d'une thèse de médecine (2).

C'est à peu près la même accusation de folie qu'on retrouvait déjà dans un article de Léon Thiessé sur les *Tablettes romantiques:*

Rien de plus sérieux, de plus morose que les écrivains qui prétendent former une nouvelle école ; pas un vers, pas une ligne de prose où l'on ne trouve des tombeaux, des ombres, des revenants, ou pour le moins des larmes, des gémissements éternels... La *Muse française*, jadis badine et folâtre, fidèle à la gaieté, organe d'une philosophie spirituelle et facile, peignait le caractère national. Des novateurs littéraires en ont fait une larmoyante déité ou une monotone furie.... L'école romantique est sur son sol naturel en Allemagne; en France, à l'exception d'un petit nombre de bons esprits qui ne se limite qu'à des tendresses judicieuses, et qui, pour s'ouvrir de nou-

1. *Lettres Normandes*, tome X (1820), p. 265.
2. *Constitutionnel* (*Journal du commerce*) 1ᵉʳ nov. 1824.

velles routes, n'abandonnent pas celle que la raison trace
au génie, la foule des écrivains qui se nomment romantiques n'a point de véritable système littéraire, ne connaît d'autre loi que ses caprices, et mérite d'être également repoussée par les critiques français et par les critiques étrangers (1).

Les restrictions de L. Thiessé s'appliquent évidemment à Lamartine et à Vigny. Thiessé est intelligent,
et ses attaques contre le romantisme *funèbre* et *frénétique* peuvent se comparer à celle de Nodier, que nous
citerons tout à l'heure.

Il n'en est pas moins vrai que Thiessé reste bien *classique* dans l'ensemble de ses critiques, parce qu'il semble nier que la littérature ait besoin de se renouveler.
Telle est précisément la thèse soutenue dans le passage
suivant :

On nous parle de besoins nouveaux; on nous dit que les
littératures antérieures, tout en laissant des monuments
immortels, ont dû disparaître, et ont disparu avec les
générations dont elles ont exprimé les habitudes sociales
et les émotions politiques... Depuis quand les besoins de
la société changent-ils avec les générations qui se succèdent ? Fût-il vrai que le temps où nous vivons se fît
remarquer par une certaine tendance aux rêveries vagues
et fantastiques, ce serait une raison pour que les hommes
sensés s'armassent contre elle, au lieu de la flatter et de
lui sacrifier les saines doctrines...

Ici, le rédacteur attaque *Eloa*, et condamne l'abus
que Vigny a fait « d'un talent qui donnait les plus
heureuses espérances ». Il *oppose* aux vers d'*Eloa* des
fragments de *la Henriade*, et cite comme *exemples* des
comparaisons de Delille. Et il conclut ainsi :

1. *Mercure du XIX⁰ siècle*, tome I (1823), p. 171.

Qui sauvera nos Lettres et nos Arts du précipice où les entraîne cet esprit d'indépendance et d'ambition ? Pourquoi substituer à ce vieux culte des Muses consacré par tant de monuments immortels, je ne sais quel schisme puisé dans les doctrines de l'Allemagne et de l'Angleterre ?... N'a-t-on pas, au moment de leur apparition, encouragé leurs essais, applaudi à des débuts qui promettaient plus de perfection, exalté des talents qui réalisaient de premières espérances ?... Ces écrivains adolescents se sont tout à coup érigés en législateurs et ont donné de faux exemples pour établir de faux préceptes. La gloire les attendait au bout de la bonne, de la vraie route ; ils se jettent dans des sentiers inconnus : s'ils s'y perdent, ils ne pourront s'en prendre qu'à leur propre étourderie (1).

De même, dans un article sur les *Lettres françaises aux XIe, XIIe et XIIIe siècles*, Sylvain Dumon dira « que le Temple du goût tombe en ruines sous les efforts d'une nouvelle bande noire, tandis que la critique, les mains liées par le génie de la médiocrité, est réduite, comme Cassandre, à ne pouvoir lever que les yeux au ciel... » (2) Quel joli sujet de *vignette !*

Ailleurs, on signalera l'esprit de révolte qui est au fond du romantisme.

Son origine révolutionnaire se fait assez remarquer dans sa révolte contre l'expérience, dans sa haine pour toute espèce de sujétion et de loi, dans son mépris pour les anciennes traditions, enfin dans son goût pour les ruines, les tombeaux, les dévastations, les noires horreurs. Du reste, il fuit la clarté du jour, il s'enveloppe de mystères, il s'environne de spectres, de fantômes, de vampires... Qu'est-ce que le romantique ? C'est, il me semble, l'indé-

1. *Annales de la littérature*, tome XVI (1824), p. 11 (*Du style romantique*. Signé : un campagnard).
2. *Mercure du XIXe siècle*, tome VII (1824), p. 417.

pendance de toutes les règles et autorités consacrées; c'est
tantôt l'imitation exacte d'une nature brute et sans choix,
tantôt l'expression recherchée d'une nature fantastique ;
c'est l'alliance de l'ignoble et du maniéré, du bouffon et
de l'ampoulé. En un mot, c'est l'absence de goût.

Chez les écrivains romantiques, les premières productions sont les meilleures: rarement ils s'élèvent au-dessus
de leur début. Pourquoi cela? C'est que, sortant de leurs
études, et nourris de bons modèles, leur heureux génie
n'a pris encore aucune direction vicieuse, qu'ils obéissent
encore aux préceptes et aux autorités classiques (1).

Voilà, on en conviendra, une *jolie* explication du succès d'*Atala* ou des *Méditations!* Mais la remarque est très
juste, ce nous semble, pour les premiers essais du jeune
Victor Hugo.

Cet abandon des traditions est encore le reproche ca-
pital du *Constitutionnel.*

Les indépendants littéraires, qui s'irritent de notre
indépendance, qui répondent aux *raisonnements* par des
plaisanteries sans gaîté et des invectives sans esprit, ne
nous empêcheront pas de nous soumettre à la dépendance
du *bon sens* et au joug de la *raison.* En littérature comme
en politique, nous serons *toujours Français.* Nous savons
que la gloire des lettres est une partie de la gloire nationale, et nous y serons fidèles. Voilà notre pavillon assuré
que les attaques viennent, la défense ne manquera pas (2).

Le *Globe,* qui rapporte, le 2 février 1826, cette opinion du *Constitutionnel,* compare ce patriotisme à celui
des Chinois. Il avait déjà signalé la campagne menée
contre le romantisme par le *Journal des Débats,* pour
lequel « le romantisme se résume dans la formule

1. *Annales de la littérature et des arts,* tome XX (1825), p. 501.
2. *Constitutionnel (Journal de commerce),* 24 janvier 1826.

absence de goût » (1). Le *Globe* donne le compte rendu
ironique d'une séance tenue par les classiques; voici les
deux premiers articles de leur prétendu procès-verbal :

Article premier. — A dater de ce jour, il ne sera fait
aux romantiques aucune concession, quelque raisonnable qu'elle puisse être.

Art. 2. — On aura soin de répéter sans cesse au
public, qui finira par le croire, que le romantisme,
c'est *Han d'Islande*, le *Solitaire*, *Eloa*, et toutes les rêveries de la *Société des Bonnes Lettres* (2).

Nous citerions vingt ou cent passages tirés des organes classiques ou libéraux, et dans lesquels reviennent
sans cesse les mêmes reproches, lesquels se ramènent
essentiellement à deux : esprit de révolte contre la
tradition et les règles; extravagance qui touche à la
folie. Mais puisque nous venons de nommer, avec le
Globe et les *Débats*, la *Société des Bonnes Lettres*, nous
devons y insister un peu, et, à l'aide des *Annales de la
littérature et des arts* qui en sont l'organe officiel,
reconstituer la composition, l'esprit, les doctrines de
cette Société. Rien ne peut mieux faire comprendre
l'état d'incertitude, les tâtonnements, les contradictions
des différents partis en face du romantisme. Ici, en
effet, ce ne sont plus les *libéraux* qui essaient de résister au romantisme ; la *défense* de la tradition est orga-
nisée par les royalistes.

Les documents sont à la portée de tous; il suffit de les
avoir une fois trouvés et classés C'est de l'imprimé, et
du plus commun. — Il y a, d'abord, les *Annuaires de la
Société des Bonnes Lettres*, pour les années 1825 et 1826.
Puis, les trente-deux volumes des *Annales de la litté-*

1. *Débats*, 1er décembre 1825 (Cf. *Globe*, 6 déc. 1825).
2. *Globe*, 2 février 1826.

rature et des arts (1821-1828), périodique qui prend, à partir du tome II, le sous-titre de : *Journal de la Société des Bonnes Lettres. Le Conservateur littéraire,* fondé et rédigé par les frères Hugo, donne également, dans son troisième volume (1821), des indications très précises. Enfin, on peut y ajouter la *Pandore,* et différents *mémoires,* entre autres ceux du Dr Véron, qui fut un des membres actifs de cette Société.

La fondation de la *Société des Bonnes Lettres* se rattache au mouvement de réaction royaliste qui suivit la mort du duc de Berry. Il parut sans doute à quelques hommes qui tenaient tout ensemble aux lettres et à la politique, qu'un des moyens les plus efficaces pour combattre les idées libérales et révolutionnaires était de répandre par la parole les « bonnes doctrines ». Tel est bien l'esprit avoué du premier *Prospectus,* publié en janvier 1821, et qui doit avoir pour auteur Fontanes lui-même : « S'il est vrai, lit-on dans ce prospectus, que la littérature soit *l'expression de la Société,* on peut se faire une idée de ce qu'a pu être la littérature française pendant trente années de révolution. Pouvait-elle être autre chose que l'*expression* de la révolte, de la discorde, de l'impiété, de toutes les passions furieuses qui troublaient la France ? Que de talents ont péri dans ce vaste naufrage ! L'esprit humain se serait tout à fait égaré, et l'on ne peut savoir où nous aurait conduits l'orgueilleuse barbarie du siècle, si les âges précédents ne nous eussent laissé leurs imposantes leçons et leurs impérissables modèles. Ce sont ces modèles et ces leçons qui serviront de flambeau et de guide à la *Société des Bonnes Lettres,* pour faire revivre le goût des bonnes doctrines et des bonnes lettres. »

Cette profession de foi est déjà catégorique. Mais on

n'en saisirait pas le véritable sens, ni surtout les causes, si l'on oubliait quelle était alors la position respec-
tive des différentes écoles littéraires. En effet, les
défenseurs de la littérature *classique* étaient surtout les
libéraux, — tandis que les royalistes étaient *romanti-*
ques. Continuateurs, non pas du xvii⁰ siècle, mais du
xviii⁰ siècle, les Étienne, les Jouy, les Jay, les Viennet
prétendaient s'opposer, par leurs œuvres et par leur
critique, à l'invasion des novateurs ; et ceux-ci, à la
suite de Chateaubriand, cherchant des formes nouvelles
pour leurs « pensers nouveaux », semblaient, en atta-
quant les pseudo-classiques, répudier jusqu'aux maîtres qui avaient illustré le grand siècle.

N'y avait-il pas là, aux yeux de certains royalistes,
une sorte de contradiction ? Sans doute ; et le passage
suivant du *Prospectus* est assez significatif : « Il est
nécessaire d'apprendre à ceux qui ne l'ont jamais su et
à ceux qui l'ont oublié, les rapports qu'il y a entre les
institutions présentes et les institutions anciennes. Il
faut leur apprendre que la *patrie*, ou, d'après le sens
littéral du mot, le *pays des aïeux*, n'existe pas seulement dans le sol, mais dans les souvenirs ; que la gloire
d'un peuple ne se trouve que dans ses annales, et que
l'expérience, si nécessaire aujourd'hui, est dans la
mémoire des temps passés. »

Ainsi, dans la pensée des premiers fondateurs, le but
de la *Société des Bonnes Lettres* est de renouer, au profit de la cause royaliste, la tradition qui menace d'être
abandonnée. Il s'agit de faire cesser, si l'on peut, l'engouement dont les jeunes gens « bien pensants » semblent saisis pour un genre de littérature qui n'a point
ses racines dans le sol national, et d'arracher au *Consti-*
tutionnel et à la *Minerve* le privilège de défendre les
écrivains classiques.

En voici une autre preuve,tirée du discours prononcé
à la séance de clôture du 31 mai 1822, par l'académicien
Roger, alors vice-président de la *Société des Bonnes
Lettres* : « C'est,dit-il, une véritable lice ouverte aux Croi-
sés du royalisme que cette enceinte consacrée aux Bonnes Lettres, c'est-à-dire aux saines doctrines littéraires
et politiques, car elles sont inséparables. C'est ici que
viennent s'exercer, sous le brillant étendard du *Conservateur*,les défenseurs de toutes les légitimités, de toutes
les vraies gloires, du sceptre de Boileau comme de la
couronne de Louis-le-Grand (1) .»

Le but essentiel de la Société est ainsi défini. Nous
verrons comment les résultats répondirent à ces vœux.
Mais, tout d'abord,quelle était l'organisation *matérielle*
de ce cercle ? — La Société, installée en 1821, rue de
Grammont, se transporta bientôt dans un local plus
vaste, rue de Choiseul.

Les sociétaires se répartissaient en trois catégories :
*Sociétaires fondateurs, Sociétaires abonnés, Associés
honoraires*, — question de cotisation. Un *bureau*, dont
les Présidents furent successivement Fontanes (1821),
Chateaubriand (1822),et le duc de Doudeauville (1826),
arrêtait pour chaque mois le programme des *cours* et
des *lectures* ; il y avait séance trois fois par semaine,de
janvier à fin mai. — A partir de 1823, on mit au concours des prix de poésie et d'éloquence.

Je consulte la liste des Sociétaires dans l'*Annuaire
de 1826*, et j'y trouve d'abord, bien entendu, toute l'a-
ristocratie parisienne ; il n'est pas un *grand nom* du
Tout-Paris de la Restauration qui ne figure sur cette
liste. Mais j'y vois aussi nombre de gens de lettres ; les
uns, académiciens ou aspirants à l'Académie, avaient

1. Roger, *Œuvres*, 1835, 11, 308.

besoin d'entretenir leur renommée parfois un peu artifi-
cielle ; et ce *Salon* d'un genre particulier, était un excellent
terrain ; — les autres encore obscurs, ou commençant à
peine à se créer un nom, venaient rue de Choiseul à
titres d'associés honoraires, et sollicitaient l'honneur de
faire des lectures devant cet auditoire choisi. Voici des
noms, — et l'on sera peut-être surpris d'en lire quelques-uns parmi les royalistes *ultras* de la Société de
Bonne-Lettres... Je cite par ordre alphabétique : Ber-
choux, — Biot (Académie des sciences), — Brifaut (Académie française), — Capefigue, — Chauvet (à qui Manzoni a écrit cette admirable lettre sur les *deux unités*),
— Chenedollé, — Désaugiers, — Emile Deschamps,
— Dureau de Lamalle (Académie des Inscriptions), —
Duviquet (*Journal des Débats*), — Genoude, — Edmond
Géraud, — Saint-Marc Girardin (alors presque écolier),
— Victor Hugo, « homme de lettres, rue de Vaugirard,
91 » — Abel Hugo, « homme de lettres, rue du Vieux-
Colombier, 17 », — Eugène Hugo, « homme de lettres,
même adresse », — Lamartine, — Laurentie, — Merle
le second mari de Mme Dorval, rédacteur à la *Gazette
de France*, — Ch. Nodier, — Patin (le futur professeur
à la Sorbonne), — Raoul Rochette (Académie des Inscriptions), — Royou, — Salgues, — Soulié, — Soumet,
— Vanderburg (Académie des Inscriptions), — Dr Véron,
— A. de Vigny, — Villemain, etc. Et je garde pour la
fin celui-ci : Arvers, « élève de l'institution de M. le
chevalier Massin ». Qui sait ? peut-être est-ce une grande
dame habituée des soirées de la rue de Choiseul, qui
inspira au jeune Arvers son fameux sonnet (1) ?

Car les dames étaient fort assidues. « L'auditoire, dit

1. Sur le sonnet de Félix Arvers, cf. Léon Séché, *Revue de
Paris* du 15 juillet 1906, — *Annales romantiques*, tome III (1906),
p. 238, — *A. de Musset* (1907), tome I, p. 206.

le Dr Véron, était composé de plusieurs femmes élégantes et de gens du monde, Mme Roger, Mme Auger,
Mme Michaud, toutes trois femmes d'académiciens, y
brillaient de tout l'éclat de la jeunesse et de la beauté.
Le baron Trouvé (1) avait deux filles charmantes, bonnes musiciennes, et qui ne sont plus de ce monde. La
Société des Bonnes Lettres était un lieu de réunion où
des habitudes de politesse, de bonnes manières, et une
certaine communauté d'opinions et de sentiments politiques attiraient souvent une foule de célébrités et de
grands personnages (2). »

Et c'est aux dames que Roger fait un *éloquent* appel,
dans la péroraison du discours déjà cité, lorsqu'il
s'écrie : « Le royalisme est inné chez les Françaises ;
il semble être, comme l'amour, la grande affaire de
leur vie. Qu'elles embellissent nos réunions à venir,
comme elles ont embelli celles qui finissent ; que leur
présence maintienne parmi nous cette urbanité, ce bon
goût dont elles sont les modèles, et que l'on recherche
en vain dans les assemblées où elles ne sont pas ; que
leur douce voix nous encourage ; que nos discours
soient inspirés par elles et participent de la chaleur
de leur âme, comme de la grâce de leur esprit ; soute-
nons enfin, Messieurs, de tout notre pouvoir, par nos
actions et par notre langage, cette devise de nos pères,
cette devise vraiment française : *Dieu, le Roi et les Dames* (3). »

1. Le baron Trouvé, ancien préfet de l'Aude sous l'Empire,
s'était rallié aux Bourbons. Journaliste, poète, économiste, il avait
en 1820 acheté une imprimerie assez considérable ; sa *rubrique
d'imprimeur]* est bien connue de tous ceux qui ont étudié la littérature de la Restauration. Il était, à la date qui nous occupe,
directeur de la Société des Bonnes Lettres.

2. Dr Véron : *Mémoires*, III, 272.

3. Roger : *OEuvres*, 1835, II, 319.

Regardons maintenant les programmes. — Toute séance comprenait d'abord un *cours*, fait par un des professeurs attitrés puis une *lecture*, soit en prose, soit en vers : l'auteur était presque toujours son propre lecteur.

En mars 1821, avaient lieu, alternativement, les cours de Raoul-Rochette, sur *l'histoire moderne*, — de Lacretelle jeune, également sur *l'histoire*, — de Duviquet, *critique littéraire*, — de Abel Hugo, *littérature espagnole* ; — et des lectures, par Victor Hugo (*Vision*), — Auger (*Vie de Moliere*), — Royou (1er acte de *Jules César*), — Brifaut (*Contes en vers*), etc...

Bientôt viennent s'y ajouter un cours de *droit public*, par Bois-Bertrand, — un cours d'*astronomie*, par Nicollet, — un cours de *physiologie*, par le Dr Véron. Celui-ci nous dit, dans ses *Mémoires* : « J'adressai par M. le baron Trouvé, à la commission littéraire et scientifique de la *Société des Bonnes Lettres*, un projet de cours de physiologie, limité à des études sur les fonctions des sens. Je fus admis comme professeur, et je continuai ce cours pendant deux années (1). » Au Dr Véron succéda, avec un cours d'hygiène, le Dr Pariset, médecin de la Salpêtrière, renommé pour sa facilité brillante, et dont on estime encore les *Éloges* (2). Pariset avait déjà fait des cours publics à l'Athénée ; à la *Société des Bonnes Lettres*, il obtint, nous le savons par les journaux, le plus vif succès, et ne cessa son enseignement qu'à la dissolution de 1830.

Qui trouvons-nous encore, parmi les professeurs et les lecteurs ? Voici Guiraud, qui, en 1824, lit sa tragédie de *Pélage* ; — voici Patin, qui commence, en

1. Dr Véron. *Mémoires*, I, p. 202.
2. *Histoire des membres de l'Académie royale de médecine*, 1850, 2 vol.

janvier 1825, un cours sur les tragiques grecs, cours continué jusqu'en 1829 ; — Soumet, en 1825, lit sa *Jeanne d'Arc* ; — Abel Rémusat, la même année, parle de littérature orientale ; — Lamartine, en 1827, fait lire le 1ᵉʳ acte de sa tragédie de *Saül*. — Le 27 décembre 1825 ont lieu de sensationnels débuts. La séance s'était ouverte par un cours de *physique*, de Gaultier de Claubry (1). « Un jeune homme lui a succédé à la tribune, disent les *Annales de la littérature*, en réclamant l'indulgence et en s'excusant de paraître comme professeur, lorsqu'il n'est encore qu'écolier. M. Girardin (devenu Saint-Marc Girardin) venait faire un cours de littérature ; et voilà qu'improvisateur animé, il remonte jusqu'aux xvıᵉ et xvııᵉ siècles, évoque les grands noms, les grands génies, les crimes et les précieux travaux, les vertus et les ridicules de cette époque, et résume tous ces temps passés et tant de souvenirs dans un langage vif, spirituel, et en une heure de temps. M. Girardin, de l'école de M. Villemain, attirera sans doute la foule par l'intérêt et le spectacle de son improvisation (2). » Nous retrouvons en effet le nom de Girardin dans les programmes des mois suivants ; désigné, en décembre 1825, sous le titre d'*Agrégé de l'Université*, il est dénommé, dans l'*Annuaire de 1826*, professeur au Collège royal Henri IV, — et il continue ses leçons en 1827 et 1828, toujours avec le plus grand succès.

Villemain lui-même avait promis de prendre la parole dans les séances de la *Société des Bonnes Lettres*, dont nous avons vu qu'il était membre. Le *Prospectus de 1824* dit ceci : « M. Villemain, *Questions littéraires*, si sa

1. Henri G. de Claubry, chimiste distingué, mort en 1878, fut professeur à l'École de pharmacie ; il était frère du célèbre chirurgien Charles G. de Claubry, mort en 1855.
2. *Annales de la littérature et des arts*, tome XXII (1825), p. 35.

14

santé et son cours à la Faculté des Lettres le lui
permettent. » Il faut croire que sa santé, son cours, et
beaucoup d'autres raisons s'opposèrent à ce que Villemain réalisât sa promesse.

Voilà pour l'enseignement et pour les lectures. On le
voit, il s'agit de véritables conférences mondaines, telles
que nous les comprenons aujourd'hui. La plus grande
variété règne dans le programme ; on traite des matières
les plus sérieuses, mais spirituellement ; on lit des
fragments d'œuvres complètes, et de petits morceaux,
et parmi ceux-ci abondent les *Odes sur la santé du roi*
et sur la *prise de Cadix* ; sauf les vers du jeune Victor
Hugo, toute la poésie applaudie à la *Société des Bonnes
Lettres* est d'une médiocrité distinguée.

D'autre part, quels sujets choisit-on pour les concours d'éloquence et de poésie ? — Dans la séance du
29 mai 1823, le bureau propose les sujets suivants : Poésie :
L'armée française en Espagne, — Éloquence : *Discours sur
les avantages de la légitimité.* Les prix sont de 1.500 fr.
chacun. Le lauréat pour la poésie fut Denain, et pour
l'éloquence Audibert. On lira, dans les *Annales,* les vers
du premier et la prose du second : rien n'est plus
insipide. C'est qu'il est plus facile de décider, dans le
programme et dans les discours d'ouverture, qu'on re-
nouera la glorieuse tradition classique, que de susciter
des héritiers légitimes aux Racine et aux La Fontaine !

En 1825, on met au concours, en poésie : l'*Avénement
de Charles X,* en prose : *De l'influence de la religion
chrétienne sur les Institutions sociales.* Audibert est
encore lauréat du prix d'éloquence. Je vous laisse à
penser si, pour écrire son discours, il s'est inspiré de
Chateaubriand ! Quant au lauréat du prix de poésie,
Bignan, il est connu par le nombre de ses couronnes à
l'Académie française, et par une traduction envers de

l'*Iliade* et de l'*Odyssée*. Il eut un autre prix à la *Société des Bonnes Lettres* en 1828, avec l'*Entrée de Henri IV à Paris*. Dans l'intervalle, Roux de Laborie avait été couronné pour l'*Eloge du duc d'Enghien*.

Il régnait donc une certaine émulation dans ces concours de la *Société des Bonnes Lettres*. On avait soin de rester fidèle à l'esprit des fondateurs; et rien de plus *légitimistes*, on le voit, que les sujets proposés. Mais pourquoi faut-il que la Société n'ait pas eu du moins à couronner des vers du jeune Victor Hugo? Celui-ci dédaigna-t-il de prendre part à ces concours? ou bien y envoya-t-il des vers qui ne furent pas distingués? Cette dernière hypothèse n'est pas invraisemblable. Le jury qui admirait la poésie de Denain et de Bignan, les auditeurs mêmes qui applaudissaient Brifaut, de Saint-Valry, Campenon, etc..., pouvaient-ils sentir toute l'originalité de V. Hugo? Les *Annales*, dans leurs comptes rendus, adoptent à l'égard de celui-ci un ton paternel et protecteur, dont il faut bien donner un échantillon : « Le nom encore peu connu de MM. Hugo, qui devaient remplir à eux seuls cette séance (28 févr. 1821) avait attiré peu de monde... MM. Hugo ont été accueillis avec l'indulgence qui devait s'attacher à leur âge et à leurs sentiments. M. Abel a commencé ses lectures sur la littérature espagnole..., M. Victor Hugo est venu réchauffer la prose de son frère par une *Ode sur Quiberon* qui a été fort applaudie et qui méritait de l'être, parce que, malgré quelques obscurités, on y trouve un sentiment profond et une poésie animée (1). » L'éloge nous semble terne; mais n'oublions pas qu'il nous est bien difficile, à nous, spectateurs d'*Hernani* et des *Burgraves*, lecteurs des *Feuilles d'automne* et de la *Légende*

1. *Annales de la littérature et des arts*. Tome I (1821), p. 367.

des Siècles, d'être équitables à notre tour pour un jugement porté sur le V. Hugo de 1821.

Le nom de Victor Hugo nous ramène au romantisme.

Nous avons dit que la *Société des Bonnes Lettres* se proposait de discréditer les doctrines nouvelles, et de ramener à la littérature *classique* et *traditionnelle* la jeunesse « bien pensante ». Dès 1821, Duviquet, le feuilletoniste du *Journal des Débats,* rompt les premières lances, et, dans une leçon, il traite de la *distinction entre les classiques et les romantiques.* Nous regrettons de ne point posséder sa conférence tout entière ; nous ne pouvons en donner une idée que d'après le compte rendu assez succinct des *Annales.* « M. Duviquet, écrit le rédacteur, nous paraît avoir parfaitement saisi l'état de la question, et développé les principes du beau et du sublime. En montrant que les classiques avaient trouvé dans l'imitation de la nature tous les secrets de l'éloquence et de la poésie, M. Duviquet *a été amené à nier l'existence du genre romantique* et à lui contester les prétentions qu'il étale... » Au moins, c'est là ce qui s'appelle parler et juger ! Ainsi, depuis bien des années déjà, non seulement en France, mais en Allemagne et en Angleterre, de nombreux écrivains, d'innombrables critiques, cherchent péniblement une définition du genre *romantique,* par opposition au genre *classique.* Les uns s'attachent au fond, les autres à la forme ; tel y voit surtout l'expression des sentiments nouveaux; tel, au contraire, la résurrection du passé... A quoi bon ! que de peines inutiles ! Duviquet nous le dit: le genre romantique n'existe pas. Ce que l'on appelle de ce nom, c'est un simple mirage, et vous êtes dupes d'une illusion; et il le prouvera victorieusement, si nous en croyons le rédacteur des *Annales.* « M. Duviquet, dans la suite de ses leçons, *descendra des principes qu'il a établis à des*

applications particulières, les chefs-d'œuvre de la nouvelle école à la main. Il *prouvera* qu'il ne s'y rencontre
aucune qualité estimable qu'on ne retrouve dans les
classiques, aucune expression de sentiment ou de pensée, aucune forme de langage et d'éloquence qui n'ait
ses modèles dans leurs ouvrages (1) ». Il est bien fâcheux
que les *applications particulières* en question ne nous
aient pas été conservées. Nous aurions aimé à suivre
l'excellent Duviquet dans ses démonstrations ; mais il
faut croire qu'il épuisa bien vite les exemples, car, dès
la fin de cette même année, il parle sur La Harpe, et,
en 1822, il consacre son cours à Mme de Staël. Qu'en dit-
il ? nous n'en savons rien.

Lacretelle jeune se chargea d'attaquer le *romantisme
mélancolique*. Dans un discours d'ouverture, prononcé
le 4 décembre 1823, Lacretelle, après s'être élevé contre
ceux qui veulent supprimer les trois unités, admet
qu'on s'inspire des traditions nationales, mais proteste
contre l'imitation étrangère : « J'ai peur, en vérité, dit-
il, qu'on ne reconnaisse plus les Français sous ces habil-
lements lugubres empruntés à nos voisins. On ne se
contente pas d'en revêtir l'époque actuelle où les esprits,
j'en conviens, sont assez sérieux; on veut en couvrir la
légèreté si connue de nos pères... » J'attire l'attention
sur cette partie du raisonnement; il y a là, au fond,
une distinction très critique, entre le romantisme *spontané* et le romantisme *artificiel*, c'est-à-dire entre l'expression naturelle de sentiments nouveaux (comme dans
René ou les *Méditations*), et l'attribution de ces sentiments à des époques qui les ont ignorés (comme dans
les futurs drames de Victor Hugo)... « Rien, continue
Lacretelle, ne fut moins romantique au monde que les

1. *Annales de la littérature et des arts*. Tome II (1821), p. 313.

siècles où l'on veut transporter le berceau du romantisme. De bonne foi, nos joyeux troubadours, nos malins trouvères méditaient-ils beaucoup sur les hauteurs de l'infini, sur les abîmes du cœur, et sur les profondeurs incommensurables des pensées qui ne se comprennent point ?... » Ces réflexions sont fines et spirituelles : et Lacretelle n'a pas tout à fait tort de protester contre « cette frénésie romantique, cette prétendue originalité qui ne sait point se passer de modèles, mais qui va choisir les plus mauvais; cette barbarie de commande qui cherche à dessein tous les procédés de l'ignorance pour arriver au génie... »

Qu'on y songe bien, en effet. A la date de 1823, les *Méditations* de Lamartine passent pour un ouvrage presque *classique*; les premières odes de Victor Hugo, couronnées aux jeux floraux ou lues à la *Société des Bonnes Lettres*, n'ont rien de bien romantique; Vigny n'a encore publié que des pièces d'une correction un peu froide... Le *romantisme* s'agite surtout dans le mélodrame, et dans les productions aujourd'hui oubliées de toutes sortes de traducteurs et d'adaptateurs qui démarquent Schiller, Byron ou Walter Scott, et qui travaillent bien réellement dans la *frénésie*.

Mais de ces observations qui ne sont pas, répétons-le, sans valeur critique, quelles conclusions Lacretelle va-t-il faire sortir ? Écoutez-le : « Écrivains royalistes, cœurs pleins de loyauté, pleins de flamme, espoir d'une littérature illustrée par des noms si fameux, gardez-vous de prendre un étendard différent du nôtre, quand nous combattons d'une même ardeur les doctrines impies, les fureurs révolutionnaires. Tout blasphème contre Racine ou Fénelon vous irrite, sans doute, autant qu'une diatribe contre Henri IV ou Louis XIV, car tout se lie dans les sentiments royalistes ; ainsi que les éloquents auteurs du *Génie du Christianisme*, de la *Législation primitive* et de l'*Essai sur l'Indifférence*, marchons au combat, précédés par les images de nos pères (1) ! »

Aussi, à la *Société des Bonnes Lettres*, surveille-t-on de très près les doctrines littéraires. Patin a osé, dans une de ses leçons sur les tragiques grecs, invoquer l'autorité de Schlegel, et critiquer La Harpe « avec une sévérité tranchante ! » Les *Annales*, organe officiel de la Société, rappellent à l'ordre le jeune professeur, et lui citent avec complaisance des passages écrits par La Harpe en 1782 ; voilà de quoi réfuter Schlegel !

Mais il faut nous borner à faire saisir l'esprit général de ces théories, et conclure. L'intérêt de cette courte étude sur la *Société des Bonnes Lettres* est, ce nous semble, double : — d'un côté on voit se grouper, pour instruire et pour amuser le monde élégant de la Restauration, de jeunes professeurs, des savants renommés, des poètes, les uns encore enfants, les autres déjà vieillissants ; certains noms se trouvent réunis sur ces programmes, qui devaient, au lendemain de 1830, figurer sous des étiquettes bien différentes ! C'est dire (car il ne faut pas suspecter la bonne foi de ceux qui suivirent des routes si opposées après avoir affiché les mêmes doctrines), c'est dire que, vers 1821 ou 1826, le parti *royaliste* manquait un peu d'homogénéité, et que les contradictions mêmes de la politique, d'un ministère à un autre, permettaient à des demi-libéraux d'être très franchement des demi-royalistes. — D'un autre côté, et pour envisager la question littéraire, on voit ici l'essai de constitution d'une sorte de renaissance politico-classique, et, comme je l'ai dit, une tentative pour arracher aux libéraux voltairiens le *patronat du classicisme*. Cette ten-

1. *Annales de la littérature et des arts*. Tome XIII (1823), p. 415.

tative devait échouer, on le sait, et pour des raisons
que nous n'avons pas à rechercher ici. Au moins faut-il
en prendre acte, et lui donner, dans l'histoire du romantisme, la petite place à laquelle il semble bien qu'elle
ait droit (1).

Enfin, qu'il nous suffise, pour donner une idée complète de la *position* prise par les pseudo-classiques, de
signaler encore trois articles, deux choisis dans un
périodique plutôt royaliste que libéral, un tiré de la
Minerve; on constatera une fois de plus que les *royalistes*
n'étaient pas tous romantiques, et l'on verra que les *libéraux* savaient parfois rendre justice à la nouvelle école.

Dans les *Annales de la littérature et des arts*, Labouïsse-
Rochefort rend compte, en deux fois, des *Annales
romantiques* de 1828. Il commence par analyser sur le
ton de la plaisanterie le fragment écrit par Victor Hugo :
Lord Byron et ses rapports avec la société moderne (2). Ce
commentaire achevé, il donne une liste des *classiques*
contemporains, et cette liste est intéressante à sa date.
Ces *classiques* sont : Andrieux, de Ségur, Daru, Raynouard, Picard, Parceval, Campenon, Michaud, Laya,
Roger, Brifaut... Il y joint les noms de ceux qui « avant
de tomber dans la bonne route, avaient quelquefois
prêté le secours de leurs armes au camp ennemi » : Lemercier, de Jouy, Soumet, C. Delavigne, Alex. Guiraud.
Enfin, il signale les classiques *non encore académiciens :*
Agoub, Ancelot, de Chénedollé, V. Fabre, Ed. Géraud,
L. Bailly, de Pongerville... (3).

1. Cette notice sur la *Société des Bonnes Lettres* a déjà paru
dans la *Revue bleue* du 3 sept. 1904.

2. Sous ce titre, on avait réimprimé, dans les *Annales romantiques*, le fragment publié par Victor Hugo dans la *Muse française*
(II. 328) : *Sur Georges Gordon, lord Byron.*

3. *Annales de la littérature et des arts.* Tome XXXI (1828), p. 4
et 37.

Un rédacteur qui signe F. C. (?) analyse, l'année suivante, les *Études françaises et étrangères* d'Ém. Deschamps. Cet article n'est pas moins intéressant que le précédent, pour qui veut connaître les reproches essentiels faits aux romantiques par les classiques. Deschamps, dans sa préface, avait dit : « La grande poésie française de notre époque nous semble représentée par MM. V. Hugo, Lamartine et A. de Vigny... » L'auteur de l'article répond : « Qu'est-ce, après tout, que les productions des trois poètes que M. Ém. Deschamps se plaît à élever si haut ? C'est de l'élégie... La couleur élégiaque étant celle qui domine dans les productions des poètes préconisés par M. E. D., ils ne peuvent être réputés les *représentants de la grande poésie moderne,* à moins que l'on admette le principe absurde que la grande poésie est toute renfermée dans les limites étroites de l'élégie. »

Voilà un critique bien loin de se douter qu'il définit précisément ce qui fait l'originalité et la grandeur de la poésie romantique ! Mais il tient aux genres, et il les examine successivement, afin de prouver que les romantiques ne les ont pas traités. L'épopée, par exemple. — Ém. Deschamps écrivait : « A. de Vigny a su renfermer la poésie épique dans des compositions d'une moyenne étendue, et toute d'invention ; il a su être grand sans être long. » — Le rédacteur est indigné : « Ce n'est pas, dit-il, la faute de M. A. de Vigny, si un imprudent ami a osé dire que *ses compositions d'une moyenne étendue renferment tout le génie épique possible au temps où nous sommes.* Le poème de M. Parceval-Grandmaison (*Philippe-Auguste*) (1) lui donne un

1. Sur le *Philippe-Auguste*, de Parceval-Grandmaison, cf. le *Globe* 4 fév. 1826. Le rédacteur du *Globe* écrit : « Depuis Homère, l'épopée n'a guère reçu que trois formes nouvelles : la première lui a

éclatant démenti, et nous ne doutons pas que l'auteur du beau roman historique de *Cinq-Mars* n'aimât mieux avoir fait un seul chant du poème de *Philippe-Auguste* que toutes les brillantes esquisses poétiques qu'il a publiées... » — Comme auteurs *tragiques* F. C. cite : Arnaud, Delaville, Ancelot, Jouy, Bis, Liadières, Lemercier,... il ajoute qu'on n'a aucun droit d'inscrire sur la liste romantique des tragédies qui sont classiques : *Clytemnestre, Saül, les Macchabées, Marie Stuart, le Paria.* Dans la comédie, les classiques possèdent: Colin d'Harleville, Andrieux, Picard, Duval, Étienne, Delavigne. C. Bonjour, Delaville, Mazères, Scribe... Que reste-t-il aux romantiques ? Le *mélodrame* ! » (1) Au théâtre, en effet, les romantiques n'avaient donné aucun chef-d'œuvre ; on était encore à la veille d'*Henri III* et d'*Hernani* (2).

J'ai dit que les libéraux avaient su parfois comprendre le romantisme. On ne lira pas sans satisfaction le passage suivant d'un article inséré dans la *Minerve*, et dans lequel Aignan semble reprendre la théorie de Mᵐᵉ de Staël et de Sismondi.

été donnée par le Dante, la seconde par l'Arioste, la troisième par l'auteur d'*Ivanhoe*. Cette dernière, quoique privée du rythme. et peut-être parce qu'elle en est privée, paraît convenir le mieux au goût des lecteurs de notre époque... L'auteur d'*Ivanhoe*, en artiste de génie, s'est créé un instrument approprié aux impressions nouvelles qu'il voulait produire. »

1. *Annales de la littérature et des arts.* Tome XXXIV (1829), p. 67.

2. C'est ici le cas de rappeler la fameuse boutade romantique : « Nous sommes prêts à livrer nos fous à la terrible justice des classiques, pourvu qu'ils nous abandonnent leurs imbéciles.» *Muse française*, tome II (1324), p. 293. Ce *mot* de V. Hugo est reproduit par le *Mercure du XIX* siècle, tome XI (1825), p. 571 ; il était de bonne heure devenu célèbre.

. Qu'est-ce que le genre classique ? Qu'est-ce que le genre romantique ? Essayons de nous rendre raison de tous les deux.

... Lorsque, du débris de la langue latine, il naquit dans l'Europe un idiome commun, germe principal de nos langues actuelles, on le nomma *roman*, d'abord pour rappeler la langue à laquelle il devait son origine ; ensuite, par opposition à cette langue elle-même ; et la littérature de la langue romane, ainsi que de celles qui en sont dérivées, est la littérature *romantique*, c'est-à-dire indigène, par opposition à la littérature exotique, ou des écoles. Le caractère propre de la littérature romantique est donc d'exprimer l'ordre nouveau d'idées et de sentiments né des nouvelles combinaisons sociales ; il tient tout entier à la substance, et nullement aux formes, dont il est tellement loin d'exclure la pureté, que c'est d'elle seule qu'il peut recevoir tout son éclat. Il n'y a point de littérature moderne qui ne soit, dans une mesure différente, un mélange de classique et de romantique, de national et d'imité. Nos fabliaux, nos vieux romans de chevalerie, les poésies des troubadours, les nôtres même depuis le xiiie jusqu'au xvie siècle, appartiennent presque entièrement à la littérature romantique. On peut en dire autant des anciens poèmes de l'Italie, de ceux du Dante particulièrement...

La littérature des peuples du Nord, moins traversée par les communications de l'Orient, a mieux conservé son originalité native. Celle des Allemands surtout, qui a pris naissance fort tard et après que la philosophie avait porté sur toute chose le flambeau de l'examen, est restée presque entièrement romantique. Mais elle doit bien se garder de perdre cette empreinte où réside sa force et son attrait, et dont on ne lui fait un reproche que parce qu'on ne s'entend pas sur la signification des mots. Il faut bien se mettre dans la pensée que le classique et le romantique sont, non point des genres s'excluant l'un l'autre, mais des caractères susceptibles de s'associer très bien l'un à l'autre.

Ainsi tous les efforts de la littérature allemande doivent tendre à revêtir de belles formes classiques, la grandeur de ses sentiments et la richesse de ses images. Par la même raison, nous devons, tout en conservant la pureté sévère de nos modèles, nous attacher désormais à élargir nos conceptions et à les rendre éminemment nationales. C'est par là seulement que nous pourrons triompher de la satiété, lutter avec moins de désavantage contre la renommée des grands maîtres, et arrêter le déclin des lettres, également inévitable, si nous nous obstinions à glaner infructueusement dans le champ des vieilles idées, ou si nous négligions de donner aux idées nouvelles la parure classique qui peut seule les présenter avec une durable splendeur.

... Les Allemands étudient chez nous les savants artifices de la composition et du style ; nous nous enrichirons de leurs belles et grandes idées ; et ce commerce d'échange deviendra pour les deux peuples un lien de plus.

Surtout nous ferons bien de puiser à pleine coupe, dans leurs écrits, les émotions religieuses et morales qui nous aideront à combattre l'intérêt personnel et l'aridité des âmes, cette maladie de notre siècle. Nous laisserons les beaux esprits se complaire dans leur sécheresse stérile et se moquer de l'exaltation. L'exaltation est bonne, non seulement pour féconder nos ouvrages, mais encore pour embellir, pour animer notre vie (1).

§ 2. — Le romantisme défini et expliqué par les romantiques.

Dans ce paragraphe, je range les opinions de journaux romantiques-ultras tels que le *Conservateur littéraire* et la *Muse française*, et celles des périodiques modérés ou mixtes, à romantisme intermittent, tels

1. *Minerve française.* Tome IV (nov. 1818), pp. 55-56-57. (Article d'Aignan, *Sur la littérature allemande.*)

que les *Lettres champenoises*, les *Annales de la littérature et des arts*, le *Mercure du XIX⁰ siècle* : de ces deux
derniers, on a vu quelques jugements figurer au paragraphe précédent; c'est que, je l'ai déjà dit, ces périodiques ont plusieurs fois changé de direction.

En tête des périodiques romantiques, figure le *Conservateur littéraire*, qu'il faudrait transcrire tout entier.
Je renvoie aux études de M. Maurice Souriau, dans les
Annales de la Faculté des Lettres de Caen (1), et dans
l'*Introduction* de son édition de la *Préface de Cromwell* (2). Tout l'essentiel y est cité. Et je passe à ceux
de ces périodiques qui sont moins connus.

Ch. Nodier, dans plusieurs articles des *Annales* et du
Mercure, a signalé avec une très fine sûreté critique les
rapports du romantisme et des transformations sociales.
C'est ainsi que, à propos du *Théâtre étranger* publié
par Lavocat (3), il écrit : ·

On s'imagine fort mal à propos que toutes les conquêtes de notre fortune militaire se sont évanouies avec le
fantôme colossal de l'Empire, qui a pesé dix ans sur le
monde. Si l'esprit d'ambition et d'envahissement est bon
à quelque chose, c'est surtout à jeter sur des points éloi-
gnés une foule d'hommes doués d'une puissante activité
et d'une merveilleuse aptitude qui, tout en moissonnant
des palmes et des lauriers, récoltent, si l'on ose s'exprimer
ainsi, d'utiles souvenirs et des connaissances variées.

La traduction de Lope de Vega, due à deux officiers de

1. *Annales de la Faculté des Lettres de Caen*, 1887.
2. La *Préface de Cromwell*. (Introduction, texte et note) éditée
par M. Souriau. Paris, 1897.
3. 20 vol. 8⁰ (par Aignan, Andrieux, Barante, B. Constant, Châ-
telain, Denis, Esménard, Guizot, Labeaumelle, Malte-Brun,Merville,
Pichot, Rémusat, Saint-Aulaire, le baron de Staël, Trognon, Villemain).

l'ancienne armée d'Espagne, Esménard et Labeaumelle, en est la preuve.

L'avantage réel d'un tel travail est de nous approprier les conceptions d'une muse étrangère avec toutes ses beautés, tous ses écarts et tous ses artifices. Cette Melpomène de l'étranger, il faut nous la donner et non pas nous la faire (1).

La thèse, devenue banale, des rapports entre les lettres et les mœurs, a été fortement et ingénieusement soutenue par Nodier, dans plusieurs autres articles. En même temps, Nodier cherche à distinguer les véritables romantiques de ceux qui, par leurs excès d'imagination et de style, compromettent l'école nouvelle aux yeux des *honnêtes gens*.

... Il est absurde de supposer qu'il y ait une guerre d'école à école entre les classiques et les romantiques. Il est même absurde de distinguer les classiques des romantiques, c'est-à-dire les hommes de génie de ce qu'on appelle les deux écoles, autrement que par la distance des temps, la différence des localités et du langage, l'influence de la religion, des lois, des mœurs, et surtout celle des souvenirs nationaux qui composent en grande partie la poésie d'un peuple. Eschyle a été ce qu'il devait être à Athènes, et Shakespeare ce qu'il devait être à Londres.

Répétons ici le mot tant de fois répété : *la littérature est l'expression de la société*. Joignons-y cet axiome qui ne paraît pas moins évident : *la poésie est l'expression des passions et de la nature ;* et convenons que le romantique pourrait bien n'être autre chose que le classique des modernes, c'est-à-dire l'expression d'une société nouvelle, qui n'est ni celle des Grecs, ni celle des Romains.

On dirait que nos poètes, découragés par la pauvreté

1. *Annales de la littérature et des arts*, Tome V (1821), p. 210.

de notre histoire et de nos croyances, n'ont trouvé ni la religion des druides assez solennelle, ni les annales des Mérovingiens assez tragiques, ni les superstitions de nos ancêtres assez vagues et assez terribles, ni le nom d'Esus, de Bélénus et d'Irminsul assez harmonieux. Le peuple qui avait eu à gémir deux siècles auparavant sur la mort de Jeanne d'Arc, sa miraculeuse libératrice, alla pleurer le sacrifice d'Iphigénie en *Aulide immolée* ; et une cour presque contemporaine d'Henri IV, récemment assassiné, n'eut de larmes que pour la famille de Pélops et pour celle de Labdacus.

... Ce qu'il y a peut-être d'étonnant, c'est que l'opinion même qui repousse en France tout ce qui a plus de trente ans révolus, ait excepté de sa faveur exclusive les ouvrages qui appartiennent à cette heureuse période... Il faut donc chercher une cause à la vive opposition qui se manifeste contre le genre romantique, et il faut la chercher selon moi dans une méprise assez naturelle. On comprend généralement aujourd'hui, et par une extension fort injurieuse pour des écrivains réellement admirables, on comprend, dis-je, sous le nom de *romantiques* toutes les productions modernes qui ne sont pas *classiques*. Il faut avouer que cela composerait une détestable littérature, et je ne puis trop approuver, sous ce rapport, la généreuse indignation des partisans du classique. Mais il était juste de mettre à leur place les ouvrages et les hommes, et de ne pas confondre dans une catégorie commune ces conceptions libres, hardies, ingénieuses, brillantes de sens et d'imagination, qui ne font regretter au goût le plus pur que l'absence de certaines règles, ou l'oubli de certaines convenances ; et ces extravagances monstrueuses, où toutes les règles sont violées, toutes les convenances outragées jusqu'au délire. On comprend très bien qu'après cette longue fatigue des peuples, exercés pendant le tiers d'un siècle aux impressions les plus variées, les plus profondes et les plus tragiques, la littérature ait senti le besoin de renouveler, par des secousses fortes et rapides, dans les générations blasées, les organes émoussés de la pitié et de la terreur. C'est là le secret d'un siècle funeste, mais il n'explique pas l'audace trop facile du poète et du romancier qui promène l'athéisme, la rage et le désespoir à travers des tombeaux ; qui exhume les morts pour épouvanter les vivants, et qui tourmente l'imagination de scènes terribles, dont il faut demander le modèle aux rêves effrayants des malades... Il est de l'honneur national de faire tomber sous le poids de la réprobation publique, ces malheureux essais d'une école extravagante, moyennant qu'on s'entende sur les mots ; car ce n'est ni de l'école classique, ni de l'école romantique que j'ai l'intention de parler. C'est d'une école innommée... que j'appellerai cependant, si l'on veut, l'école *frénétique* (1).

Nodier revient, au tome suivant du *Mercure*, sur la même question :

Il est sans doute inutile de répéter que ce prétendu genre romantique n'a rien de commun avec les chefs-d'œuvre du Dante, de Shakespeare, de Schiller, de M. de Chateaubriand, des grands écrivains modernes dont les beautés sont classiques, chez les classiques et chez les romantiques. Je n'ai entendu parler que des spéculateurs littéraires qui se traînent sur un moyen extrêmement facile d'exciter des émotions ; qui croient ou qui feignent de croire qu'il y a deux manières de réussir aux yeux de la postérité, et qui ne comptent le naturel que pour une. Jugez d'eux par l'insuffisance de leurs ressources, par la monotonie de leur variété, par la pâle et fatigante uniformité de leurs couleurs. Ils ne sont nouveaux qu'une fois, s'ils parviennent à être nouveaux une fois, et, après cela, ils promènent à jamais les linceuls de leurs spectres sous les ténèbres de leurs caveaux... etc...

Je connais des écrivains qui ne manquent ni d'instruction ni de mérite, que des études utiles auraient nécessai-

1. *Mercure du XIX⁰ siècle*, t. II (1821) (sur *Petit-Pierre*, traduit de l'allemand, de Spiess).

rement perdus, et qui se sont sauvés par le roman ou
enrichis par le mélodrame. Comment le métier funeste
qu'on appelle le genre *romantique* cesserait-il d'être cul-
tivé ? C'est le seul qui nourrisse l'artiste ou l'artisan qui
s'y consacre, et, je le répète, c'est le plus facile de tous.
Ce qui n'est pas facile, c'est de peindre avec vérité des
sentiments vrais, d'écrire raisonnablement et de bien
écrire (1).

Puisque nous venons de voir Nodier aux prises avec
le genre *frénétique*, c'est le cas de rappeler ici, et de
citer une Préface écrite par lui en cette même année
1821, et qui me paraît compléter ou préciser les idées
exprimées dans ses articles du *Mercure*. On ne lira pas
sans profit, ni surtout sans curiosité, les pages suivantes
écrites, ne l'oublions pas, par un sincère romantique,
désireux de dissiper un malentendu, et extraites de la
préface de *Bertram ou le château de Saint-Aldobrand*,
tragédie en cinq actes, traduite librement de l'anglais du
Rév. R.-C. Maturin, par MM. Taylor et Ch. Nodier,
Paris, 1821.

Si le genre nouvellement nommé romantique n'était,
comme on l'a dit, que l'effet naturel des modifications
apportées dans la littérature et dans les arts par une nouvelle religion et des institutions nouvelles, il faudrait en
reconnaître la nécessité, et c'est en vain qu'on lui oppose-
rait des sarcasmes très spirituels, et même des raisonnements très spécieux: ce serait une puissance au-dessus de
toutes les attaques ; et c'est ainsi que triompheront dans
la postérité des jeux indécents de la parodie, des insultes
grossières de la satire, les chefs-d'œuvre bizarres mais
imposants de Shakespeare, de Schiller, de Gœthe, de Dante
surtout, le précurseur des siècles romantiques, et l'Homère
des lettres chrétiennes. Malheureusement, on est tombé

1. *Mercure du XIX⁰ siècle*, t. III (1821), p. 182.

depuis peu dans une grossière erreur, en rapportant arbitrairement au genre romantique toutes les productions que le genre classique aurait désavouées ; de sorte que personne n'a pu abuser du privilège trop facile de violer les règles du goût, les convenances du style et les bienséances de la raison, sans gagner à cette faute heureuse le glorieux opprobre d'être classé parmi les romantiques sans distinction d'espèce. Des hommes très éclairés, mais qui poussent la complaisance pour les décisions du maître jusqu'à ne voir dans Shakespeare qu'un écrivain monstrueux, sur la foi de Voltaire qui n'était pas fâché de s'habiller quelquefois de ses lambeaux, et qui lui volait, tout en l'insultant, *Sémiramis* et *Zaïre*; des critiques d'ailleurs judicieux, mais dont une prévention fondée sur cet arrêt irrécusable a dicté tous les arrêts, n'ont pu trouver contre la stupide ambition d'un poète déréglé, de terme de comparaison plus défavorable que l'hyperbole sous laquelle était tombé le géant anglais, au moins dans nos salons et dans nos gazettes. On a dit : *monstrueux comme Shakespeare*, et ce fut longtemps la chose la plus désagréable qu'on pût dire aux jeunes auteurs qui débutaient par une extravagance, ou qui pis est par une sottise. Nous leur en faisons notre sincère compliment.

Le fait est qu'il n'y a point de genre romantique en France, tant qu'il ne s'est pas élevé dans ce genre un talent qui nous en fasse comprendre la puissance, en appropriant les beautés de la langue poétique à une conception grande et forte, puisée dans nos institutions, dans nos croyances, dans nos mœurs, et affranchie du joug éternel des traditions grecques et romaines avec leurs fables usées et leur mythologie d'opéra. Nous ne parlons pas ici de M. de Chateaubriand, qui est, comme nous l'avons dit ailleurs, classique chez les classiques et chez les romantiques. M. Lemercier lui seul a cherché, sinon avec succès, du moins avec puissance, à naturaliser le génie romantique de la muse anglaise dans le drame ; et il y aurait sans doute réussi tôt ou tard, s'il avait transporté les tours classiques d'*Agamemnon* dans la langue romanti-

que d'*Orovèse* et du *Lévite*. On croirait qu'il a été préoccupé de cette absurdité si injustement consacrée en France,
que le style éminemment romantique est celui qui ne ressemble à rien. Au reste, les exemples ne manquent pas.

Le genre souvent ridicule et quelquefois révoltant qu'on
appelle en France romantique, et pour lequel nous croyons
n'avoir pas trouvé trop malheureusement l'épithète de *frénétique*, ne sera jamais un genre, puisqu'il suffit de sortir de tous les genres pour être classé dans celui-là.

... Cependant l'état de notre société fait très bien comprendre l'accueil qu'elle accorde aux folies sentimentales
et aux exagérations passionnées. Les peuples vieillis ont
besoin d'être stimulés par des nouveautés violentes. Il
faut des commotions électriques à la paralysie, des horreurs poétiques à la sensibilité, et des exécutions à la
populace.

D'ailleurs, tous les vrais romantiques tenaient beaucoup à ne pas être confondus avec les faiseurs de mélodrames ou de romans, où l'horrible et le dégoûtant
s'étalaient naïvement ; et il est bon de le noter, à une
époque où Victor Hugo n'avait pas encore écrit *Han
d'Islande*. Nodier conclut ainsi sa préface :

On appelle, en France, cette poésie *maladive* la poésie
romantique, mais à faux. MM. Schlegel ont introduit
cette dénomination en Allemagne pour désigner la poésie
chevaleresque du moyen âge ; prise en ce sens, l'expression est juste et Gœthe, le plus vrai des poètes de l'époque actuelle, est, sous ce rapport, bien plus romantique
que lord Byron, dont le genre est frénétique, malgré le
génie de l'auteur. Il s'entend qu'on ne peut pas même
décorer du nom de poésie maladive et frénétique les misérables rapsodies qui courent le monde sous le nom de
romantisme. La médiocrité est partout médiocre, qu'elle
veuille paraître classique, romantique ou maladive et frénétique ; elle n'est jamais ce qu'elle désirerait être.

C'est cette même thèse moyenne, cette opinion juste-milieu, que soutiennent les *Lettres champenoises*, dans un article écrit à propos des *Tablettes romantiques*.

L'épithète de *romantique*, appliquée à cette nouvelle collection de prose et de poésies, a dû être nécessairement un appât pour les uns, un sujet de moquerie pour les autres, un motif de curiosité pour tous ; voilà ce qui explique d'abord la vogue de ce recueil, et pourquoi on le trouve partout, depuis le pupitre des hommes de lettres jusque sur la toilette des jolies femmes ; mais ce qui consolide son succès en le justifiant, c'est l'heureuse variété le charme et l'intérêt des pièces rares ou inédites qui composent ce bouquet littéraire.

Tout dans ce siècle est devenu matière à discussion : les crimes, les vertus, le mauvais, le beau, la littérature, comme la politique et la religion, a eu ses fanatiques. Pour réussir à s'entendre plus difficilement, on a inventé une dénomination nouvelle, un genre nouveau, le genre romantique. On l'a opposé au classique ; mais oubliant qu'il n'y a que deux sortes de littératures, la bonne et la mauvaise, chaque parti a, de son côté, appliqué ces épithètes au genre qu'il défendait et à celui qu'il blâmait ; et, comme il arrive toujours dans les discussions humaines, plus on s'est disputé, moins on s'est compris.

L'éditeur de ce recueil est resté neutre dans cette grande question : il a entendu dire que le genre romantique n'existe pas ; il a rassemblé les pièces qu'on va lire ; il a entendu affirmer que le genre romantique est le genre détestable, il a voulu mettre le public en état de juger. Les fragments divers que renferme ce livre, tant en vers qu'en prose, ont presque tous les caractères que les critiques désintéressés semblent assigner à la littérature romantique. L'éditeur pense que ce qui est beau, fût-il romantique, finit toujours par devenir classique ; il voit qu'il n'y a qu'un beau, comme il n'y a qu'une vertu, qu'une morale, qu'une religion.

Neutre au milieu des débats littéraires, l'éditeur a cru encore devoir rester neutre au milieu des genres politiques; son livre réunit les noms que les partis divisent encore (1).

Nodier reprend, plus tard, sa thèse sur les rapports de la société et des lettres, dans un article consacré aux *OEuvres* de Millevoye.

La France littéraire, telle que je la comprends, jusqu'à la Révolution, était exclusivement classique, et ne pouvait pas être autre chose, parce qu'il n'est pas de la nature des pays gouvernés par des systèmes fixes et des lois héréditaires de porter, si je puis m'exprimer ainsi, des inspirations originales et une littérature indépendante. Dans cette forme de gouvernement, il n'est pas vrai de dire que les libertés de l'homme soient détruites ; mais elles se sont converties, dans les travaux de son esprit comme dans les institutions, en habitudes régulières et faciles qui le gênent si peu, que leur joug lui-même est devenu un de ses plaisirs, et qu'il n'éprouve dans la délivrance que les révolutions imposent à sa nonchalante sécurité, d'autre sentiment que l'idée qu'il a perdu quelque chose. C'était une espèce de chaîne, mais une chaîne à laquelle il était accoutumé comme à la vie. Maintenant la société, émancipée de toutes les servitudes, s'épouvante des devoirs qui ont contribué à son bonheur, des règles qui ont contribué à sa gloire, et je m'étonne que des libéraux de beaucoup d'esprit croient être conséquents en restant attachés à des théories classiques, théories qui ne seront mises en pratique par personne avant qu'il soit un siècle, si la société actuelle conserve ses acquisitions. Cette action réciproque des institutions sur les littératures est à peu près la chose la mieux prouvée qui ait jamais été débattue en histoire expérimentale. Quant aux royalistes romantiques, je les

1. *Lettres champenoises*, tome XI (1822), p. 171 (à propos des *Tablettes romantiques*).

trouve fort conséquents, parce que je suppose qu'ils aiment
la liberté, qui se concilie fort bien avec un gouvernement
monarchique appuyé sur les intérêts nationaux, et qui ne
se concilie peut-être qu'avec lui.

... (Pas de poésie, à la veille de la Révolution). Elle
n'exhalait pas les chants lamentables du prophète sur la
ruine de Jérusalem et la captivité de ses tribus ; elle sou-
pirait de fades rimes sur la lyre énervée des plus lâches
sybarites, dans les petites maisons des grands et dans les
boudoirs des courtisanes. La tempête surprit tout le monde
au milieu d'une fête, et l'improvisateur insensé qui cherchait le trait d'un madrigal ou la sale équivoque d'un cou-
plet obscène, fut tout surpris d'achever sa période en face
de la Révolution et de la mort. A. Chénier que la nature
ou la société avaient fait mélancolique, fut le seul poète
de ce temps dont l'âme tendre parût s'associer à l'immense tristesse de la société en deuil. Les critiques qui
rapportent à l'époque de ses délicieuses compositions l'invasion de la muse romantique en France, ne font guère
que commenter ses dernières paroles : « Il y avait une muse
là. » Elle naissait en effet au pied de cet échafaud qui
établissait un si vaste intervalle entre l'avenir et le passé.
Les années se suivirent alors chargées de méditations
sérieuses et de sombres sollicitudes... (1) »

Nodier n'est pas le seul qui fasse ces fines distinctions
et qui soutienne cette opinion. Un autre rédacteur des
Annales, qui ne signe point, écrit :

Romantique ! A ce mot les figures classiques se rem-
brunissent, les grammairiens s'épouvantent, l'arrière-ban
littéraire jette les hauts cris, en invoquant tour à tour les
dieux de la fable, la vénérable antiquité, et le grand siècle de Louis XIV ; enfin, une foule d'écrivains médiocres,
débris obscurs du siècle précédent, fière d'une sèche et

1. *Annales de la littérature et des arts*. Tome X (1823), p. 321.

froide correction académique, qui n'est plus à elle seule un mérite aujourd'hui, se lève et réclame, de par Aristote, la condamnation de ces ouvrages pleins de vie, marqués au coin d'une originalité frappante, qui sont venus donner à la littérature de notre époque une physionomie si remarquable.

D'un autre côté, cependant, il est bon de l'observer, à ce nom de romantique, bien des gens du monde, toujours séduits par l'appât de la nouveauté, applaudissent souvent à outrance et sans discernement ; des faiseurs de mélodrames, des romanciers spéculateurs ou auteurs d'une célébrité passagère, profitent de cette légèreté de jugement et de cette déplorable facilité à tout confondre ; ils offrent sans pudeur, dans leurs barbares productions, la charge de nos meilleurs écrivains modernes, et on les admire !.. Le premier engouement passé, il est probable que les gens du monde, laissés à eux-mêmes, se vengeraient bientôt de ces tromperies ridicules par le mépris ; mais ce qui aggrave le mal et pourrait contribuer peu à peu à fausser le goût, c'est que des journalistes ne rougissent pas de se faire les compères de ces charlatans écrivassiers.

En résumé, dans cette grande lutte entre le classique et le romantique, il me semble que la médiocrité joue deux rôles à la fois. Dans un cas, soit envie, conscience d'elle-même ou préjugé, elle conteste, persécute et cherche à entraver les succès les mieux mérités; dans l'autre, soit cupidité, soit désir d'une vaine renommée, elle parodie au sérieux, fait des dupes, trouve des complices, et nuit par là pour un temps à ceux qu'elle a voulu se donner les airs d'imiter. Ainsi la littérature romantique, comme une moisson verdoyante et de bel espoir, n'a pas seulement pour ennemie tous les vermisseaux rongeurs, mais encore les mauvaises herbes qui croissent dans son propre sein (1).

1. *Annales de la littérature et des arts*. Tome X, 1823, p. 1. (A propos des *Tablettes romantiques*).

Mais voici venir la *Muse française*, où les définitions
sont à la fois plus vives, plus précises. Dans un article
célèbre, souvent cité, et qui ne le sera jamais assez parce
que le fond même du débat y est touché, Em. Deschamps propose de substituer à *classiques* et à *romantiques*, les mots *prosaïques* et *poétiques*.

Les classiques consultent peu leur jugement, jamais leur
cœur, et ils ont toujours deux mille volumes entre eux
et l'ouvrage qui vient de paraître. Leur vue y arrive fati-
guée, brouillée, émoussée, et presque incapable de distinguer autre chose que du noir et du blanc.
Je vous assure que plus je réfléchis sur ma classification
en *prosaïques* et *poétiques*, plus je la trouve nette et
significative... «Mais, nous dit-on, n'y a-t-il point parmi
les rangs des romantiques, des gens à idées extravagantes,
à imagination déréglée, dont les compositions ne ressemblent
à rien... ? » Qui vous dit le contraire ? J'ai déjà proposé
aux classiques de leur abandonner tous nos fous, s'ils
voulaient à leur tour nous abandonner leurs imbéciles.
De cette manière, il ne restera plus dans les deux camps
que des forces réelles et des troupes effectives, et vous
compterez. Voyez comme cela simplifie la question. De
notre côté, parmi les écrivains de toutes les nations qu'on
a tour à tour traités de romantiques depuis vingt ans,
nous présenterons M. de Chateaubriand, lord Byron,
Mme de Staël, Schiller, Monti, M. de Maistre, Gœthe,
T. Moore, W. Scott, l'abbé de Lamennais, etc. etc.; il ne
nous appartient pas de citer des noms plus jeunes après
ces grands noms. De l'autre côté, en choisissant dans la
même époque, on verra figurer MM... Je laisse les noms
en blanc ; que les classiques les remplissent eux-mêmes ; je
ne peux pas mieux dire. Ensuite, l'Europe ou un enfant
décidera (1).

1. *Muse française*, t. II (1824), p. 293. (Article intitulé : La
guerre en temps de paix. Ourika. L'Académie). Cf. Tome II,

On a vu les classiques reprocher aux romantiques de ne point traiter les grands genres ; les romantiques, à leur tour, dans un article signé É. Deschamps, demandent que l'on renonce aux genres classiques :

> Il n'y a plus de gloire possible que dans les genres où n'ont point brillé nos poètes classiques. On doit s'écarter de leur chemin autant par respect que par prudence, et certes ce n'est point en cherchant à les imiter qu'on parviendra jamais à les égaler. Un champ immense reste encore à moissonner pour la génération nouvelle, c'est le poème proprement dit, depuis l'épopée homérique jusqu'à la ballade écossaise... (1).

Alexandre Guiraud, dans un long article (de trente pages) intitulé *Nos Doctrines* a développé cette théorie de l'abandon des vieux genres, et soutenu par des raisons historiques et sociales la nécessité de la poésie *individuelle*. Après une distinction entre la *vérité absolue*, qui est celle de l'épopée et du drame, — et la *vérité relative*, celle de la littérature personnelle, il nomme, comme les ancêtres de ce nouveau genre, J.-J. Rousseau, Bernardin de Saint-Pierre, Chateaubriand; et continue en ces termes :

> Mais... ces ouvrages tout admirables qu'ils sont doivent être laissés à part, comme portant une physionomie qui leur est propre, et ne peuvent servir à aucune imitation. On n'est vrai, dans ce genre, que d'après soi-même; si on n'est *soi*, on n'est plus rien que fausseté et affectation ; et de là tant de révélations ridicules et trompeuses d'une nature qu'on s'est faite d'après celle d'autrui, et qui ne porte

p. 327, l'article sur Byron, où Victor Hugo proteste (assez lourdement, il faut en convenir) contre l'existence *réelle* des deux écoles *classique* et *romantique*. Voir plus loin, p. 252.

1. *Muse française*, tome I (1823), n° 5.

l'empreinte d'aucun type. Prenons donc ces compositions modernes chacune à part, et n'en faisons ni un *genre* ni une *école* ; car tout est particulier en elles, dans leur forme comme dans leur mérite.

N'allons pas surtout leur chercher des modèles chez les anciens ; elles n'en ont point, comme elles ne sont point destinées à en servir elles-mêmes. Les longs malheurs des peuples d'Occident, tant de fois saccagés par toutes sortes de vainqueurs, la religion nouvelle du Christ qui transportait dans l'âme une partie du culte que les anciens rendaient à la divinité, tout cela a concouru largement à donner à cette littérature d'inspiration et non de souvenir, ce caractère intime et *individuel* dont il n'y a aucune trace dans la littérature classique.

... Or, ce monde nouveau, régénéré par un baptême de sang, est maintenant encore dans sa jeunesse; et comme l'énergie des premiers temps a fortement empreint de couleurs poétiques nos deux plus belles productions, la *Genèse* et l'*Iliade*, nous ne doutons point que notre littérature ne se ressente aussi poétiquement de cette vie variable qui anime notre société. Celle-ci est devenue plus vraie, la littérature le sera aussi : il est entré violemment du sérieux dans les esprits ; elle sera sérieuse. Nos pensées ont été fortement refoulées en nous-mêmes: elle sera plus intime ; elle nous révèlera des secrètes parties du cœur que lui auront découvertes ses grandes secousses ; elle exprimera les sentiments, les passions qui l'auront déchiré ; elle nous donnera enfin de la poésie, car le malheur est de toutes les inspirations poétiques la plus féconde.

... Lorsque les événements font rentrer la vie dans le cœur, lorsque la patrie, la famille, le *moi*, sont menacés, tous les sentiments énergiques se réveillent. De vaines argumentations ne sont plus de saison. On agit parce qu'on sent: on exprime, non ce qu'on a analysé, mais ce qu'on éprouve ; il y a enfin un mouvement naturel qui décide tout, et l'expression littéraire de tout cela est la poésie.

... Les plus brillants essais en ce genre annoncent une

gloire nouvelle à la France, qui a déjà passé par toutes les gloires ; et si de malheureux préjugés scolastiques ou politiques ne venaient entraver l'impulsion donnée à notre jeune littérature, on aurait droit de tout espérer du noble essor qu'elle a pris. Mais la religion que l'on peut appeler, je crois, la *poésie du cœur*, et qui, donne les plus belles inspirations, comme l'ont prouvé, à trois mille ans de distance, Homère et Chateaubriand, est en butte aux soupçons et aux attaques de beaucoup d'esprits ombrageux qui ne veulent voir en elle que l'alliée du pouvoir, tandis qu'elle en est la source. Les hommes qui professent de tels principes, s'arment de nouveau, contre un danger illusoire, de la philosophie du xviiiᵉ siècle, et veulent ramener avec elle l'esprit d'analyse et de raisonnement, si funeste à toutes les inspirations ; de là vient que la poésie semble plus généralement hostile au parti qui la range parmi les auxiliaires d'une autorité menaçante, et qui s'effraie de tous les cultes, même de celui de l'âme.

D'un autre côté, tous ceux qui prétendent se déclarer les conservateurs des vrais principes littéraires et sociaux, et qui, tout entiers aux idées positives, font un mélange adultère d'irréligion et de monarchie, traitent la poésie d'innovation et la proscrivent comme telle. La lutte n'est donc pas engagée entièrement à son sujet entre deux partis politiques ; elle existe entre ceux qui veulent croire aussi à leur cœur, et ceux qui, ne croyant qu'à leur raison ou à leur mémoire, ne se fient qu'aux routes déjà tracées, dans le domaine de l'imagination ; on pourrait même dire entre le xviiiᵉ et le xixᵉ siècle. Mais les hommes du premier sont encore à la tête de toutes les écoles ; et comme lorsque le christianisme s'introduisit à Rome, on redoubla d'encens et de prières aux pieds des dieux longtemps oubliés, les pédants de collège sont doublement païens depuis que leur mythologie est menacée et qu'on se permet de puiser ses inspirations ailleurs que dans leurs livres. Dégradateurs précoces de cette jeunesse qui leur est confiée et qui est aujourd'hui avide de savoir, comme celle qui l'a précédée l'était de plaisirs, ils lui rendent suspectes toutes

ses émotions et arment d'un bouclier critique ces jeunes
âmes qu'ils devraient offrir de toute leur ingénuité aux
douces impressions des arts. Aussi est-ce un spectacle bien
douloureux de voir ces philosophes imberbes poursuivre
du scalpel toutes les productions des arts comme les belles
illusions de leur âge, et abandonner ce que la nature leur
a si inutilement départi, la faculté de sentir, pour se jeter
après ce qui est refusé à leur inexpérience, le droit de
raisonner et de juger...

... Tout devient solennel maintenant dans les lettres, et
la plus grande utilité politique et morale pouvait résulter
d'une telle association. Qu'on songe bien que ce n'est
plus le moment d'enfermer la doctrine dans les écoles et
dans les salons : dans un gouvernement où toute la nation
est appelée à participer aux droits de conseil et d'administration, tous les enseignements doivent être publics,
et celui des lettres surtout, parce que si la société agit
d'abord sur elles, elles réagissent à leur tour avec une influence au moins égale sur la société, et que les principes
de vie et de propriété sont les mêmes pour toutes deux (1).

Alex. Guiraud protestera lui aussi, comme Ch. Nodier,
contre les excès qui compromettent le romantisme :

Nous sommes placés dans une malheureuse position ;
quelques esprits sages, mais trop timides, effrayés à juste
titre des écarts désordonnés du Pégase romantique, voudraient mettre le poète à pied, oubliant qu'il est des hauteurs qu'on ne saurait gravir ainsi. Dans les rangs opposés,
au contraire, quelques fanatiques auxquels on permet des
ailes, en abusent aussitôt pour s'égarer dans les régions
les plus étranges, ignorant de leur côté que les parties les
plus nébuleuses sont aussi les plus froides. Il est difficile
de garder un juste milieu entre ces deux excès, avec d'autant plus de raison qu'on ne vous permet pas de marcher

1. *Muse française*, tome II (1824), n° 7.

entre les deux camps, et que là on fait feu sur vous de toutes parts (1).

Si l'on en excepte Hugo, lequel loin de s'assagir allait s'abandonner de plus en plus à sa fantaisie, et qui devait être plus hardi et plus paradoxal dans sa préface de *Cromwell* que dans ses articles de la *Muse*, — les romantiques se défendaient de tout mépris pour la littérature classique, et disaient volontiers, de Racine et de Shakespeare : « Ce sont deux puissants dieux... » Ils se réclament avant tout du nom légitime de *novateurs*. Ils disent que la poésie classique n'est plus d'accord avec les besoins du siècle, et ils cherchent, du romantisme, une définition *relative* et *sociale*. Cette recherche les rapproche beaucoup du groupe *doctrinaire* dont nous allons étudier bientôt les jugements. Il y a donc, parmi les *romantiques*, une sorte de centre-droit tout voisin du centre-gauche doctrinaire.

On affecte de croire que les *novateurs* qui voudraient une plus naïve peinture des hommes et des passions, méprisent les admirables imitations grecques ou latines qui nous ont été laissées par les écrivains du siècle de Corneille. On répète assez vulgairement qu'on ne peut, selon la dénomination des partis, être à la fois Libéral et Romantique. Il nous semble que ce double caractère pourrait appartenir, en 1825, à qui marcherait avec les deux idées de son siècle ; à cette condition toutefois, que par Romantique on n'entendra jamais un allié de ces écrivains qui repoussent toute opposition généreuse, un admirateur de ces dithyrambes composés sous l'inspiration de la police ; et par Libéral l'adoption de cette fatuité scolastique qui ne trouve rien de bon de l'autre côté du Rhin, et qui proclame encore l'immobilité de la scène, au nom

1. *Muse française*, tome II (1824), p. 233.

de la légitimité, de l'infaillibilité et de la trinité des anciennes règles.

Au reste, ce n'est pas toujours contre le Mauvais que nos adversaires sont armés, c'est contre le Nouveau; comme si la pire de toutes les sottises n'était pas une vieille sottise! (1)

Suivant les uns, le mot classique est synonyme de perfection; suivant les autres, il doit servir d'épithète à une littérature calquée sur celle des Grecs et des Romains. Le nom moderne de romantique a déjà aussi deux sens : tantôt on l'applique à une littérature née du christianisme et de la chevalerie ; tantôt on affecte de s'en servir pour désigner les productions du mauvais goût le plus monstrueux.

La littérature romantique est celle qui présente l'expression de la société moderne, qui nous peint cette société, ou qui est au moins empreinte de ses couleurs...; elle puise ses inspirations dans les quatre sources d'émotions les plus puissantes sur le cœur humain : la religion, la patrie, l'amour, la mélancolie (2).

Enfin, dans un article publié en 1829, on lit cette énumération des *sources du romantisme* : « La religion chrétienne, — les idées religieuses de la Réforme, — l'influence de la conquête, — le sentiment de la personnalité introduit par les Barbares, — les mœurs chevaleresques, — l'influence des Maures (3). »

§ 3. — Le romantisme « doctrinaire ».

On ne s'étonnera pas de trouver chez les *doctrinaires* quelques-unes des opinions *libérales* ou purement *romantiques*, puisque les critiques des *Archives*, du *Lycée*,

1. *Mercure du XIX* siècle*, tome XI (1825), p. 138.
2. *Annales de la littérature et des arts*, tome XXIII (1825). (A propos d'une brochure sur la *poésie romantique*, par A. Leprévost, Rouen, article signé Ernest de Blosseville, cf. p. 120.
3. *Mercure du XIX* siècle*, tome XXVII (1829), p. 527.

des *Tablettes*, du *Globe* et de la *Revue française* occupent une situation de juste milieu. Mais chez eux, tout sera raisonné et raisonnable ; chez eux, le sens *historique* et *relatif* remplacera soit le respect de la tradition, soit le désir de la nouveauté, soit les besoins de l'imagination. Les doctrinaires, replacés à leur date, nous étonneront par la clairvoyance de leurs jugements, par le sang-froid qu'ils ont su conserver au plus fort de la querelle. Si j'en cherche le motif, il me semble le découvrir dans ce fait bien simple, que seuls ils ne sont pas des *orfèvres* ; ils sont critiques, rien que cela et tout cela. Sans doute, Ch. Loyson a fait des vers, comme plus tard Sainte-Beuve ; mais s'il eût vécu, il eût, comme Sainte-Beuve, abandonné la poésie pour la critique. Ni Guizot, ni Rémusat, ni Magnin, ni Dubois, n'ont écrit d'odes ou de drames, — car je ne mets pas au rang des œuvres dramatiques l'*Abélard* de Rémusat.

Voyez comme les *Lettres champenoises* indiquent bien la position de ce parti.

Si j'osais hasarder une comparaison, je dirais que les *classiques* sont les *ultras* de la littérature : appuyés sur leurs vieilles traditions, ils craindraient de faire un pas hors du terrain de l'antiquité. Ils ont une conscience littéraire qui ne leur permet pas de transiger avec les principes... De leur côté, les *romantiques* sont les *libéraux* de la littérature. Abandonnés sans frein et sans règle au dévergondage de leur imagination, ils renversent toutes les bornes, se précipitent dans les exagérations, et finissent trop souvent par arriver à l'absurde. Il serait à désirer qu'un parti conciliateur s'établît entre eux... Ce parti s'appellerait le *parti ministériel*, et ce serait, sans contredit, la première fois qu'il aurait eu raison (1).

1. *Lettres champenoises.* Tome I (1820), p. 149 (à propos de la *Marie Stuart* de Lebrun).

Cette position intermédiaire est très nettement indiquée encore dans le passage suivant :

Un jour, quelqu'un s'est avisé de dire : — « De quoi
« vous embarrassez-vous ? Si Aristote est une autorité,
« Shakespeare en est une autre : *ce sont deux puissants*
« *dieux*. Si Shakespeare n'a pas fait de poétique, il a laissé
« des modèles pour en faire une, et nous la ferons. On
« nous cite Homère, Sophocle, Virgile ; nous citerons
« Shakespeare, Milton, le Dante ; comme ceux-là se sont
« appelés auteurs *classiques*, ceux-ci s'appelleront auteurs
« *romantiques* ; ainsi, il y en aura pour tout le monde, et
« ce ne sera pas faute d'un nom de famille, que nous
« nous laisserons traiter de bâtards. » Aussitôt les choses
ont changé de face... Sur leurs pas est accouru le peuple
des esprits dociles, incapables de se révolter avant qu'on
leur ait donné un chef, *tant*, comme on l'a dit, *ils ont
peur de manquer de maîtres*. On n'avait eu jusqu'alors
qu'une cause à défendre, et tout languissait ; on a levé
une bannière, tout s'est enflammé.

... Pour quel genre de romantique combat donc Chrysostome ? pour celui qu'il appelle *poésie des vivants*, par
opposition à la poésie classique qu'il appelle *poésie des
morts* ; pour le genre qui repose sur l'esprit, les sentiments, les idées nées des mœurs, de la civilisation, des
destinées de l'Europe moderne. Ce qu'il veut, c'est l'originalité, la *nationalité* de la poésie... « Parmi les poètes
modernes adonnés au genre classique, dit-il, les meilleurs
sont ceux dont les ouvrages ont conservé une plus forte
nuance de romantique », c'est-à-dire ceux qu'ont inspirés
les mœurs, les sentiments, les idées de leur temps. Le
grand poète sera de tous le moins capable d'y échapper (1)...

1. *Archives philosophiques, politiques et littéraires* (1817). Tome
III, p. 17. Article écrit à propos de la *Lettre de Chrysostome*, par
G. Berchet, publiée à Milan en 1816. (Cf. Borgese. *Storia della
critica romantica*, Naples, 1905, p. 76.)

Mais le mélange des doctrines xviiie siècle et de l'esprit nouveau va se montrer clairement pour la première fois dans les *Tablettes Universelles.* L'idée de *progrès*, l'idée d'évolution tout ensemble sociale, politique et littéraire, est ici présentée sous la forme d'un raisonnement. .

Un assez grand nombre de personnes parmi celles qui soutiennent avec le plus de courage et de talent les doctrines générales de la politique moderne, se tient à l'arrière-garde du perfectionnement dans les arts ; elles veulent prouver apparemment qu'il y a, à la fois, dans l'esprit de l'homme un besoin d'innover et de conserver. Nous ne pensons point qu'elles puissent parvenir à prouver que tous les mouvements d'un siècle ne s'enchaînent pas entre eux ; que la littérature et la société sont indépendantes dans leur marche ; et que cette littérature qui fut si belle parmi nous au xviie siècle, doive se pétrifier au xixe, quand cet âge repousse les institutions sociales d'une autre époque. Ce serait déclarer que la seule chose qui ne puisse changer sur la terre, c'est la poétique d'Aristote ; ou, pour comparer l'esprit au corps, vouloir avancer du pied gauche et rester immobile de l'autre pied.
Cette disposition au *statu quo* des systèmes dramatique, lyrique, épique, a jeté beaucoup de jeunes talents dans les idées de l'Aristocratie, où une indulgence naturelle accueille, comme on sait, toutes les fictions. Les journaux de l'opposition, s'ils descendent des hauteurs de la vérité à parler poésie, traitent la Muse nouvelle à peu près comme la *Quotidienne* traite la liberté ; et peut-être, si nous en exceptons ce recueil (*Les Tablettes*), le besoin d'une autre vie dans l'art des Tyrtée et des Lucain, n'est pas représenté dans les écrits inspirés par la liberté. Nous connaissons des philosophes qui ont, à cet égard, une intolérance très peu philosophique, et qui excommunieraient volontiers les doctrines de cette école qu'ils ont appelée *romantique*, afin d'essayer de cacher sous un nom que

16

personne ne comprend bien nettement, la seule poésie qui soit en harmonie avec nos croyances, nos institutions et nos malheurs.

Au reste, cette révolution d'idées s'accomplit en dépit de leur résistance et même de leurs railleries. Que faut-il pour en appuyer la théorie victorieuse? un bon ouvrage... Il ne manque peut-être aux romantiques qu'un bon poème comme aux idées constitutionnelles que des succès matériels et durables (1).

Mais il y a mieux ; et nous n'avons pas à forcer les textes, nous n'avons qu'à les citer pour prouver que l'école doctrinaire voit dans le romantisme la conséquence nécessaire du progrès entendu à la façon du xviii° siècle et de l'Encyclopédie. Nous lisons dans un article signé L. V. (Louis Vitet), sur *l'Indépendance en matière de goût* :

Voici bientôt quarante ans qu'une grande révolution est venue nous apporter presque toutes les libertés que nous réclamions. Notre ordre social et nos mœurs ont été rajeunis, l'industrie et la pensée affranchies, le gouvernement mitigé ; en un mot, les philosophes ont gagné leur procès : mais la cause qu'ils avaient oublié d'instruire est encore en suspens, les parties sont encore en présence, et le jugement se fait attendre. A la vérité l'issue n'est pas douteuse, chaque jour la réforme littéraire voit grossir les rangs de ses partisans ; mais son triomphe n'est pas encore consacré, le goût en France attend son 14 *juillet*.

Pour préparer cette nouvelle révolution, de nouveaux encyclopédistes se sont élevés : on les appelle *romantiques*. Héritiers non des doctrines mais du rôle de leurs devanciers, ils plaident pour cette indépendance trop long-

1. *Tablettes Universelles*, 16° livraison (18 oct. 1823), article de Rabbe, sur Lamartine.

temps négligée, et qui pourtant est le complément nécessaire de la liberté individuelle, l'indépendance en matière
de goût. Leur tâche se borne à réclamer pour tout Français doué de raison et de sentiment le droit de s'amuser
de ce qui lui fait plaisir, de s'émouvoir de ce qui l'émeut,
d'admirer ce qui lui semble admirable, lors même qu'en
vertu des principes bien et dûment consacrés on pourrait
lui prouver qu'il ne doit ni admirer, ni s'émouvoir, ni
s'amuser.

Tel est le romantisme pour ceux qui le comprennent
dans son acception la plus large et la plus générale, ou
pour mieux dire, d'une manière philosophique. C'est,
en deux mots, le protestantisme dans les lettres et les
arts (1).

Aussi les doctrinaires ont-ils à cœur de dissiper le
malentendu qui divise les *libéraux*, héritiers des idées
politiques du xviii° siècle, et les *romantiques*, partisans
de la liberté littéraire. Ils font appel à la discussion
intelligente et loyale. Ce qui suit est la conclusion d'un
article sur l'*Épître aux Muses* de Viennet :

... Il serait temps, ce semble, qu'on voulût bien poser
les questions, et consentir à se comprendre, du moins à
discuter, au lieu de se jeter à la tête des travers et des
ridicules imaginaires. Une telle confusion ne profite qu'aux
préjugés de tout genre et à la médiocrité. La vérité au
contraire et le véritable talent auraient tout à gagner à
une discussion solide et franche. D'un côté se présente-
raient dans la lice ceux qui soutiennent l'infaillibilité des
principes imputés à Aristote, la généralité absolue des
règles ou plutôt des conventions de notre scène, et qui
s'efforcent de prouver que dans ce monde, théâtre éternel de
transitions, de rénovations, de mouvements progressifs ou

1. *Globe*, 2 avril 1825 ; — rapprochez un article signé M. D. (Sismondi) sur le *Romantisme considéré historiquement*, 1ᵉʳ octobre 1825.

rétrogrades, la littérature seule, immuable et imperfectible, a, du premier effort, atteint l'extrémité de la carrière, que dis-je ? l'a parcourue dans tous les sens. De l'autre, on entendrait ceux qui, en accordant que ces règles ont pu être, à certaines époques, les auxiliaires utilesde la poésie, parce qu'elles répondaient au tour des esprits et des imaginations d'alors, veulent en épargner l'application exclusive aux temps, aux mœurs, aux besoins présents, et réclament d'autres formes pour d'autres sujets, d'autres effets pour d'autres imaginations, d'autres peintures de mœurs pour des mœurs différentes, en un mot d'autres habitudes littéraires pour d'autres habitudes politiques et intellectuelles. Qu'on nous permette de ne pas douter de quel côté resterait la victoire : mais enfin, ce qui est visible pour tous, le public ne serait plus trompé et pourrait choisir; il y aurait discussion, débat dans la théorie ; tandis que, dans la critique positive, il y aurait accord pour admirer les écrivains de talent, accord pour siffler les méchants écrivains, les écrivains surtout qui voudraient profiter du besoin d'innovation qu'il y a au fond de tous les esprits, pour acquérir une sorte de renommée, en les exploitant, sans les satisfaire, aux dépens de la langue et du bon sens (1).

Cette critique équitable, qui défend le romantisme dans son principe *libéral*, nous la retrouvons dans tous les articles du *Globe*. Parmi les plus intéressants, je signalerai celui qui porte pour titre : *Du Romantique*, signé O. (Duvergier de Hauranne), et qu'il faudrait citer tout entier. En voici le passage essentiel :

Assujettir à des formes immuables et constantes l'expression des sociétés diverses et variables serait à leurs yeux (aux romantiques) le comble de l'absurdité ; autant vaudrait n'avoir qu'une langue et qu'un code pour toute

1. *Globe*, 29 janv. 1825.

la terre ; autant vaudrait conserver les lois primitives au sein des civilisations modernes. Aussi leur hardiesse va-t-elle jusqu'à croire qu'il convient toujours mieux de copier la nature que des copies de la nature, de recevoir l'impulsion de son temps que celle d'un autre, de créer que de reproduire. Pour goûter les ouvrages des Anglais et des Allemands, comme ceux des Grecs et des Latins, ils s'efforcent d'entrer dans la civilisation de ces diverses nations, de se pénétrer pour un moment de leurs mœurs, de leurs croyances ; et ainsi disparaissent pour eux une foule de défauts *relatifs* dont triomphent les classiques. Le siècle de Louis XIV lui-même n'est, à leurs yeux, qu'une brillante époque, illustrée par les plus beaux génies, mais aussi étrangère à l'état actuel de nos esprits que les siècles de Périclès et d'Auguste.... En un mot, asservissement aux règles de la langue, indépendance pour tout le reste ; telle doit être au moins la devise des romantiques ; tel est le drapeau qu'ils opposent à celui qui porte en grosses lettres les mots *intolérance* et *routine* : l'avenir dira quel est le meilleur.

... On aura beau faire, ce qu'on appelle le *romantique* doit triompher, soit sous ce nom, soit sous un autre ; parce que là seulement il y a vie, activité, mouvement en avant.

Peu de temps après, le *Globe* constate que « le public attend et que les esprits sont en mouvement. La littérature est à la veille d'un 18 Brumaire ; mais Dieu sait où est Bonaparte ! *Exoriare aliquis* (2).

Mais le même journal constate aussi que les partisans mêmes d'une renaissance littéraire ne sont pas d'accord : sans doute, le romantisme gagne du terrain, mais quelle sera sa forme définitive ?

1. *Globe*, 24 mars 1825.
2. *Id.*, 17 mai 1825.

... Rien ne ressemble moins aux Français de 1780 que les Français de 1825, et il est clair que leurs plaisirs littéraires ne peuvent être les mêmes, pas plus que leurs lois, que leurs mœurs et leurs institutions; mais ces changements que nous appelons de tous nos vœux, quels seront-ils? Ici, les novateurs cessent d'être d'accord : ennemis de la révolution, les uns ne demandent à la littérature nouvelle que des pleurs, des gémissements et surtout des inspirations religieuses ; tandis que les autres la voudraient énergique et vraie, positive et philosophique. En un mot, là comme ailleurs, il se trouve un côté gauche et un côté droit unis contre le *centre*, mais divisés sur tout le reste (1)...

D'ailleurs, le *Globe* n'admet pas que l'on se contente de railler les tentatives même maladroites des romantiques *ultras*. Viennet, dans la Préface de son *Siège de Damas*, avait attaqué étourdiment les novateurs, au nom des principes à la fois politiques et littéraires du XVIIIe siècle. Le *Globe* lui réplique :

... Quand on veut traiter une question de cette importance, il faut la prendre à sa source ; et alors on ne s'attache pas à quelques faits particuliers, à quelques opinions de détail ; on ne se passionne ni pour ni contre tous ces essais tentés depuis dix ans sans succès. Quand toutes les opinions religieuses, morales et politiques sont en travail on ne s'étonne pas qu'elles troublent la littérature, et que, dans l'impuissance de réaliser le type après lequel chacun soupire, on se fatigue en mille tentatives, dont aucune ne réussit à donner le parfait modèle, mais qui toutes ont l'inestimable avantage de dégager de plus en plus l'obscurité de l'instinct qui nous pousse à sa recherche. On se lasse à le répéter, mais le siècle fait un pas : vos épigrammes voltairiennes, vos dédains de petits-maîtres n'arrêteront

1. *Globe*, 11 juin 1825.

pas sa marche en littérature ; il vous brise sous son char comme il a brisé les petits-maîtres politiques : ou plutôt, sans que vous vous en aperceviez vous-mêmes, vous vous laissez gagner à ce que vous appelez la corruption (1).

Et Rémusat transforme cette *doctrine* en une *théorie* :

... De la nécessité de l'inspiration, on ne conclut qu'une chose, c'est qu'il faut la chercher dans les grands maîtres. Ainsi, en lisant des vers harmonieux, en se procurant cette sensation douce et vague que donne le beau poétique, les jeunes écrivains se jettent dans une sorte d'émotion préméditée, qu'ils essaient de reproduire en composant à leur tour ; ils s'animent ainsi par imitation, et prennent pour l'inspiration du créateur celle qui suffirait au traducteur. Le choix de leurs lectures détermine seul le caractère de leur poésie : purs s'ils ont lu Racine, confus s'ils ont lu Schiller, ils empruntent tout : le genre, la manière, le ton...

Ce procédé n'empêche pas de produire des ouvrages de grand mérite, mais il est directement opposé à toute originalité ; il est le fléau de notre littérature, dont la prétendue décadence n'est due qu'à sa servilité ; car tout le monde sent que le talent ne peut être une tradition, qu'il recommence sans cesse, et ne se perpétue pas comme une doctrine...

... Il faut se défier de ce conseil rebattu dont on poursuit le commençant : « Enfermez-vous avec vos livres, méditez-les sans cesse ; étudiez incessamment les grands maîtres, et vous les égalerez. » Dites qu'ils les copieront, et voilà tout. Nous leur dirons au contraire : « Vivez et sentez-vous vivre, plongez-vous dans le monde, apprenez à connaître les hommes en les pratiquant ; ...passionnez-vous aux grandes scènes de la vie, de la politique, de la nature, et reportez ensuite dans vos conceptions les conquêtes de

1. *Globe*, 15 oct. 1825.

l'expérience..... Sentez donc pour être vrais ; soyez hommes avant d'être poètes. »

(Études qui équivalent à la réalité ; lire l'historien et le savant plutôt que le poète.)

Ces idées ne semblent pas présentes à l'esprit de tous ceux qui font l'espoir des muses françaises ; ils sont en général trop littérateurs, c'est-à-dire trop étrangers au monde réel. Presque tous copient, et les plus hardis se bornent à chercher de nouveaux modèles, en substituant une école à une autre, et l'Allemagne à la France. Le temps presse de les rappeler tous à la vérité même ; cela semble étrange à dire ; mais, comme la raison, la poésie sort des faits. La connaissance de la nature, de la vie, de soi-même, voilà la source de la véritable inspiration et de l'imitation originale (1).

Le *Globe* reste donc avant tout curieux et tolérant, en face des polémiques quotidiennes. Aussi un de ses correspondants étrangers lui envoie-t-il un *bouquet* de définitions du romantisme, qu'on ne lira pas sans curiosité.

J'ai lu avec beaucoup d'intérêt vos réflexions sur le *romantisme* insérées au numéro du *Globe* du 1er octobre. Je vois avec plaisir que vous vous engagez dans une route qui peut aboutir à dissiper les nuages qui recouvrent cette question importante. En effet, avant de débattre, comme on le fait aujourd'hui, avec tant d'aigreur, le point de savoir à quelle littérature tel ouvrage appartient, il faut commencer par fixer en quoi consiste la nature intérieure de ces deux genres de littérature. Afin d'éclairer les débats, et d'exciter à la méditation, je crois devoir vous envoyer quelques définitions, dont une au moins est à peu près inconnue à Paris.

I. — KANT, dans ses *Considérations sur le beau*, sem-

1. *Globe*, 22 janvier 1825 (*De l'état de la poésie française. Critiques et Études*, I. 219).

ble admettre qu'il existe un genre spécial de poésie dont les éléments se trouvent plutôt en nous que hors de nous, plutôt dans le monde *subjectif* qu'*objectif*. Ce genre consiste à introduire dans la poésie une foule d'idées et d'impressions empruntées aux profondeurs de l'âme. Pour parler plus clairement, suivant cette vue, la poésie romantique serait plus la poésie des impressions de l'âme que la poésie des images.

II. — SHELLING, en Allemagne, philosophe non moins original que Kant, a pensé comme le théologien MICHAE-LIZ, que le genre romantique était une poésie religieuse. Il a voulu démontrer sa thèse en disant que chez les poètes de ce genre, l'amour est toujours accompagné d'une teinte pieuse, tandis que chez les anciens cette passion est toujours profane.

III.—En Angleterre, HAZLITT a prétendu que le genre classique, ou pour mieux dire notre goût pour ce genre, vient de l'éducation de collège. Dans nos classes en effet, nous vivons dans l'antiquité ; ce n'est qu'au sortir du collège que nous entrons dans l'ère chrétienne. Il assure que, des poètes romantiques de son pays, aucun n'a reçu une instruction universitaire. Bien avant lui, le philosophe REID avait eu la même idée.

IV. — M. JEFFRIES, dans la *Revue d'Edimbourg*, a prétendu que le classique est un genre de poésie où les images sont belles par elles-mêmes et en elles-mêmes, tandis que dans le genre romantique elles ne sont belles que par les idées qu'on y attache et qui les entourent. Une colonne corinthienne isolée est belle régulièrement et en elle-même ; une ruine féodale n'est belle que par les idées et les contrastes qu'elle suscite. En un mot, cette école émet ce principe : « Le genre romantique a besoin de souvenirs, le genre classique peut s'en passer. »

V. — Depuis longtemps WINCKELMANN avait cru que les statues antiques ont été créées par un genre d'impressions poétiques totalement différentes de celles qui sont répandues aujourd'hui. Marchant sur ses traces, l'anglais TURNER a pensé que le genre classique est celui où il est toujours possible d'exprimer en tableau ou en statue ce qu'on veut dire, au lieu que cette représentation physique n'est jamais possible dans le genre opposé. Ainsi, le romantique n'a pas de forme matérielle; le classique en peut toujours recevoir une.

VI. — Enfin, les sources historiques assignées au romantique sont nombreuses:

1º Le Christianisme et la Chevalerie (Mme de Staël, M. Schlegel); 2º Les idées de galanterie chevaleresque (le professeur Bulhe, sir Walter Scott); 3º L'influence des Maures (le professeur Bouterweh); 4º Les coutumes saxonnes (sir James Mackintosh); Les coutumes normandes (M. Coleridge); 5º L'influence de la conquête en général (M. de Sismondi); 6º L'influence des idées religieuses de la Réforme (Villers).

Voilà le premier résultat de quelques recherches sur ces deux genres...

Un Allemand (1).

Nous aurons encore à citer plus loin un grand nombre d'articles du *Globe*; bornons-nous donc à ces fragments suffisamment caractéristiques d'une doctrine ferme et tolérante, fondée sur la raison et sur l'histoire.

La *Revue française* soutient cette même doctrine, laquelle est résumée de la façon la plus logique et la plus fine dans l'*Introduction*, écrite par Ch. de Rémusat, et publiée dans le premier numéro, janvier 1828 (2). Rémusat soutient que la liberté politique et sociale a pour conséquence nécessaire le renouvellement des lettres et des arts, et doit contribuer à leur donner plus d'éclat. Je crois, pour une part, — et je me trompe peut-être, — que c'est là un brillant sophisme. Mais ce qu'il faut admettre c'est que si la Révolution ne devait pas

1. *Globe*, 8 octobre 1825.
2. Cette *Introduction* figure au tome II, p. 1, des *Critiques et Études* de Rémusat, 2º édition.

produire une littérature *supérieure* à celle du xviiᵉ siècle (à laquelle Rémusat reproche une *grande timidité d'esprit*), elle devait du moins renouveler cette littérature; et voici où la thèse de Rémusat devient excellente :

Tant que les révolutions durent, la passion absorbe ; et lorsqu'elles finissent, la lassitude est si grande que les hommes n'aspirent plus qu'au repos. C'est la génération suivante qui recueillera le fruit de leurs efforts et continuera leur ouvrage. Le moment est venu. Le bon principe de la révolution a triomphé immédiatement dans l'ordre social, plus lentement dans l'ordre politique, plus tardivement encore dans l'ordre intellectuel. L'esprit humain cherche la liberté par la littérature et dans la littérature, et la délivrant de l'oppression des règles artificielles, il lui rend un service analogue à celui que la révolution avait rendu à l'industrie.

Telle est, on ne saurait trop le répéter, l'idée vraiment originale des *doctrinaires;* mais Rémusat affirme ensuite que ce renouvellement de la littérature se fera et se fait déjà par la critique et par la raison. Après avoir défini la philosophie *impartiale* « qui ne se propose rien moins que de pacifier le monde, et d'établir à jamais en faveur de toutes les croyances la foi suprême dans la liberté », il ajoute :

Il est difficile d'apprécier l'influence que cet esprit peut exercer sur les lettres et sur tous les arts d'imitation : évidemment, il y pénétrera d'abord par la critique et, en effet, nous lui devons déjà la seule critique qui ait pu concevoir les besoins et les droits de l'imagination. On peut déjà même se représenter comment, à force de raison et d'impartialité, cette critique peut pour le talent tenir lieu de l'inspiration.

Comme elle n'exclut rien, comme elle aperçoit tout, elle peut conduire au beau par l'examen et ramener par la réflexion à l'originalité. Aussi bien, dans un siècle raisonneur tel que le nôtre, lorsque tout est divulgué et que les mystères ont fait place aux questions, cette innocence naïve du génie qui s'ignore lui-même et qui crée par instinct est, j'en ai peur, une chimère qu'il faut renvoyer à l'âge d'or de la littérature ; et peut-être la raison, à qui rien n'est interdit, reste-t-elle en droit de révéler au génie ses propres secrets, de remplir l'œuvre de la nature, de tout refaire enfin, même la poésie (1).

Toute l'histoire du romantisme, depuis *Atala* jusqu'aux *Contes d'Espagne et d'Italie*, peut servir à réfuter cette belle et séduisante théorie d'un philosophe. Qu'il suffise de remarquer que cette *Introduction* explique la critique du *Globe* et de la *Revue française*. Dans ces deux périodiques, la théorie est excellente ; les rédacteurs soutiennent par d'ingénieuses raisons le principe de la liberté dans l'art, appellent de tous leurs vœux les chefs-d'œuvre nouveaux, encouragent les jeunes écrivains à quitter les genres usés et les règles que rien ne justifie plus... Mais aussitôt qu'une œuvre apparaît, — on va le voir — ils sont déçus ou scandalisés. Tant il est vrai que la raison ne peut « révéler au génie ses propres secrets », et que le génie commence toujours au contraire par étonner la raison. Celle-ci ne peut que prononcer la condamnation des vieux modèles, discréditer les mauvaises imitations et déblayer la route à la nouveauté. Elle ne saurait prétendre à déterminer par avance un idéal dont elle sent la nécessité, sans être à même d'en deviner ni d'en prévoir la forme.

1. *Introduction* à la REVUE FRANÇAISE, n° 1, janvier 823. — Cf. *Revue française* de sept. 1829 un article sur *la Correspondance littéraire de Grimm et les derniers salons du XVIII° siècle.*

Aussi, que feront les doctrinaires ? Ils abandonneront la critique, au moment même où le romantisme se sera complètement *déterminé*, et ils se laisseront entièrement absorber par la politique, domaine où l'utopie rationaliste se donne plus librement carrière.

CHAPITRE II

Dans ce chapitre, nous tenterons une expérience différente. Au lieu de grouper et d'opposer les jugements des trois écoles classique, romantique, doctrinaire, nous suivrons chronologiquement l'évolution d'un genre, ou, pour mieux dire, *l'évolution de la critique à propos d'un genre*, le lyrisme.

Il semble que l'on peut ainsi subdiviser cette étude :

1° Avant les *Méditations* (1815-1820).

2° Les *Méditations*. Les débuts d'A. de Vigny et de Victor Hugo. Les *Nouvelles Méditations* et la *Mort de Socrate* (1820-1823).

3° Victor Hugo, des *Nouvelles Odes* aux *Orientales*. *Eloa* d'A. de Vigny. Lamartine et le dernier chant du pèlerinage de *Childe-Harold* (1824–1827).

4° Victor Hugo : les *Orientales*. Sainte-Beuve : *Joseph Delorme* et les *Consolations* (1827-1830).

§ 1. — Avant les *Méditations*.

Il semble bien que, même avant l'apparition des chefs-d'œuvre qui devaient servir de modèles au nouveau lyrisme, on ait très nettement aperçu quels en seraient les caractères originaux.

En analysant l'ode de Fontanes sur les *Tombeaux de Saint-Denis,* un rédacteur des *Lettres champenoises* écrit:

Peut-on lui donner le nom d'ode, par cela seul qu'elle est divisée en strophes ? Je ne le pense pas. Ce qui constitue essentiellement l'ode, c'est le mouvement lyrique ; et par mouvement lyrique, je vous prie de croire que je n'entends pas les *que vois-je ?* les *que dis-je ?* et tout cet attirail de points d'exclamation, ressource ordinaire de ces Pindares de contrebande qui suent à froid…Je veux parler de cette inspiration première, de cet esprit divin qui anime, remplit et vivifie toute la composition (1)…

Et les *Archives,* à propos de la poésie italienne, tout en protestant contre une critique qui voudrait régenter les poètes, en arrive à définir le genre nouveau.

Et comment la poésie, harcelée sans cesse par cette foule d'écrivains oisifs, qui croient n'avoir rien de mieux à faire, et surtout de plus facile, que de la régenter, pourrait-elle tenir contre tant de juges plus flattés de condamner que d'absoudre, d'interdire que de permettre, de déprimer que d'applaudir ? Alors, elle se tait ; il ne se fait plus un seul beau vers ; mais, en récompense, on a chaque jour les oreilles remplies de je ne sais quel jargon littéraire et de futiles théories que suivent de près le scepticisme et l'indifférence du goût national.

L'un des axiomes les plus transcendants et les plus tranchants de la critique moderne, et sans contredit l'un des plus funestes, c'est celui qui déclare notre âge déchu de toute prétention poétique, et le déshérite à jamais des trésors de l'imagination ; soit parce que les premiers venus ont entièrement exploité son domaine, soit parce que les instruments ne sont plus les mêmes, et que les langues ont dégénéré, soit enfin parce que les progrès de la raison, de la philosophie, de l'industrie et de la politique suf-

1. *Lettres champenoises.* Tome I (1817), n° 4.

fisent pour éterniser notre perte et même pour nous en
consoler... Acceptons-nous ce partage d'impuissance ?.....
Le rédacteur constate que la poésie ne peut plus chanter
la nature extérieure, comme du temps d'Homère). Qu'arrive-t-il ? Au lieu de se perdre dans les visions délirantes
d'un monde fantastique, la poésie s'enfonce davantage
dans la profondeur du cœur humain... Mais elle ne doit
pas reployer entièrement ses ailes et se rabattre dans nos
tristes vallées ; elle s'est allée placer sur des hauteurs
qu'elle saura bien garder ; de là, elle peut nous observer
de plus près, sans abandonner son prisme enchanteur ;
et placée à des intervalles égaux entre le monde antique
des fables, et le monde *rationnel* moderne, elle s'entretient
avec l'un et avec l'autre... (1).

Cette définition est plus précise encore dans le passage suivant :

Quelles seront les sources de la poésie nouvelle ? Les
idées et les sentiments qui ont leurs racines et leur com-
mencement d'existence dans le cœur de l'homme *ordinaire*... Tous les matériaux de la poésie se tirent de la
nature commune à tout homme doué des facultés de
l'homme. Il ne s'agit que de les y développer, en obligeant
l'imagination à se pénétrer de la situation propre à les faire
naître, et à leur donner toute leur intensité. Et combien
y parviendra-t-on facilement, si cette situation n'est pas
trop éloignée de celle de l'individu sur lequel on veut agir,
si l'on ne va pas chercher, à trois mille ans de nous, dans
des mœurs et des temps impossibles à nous représenter,
les sujets dont on veut se servir pour nous émouvoir (2).

Je ne sais qui a rédigé cet article? Mais peut-on mieux
définir la poésie *prochaine* de Lamartine, de Vigny et
de Musset ?

1. *Archives*, Tome I (1817), p. 338.
2. *Id.*, Tome III (1817).

La publication des œuvres d'André Chénier, en 1818, est l'occasion d'un grand nombre d'articles où le lyrisme est analysé dans ses sources intimes.

S'il y avait un peu de poésie dans l'air que nous respirons, avec quels transports serait accueilli cet ouvrage... On en dit des merveilles ; on va même jusqu'à assurer que la gloire de Marie-Joseph Chénier pâlira et disparaîtra devant celle de son frère. Je ne crois pas qu'il y ait rien de trop hyperbolique dans cette admiration ; les vers que l'on m'a lus la justifient pleinement. Les œuvres d'André appartiennent sans doute à un genre moins élevé que celles de Marie-Joseph; mais elles sont peut-être d'une inspiration plus haute (1).

Ch. Loyson, dans le *Lycée français*, consacre quatre articles importants à André Chénier (2). Loyson est sévère pour toute une partie des œuvres du poète que venait de *découvrir* H. de Latouche. Il blâme sa versification bizarre et saccadée, dans le *Serment du Jeu de Paume*, et semble fort peu sensible à la hardiesse des coupes. Il lui reproche d'avoir maladroitement imité les anciens, dans les quelques fragments donnés par l'éditeur. Pour lui, le vrai, le grand, Chénier est dans les *élégies* et les *idylles*. Je crains bien, d'après les citations d'*élégies* faites par Loyson, que celui-ci n'admire surtout dans A. Chénier ce qui, pour nous, le rattache trop étroitement au xviiiᵉ siècle ; mais il est plus heureux dans la façon dont il loue et dont il choisit les *idylles*. Ce qui manque essentiellement à ces articles, cependant pleins de digressions, ce sont des considérations sur la véritable *nouveauté* de cette poésie, et sur la leçon que les contemporains pouvaient en tirer.

1. *Lettres champenoises.* Tome III (1818), p. 309.
2. *Lycée français.* Tome II (1819), p. 162, 261, 349, 398.

Je préfère, aux quatre articles de Loyson, celui que
V. Hugo écrivit dans le *Conservateur* sur le même sujet.
Là, Chénier est véritablement senti, aimé; la critique
est incertaine, et l'admiration mal formulée; mais, inconsciemment et sans pouvoir en donner la raison, le jeune
poète a tressailli au contact d'un de ses précurseurs (1).

Les *Messéniennes* de C. Delavigne ont été accueillies
avec enthousiasme par les libéraux, mais pour des raisons toutes politiques ; cependant on ne lira pas sans
intérêt le jugement des *Lettres normandes*. Le rédacteur
loue surtout Casimir Delavigne d'avoir développé en
vers « des idées utiles, généreuses, constitutionnelles ».
Il affirme que la politique et la poésie n'ont rien d'in-
compatible; et, après avoir rappelé les trois premières
Messéniennes, il ajoute : « C'est dans ces vers surtout
que l'on trouve une noble réponse aux hommes qui prétendent que les idées de liberté ne conviennent pas à
la poésie (2). » Les éloges donnés au style peuvent nous
étonner. Mais n'oublions pas que nous sommes en 1819,
et que les grands lyriques n'ont encore rien publié.
Nous aurons lieu bien plutôt d'être surpris, quand nous
lirons, en 1825, un article de Rémusat (dans le *Globe*),
article où C. Delavigne est mis en parallèle avec Lamartine, et lui est, à certains égards, préféré (3).

V. Hugo, dans le *Conservateur littéraire*, relève chez
C. Delavigne le manque de « sensibilité vraie »: « Ce
jeune poète, dit-il, doué d'une imagination vive et brillante, surprend le lecteur, mais l'attendrit rarement ».
Il lui reproche de « se livrer à des exclamations qui
glacent tout (4) ».

1. *Conservateur littéraire*. Tome I (déc. 1819), p. 15.
2. *Lettres normandes*. Tome VIII (1819), p. 56.
3. Cf. p. 304.
4. *Conservateur littéraire*. Tome I, p. 184 (fév. 1820).

A la même époque, apparaissent les premières traductions de Byron. En janvier 1817, la *Quinzaine littéraire*, dirigée par Amar, donne un article sur *Zuleïka
et Sélim*, ou *La Vierge d'Abydos*, traduction Thiessé,—
article très sympathique. Le même périodique, en
novembre 1817, parlera de *Manfred*, et en janvier 1818,
des *Plaintes du Tasse*. Ce dernier compte rendu, signé
Weyland, témoigne d'une réelle intelligence de Byron.
Le *Lycée français* publie, en 1819, une analyse de *Ma-
zeppa*, et donne à cette occasion une notice sur le
poète anglais. L'article se termine par l'appréciation
suivante :

Les passages que nous venons de traduire suffisent pour
faire connaître et l'ouvrage et le talent de l'auteur. Lord
Byron paraît manquer surtout de règle dans l'esprit
comme dans les habitudes de la vie. Il est trop paresseux
et trop fantasque pour s'astreindre à la correction, trop
insouciant de l'opinion pour faire cas de la critique et de
ses lois ; mais il est grand poète, surtout peintre habile,
et, ce qui n'est pas commun, original dans la description.
Voilà la première chose que l'on sente en le lisant ; la
seconde, c'est que lorsque la nature jette à travers un siècle
quelques hommes si terriblement doués, elle les destine à
être lus plutôt que pratiqués (1).

Le même périodique publie une note sur *Don Juan* (2),
une traduction de *Parisina* (3), et deux articles assez
étendus sur *Manfred*, écrits à propos de la publication
des *OEuvres de lord Byron, traduites de l'anglais*, par
Amédée Pichot et Eusèbe de Salle, et imprimées par

1. *Lycée français*. Tome I (1819), p. 167.
2. *Id. Ibid*, p. 213.
3. *Id. Ibid*., p. 215, 263. Cette traduction est signée B. S.

Ladvocat (1). Les articles, d'ailleurs, ne se composent que de citations, et d'analyses ; on y cherche en vain un jugement.

Mais dans le *Conservateur littéraire*, Alfred de Vigny donne un intéressant article sur Byron. Il en sent justement la véritable nouveauté.

L'œuvre d'un homme de génie, dit-il, le représente tel qu'il est dans la solitude en face de lui-même, se sentant assez fort contre son siècle pour ne pas se déguiser avec lui ; et si jamais homme se peignit dans ses œuvres, c'est lord Byron. La poésie de cet homme extraordinaire est harmonieuse et riche ; elle entraîne par la chaleur et la pureté du style ; elle enchante par la grâce et la vérité de description ; mais cette poésie attachante n'offre qu'un charme perfide, elle laisse dans le cœur une tristesse profonde, car une âme malheureusement affectée a douloureusement pesé sur la vôtre... Où la nature se montre, là, a-t-on dit, est la vraie poésie, et la nature tout entière trouve place dans la composition de lord Byron ; tous les lieux sont à lui ; il trouve et signale avec vigueur le trait caractéristique qui les peint à l'imagination, et sa poésie qui change de rythme en changeant de tableaux, complète l'illusion.

Vigny signale ensuite l'intérêt et la variété de différents poèmes de Byron ; puis il passe aux défauts, et reproche à l'auteur de *Lara* le manque de plan, à celui de *Beppo* et de *Don Juan* le manque absolu de moralité. Il termine en annonçant un second article, qui n'a point paru (2).

On trouvera, en 1824, au tome second de la *Muse française*, un article sur *Gordon, lord Byron*, dont l'au-

1. *Lycée français*, tome III, p. 120, 225.
2. *Conservateur littéraire*, tome III (déc. 1820), p. 212.

teur est Victor Hugo. Byron, selon lui, est le chef d'une
école qui s'oppose à celle de Chateaubriand : celui-ci
chante la *résignation* ; Byron le *désespoir*. Le jugement
porté sur la personne et sur les ouvrages de Byron est
intéressant, parce qu'il prouve chez le jeune Victor
Hugo une certaine préoccupation de la critique *relative*.
Mais il n'y a rien sur *l'influence actuelle* de Byron, rien
sur le profit que les poètes français peuvent tirer de la
lecture de ses œuvres (1).

§ 2. — Les *Méditations*. — Les débuts d'A. de Vigny et
de V. Hugo. — Les *Nouvelles méditations* et la *Mort
de Socrate* (1820-1823).

Un des premiers articles consacrés aux *Méditations* est
celui de Victor Hugo, dans le *Conservateur littéraire* (2).
Après avoir cité la *Semaine Sainte*, le jeune critique
dit : « ... Ces vers m'étonnèrent d'abord, ils me char-
mèrent ensuite. Ils sont dépouillés, à la vérité, de notre
élégance mondaine et de notre grâce étudiée ; mais ils
respirent une harmonie douce et grave ; ils sont riches
d'idées ; et cette richesse-là n'est pas d'emprunt. » De
la pièce intitulée *Invocation*, il écrit : « Le véritable
amour, l'amour triste et sérieux y est exprimé avec une
mollesse vague et expressive... » Puis il établit un parallèle entre A. Chénier et Lamartine, parallèle dont la
conclusion, sous sa forme antithétique, peut faire sourire : « ... Enfin, si je comprends bien des distinctions
du reste assez insignifiantes, le premier est *romantique*
parmi les *classiques*, le second est *classique* parmi les
romantiques. »

1. *Muse française*, tome II (1824), p. 327.
2. *Conservateur littéraire*, tome I (avril 1820) p. 374.

A la même date paraît, dans le *Lycée français* (1), un article de Ch. Loyson. Là, malgré les restrictions et les critiques qui trahissent le jeune universitaire en défiance de lui-même, la beauté propre des *Méditations* est bien saisie. Je signale tout particulièrement une définition générale de la poésie considérée en elle-même, à l'exclusion de tout genre déterminé, et qui est essentiellement *romantique*.

Le poète est lui-même la partie essentielle de ses œuvres et si elles plaisent, si elles intéressent, c'est qu'il y respire, qu'il les anime, que par leur moyen il pénètre et descend jusqu'au fond de nos âmes... Le poète chante comme l'oiseau, sans songer qu'on l'écoute, mais parce qu'il en éprouve le besoin et qu'il est fait pour chanter. Tous ses travaux tendent à le satisfaire lui-même intérieurement, en répondant à un modèle idéal d'harmonie, de sentiment, d'images qu'il se sent pressé d'exprimer fidèlement...

Et il juge ainsi Lamartine :

... Il est poète, voilà le principe de toutes ses qualités et une excuse qui manque rarement à ses défauts. Il n'est point littérateur, il n'est point écrivain, il n'est point philosophe, bien qu'il ait beaucoup de ce qu'il faut pour être tout cela ensemble ; mais il est poète ; il dit ce qu'il éprouve, et l'inspire en le disant...

Toute la suite de l'article serait à citer. Mais on s'étonne que Loyson, qui comprend si bien le caractère de Lamartine, donne pour exemple de cette poésie nouvelle la XIe *Méditation*, la *Gloire*, pièce assurément moins originale que toute autre, et où il semble que Lamartine ait usé des procédés chers aux lyriques pseudo-classiques, depuis J.-B. Rousseau jusqu'à C. Delavigne. Singulier choix !

1. *Lycée français*, tome IV (7820), p. 51.

Du côté des libéraux *classiques*, L. Thiessé reproche à Lamartine de ne faire « que des excursions vagues et indéterminées dans le domaine de l'imagination. » Il ajoute : « Le retour continuel des mêmes idées a jeté sur tous ses vers une couleur uniforme, et de cette uniformité il est résulté quelque monotonie. » C'est un écrivain *jeune, possesseur d'un instrument assez juste*, dont certaines pièces rappellent, *de loin*, Louis Racine, Lebrun, Delille, Roucher, etc...« Nous lui conseillerons de se faire, avant tout, des principe sûrs, et de suivre une bonne école. Il lui arrive souvent de donner dans des fautes de goût, *qui pourraient déceler en lui du penchant pour le genre romantique ; c'est un tort auquel il faut qu'il réfléchisse, avant que le mal ne devienne irrémédiable...* » Il cite quelques *mauvais vers* (que nous jugeons admirables aujourd'hui) ; il loue le début de l'*Epître à Byron*, le *Golfe de Baïa*. Mais la partie vraiment intéressante et instructive de l'article, est celle où Thiessé relève dans les *Méditations* un certain nombre d'imitations ou de réminiscences de Chênedollé, de La Harpe, de Delille, de Roucher. J'y renvoie tous ceux qui veulent étudier les sources des *Méditations* (1).

Genoude, dans le *Conservateur* (politique), met Lamartine au même rang que Byron. Mais Byron « appartient aux doctrines du mal... son talent qui lui avait été donné pour conduire, égare... Il a peint la nature telle que l'athéisme nous l'a faite, et dans ses ouvrages le système de la fatalité s'est reproduit d'une manière plus sombre que dans les anciens. » On admirera la parfaite justice de ce jugement. « La poésie de Lamartine est à celle de Byron ce que le délire est à l'enthousiasme . La vie, dans le poète anglais, est un instrument de sup-

---

1. *Revue encyclopédique*, tome VIII (1820), p. 72.

plice ; l'homme est le criminel qui y est attaché ; et il emploie son courage à braver la justice et la miséricorde divine. Elle est, dans le christianisme et dans la poésie de M. de Lamartine, une épreuve ; et la couronne est le prix de la résignation. » Genoude cite quelques vers de l'*Espérance*, — de l'*Enthousiasme*, — de l'*Automne*, dont il goûte « la mollesse et la grâce. » Il termine par quelques remarques assez justes sur la versification *harmonieuse* de Lamartine : « C'est l'âme qui y met l'accent... » (1).

Ém. Dupaty, dans la *Minerve littéraire*, est moins « indulgent ».

M. de la Martine a fait sans doute de beaux vers ; mais il veut toujours paraître avoir rêvé sur une autre planète que la nôtre. Pourquoi s'attacher à ne rien dire comme tout le monde, faire des idées les plus communes de énigmes inintelligibles, les envelopper, pour déguiser leur nullité, de nuages métaphysiques, de vapeurs mystiques et de brouillards mélancoliques, qui ne laissent plus voir que le vide de la pensée, quand un rayon de bon sens les a dissipés ? Ce néologisme romantique n'est pas de la poésie. Les charlatans poétiques soufflent dans des chalumeaux de paille ; ils en font sortir des bulles éblouissantes, qu'un rien fait évanouir. Leurs faux brillants n'ont plus de valeur quand on les pèse... Ces poètes prétentieux et bizarres ne se comprennent pas eux-mêmes ; chacun de leurs hémistiches exigerait un commentaire. Qu'a voulu dire M. de la Martine dans cette strophe tirée du *Lac* ?

Éternité, néant, passé, sombres abîmes,
Que faites-vous des jours que vous engloutissez ?
Parlez !..

Qu'est-ce que l'*éternité*, le *néant*, êtres abstraits, que l'on prie de parler ? Quand un poète parle de la sorte,

1. *Conservateur* (journal politique), tome VI (1820), p. 508.

on cherche ce qu'il dit après qu'il a parlé. Et que direz-
vous, plus loin, de l'invitation faite au *Lac* de garder le
souvenir d'une nuit ? *Qu'il soit dans ton repos, qu'il soit
dans tes orages, dans l'aspect de tes riants coteaux, dans
les bruits de tes bords, dans l'astre au front d'argent!*
Le souvenir dans l'*aspect !* dans le *bruit !* dans l'*astre !..*
Je ne sais si ce souvenir restera dans la lune ; mais je
serais bien trompé s'il restait dans la mémoire des gens
de goût (1)...

Pour bien juger de la valeur relative de ce jugement
porté sur Lamartine par E. Dupaty, il faut savoir que
cette *exécution* est précédée de l'éloge lyrique des poésies de M. Perseval, de M. de Ségur, de M. le chevalier
Dupuy-des-Islets, de M. Saintine, de M. Viennet, — et
suivi de l'éloge également enthousiaste de vers de
M. Fabien Pillet, de M. Vial, de M. Famin, de M. Campenon.

Tissot reconnaît que les *Méditations* lui produisirent
à la première lecture, une impression très favorable.
Mais il les a relues, et il va se montrer sévère. D'abord,
dans les *Méditations*, il n'y a point d'ordre ni de composition. Exemple : la pièce sur l'*Homme*, à Byron ;
l'attente du lecteur est trompée. L'auteur s'écarte à
chaque instant de son dessein. Tissot va plus loin dans
la critique; il soutient que les jeunes poètes contemporains savent *peindre* (*ils sont élèves de M. de Chateaubriand et de Delille*), mais ignorent le *langage des
passions.*

Ainsi dans la poésie de M. de Lamartine, les réflexions
générales sont écrites avec feu ; la peinture de l'amour, et
surtout celle des derniers moments de l'objet aimé est de
glace... L'école actuelle ne fait bien parler que l'es-

1. *Minerve littéraire*, tome II (1821), p. 255.

prit; il faut qu'elle apprenne à devenir interprète du cœur
si elle veut obtenir des succès durables.

On en conviendra, le reproche est curieux, et le conseil admirable, de la part de Tissot! Mais il faut lui
savoir gré de ce qu'il y a, tout de même, de *sympathique* dans une partie de cet article; il va jusqu'à dire,
après une citation de l'épître à Byron : « Admirable
passage où l'on respire un parfum de poésie, semblable
à l'encens qui s'élève d'un temple vers le ciel (1). »

Nous citerons enfin, en anticipant sur les dates (parce
que l'article se rapporte aux *Méditations*) un jugement
des *Lettres champenoises*, de 1824, où le caractère original de la poésie lamartinienne dans ses rapports
avec les besoins de la société nouvelle est très finement
saisi.

La mythologie païenne et le brillant cortège de ses
dieux, grands et petits, ont trop longtemps enluminé nos
hémistiches... Inspiré par la lecture de Byron, M. A. de
Lamartine a donné parmi nous un éclatant signal... Il a
laissé la fiction pour la vérité. La vérité ! voilà le besoin
de tous les esprits ; elle seule peut nous intéresser. Nous
nous croyons dignes de l'entendre, et nous la cherchons
au dehors comme au dedans de nous-mêmes. C'est donc
vers elle que tous les efforts doivent se diriger... Pourquoi
les *Méditations poétiques* sont-elles recherchées et lues
avec tant d'avidité ! Parce qu'elles représentent l'homme
à l'homme lui-même ; parce qu'elles développent son âme
à ses yeux ; parce qu'enfin, après lui avoir montré le
néant des choses de ce monde, elles conduisent hardiment
sa pensée vers ce qui est au delà (2).

1. *Mercure du XIXᵉ siècle*, t. II (1823), p. 101.
2. *Lettres champenoisés*, t. XX (1824), p. 63, article sur les *Odes*
d'E. d'Anglemont.

A dater de 1822, la production lyrique va devenir tellement féconde, que les articles se pressent.

Alfred de Vigny, tout de suite après Lamartine, entre en scène, d'abord avec *Héléna*, la *Dryade*, et les quelques poèmes qui composent à cette date son premier volume. — Soumet, dans les *Lettres champenoises*, lui consacre une étude très favorable, et très intelligente. Il cite d'abord un passage de la *Préface* écrite par Vigny :

« ... La poésie, disait Vigny, est à présent sérieuse comme la religion et la destinée ; elle leur emprunte ses plus grandes beautés. » Puis Soumet institue un parallèle entre A. Chénier et « le nouveau poète qui se montre avec tant d'éclat dans la carrière... Chénier décore et vivifie le monde sensible aux dépens du monde intellectuel ; sa poésie, privée des images que fournit une religion spiritualiste, ne peut se plonger comme la muse chrétienne dans ce vague de contemplation qui fait naître en nous le pressentiment de l'invisible et de l'infini... A. de Vigny, aussi brillant de détails qu'A. Chénier, le surpasse pour le fond des choses ; une pensée sérieuse et profonde se voile souvent dans ses ouvrages de tous les enchantements de l'imagination... » (1)

Il est bon de remarquer que les contemporains louent dans Vigny comme dans Lamartine le caractère *spiritualiste* de la poésie, et qu'ils les opposent par là à A. Chénier, qui est, en effet, tout encyclopédiste et tout néo-païen.

Ancelot consacre également à Vigny, dans les *Annales de la littérature et des arts* de 1822, un article qui prouve que sa critique vaut mieux que ses pièces :

Ancelot commence par féliciter «... les jeunes écrivains qui, dans des genres différents, ont donné depuis quelques années de si belles espérances à la patrie »; il loue

1. *Lettres champenoises*, t. VIII (122), p. 1806.

les efforts de cette génération qui s'élève au bruit des
tempêtes publiques, et promet un siècle littéraire à la
France... Chaque jour révèle un talent nouveau, et l'expérience prouve que ce public tout accusé d'indifférence, ne
refuse qu'à l'harmonieuse nullité de froids versificateurs cette attention qu'il accorde au véritable poète.
Nous ne craignons pas d'avouer que nulle part le sentiment poétique n'a brillé à un plus haut degré que dans
les différents poèmes dont se compose ce recueil... Ce qui
nous a le plus frappés..., c'est cette originalité si précieuse
dans tous les temps, et si rare dans le nôtre ; partout il
est lui-même, et partout il est poète ; ses beautés sont à
lui, ses fautes lui appartiennent, et ne sont jamais les
fautes d'un homme médiocre. Ainsi que l'ont remarqué
plusieurs critiques, on trouve des rapports frappants
entre le talent d'André Chénier et celui de M. de Vigny ;
et cependant on ne peut pas dire que l'un ait servi de
modèle à l'autre ; c'est une de ces ressemblances de famille
qui sont moins dans l'exacte similitude des traits que
dans l'ensemble de la physionomie.

Ici Ancelot cite le *Bain*, la *Fille de Jephté*, et fait des
réserves sur le troisième chant d'*Héléna* qu'il juge défectueux.

Nous connaissons fort peu de vers contemporains, ajoute-
t-il, qu'on puisse opposer à cette poésie si franche et
mélodieuse ; vous n'en connaissez point qu'on puisse lui pré-
férer. Nous ne saurions trop engager (l'auteur), dans l'intérêt de sa gloire, à se défier de certains penchants au
néologisme qui se montrent quelquefois dans son recueil,
à renoncer à des tournures de phrases plus bizarres qu'o-
riginales qui déparent des morceaux d'ailleurs pleins de
charme et d'élégance, ainsi qu'à des enjambements vicieux
dont l'effet inévitable est de donner aux vers une funeste
ressemblance avec la prose (1).

1. *Annales de la littérature et des arts*, tome VII (1822), p. 73.

Nous retrouverons bientôt A. de Vigny avec *Eloa*.
Mais il faut nous hâter vers Victor Hugo, qui publie
en 1822 son premier volume de vers : *Odes et Poésies
diverses*.

Dans les *Annales de la littérature*, Saint-Valry consacre aux *Odes* un long article, dont le mérite est réel à
sa date ; Saint-Valry cherche à expliquer par des considérations sociales la nature du talent de V. Hugo, et
aussi son succès. — Il commence par observer que la
poésie renaît après les révolutions.

Charmées d'abord par la douceur de ses paroles, les
nations s'arrêtent et l'écoutent ; puis peu à peu, comme
cette harmonie lente et suave, dernier baume qu'on
administre parfois aux convalescents, son langage triste et
doux pénètre au fond des âmes, les remue, les attendrit,
les réconcilie entre elles et avec elles-mêmes ; et bientôt
le souvenir, jusque-là si pénible, des infortunes et des
erreurs passées, se change en une source féconde de
leçons salutaires, d'espérance et de consolation (1). Tel est,
il me semble, l'effet qu'ont produit généralement sur les
esprits, après nos discussions civiles, les ouvrages admira-

1. On trouve des réflexions analogues, et presque dans les
mêmes termes, dans la réponse de Cuvier au discours de réception de Lamartine à l'Académie française : « Lorsque dans un
de ces instants de tristesse et de découragement qui s'emparent
quelquefois des âmes les plus fortes, un promeneur solitaire
entend par hasard résonner de loin une voix dont les chants doux
et mélodieux expriment des sentiments qui répondent aux siens, il
est comme saisi d'une sympathie bienfaisante ; il sent vibrer de
nouveau ces fibres que l'abattement avait détendues ; et si cette
voix qui peint ses souffrances, y mêle par degrés de l'espoir et
des consolations, la vie renaît en quelque sorte en lui ; déjà il
s'attache à l'ami inconnu qui la lui rend ; déjà il voudrait le ser-
rer dans ses bras, l'entretenir avec effusion de tout ce qu'il lui
doit. Tel a été, monsieur, l'effet que produisirent vos premières
Méditations sur un grand nombre de ces âmes sensibles que tourmente l'énigme du monde. » (Séance du 1er avril 1830.)

bles et si poétiques de M. de Chateaubriand; et il est bien
remarquable que cette noble impulsion une fois donnée,
les beaux écrits soit en prose, soit en vers, publiés depuis
ces dernières années, portent tous plus ou moins cette
grande empreinte morale. — L'homme de lettres vulgaire ne peut pour ainsi dire que *continuer le XVIII° siècle*... Au contraire, les écrivains distingués que la France
possède aujourd'hui, malheureusement en petit nombre,
ont tous été vivement frappés de l'épouvantable catastrophe qui a terminé le siècle dernier... Ils ont été profondément émus... Aussi dans leurs ouvrages la vérité est-elle
toujours éloquente, passionnée même... Après les avoir
lus, il est difficile de ne pas sentir plus fortement la justesse du mot de Vauvenargues : « Les grandes pensées
viennent du cœur. »

Comme les belles *Méditations poétiques* de M. de Lamartine, l'ouvrage de M. Victor Hugo porte son cachet de
vie. La plupart de ses odes sont singulièrement remarquables par la force et l'élévation des pensées ; sa poésie
est grave, religieuse, mélancolique, telle qu'elle convient à
des temps de malheurs, telle qu'elle nous convient à nous
autres qui avons supporté de si grandes infortunes, ou à
qui nos pères en ont tant raconté. — (Cit. *Quiberon, La
Vendée, Les Vierges de Verdun, Le Dévouement*)... Nous
ne savons à quelle fatalité attribuer le silence des journaux
quotidiens à son égard ; est-ce que par hasard la supériorité d'un écrivain aussi jeune que M. Victor Hugo don-
nerait de l'ombrage et du souci à quelques hommes de lettres en crédit ? Ce serait là un sentiment bien bas, mais
au reste bien digne d'un siècle essentiellement jaloux et
dépréciateur ; car, de nos jours, dans le compte que l'on
rend des meilleurs ouvrages, il règne habituellement une
certaine réserve cauteleuse, assez proche parente de l'envie et de la médiocrité. Heureusement pour M. Victor
Hugo, une édition épuisée sans annonce, les éloges et
l'amitié si honorables de M. de Chateaubriand et de M. de
Lamennais sont une fort belle compensation (1).

1. *Annales de la littérature*, tome VIII (1822), p. 65.

Cependant tous les journaux ne se taisent pas. *Les Let tres champenoises* consacrent aux *Odes* un compte rendu très élogieux, mais judicieux et critique. Le rédacteur qui signe A. V. est peut-être Alfred de Vigny :

Depuis quelques années, les hommes qui parmi nous sentent le besoin de retrouver leurs sentiments intimes revêtus des formes d'une belle poésie, s'étaient habitués à entendre les sons d'une belle lyre s'élever avec leurs gémissements, ou bien (mais plus rarement hélas !) accompagner leurs actions de grâce à la Providence... Un jeune homme a fait suivre de ses chants nos malheurs ou nos joies du temps présent, qui se rattachent au sort de nos Bourbons. Mais ce ne sont pas seulement les accords d'une belle poésie qu'il nous a fait entendre ; penseur sérieux et sensible, il y a mêlé les réflexions d'une morale religieuse, sévère ou tendre, selon ses sujets, et la marche d'un style lent ou rapide, selon qu'il avait à pleurer sur un tombeau, ou bien à suivre la course d'un peuple enivré d'amour et d'allégresse.

M. Victor Hugo a su, dans un temps où l'on répète sans cesse que tout est usé, et où tout l'est en effet pour les écrivains débiles qui suivent d'un pas chancelant les routes frayées, a su, dis-je, se créer un genre d'ode à lui seul, où la force de ses pensées s'unit à la fraicheur de sa poésie ; il prend toutes les sommités des événements, les entoure d'inspiration, et jette dans ses récits des réflexions profondes qui font rêver longtemps. On dirait la religion qui chante l'histoire ; et peintre, c'est peut-être ainsi que je représenterais ce beau talent... Je n'ai voulu que rendre compte de ce bel ouvrage et non le critiquer. Les taches en sont très rares, et viennent toutes d'un excès de verve et de jeune vigueur, qu'il serait fâcheux de chercher à éteindre : le temps s'en chargera (1).

Dans le même recueil, paraît bientôt un autre article

1. *Lettres champenoises*, tome IX (1822), p. 266.

sympathique sans doute, mais où les restrictions et les conseils viennent tempérer l'éloge. Saint-Prosper, qui signe cet article, est un collaborateur de la *Muse française* ; toutefois il croit devoir prendre avec le jeune Victor Hugo le ton d'un Mentor. — Après avoir rappelé que les circonstances politiques sont peu favorables au succès d'un recueil de vers, il ajoute :

Convenez-en, il faut que des vers aient un charme bien puissant pour percer en de pareilles circonstances... Au reste, sans me laisser éblouir par le succès, j'ai lu avec une scrupuleuse attention les poésies de M. V. Hugo, et il m'a paru que la force, l'élévation, une profonde sensibilité et une sorte de grandeur inattendue dans les pensées formaient le cachet particulier de son talent. Enfin, poussé par une sorte d'instinct, il a toujours choisi des sujets en harmonie avec les qualités qu'il possède. Ainsi dans ses odes, il chante de grandes infortunes, Quiberon, la mort de Louis XVII; ou bien il nourrit ses vers de ce qu'il y a de plus auguste dans la vérité, la sublimité de la religion; ailleurs, bouillant de verve, il célèbre les tourments et la gloire du génie : il en résulte qu'on éprouve tour à tour les émotions les plus nobles comme les plus douces.

Mais... je demanderai d'abord si l'harmonie n'est pas tellement inhérente à la poésie que sans elle il n'y a plus poésie, mais seulement prose rimée. Ce principe reconnu pour incontestable, je suis en droit de dire à M. V. Hugo: vos vers sont forts, énergiques, élevés ; mais quelquefois aussi, ne négligez-vous pas trop l'harmonie? Veillez donc à l'avenir, sur ce point. Vous possédez sans contredit, et à un très haut degré, l'inspiration du poète; c'est le principal: mais ne dédaignez pas ce que donne le métier de la versification, l'harmonie... Je lui reprocherai de ne pas toujours employer l'expression propre, d'être revenu trop souvent sur les idées de néant et de destruction, et d'avoir fait trop usage d'une figure brillante, mais qui par celamême ne doit être employée qu'avec une extrême réserve, l'antithèse ; enfin, dans les morceaux qui terminent son volume, il a abusé jusqu'à l'excès des privilèges du genre romantique, et sous ce rapport je prononce anathème contre les pièces intitulées le *Cauchemar*, la *Chauve-Souris* et le *Nuage*. Sans doute, notre littérature est aujourd'hui si vieille qu'il est naturel de chercher à la rajeunir par de nouvelles combinaisons : mais dans ces tentatives un goût pur doit toujours présider, autrement vous voulez être neuf et vous devenez barbare. En résumé M. V. Hugo promet ou plutôt a déjà prouvé qu'il est un véritable poète (1).

La note est plus sévère dans la *Revue Encyclopédique*, où Ém. Héreau écrit :

Si d'un côté nous avons entrevu dans son recueil quelques éclairs de talent poétique, de l'autre nous y avons reconnu tous les défauts d'une école qui croit pouvoir s'affranchir des règles puisées par le goût aux sources mêmes du génie. Pensées, images, expressions, tout est jeté au hasard dans les *Odes* de M. Hugo ; il ne paraît avoir apporté de soin que dans l'affectation bien marquée d'enfermer une image brillante, un vers saillant, dans un cadre mesquin et dont l'entourage se compose d'ornements si pauvres, que la prose même les dédaignerait. Mais M. V. Hugo mérite un plus grave reproche, c'est de consacrer des vers à réveiller les discordes civiles. Que M. Hugo consulte son cœur, il rendra justice à son pays, à son siècle ; il embrassera l'avenir avec ardeur... (2).

Lamartine, en 1823, donne à la fois la *Mort de Socrate* et les *Nouvelles Méditations*. Sur ce premier poème, la note tout à fait élogieuse est donnée dans les *Lettres champenoises* par G. de Merlhiac. Après

1. *Lettres champenoises*, tome XIII (1823), p. 13.
2. *Revue Encyclopédique*, tome XV (1822), article sur *Odes et Poésies*, 1822.

18

quelques réflexions consacrées au sujet même, le critique félicite Lamartine d'avoir senti que « cet événement, dépourvu d'action, n'était point dramatique,
mais qu'il pouvait fournir à la poésie philosophique les
plus brillantes inspirations... »

Il en a tiré des beautés qui, quoique placées souvent
dans un vague idéal et mystérieux, n'en frappent que
plus vivement l'imagination. Je n'ai trouvé rien de faible
ou de disparate dans ce poème... Je ne vous parlerai pas
du style; il est pur et laisse peu de choses à désirer ;
mais c'est un des moindres avantages de l'auteur.
M. de Lamartine est le poète de l'inspiration, et c'est
sous ce rapport qu'il faut le juger; ses idées, ses conceptions, tous ses mouvements portent l'empreinte du génie
poétique ; la nature l'a fait poète, et ce qui le prouve,
c'est que son imagination, quoique vive et brillante, ne
l'égare jamais dans les sentiers du faux goût, ou des mauvaises écoles dont notre siècle abonde. La traduction de
ses inspirations, sous le mécanisme du rythme et de la
rime, est donc un objet peu important chez M. de Lamartine; mais il faut être à la hauteur où il s'est placé
pour que la critique littéraire n'y tienne aucun compte
du mérite de bien tourner un vers (1).

Mais, sous la signature C. J. (qui est peut-être celle
de Camille Jordan fils), les *Annales* publient une critique pédantesque de la *Mort de Socrate*. C. J. tout en se
défendant « de rouvrir la querelle qui s'est élevée entre
le style classique et le style romantique », se demande
« si cet effort pour ouvrir des routes inconnues n'est
pas plutôt un signe de décadence qu'un moyen de perfectionnement? » Là-dessus, il parle du siècle d'Auguste, de Lucain, de Stace et de Claudien. Il oppose,

1. *Lettres champenoises*, t. XIV (1823), p. 139.

avec citation à l'appui, Louis Racine à Lamartine. Il reproche à la *Mort de Socrate* de ne pas être un *poème*, mais un long monologue de Socrate. Le style ne le satisfait nullement. Il relève, non sans justesse sur ce point, le nombre des comparaisons introduites par *comme...* (*Comme un furtif adieu... Comme le nautonnier... Comme à travers l'albâtre...*) et il en compte jusqu'à onze. Il juge enfin *peu poétiques* celles de ces comparaisons qui sont familières ou simples (1).

Le même C. J. entreprend, toujours dans les *Annales*, une vive et minutieuse critique des *Nouvelles Méditations*. Il y a là comme un retour offensif du parti classico-monarchiste, qui semble regretter d'avoir fait un succès d'enthousiasme aux *Premières Méditations*. C. J. reproche à Lamartine de « s'écarter des bons modèles et de s'affranchir des règles du goût »; là-dessus il cite Boileau, *Art Poétique*, et il continue en ces termes :

Parlons d'abord du fond général de l'ouvrage. On voit que, dans presque toutes ses méditations, l'auteur est dominé par une mélancolie qui répand sur chaque pièce de vers je ne sais quelle teinte de sombre tristesse, et qui ramène souvent les mêmes plaintes et les mêmes lamentations. Ainsi, malgré ses efforts pour varier les sujets de ses chants, y sent-on à la longue une espèce de monotonie dont les plus beaux vers ne diminuent pas la fatigue.

Puis il entreprend une série d'observations grammaticales, où, ce nous semble, il est choqué par tout ce qu'il y a de hardi et de poétique dans le style de Lamartine. Voici quelques exemples ; car il faut, une fois, montrer quelle est cette critique de détails:

1. *Annales de la littérature et des arts*, t. XII (1823), p. 484.

*IV*ᵉ *Méditation*, *Les Étoiles* (aujourd'hui numérotée VIII), C. J. souligne (v. 4) :

> Le crépuscule aux monts *prolonge ses adieux.*
> On voit à l'horizon sa lueur incertaine,
> Comme les *bords floitants d'une robe qui traîne,*
> *Balayer lentement le firmament obscur,*
> *Où les astres ternis revivent dans l'azur.*

« Je vous demande, dit-il, s'il y a de la noblesse dans la comparaison de cette robe qui traîne et qui balaye le firmament ! »

Il se moque de la comparaison des étoiles avec une *poudre d'or* (v. 12), de l'homme avec un *nouveau-né* (v. 38).

XIXᵉ Méditation, *La liberté*, *ou une nuit à Rome* (aujourd'hui XX), C. J. signale « une peinture emphatique du Colisée ». Il signale comme particulièrement mauvais les vers suivants (79) :

> J'aime, j'aime à venir rêver sur ce tombeau.
> A l'heure où de la nuit le lugubre flambeau,
> Comme l'œil du passé flottant sur des ruines,
> *D'un pâle demi-deuil revêt tes sept collines...*

XXᵉ Méditation, *Adieux à la mer* (aujourd'hui XXI).

La 5ᵉ strophe :
Ah ! berce, berce, berce encore...

lui paraît d'un ton précieux et à la fois trop naïf...

XXIVᵉ Méditation, Chant d'amour.

(7ᵉ strophe) :
Et *l'aube de ses cils,* que le zéphir soulève,
Flotte légèrement *comme l'ombre d'un rêve*
Qui passe sur ses yeux.

(8e strophe) :

... Deux vagues que blanchit le rayon de la lune
D'un mouvement moins doux viennent *l'une après l'une*
Murmurer et mourir !

« Jusqu'à présent, on avait dit *l'une après l'autre*. Est-ce le besoin de la rime qui autorise cette locution nouvelle (1) ? »

(30e strophe) :

Et ta main flétrira sur tes charmantes lèvres
Ces rapides baisers, hélas ! *dont tu me sèvres*
Dans leur fraîche saison.

Mais les observations les plus typiques portent sur la célèbre *Méditation* intitulée *Bonaparte :*

(5e strophe) :

Rien, excepté la vérité ! *(prosaïque).*

(6e strophe) :

Ta tombe et ton berceau *sont couverts d'un nuage (pas de [vérité).*

(7e strophe) :

Ce siècle, dont l'écume entraînait dans sa course,
Les mœurs, les rois, les dieux..., *refoulé vers sa source,*
Recula d'un pas devant toi. (Style gigantesque.)

(11e strophe) :

Le cri de l'épée... (Id.).

(14e strophe) :

Quand les flots ondoyants de sa pâle crinière
Sillonnaient comme un vent la sanglante poussière (Id.).

(16e strophe) :

Forger un joug trempé dans l'amour et la haine (Id.).

---

1. *L'une après l'une...* a été imité ou retrouvé par M. E. Rostand. (*Les Romanesques*, acte I, *Stances de Percinet.*)

(*19ᵉ strophe*) :

L'horreur passait comme la nuit (Id.).

(*27ᵉ strophe*) :

Ainsi qu'un *moissonneur* va chercher son salaire...

« S'est-on jamais avisé de comparer Bonaparte à un moissonneur ? »

Enfin, C. J. signale les derniers vers comme un *blasphème.* On sait que la conclusion originale du poème était celle-ci :

> Et vous, fléaux de Dieu, qui sait si le génie
> N'est pas une de vos vertus ?

Lamartine nous dit lui-même, dans le commentaire de *Bonaparte* : « La dernière strophe... est un sacrifice immoral à ce qu'on appelle la gloire (1). » Et le texte actuel porte :

> Et vous, peuples, sachez le vain prix du génie
> Qui ne fonde pas des vertus !...

Voici la conclusion de C. J. :

Ne dirait-on pas que déjà les admirateurs de cet écrivain sont tentés, pour le classer, de créer un nouveau genre de poésie, qu'ils appelleront le *genre rêveur* ? et ils ne s'aperçoivent pas que cette dénomination même est plutôt une censure qu'un éloge ; que cette faculté *rêveuse* explique le défaut d'ordre, de liaison, de sens dans les idées, et rappelle trop le mot d'Horace : *Œgri somnia.* Ils auraient beau faire, je doute qu'ils parviennent à faire prévaloir cette espèce de *cauchemar poétique* (2).

La sévérité des *Annales* s'accentue dans un article publié au début de 1824, et intitulé : *Aperçu historique*

1. Éd. Hachette, 1898, p. 55.
2. *Annales de la littérature et des arts*, tome XIII (1823), p. 44.

et littéraire sur l'année 1823. L'auteur, le baron
Trouvé (1), loue largement Ancelot, Guiraud, C. Delavigne ; arrivé à Lamartine, il écrit :

Pourquoi le talent, dont l'apparition avait été si écla-
tante dans ses *Premières Méditations*, s'est-il écarté de la
route du vrai, du naturel, dans laquelle il est si digne de
marcher ?... Jamais nous ne croirons commettre une injustice en rappelant à de jeunes écrivains qu'ils n'ont pas
encore acquis le droit de faire autorité, et que nous pré-
férons à d'ambitieuses innovations les vieilles lois consacrées par l'exemple de Corneille, de Racine, de Voltaire
et de J.-B. Rousseau (2).

Il y a dans cette rigueur une vengeance de coterie,
une question de boutique. Lamartine veut rester indépendant. Il a sans doute refusé de s'inféoder à la *Société
des Bonnes Lettres* comme à la *Muse française* (3).

Plus critique, dans sa sévérité un peu narquoise, est
l'article que L. Thiessé consacre, dans la *Revue Encyclopédique*, aux *Nouvelles Méditations*. L. Thiessé rappelle d'abord l'article qu'il a écrit, trois ans auparavant
sur les *Méditations*, et les conseils qu'il avait alors
donnés à l'auteur. Les *Nouvelles Méditations* lui semblent plus *fortes* et d'une plus *haute portée* que les
premières. Mais il juge que « les défauts de l'auteur
ont suivi la même progression que ses beautés ; ce qui
n'était que vague dans les premiers essais, est ¦obscur
dans les seconds ; ce qui ne fut que singulier est aujour-
d'hui bizarre... Tantôt, l'auteur se perd dans les nues;
tantôt il tombe dans une simplicité qui approche du
vulgaire, je dirai même du trivial... Une monotonie

1. Cf. page 199.
2. *Annales...* tome XIV (1824), p. 49.
3. Cf. page 112.

soutenue règne plus encore dans le second ouvrage
que dans le premier. » — Puis, dans une sorte de disser-
tation philosophique et politique, Thiessé se demande
si vraiment Lamartine, comme le prétendent ses partisans, incarne l'esprit de son siècle ? Tel n'est pas son
avis.

Mais enfin, quelles sont les pièces qu'il admire le
plus? Le choix en est, on l'avouera, assez heureux :
Bonaparte (le morceau *le plus remarquable*), les *Étoiles*,
les *Préludes*, le *Passé*, le *Crucifix*. Voilà qui est bien.
— Quels sont les vers que Thiessé juge *incorrects, obscurs, triviaux?* Ceci est curieux à noter :

Bonaparte :
Tu ceignis en mourant ton glaive sur ta cuisse.

Les Étoiles :
Dans la danse céleste ils s'élancent, et l'homme
Ainsi qu'un nouveau-né les salue et les nomme.

Les Préludes :
L'onde qui baise ce rivage,
De quoi se plaint-elle à ses bords ?

XVIII°
Le paresseux s'endort dans les bras de la faim.

Adieux à la mer :
Ah ! berce, berce, berce encore...

Chant d'amour :
Heureuses ces coupes vermeilles
Qui pressent tes lèvres, pareilles
Aux frelons qui tètent les fleurs.

« Les fautes de toute espèce qui se rencontrent dans
ces vers, dit-il, sont à peine concevables. » — Et que
souhaite-t-il à Lamartine pour devenir un grand poète?
« Un peu plus de philosophie, un peu plus d'estime

pour son siècle, et surtout quelque indulgence pour la liberté (1). »

Est-ce tout? Ne trouverons-nous pas quelques impressions différentes, et, à notre point de vue, plus équitables sur les *Nouvelles Méditations*? — Le parti doctrinaire, qui avait si bien accueilli les premières, dans le *Lycée français*, devait encore juger les secondes avec admiration ; mais on verra (et c'est toujours là le point intéressant) que l'on croit faire honneur à Lamartine, même en dehors des libéraux, en le mettant immédiatement *au-dessous* de C. Delavigne.

Si le succès des *Premières Méditations*, dit un rédacteur des *Tablettes Universelles*, dépassa leur mérite, on aurait tort de vouloir l'expliquer tout entier par l'engouement d'une coterie qui en fut le premier organe. Ce succès était dû aussi au genre des émotions neuves qui animaient des compositions toutes rêveuses, toutes aériennes, et peut-être à la singulière opportunité de leur révélation. La poésie est, de tous nos arts, celui dont les chefs-d'œuvre classiques ont le plus satisfait notre admiration. Il est une route, foulée par toutes les Muses, où le sentiment s'est lassé. On répugne, il faut le dire, à suivre une marche éternellement prévue, et l'inspiration poétique s'est étonnée afin de rester immobile au milieu de tous les sujets nouveaux où s'élève et se modifie la pensée humaine. Il existait, pour enrichir la critique d'une expression récemment émanée du trône, il existait dans le monde littéraire, *des inquiétudes vagues, mais réelles*. M. de Lamartine apparut; il a calmées; il les a satisfaites en partie, et voilà l'honorable secret de son triomphe.

Le rédacteur anonyme, qui saisit et formule si bien en 1823 les causes du *succès* de Lamartine en 1820, déve-

1. *Revue Encyclopédique*, t. XX (1823), p. 333.

loppe ici de très judicieuses considérations sur l'opportunité du romantisme ; il ne fait point d'esthétique, ni
de remarques sur le style ; il *explique*, par des raisons
sociales et politiques, pourquoi la poésie romantique
devait réussir auprès d'un public qui s'y reconnut tout
de suite. Il en arrive à la *Mort de Socrate* et aux *Nouvelles Méditations;* et la critique devient plus *littéraire*.

On sait que M. de Lamartine se passe en général de
plan et d'ordonnance. Il bâtit même quelquefois, sans trop
de choix, sur les idées d'autrui ; mais sa création, qui commence aux détails, revêt une première esquisse de richesses inattendues ; et il domine ordinairement la pensée qu'il
emprunte de toute la hauteur d'un style plein de grâce et
de charme. Mais faut-il essayer de louer le cygne quand
on peut le laisser chanter ? le mérite de cette harmonie
qui n'est pas saisissable se décrit toujours mal. (Citations
de *Bonaparte*, des *Préludes*)... Écoutons le sublime rêveur
nous parler des étoiles dans le langage des dieux. (Citation des *Étoiles*.)

M. de Lamartine (le rédacteur vient de le féliciter de
dédaigner la politique) ne connaît jamais d'inspirations
sans générosité. C'est un rapport de plus avec *le seul
poète vivant que nous lui croyons supérieur: l'auteur des*
Messéniennes... S'il s'élève dans la région de la prière ou
de la contemplation de Dieu, l'auteur des *Méditations*
a peu de rivaux; mais il lui reste à apprendre, à exprimer aussi bien des sentiments également naturels, et qui
appartiennent plus intimement aux infirmités de nos affections terrestres. La poésie qui veut nous émouvoir pose
quelquefois aussi un de ses pieds sur cette terre ; et la
sienne réalise trop souvent l'image contraire à la lutte
d'Antée. Il peut se consoler toutefois : car c'est ainsi que
l'aigle qui marche sans grâce sur nos gazons, reprend
son nom quand il s'élance vers le ciel (1).

1. *Tablettes Universelles*, 46° livraison (1823). Article de Rabbe.

Quant à la *Muse française*, à laquelle Lamartine n'a point voulu collaborer, voici ce qu'elle pense, en 1823, des *Nouvelles Méditations* et de la *Mort de Socrate* :

... La muse qui n'invente pas, renonce à l'un de ses grands privilèges ; elle oublie une partie de sa mission dès qu'elle ne veut pas imprimer à ce qu'elle touche un caractère de création. Or, je le répète, le nouvel ouvrage de M. de Lamartine me semble défectueux à cet égard ; on ne s'aperçoit pas qu'il ait songé à disposer savamment sa matière, à la présenter dans un cadre heureusement inventé ; ses accords ressemblent trop à ceux que le vent arrache en passant à une lyre suspendue ; mais aussi, par intervalles, combien ne résonnent-ils pas sublimes et mélodieux.

Le rédacteur reproche à Lamartine quelques négligences, surtout dans les rimes, la faiblesse du plan, la monotonie des images (dans la *Mort de Socrate*), et il ajoute: « On peut enfin ne pas voir là un poème; mais du moins on y rencontre un poète. » Autre critique aux *Nouvelles Méditations* : cette fois, Lamartine est blâmé d'avoir cherché à échapper au reproche de monotonie ou d'uniformité. « Lorsqu'on parle des hauteurs où s'est élancé M. de Lamartine, on ne doit point sacrifier l'unité d'une pensée profonde et sainte à la coquetterie du talent, à ce frivole plaisir de montrer qu'on peut déployer toutes les grâces et obtenir tous les succès.. »

Mais nous revenons aux éloges :

En général, la poésie de M. de Lamartine est pleine de la plus délicieuse rêverie ; on ne peut l'entendre sans attendrissement et même sans larmes. Nul poète n'a su mieux exprimer cette étrange inquiétude, cette rêveuse souffrance qui pèse sur certains hommes dans les âges de décadence ou de transition. Le vulgaire alors peut bien continuer de vivre comme on a toujours vécu ; mais les âmes d'élite se dégoûtent de toutes choses matérielles sitôt qu'elles descendent de l'idéal ; je ne sais quelle prévoyante terreur les saisit. La gloire même, ce doux prix de la vertu, leur semble un mal parce qu'elle leur vient des hommes, et elles s'élancent dans le sein de Dieu avec une vague tristesse, un brillant amour, et des espérances infinies.

Ces méditations offrent dans les détails, à côté de beaucoup d'imperfections, un grand nombre de ravissantes beautés, et le calcul des fautes est, je crois, un calcul trop négatif pour qu'il soit bon (1).

Ainsi, — les citations précédentes suffiraient à le prouver, — le caractère essentiel du lyrisme est bien, pour les contemporains, l'*individualisme*, l'*intimité*, la *rêverie*, la *mélancolie*... bref tout ce que nous y voyons nous-mêmes avec la sûreté de vue que donne la distance : critiques ou éloges, tout se ramène à ces principes.

J. de Rességuier dit encore, sur les *Chants élégiaques* d'Al. Guiraud :

... Nous voulons aujourd'hui qu'on nous parle de nous; et ce que nous avons eu de malheurs nous justifie peut-être de garder notre pitié pour nous-mêmes ; nous sommes devenus un peu froids pour les événements des siècles reculés, depuis que nous trouvons des émotions vives dans de plus récents souvenirs. Après nos coupables infortunes, faut-il se plaindre que les lettres soient sérieuses ? Il faudrait s'affliger si elles ne l'étaient pas, car leur légèreté serait sottise et leur rire serait impie.

On reproche aux poètes de nos jours de ne pas imiter les anciens ; on oublie donc qu'ils font comme eux, puis-

1. *Muse française*, tome I (1823), (Article signé Holmondurand).

qu'ils n'imitent pas... Les poètes recommencent ; il s'adressent à notre cœur, ils veulent nous émouvoir par des impressions qui les ont émus, et, comme les Grecs, ils puisent encore aux sources des plus nobles inspirations, la religion et la patrie (1).

Et cependant, il était si difficile de distinguer, dès la première heure, le bon du médiocre, qu'on s'y est longtemps trompé : il suffirait de parcourir la *Muse française* pour y trouver des *encouragements* un peu exagérés à l'adresse de jeunes poètes restés inconnus ; et l'on s'étonnerait moins du ton de ces articles, si des citations assez longues ne permettaient d'apprécier du même coup d'œil la singulière médiocrité des œuvres ainsi louées. A. de Vigny écrit quelques lignes vraiment bien complaisantes sur le petit opuscule de G. de Pons: *Amour. A Elle.* Le passage qu'il cite comme pièce justificative ne peut servir qu'à le condamner lui-même (2).

Alex. Guiraud consacre un long et enthousiaste article aux *Essais poétiques* de Mlle Delphine Gay, dont il célèbre surtout le naturel et la simplicité ; à lire les citations, nous dirions plutôt aujourd'hui : mélange d'affectation et de platitude (3).

Enfin, qui croirait qu'en 1823, on puisse lire, dans les *Annales de la littérature* un long morceau à la louange de Campenon, et que le rédacteur y oppose Louis Racine à Lamartine, et Campenon à Victor Hugo (4)?

1. *Muse française*, tome II (1824), p. 95.
2. *Id.*, tome II, p. 174.
3. *Id. ib.*, p. 228.
4. *Annales...* Tome XIII (1823).

§ 3. — Victor Hugo, des *Nouvelles Odes* aux *Orientales.*
— *Eloa*, d'A. de Vigny. — Lamartine et le *Dernier
Chant du Pélerinage de Childe-Harold.* — Poètes secondaires (1824-1827).

La *Muse française* ne pouvait accueillir qu'avec
enthousiasme, en 1824, les *Nouvelles Odes* de V. Hugo.
Mais on peut savoir gré à l'auteur de l'article, Alex. Soumet, d'avoir étayé son admiration de cénacle sur quelques bonnes raisons critiques.

... Les temps ne sont plus, dit-il, où d'aimables maximes
et de riants préceptes suffisaient à l'inspiration. L'imagination des modernes a besoin de pénétrer plus avant dans
les mystères de notre propre cœur, et ce que nous demandons avant tout à nos écrivains, c'est de posséder, si je
puis m'exprimer ainsi, le génie des émotions. La poésie
antique, fraiche et brillante, ressemble à l'espérance ; la
poésie moderne, idéale et sérieuse, est l'image du souvenir. La religion, l'enthousiasme des dévouements
sublimes, la contemplation de la nature et de la divinité,
sont aujourd'hui les plus chers objets de la rêverie des
muses ; et si l'on se méprenait encore sur le but que se
proposent les jeunes littérateurs de l'époque, le beau
recueil que nous annonçons suffirait seul pour le faire connaître.
...On est saisi d'une émotion qui va jusqu'aux larmes,
lorsqu'on vient à se souvenir que de pareils vers sont l'ouvrage d'un jeune homme de vingt-deux ans. Ah ! que
M. V. Hugo ne désespère pas ainsi de lui-même, de son
siècle et de la poésie...
Nous ignorons entièrement ce qui peut effaroucher certaines âmes dans la tendance actuelle de notre littérature
Lorsque l'esprit du philosophisme se répandit en France
et vint remplacer les belles inspirations du grand siècle,
on crut pouvoir se passer de Dieu, parce que la physique et

l'astronomie venaient de découvrir quelques-unes de ses
lois ; tout ce qui ne tombait pas immédiatement sous les
sens cessa d'exister; et, comme si toute bonne philosophie
ne devait pas commencer par l'incompréhensible, on quitta
le monde idéal pour celui de l'expérience, et Malebran-
che pour Condillac... Dans un tel état de choses, la littérature qui est le plus fidèle représentant de l'opinion
publique devait être frivole et impie (1)...

Dans l'article des *Annales*... signé par Gaspard de
Pons, l'admiration est d'une nuance différente. Le jeune
Victor Hugo *est de la maison* ; c'est à la *Société des
Bonnes Lettres* qu'il a lu quelques-unes de ses premiè-
res odes, sous les auspices de Chateaubriand. Aussi, les
éloges sont-ils tempérés par un ton protecteur.

Personne parmi les gens qui lisent ne peut contester le
fait matériel de sa réputation que nous avons vue en si
peu de temps se former et s'établir, et que, s'il plaît à Dieu,
nous verrons s'agrandir encore... Je me demande combien
de fois on a vu des enfants de seize ans faire des odes
comme la *Vendée* publiée en 1819 ; des jeunes gens de
vingt-deux ans composer un volume tel que celui qui
vient de paraître.
Je conçois très bien qu'un journal ait donné vingt-sept ans
à l'auteur ; je lui en donnerais plutôt quarante, sans la
flamme qui vivifie tous ses ouvrages et qui trahit perpé-
tuellement sa jeunesse. Il est si plein de pensées, et ses
pensées sont d'un ordre si élevé; des images si variées se
pressent en foule dans son cerveau et s'en échappent presque en même temps, qu'il devrait plus qu'un autre s'attacher à préparer et à éclaircir ses idées, sous peine de jeter
dans son style de la tension, de l'incohérence. Mais il n'a
pas encore appris à maîtriser entièrement sa propre force,
dont le sentiment intime lui fait dédaigner parfois ces
précautions vulgaires, mais indispensables, de la rhétori-

1. *Muse française*, tome II (1824), p. 161.

que; et c'est là ce qui l'entraîne aussi à négliger un peu
trop l'harmonie dans certains vers. Voilà des défauts que,
certes, je me garderai bien de nier ; je l'engagerai au contraire à s'en corriger au nom de tout le plaisir qu'il m'a
causé et qui lui eût été si facile de me causer sans mélange.

... Je ne sais s'il existe des gens assez aveugles d'esprit
pour ne pas comprendre de pareils vers au premier abord ;
moi, dans tous cas, je les invite à les relire attentivement
s'il le faut.

Je ne connais pas de poète qui gagne plus à être *médité*
que M. Hugo, et ce mot me semble d'autant plus juste
qu'il fait à la fois l'éloge et la critique de ses ouvrages...
M. V. Hugo est peut-être le premier poète lyrique qui ait
fait verser des larmes ; plusieurs de ses odes, de celles
même auxquelles leur élévation ne permet pas de refuser
ce titre, semblent, par l'émotion qui y règne, appartenir
à un genre nouveau qu'il a comme inventé ; en voyant
tant de force unie à tant de sensibilité, l'accent le plus
déchirant du cœur jaillir si naturellement des plus savantes
combinaisons de la tête, je suis tenté de retourner un mot
célèbre, et de me dire qu'il faut que ce jeune poète ait *la
tête dans le cœur* (1).

La critique pseudo-classique, représentée par Tissot,
s'exprime à propos des *Odes* et des *Nouvelles Odes* de
Victor Hugo, d'une façon fort intéressante. Tissot
n'*exécute* pas Hugo ; il le raisonne, il lui donne des
leçons de modération politique, il rend justice à quelques-unes de ses qualités, et les défauts qu'il signale
sont ceux que les critiques postérieurs, Sainte-Beuve,
Nisard, G. Planche, ont eux-mêmes formulés. Tissot,
étourdiment injurié dans le *Conservateur*, ne semble
animé d'aucun esprit de représailles ; mais on sera forcé
d'avouer que Tissot, s'il a raison sur les principes, n'a
pas *senti* le lyrisme de V. Hugo.

1. *Annales de la littérature et des arts,* tome XV (1824), p. 172.

« Ce jeune homme est né poète, on n'en saurait douter ; il y a de l'enthousiasme dans son esprit, de la flamme dans son cœur. Il respire l'audace lyrique, ses chants sont harmonieux, sa voix a souvent de la mélodie. » Voilà un début fort élogieux, sans doute. Mais Tissot reproche à V. Hugo ses idées politiques ; lui qui félicite C. Delavigne d'être libéral, il en veut à Hugo de « n'avoir vu la France que dans un salon du faubourg Saint-Germain, où l'on déclame sans cesse contre cette maudite raison qui a tout perdu. » Et, après avoir cité le *Poète dans les révolutions*, il ajoute: « Ce langage ne convient pas à un homme heureux et jeune. » Enfin, sa conclusion, mi-littéraire, mi-politique, est curieuse à retenir : « Monsieur Hugo, vous êtes jeune, vous avez devant vous une longue carrière d'honneurs et de gloire; si vous voulez la parcourir avec succès, rappelez-vous que le poète doit toujours avoir le flambeau de la vérité dans ses mains... (1) »

Ce premier article valut à Tissot quelques critiques. Mais le *professeur* revint à la charge, et s'efforça de mieux motiver ses jugements. — Il blâme d'abord Victor Hugo de « se donner un enthousiasme factice »; puis il cherche à le convertir à des opinions plus justes sur le xviiiᵉ siècle ; et pour y réussir, il énumère en cinq pages du *Mercure* les crimes des autres siècles : c'est un résumé de l'*Essai sur les mœurs*. Enfin, par une manœuvre vraiment habile, à cette date de 1824, il propose à V. Hugo l'exemple de son maître et admirateur Chateaubriand; cet effort pour « tirer au parti libéral » le royaliste mécontent, et pour le compromettre un peu plus aux yeux des *ultras*, est digne d'attention :

1. *Mercure du XIXᵉ siècle*, tome V (1824), p. 61.

19

M. Hugo est, dit-on, l'un des élèves de M. de Chateaubriand, qui, dans sa prédilection paternelle, ne l'appelait jamais que l'enfant sublime. Pourquoi le fils adoptif de l'auteur des *Martyrs* n'imite-t-il pas l'exemple de son père ?... Qu'il voie combien de choses du temps cet écrivain mêle à des idées fantastiques, et aux créations de son imagination poétique ! Combien de philosophie dans son enthousiasme religieux ! Comme il a lu Voltaire, Rousseau, Montesquieu et toute leur école ! Comme il est souvent leur disciple en paraissant combattre leurs doctrines ! Que de sentiments, de principes et d'opinions il a puisés, retenus et adoptés dans leur commerce ! Le xviiie siècle éclate partout dans les écrits de M. de Chateaubriand, au milieu de ses brillantes et mensongères apologies des temps barbares et des vieilles institutions que le temps a détruites, comme il détruit successivement toutes les erreurs. M. de Chateaubriand est plein des temps modernes; ses disciples les oublient ou ne les connaissent pas.

Évidemment, Tissot veut jouer un mauvais tour à Chateaubriand; mais son opinion ne manque pas de finesse ; si elle est d'un *libéral*, elle est aussi d'un critique. — Tissot commente ensuite quelques pièces des *Nouvelles Odes*. Il admire le *Sylphe* : « Parny n'eût pas fait mieux. » Mais, après une citation de la première ode : *A mes vers*, il s'écrie : « Malheur à ceux qui peuvent approuver un pareil oubli de toutes les convenances, de toutes les analogies, de toutes les lois du bon sens ! » Il reproche à Hugo « l'incohérence des idées, les images gigantesques,... l'absence de la raison, les sentiments forcés. » Il justifie de nouveau la *philosophie*, « aussi innocente du mal qui a été fait que la religion des excès commis en son nom. » Il conclut par une remarque assez judicieuse, que tous les critiques postérieurs semblent avoir répétée. Ces défauts,

dit-il, « affaiblissent l'effet ou ternissent le mérite d'un
certain nombre de passages dans lesquels je me plais à
reconnaître l'empreinte d'un talent qui éclate quelquefois d'une manière extraordinaire. En empruntant un
moment la manière ambitieuse de certain poète en
prose, on pourrait dire que M. Hugo lance quelquefois
la foudre du haut de l'Olympe ; mais le ciel qu'il a fait
briller un moment d'une manière imprévue, rentre aussitôt dans les ténèbres (1). »

Les articles de Tissot ne sont donc pas négligeables;
on y trouve une thèse et des idées. Mais c'est seulement
avec ironie que la *Revue encyclopédique* accueille les
Nouvelles Odes de V. Hugo. Ém. Héreau écrit:

... Si sa muse est devenue un peu plus française, si les
sujets qu'il a rassemblés dans un second volume d'odes
sont en général moins sombres et surtout plus vrais, considérés moralement, peut-être aussi sont-ils traités d'une
manière moins poétique. On ne peut s'empêcher d'y
reconnaître encore plus d'images fausses, plus d'incorrection et de bizarrerie dans le style que dans le premier
volume. Nous voudrions pouvoir citer tout entière, à l'appui de nos critiques, l'ode quinzième, intitulée le *Sylphe*.
C'est un assemblage d'idées où la recherche et l'affectation sont voisines du ridicule... Citons encore un passage
de l'ode première....« De semblables vers ne doivent pas
craindre le grand jour », s'écrie un critique après avoir
rapporté cette strophe (voyez la *Muse française*, tome II,
p. 166); et ce critique est cependant un homme de goût,
et un poète distingué de l'époque. Voyez où peuvent conduire les complaisances littéraires, et dites par quelle
étrange méprise M. Soumet a pu louer de *semblables
vers* (2) !

1. *Mercure du XIVᵉ siècle*, tome V (1824), p. 285.
2. *Revue encyclopédique*, tome XXII (1824), p. 704.

Tandis que les critiques de l'école classico-libérale sont si sévères pour Lamartine et pour Hugo, ils réservent toutes leurs tendresses pour Casimir Delavigne. Parmi de nombreux articles où l'auteur des *Messéniennes* est proclamé supérieur à tous les lyriques de son temps, il suffira de signaler celui de Tissot dans le *Mercure du XIXᵉ siècle*.

Tissot loue surtout Delavigne de sa modération et de sa clarté ; il le met au-dessus de ceux qui chantent une *mélancolie de convention* (Lamartine), de ceux qui sont *riches d'images et pauvres de sentiment* (Hugo), de ceux surtout qui, pour mieux chanter la religion, s'élèvent contre la *liberté*. Delavigne est un libéral, voilà son plus grand mérite. Tissot s'attendrit en s'adressant à son jeune disciple, et lui donne de paternels conseils : « Deviens un ami religieux du vrai, un admirateur passionné du beau, un juge inexorable pour toi-même, et ton nom ne périra pas (1). » L'article tout entier est à lire pour qui veut savoir à quel point les considérations politiques peuvent obscurcir le sens critique. Tissot est intelligent, et ses réflexions sur la maladresse avec laquelle certains romantiques servent la cause de la religion sont fort judicieuses ; mais la façon dont il subordonne, de la meilleure foi du monde, ses appréciations littéraires à ses idées libérales, est vraiment faite pour nous surprendre : elle n'en est d'ailleurs que plus instructive pour un historien de l'opinion publique.

Mais Victor Hugo, molesté par les libéraux, sera-t-il du moins bien accueilli par les royalistes ?

En 1826 débute, aux *Annales de la littérature et des arts*, un jeune provincial classico-monarchiste, Edmond Géraud. Gascon et *orfèvre*, il va traiter de haut, on le

1. *Mercure du XIXᵉ siècle*, tome IV (1824), p. 148 et 341.

verra, les Hugo et les Lamartine ! — A l'apparition du
tome III des *Odes et Ballades*, Géraud écrit :

> C'est un terrible révolutionnaire en littérature que
> M. V. Hugo. Dédaigneux de tout modèle, rebelle à toute
> autorité, il soutient dans la préface de ses poésies qu'il ne
> faut reconnaître ni règles, ni limites ; qu'il est absurde de
> rester fidèle aux nuances de style que réclame tel ou tel
> genre... son style est comparable à celui de Scarron et de
> du Bartas... L'*Ode à Chateaubriand* est un mélange d'obs-
> curité, de bouffissure, et de choses grotesques, qui paraît
> devoir caractériser désormais les moindres productions de
> M. Victor Hugo... On ne trouverait peut-être aujourd'hui
> qu'un autre homme en France qui écrive de ce style à la
> fois ignoble, obscur et décoloré : c'est M. Lemercier ;
> mais M. Lemercier a fait *Agamemnon*, et nous voudrions
> pouvoir en dire autant de son jeune émule (1).

Géraud allait être satisfait, puisque l'année suivante
V. Hugo devait donner *Cromwell*. Cependant, Géraud
qui consent « à trouver des paillettes d'or dans ce torrent fougueux », conseille au poète « l'étude attentive
des bons modèles ». Au cours du même article, il avait
reproché à Hugo son admiration pour Napoléon ; on voit
ici percer les inquiétudes du parti royaliste à l'endroit,
de ce *bonapartisme poétique* qui, sans cesse réchauffé
par les libéraux, devait inconsciemment préparer l'opinion publique à une restauration impériale. « Il y a
sans doute, dit Géraud, dans la destinée de cet héroïque
charlatan quelque chose qui sourit aux muses peu sévères de notre époque ; car elles s'efforcent à l'envi d'en-
fler des odes ou des messéniennes sur ce beau sujet.
On ne sait quelle secrète similitude d'exagération, de

1. *Annales de la littérature...* Tome XXVI (1826), p. 493.

désordre et de vagabondage, ramène continuellement
certains poètes vers le héros de Moscou (1) ».

En 1827, nouvel article d'E. Géraud sur les *Odes et
Ballades*. Cette fois les critiques sont un peu plus précises. Après quelques réflexions amères sur « l'influence
fatale qu'exercent sur l'auteur les éloges effrénés auxquels il est en butte... », Géraud prétend qu'aucune de
ses *ballades* ne ressemble à la poésie du Moyen Age. Le
poète ignore complètement l'art de raconter, et Géraud
lui oppose Sauvigny, Moncrif, Léonard et Florian. De
Florian, il cite, comme modèle bon à étudier, le *Pont
de la Veuve*. Quant à V. Hugo, ses *Deux Archers* « manquent de simplicité, de grâce, d'ordre et de précision » ;
dans la *Fiancée du Timbalier*, on trouve « un luxe de
descriptions qui fait oublier les personnages » ; dans le
Géant, un burlesque digne de Rabelais ; et il conclut :
« Pour le commun des lecteurs qui n'entendent rien à
cette langue, écrire de telles folies, c'est prendre pour
des inspirations poétiques de véritables accès de fièvre
cérébrale. » On ne peut nier cependant que Géraud
n'ait signalé avec une certaine sûreté le défaut dominant de V. Hugo, quand il a dit : « Tourmenté de la
manie un peu enfantine de tout dire et de tout peindre,
M. Victor Hugo, pour satisfaire ce besoin, ne s'inquiète
guère du moment et de l'occasion... C'est toujours le
poète qui parle, c'est toujours lui qui veut décrire et se
faire voir, sans aucun égard pour la vraisemblance de
la fable ou les convenances du sujet (2). »

De ce lyrisme, de cet individualisme poétique, Géraud
a donc senti l'excès, — mais rien que l'excès. Il nie, semble-t-il, la légitimité du principe.

1. *Annales de la littérature*, tome XXVI (1820), p. 495.
2. *Id.*, tome XXVII (1827), p. 178.

Telle est la méthode des *classiques* de cette époque, qu'ils appartiennent comme Tissot au groupe libéral, — ou comme Géraud, au parti monarchique. Les uns et les autres d'ailleurs sentent que V. Hugo n'est inféodé pour le moment à aucune coterie politique : il s'est détaché de la *Société des Bonnes Lettres* qui espérait continuer à *couver* ce jeune talent orthodoxe, — et il fait la sourde oreille aux avances des libéraux qui consentiraient tout au plus à lui faire une petite place après Casimir Delavigne.

Quelle était, vers cette époque, l'attitude du *Globe*, l'organe des doctrinaires ? Sainte-Beuve — que nous allons retrouver — n'y faisait pas, en 1824 et 1825, de critique littéraire. Rémusat et Dubois s'y partageaient, avec Ch. Magnin, l'examen des poètes et des dramaturges. Or, voici qui est bien caractéristique de l'attitude du *Globe* en 1825. Rémusat publie cette année-là trois articles importants (22 janv., 12 et 22 février) sous ce titre : *De l'état de la poésie française* (1). Le premier de ces articles contient d'excellentes réflexions générales sur la nécessité de l'inspiration et de l'originalité ; nous en avons cité quelques lignes au chapitre précédent (2). Le second est une définition plus particulière du *lyrisme*, dont Rémusat semble avoir bien saisi l'élément personnel. Après avoir constaté que nous n'avons point de poésie épique, Rémusat, tout en accordant que nous avons une poésie dramatique, ajoute :

On pourrait dire que le poète ne se met tout entier que dans la poésie lyrique ; c'est dans celle-ci qu'il est *chose légère*, qu'il vole çà et là et se pose en tous lieux. Permis à lui de décrire, de raconter, de rêver, pourvu que tôt

1. Insérés dans les *Critiques et Études*, 1859, I, 219.
2. Cf. p. 239.

ou tard il revienne en scène, et que le tissu de ses vers, comme un voile transparent, laisse percer les mouvements et les passions de son âme. La poésie lyrique sort de la pensée, tout empreinte du sentiment de celui qui l'a conçue, pour se porter successivement sur tous les objets. Monotone ou variée, détaillée ou vague, intime ou extérieure, elle a tous les caractères comme l'homme même ; elle est universelle comme le monde ; elle exprime toutes les impressions en présence de tous les spectacles. Une telle poésie doit plaire à notre âge. En reproduisant des émotions personnelles, elle satisfait à ce besoin du naturel et du vrai, goût dominant de l'époque ; et par son caractère de généralité, douée de la rapidité vagabonde de la pensée et même de la rêverie, elle répond singulièrement à cette disposition de doute et de contemplation où nous jettent les doctrines et les événements du siècle. L'univers et un seul homme, l'infini et l'individu, tel est le contraste qui fait le fond de la poésie lyrique comme de la pensée humaine (1).

Il distingue alors trois espèces de poésie lyrique : la *méditation* (Lamartine), la *messénienne* (C. Delavigne), la *chanson* (Béranger). Et Victor Hugo, où le place-t-il? Nulle part. Ainsi les *Premières Odes* et les *Nouvelles Odes*, déjà parues, n'avaient point semblé à Rémusat dignes d'être mises en parallèle avec les *Messéniennes*.

Mais cette exclusion est propre à Rémusat.

Le *Globe*, tout en se déclarant choqué de certains défauts, admire et s'avoue ému. En annonçant les *Odes et Ballades,* Dubois écrit :

Dans quelques jours, il va paraître un nouveau recueil de poésies de M. Victor Hugo. Nous avons bien souvent relevé avec sévérité les défauts de ce jeune poète, son dédain sauvage de la langue, ce goût des images incohé-

1. *Globe,* 12 février 1825.

rentes, cette rudesse de rythme ; et bien plus encore cette
affectation du désordre et de l'étrange dans les idées.
Cependant, il faut le reconnaître, quelque déplaisir qu'on
éprouve à la lecture de ces compositions, elles frappent
l'imagination ; c'est un délire si l'on veut, mais un délire
de poète ; on peut relire ces vers, on rêve, on s'émeut en
les lisant, tandis que les froids versificateurs, qui sont si
fiers de leur vulgaire élégance, ne peuvent même arrêter
un moment les regards sur leurs pâles tableaux. M. Victor Hugo est en poésie ce que M. Delacroix est en peinture : il y a toujours une grande idée, un sentiment profond sous ces traits incorrects et heurtés ; et je l'avoue,
pour moi, j'aime cette vigueur jeune et âpre ; j'en puis
blâmer de sang-froid les œuvres, mais ces œuvres mêmes
me font sortir de ce sang-froid mortel à l'art ; et c'est
bien là un mérite aujourd'hui (1)...

A la suite de ces réflexions, le *Globe* reproduit deux
pièces extraites du recueil : *Les Deux Iles* et *Un chant
de fête de Néron ;* et dans le numéro du 18 novembre
suivant, la *Fée et la Péri.* Mais le *Globe* allait publier les
2 et 9 janvier 1827 les articles célèbres de Sainte-Beuve
sur les *Odes et Ballades* (2). On sait quelle était alors
la *position* du jeune critique dans le *Cénacle* de la rue
Notre-Dame-des-Champs et dans la maison de V. Hugo.

Ces deux articles sont trop connus pour que nous
devions les citer même par fragments; on en trouvera
d'ailleurs une excellente analyse dans l'étude de M. Michaut (3).

Mais cette admiration n'engageait que Sainte-Beuve
lui-même. Le *Globe* se réserve ; et l'on voit paraître, à
propos de l'*Ode à la colonne de la place Vendôme* publiée

1. *Globe*, 4 novembre 1826 (art. inséré dans *Variétés littéraires*
de Dubois, I, 257).
2. *Premiers Lundis*, I, p. 164.
3. *Sainte-Beuve avant les Lundis*, p. 131.

en plaquette, une note (au *Bulletin littéraire*) où Victor
Hugo est blâmé « de sa passion pour la gloire militaire
et féodale » (1). Cependant, en annonçant la quatrième
édition des *Odes et Ballades*, le *Globe* insère encore
deux pièces : *Pluie d'été* et *Rêves* (2).

A. de Vigny donne en 1824 *Eloa*. La *Muse française*
consacre à ce poème un article signé de Victor Hugo,
article touffu, au préambule quelque peu incohérent,
mais très sympathique, et dont voici la conclusion :

Il nous semble incontestable que le talent de M. de
Vigny a singulièrement grandi depuis l'apparition d'*Héléna*. De graves négligences dans l'ordonnance de ce
poème, l'incohérence des détails, l'obscurité de l'ensemble, les singularités d'un système de versification qui a
bien sa grâce et sa douceur, mais qui a aussi ses défauts
particuliers, toutes ces taches que des critiques, à la
vérité bien sévères, avaient remarquées dans la première
publication de M. de Vigny, ne peuvent être reprochées à
la seconde. La belle imagination de l'auteur s'est fortifiée
en se purifiant; son style, sans rien perdre de sa flexibi-
lité, de sa fraîcheur et de son éclat, a perdu les défauts
qui le déparaient. Peut-être cependant y découvrirait-on
encore quelques taches, en y regardant de très près; mais
il faudrait avoir la vue bien basse. Quant à nous, nous
n'envions à personne la triste satisfaction de compter
des imperfections; et nous rangeons *Eloa* parmi le petit
nombre de ces beaux poèmes qui emportent un nom
avec eux, de ces ouvrages qui sont conçus avec autant
d'élévation que de profondeur, et dont les sujets ont été,
en quelque sorte, pris avec une grande main : *prensa
manu magna* (3).

Eloa n'est pas moins bien accueillie par le *Mercure*

1. *Globe*, 15 février 1827.
2. *Globe*, 19 novembre 1828.
3. *Muse française*, t. II (1824), p. 235.

du XIX⁰ siècle. Là, c'est Henri de Latouche qui juge l'œuvre de Vigny. Esprit sceptique, la *religiosité* du poème lui déplaît; il est sévère pour le fond. Mais il loue sans restrictions le style, et réclame la formation d'une langue poétique tout à fait distincte de la prose. Sous ce rapport, Latouche est tout à fait à l'avant-garde romantique ; mais il discute en journaliste beaucoup plus qu'en critique (1).

Le *Globe*, où Sainte-Beuve consacre, le 8 juillet 1826, une importante étude à *Cinq-Mars*, s'occupe fort peu d'A. de Vigny comme poète, et ne semble pas le tenir en très haute estime. Voici la note que publie, le 15 avril 1826, le *Bulletin littéraire* de ce journal:

Poèmes antiques et modernes, par M. le comte Alfred de Vigny, 2ᵉ édition (U. Canel).
... C'est un singulier poète que M. le comte Alfred de Vigny. Ses conceptions sont tantôt dramatiques, élevées ou gracieuses; tantôt fausses, bizarres, ridicules. Parfois ses idées se développent avec ordre et lucidité ; souvent il y règne une incohérence et une obscurité fatigantes. Son style n'est pas moins inégal que son imagination. Vous venez d'admirer des tours d'une hardiesse heureuse et une poésie du coloris le plus frais, qu'un instant après vous êtes étonné de la barbarie des phrases et du prosaïsme contourné des vers (2)...

Cette sévérité peut étonner. Il semblerait au premier abord que Vigny, le plus *philosophique*, le moins fau-

1. *Mercure du XIX⁰ siècle*, t. IX (1825), p. 347. A signaler, de Latouche (même volume, p. 400), un article amusant : *Des gens de lettres vers l'an de grâce 1825*. C'est comme une brillante esquisse du célèbre article sur la *Camaraderie*, qu'il donnera en 1829 à la *Revue de Paris*.
2. *Globe*, 15 avril 1826.

taisiste, des romantiques, ait dû paraître aux doctrinaires supérieur à Hugo et même, par la *distinction* assez
raide de sa personne et de son talent, à Lamartine.
Mais non. C'est ainsi que la *Revue française*, en 1829,
formulera ce jugement que nous rapprochons des précédents, malgré la différence des dates, pour bien montrer que l'opinion des *doctrinaires* sur A. de Vigny
resta la même jusqu'au bout.

> Le style de M. de Vigny se montre brillant d'imagina-
> tion..., mais d'une monotonie fatigante, surchargé de
> descriptions, souvent traînant et embarrassé, rarement
> simple, naturel et clair... Il se rapproche de Hugo avec
> lequel il avait d'abord peu de rapports... En s'épurant,
> son talent semble s'être refroidi (1).

Les romantiques, au contraire, ont continué à louer
Vigny, et Brizeux fait ressortir, en cette même année
1829, avec une très grande justesse, mais en termes
toujours sympathiques, le caractère à la fois hautain et
mystique du poète gentilhomme :

> Peut-être sa renommée n'a-t-elle point reçu cette con-
> sécration populaire qu'il semblait alors de bon ton de
> dédaigner, et que ses rivaux de gloire affectent aujour-
> d'hui ; peut-être même M. de Vigny n'y atteindra-t-il
> jamais. Mais si nous préjugeons bien du caractère du
> poète par celui de ses œuvres, là n'est point son ambi-
> tion. Que du reste il se console : il en est de ses vers
> comme de ces images antiques qui, retirées au fond du
> sanctuaire, étaient voilées à la foule, mais faisaient la con-
> templation et les délices des initiés.
> ... Bien qu'à l'exemple des jeunes adeptes de la nou-
> velle école, il ait mis quelques prétentions à cette mélan-

---

1. *Revue française,* n° IX (1829, mai), p. 294.

colie rêveuse, à cette poésie intérieure qui nous est venue du Nord, la trempe tout expansive de son esprit donnait un continuel démenti à cette affectation, dont au surplus la mode en changeant a déjà fait justice.

M. de Vigny est un homme du Midi, nous dirons plus, il est poète antique, et le fond comme le style de ses ouvrages, tout révèle en lui cette double origine (1).

Dans un second article, où il est plus particulièrement question d'*Eloa*, Brizeux donne à Vigny des éloges plus vagues, et vante surtout son style ; cependant, selon lui, ce style est trop brillant, et finit par causer une impression de fatigue (2).

Lamartine, en 1825-1826, donne le *Dernier chant du pèlerinage de Childe-Harold* et le *Chant du Sacre*. Ces deux ouvrages sont assez mal accueillis, et par les classiques monarchistes des *Annales*, et par le *Mercure du XIXᵉ siècle* alors aux mains des classiques libéraux, et par les doctrinaires du *Globe*.

Aux *Annales*, E. Géraud écrit deux longs articles sur le *Pèlerinage*. Il commence le premier par un «éreintement» de Byron, et ajoute : « Tel est le modèle choisi par M. de Lamartine : on retrouve ici lord Byron tout entier. » Puis il analyse assez longuement le poème, dont il cite avec éloge quelques morceaux, et il dit en terminant : « Cette composition, malgré tout l'éclat dont elle brille, ne saurait entièrement mériter à l'auteur le suffrage des bons juges, *quia ponere totum nescit* (3). »

1. *Mercure du XIXᵉ siècle*, tome XXV (1829), p. 178 (signé A. Bx.).
2. *Id. ibid.*, p. 304 (signé A. B. X.).
3. *Annales de la littérature et des arts*, tome XIX (1825), p. 417.

Le second article est beaucoup plus sévère. Peut-être avait-on reproché à E. Géraud la modération du précédent. Voici, cette fois, les termes dont il use : « ...Défaut de suite, obscurité, désordre dans la construction de la phrase poétique, négligence, insulte aux règles du langage... » Il reproche à Lamartine de « mêler des idées à ses descriptions ». Il juge son style « redondant », et le compare à celui de Lucain et de Brébeuf. Sans doute, le poème contient « des choses ravissantes », telle que les adieux de Childe-Harold à sa maîtresse, le passage sur la jeune Adda, le Songe... Mais on y trouve « des vers empruntés à la Muse puérile de nos poètes gothiques », et Géraud conseille à Lamartine d'étudier Delille (1).

Un abonné croit devoir, à propos de ces deux articles, écrire deux lettres à E. Géraud dont il approuve et accentue la critique. On jugera du ton par la conclusion de la seconde :

Il est à souhaiter pour sa réputation, comme pour notre littérature dont il peut être l'honneur, qu'il veuille en croire les conseils pleins de sagesse et d'amitié par lesquels M. E. Géraud espère le ramener dans la route que nos grands modèles classiques lui ont tracée, et dans laquelle il a marché avec tant de bonheur et de gloire, dès ses premiers pas dans la carrière. C'est en s'en écartant qu'il est tombé dans la négligence et les défauts qui appartiennent essentiellement au genre romantique ; genre qui ne trouve de partisans chez la jeunesse actuelle que parce que, bravant toutes règles et tout frein, il est facile et

1. *Annales...*, tome XX (1825), p. 49. Quelques journaux monarchistes. (*La Gazette de France, La Quotidienne*), avaient reproché à Lamartine l'*immoralité* et l'*irréligion* du *Pèlerinage de Childe-Harold* ; Lamartine fait allusion à ces attaques, et y répond dans l'*Avertissement* de son poème.(Cf. Édition Hachette, 1898, p. 219.)

commode pour la médiocrité. Comme de toutes les plantes exotiques, on peut juger de celle-ci par les mauvais fruits qu'elle a produits jusqu'à ce jour... J'espère aussi que, variant davantage ses tons, il sortira enfin de ces rêveries mélancoliques et vaporeuses, dont le plus grand talent d'exécution ne peut, à la longue, sauver la monotonie et l'ennui (1).

Au *Mercure du XIX⁰ siècle*, Léon Thiessé a du moins un avantage, sans compter celui du talent; il peut parler en connaissance de cause de lord Byron qu'il a fait le premier pénétrer en France par ses analyses et par ses traductions (2). A ce titre, sa discussion du *Pèlerinage* n'est pas d'un profane. Il distingue du premier coup ce qui établit une différence essentielle entre le *Pèlerinage* de Byron, et la *suite* composée par Lamartine. « Le désordre de l'œuvre de Byron, dit-il, représente fidèlement sa vie; la continuation de Lamartine est œuvre d'imagination : il y a plus d'ordre, mais moins de vérité... La divagation poétique (le mot nous échappe) de lord Byron nous attache, parce qu'elle peint l'état de son âme ; celle de M. de L... ne peut plaire que par le style. » Encore reproche-t-il à Lamartine écrivain de briller surtout dans des morceaux isolés et de manquer l'effet général. « C'est une suite de pièces de rapport. » Et il imagine plaisamment un voyage à Saint-Cloud, dont chaque *tableau* fournirait une *tirade*. L'article est spirituel et mérite d'être retenu (3).

Thiessé, en somme, semble placer le *Pèlerinage* de Lamartine fort au-dessous des *Méditations*. Tel n'est pas l'avis d'H. de Latouche qui, dans le même recueil,

1. *Annales*, t. XX (1825), p. 129.
2. Cf. p. 59.
3. *Mercure du XIX⁰ siècle*, t. IX (1825), p. 302.

à propos de la publication de *Trois Epîtres* de Lamartine, attribue le succès des *Premières Méditations* à la *coterie*, et préfère de beaucoup les *Secondes Méditations* et *Childe-Harold* (1).

Le rédacteur du *Globe*, Ernest Desclozeaux, est, lui aussi, un érudit en littérature anglaise : il a publié en 1824, 1825 et 1826, six articles considérables sur Shakespeare (2). Nous pouvons donc l'en croire quand il accuse Lamartine de ne pas comprendre Byron et de méconnaître son dessein :

> M. de Lamartine, dit-il, n'est pas de son siècle, et comme Byron était essentiellement l'homme de son époque, il nous fâche de le voir jugé par des opinions déjà vieillies, par des préjugés morts depuis longtemps. L'esprit de M. de L... s'est arrêté dans la rêverie ; il est parfaitement étranger aux idées de liberté qui font la gloire de notre âge.

Il lui reproche de transformer Byron « en un moine superstitieux qui a peur de l'enfer... et de lui donner envers l'Italie des sentiments faux (3). »

Le *Chant du Sacre* est très sévèrement accueilli par E. Géraud, dans les *Annales*. Sans doute, Géraud, en bon royaliste, approuve le fond ; mais il critique le poète sur le *choix de ses expressions* et sur la *pureté de son langage*. Il épluche un certain nombre de vers, dans lesquels il signale des solécismes. Il lui oppose des vers de Voltaire, tirés du *poème de Fontenoi*. Selon lui, Lamartine travaille trop vite ; et Géraud conclut par le

1. *Mercure du XIXᵉ siècle*, t. IX (1825), p. 531. Cf. à propos de ces *Epîtres*, le *Globe*, du 24 sept. 1825.

2. *Globe*, 27 nov. et 25 déc. 1824, — 5 fév. 1825, — 19 août, 9 septembre, 19 octobre 1826.

3. *Globe*, 6 août 1825.

précepte de Boileau : *Travaillez à loisir, quelque ordre qui vous presse* (1).

A la critique étroite et mesquine de Géraud, on peut opposer celle de P. Dubois dans le *Globe*. Dubois, lui, est plutôt sévère pour le fond; il analyse le poème avec une mordante ironie. Mais du moins, donne-t-il, à cette occasion, une très bonne et très solide page sur les défauts auxquels la poésie *personnelle* est inévitablement exposée, quand elle sort de ses limites.

Aucun des poètes de notre âge, si ce n'est M. de Chateaubriand, n'a reçu comme M. de Lamartine le don d'émouvoir par les sons; et telle est l'harmonie de la prose de l'un et des vers de l'autre, qu'en les lisant tout haut, vous enivrez et ceux qui vous écoutent et vous-même, sans pouvoir dire pourquoi, sans que vous acceptiez en rien leurs idées. Sans doute, c'est là le signe auquel on reconnaît surtout le poète ; la nature l'a fait avant tout musicien : cependant l'harmonie et la mélodie ne sont pas toute la poésie ; et M. de Lamartine doit y songer sérieusement, car voilà de suite trois essais malheureux. Tant qu'il s'est borné à peindre les douleurs d'une affection trompée, ce vague de pensée où jette le doute à force d'épuisement, ces rêves d'immortalité où se complaît l'espérance, comme il s'adressait pour ainsi dire au souvenir de chacun, les mots d'*amour*, de *néant*, d'*avenir*, d'*éternité*, sans cesse accordés avec art, ont suffi pour ébranler les imaginations à l'égal de la sienne ; la musique de son style, ajoutant à l'émotion, a doublé l'ivresse, et il a été proclamé le poète du xixᵉ siècle. Mais disons-le avec franchise, M. de Lamartine n'a qu'une corde à sa lyre ; il a traversé la vie en rêveur solitaire, il a peu vu, peu regardé ; et quand il veut peindre la vie réelle, les idées comme les images lui manquent ; il retombe dans sa continuelle adoration de l'infini, de la nature, des mystères

1. *Annales de la littérature et des arts*, t. XIX (1825), p. 430.

20

de l'âme ; rien de vivant ne s'échappe de son imagination ;
c'est toujours le même hymne à propos de mille sujets
divers : Socrate, Charles X, Childe-Harold ont les mêmes
idées, parlent le même langage, se laissent aller aux mêmes rêveries que le poète lui-même au bord du *lac* qui le
vit voguer avec son amie, ou dans le *temple* solitaire qui
reçut la confidence de ses douleurs (1)...

Les mêmes reproches, un peu durs, il faut l'avouer,
mais *critiques* au vrai sens du mot, sont formulés par
un autre rédacteur du *Globe* (dans un article non signé)
à propos de *Mélanges poétiques* de Ulric Guttinguer.
Toute la conclusion est à l'adresse de Lamartine que
l'on rend responsable des défauts de ses imitateurs.

... Nous avons en ce moment cinq ou six jeunes poètes,
dont aucun, à coup sûr, n'est dépourvu de dons naturels,
et qui font pourtant en général de fort mauvais vers,
uniquement, selon nous, par la faute de M. de Lamartine.
Si chacun d'eux eût attendu que l'inspiration vînt lui
révéler la route que son talent l'appelait à suivre, il est
probable que dans des genres différents ils auraient tous
laissé des productions plus ou moins heureuses, plus ou
moins originales : mais le succès des *Méditations* leur a
fait perdre la tête ; ils ont cru qu'on ne pouvait être poète
désormais sans avoir fait aussi des méditations, et les
voilà qui depuis quatre ans ne cessent de copier ou, si l'on
veut, de traduire sous toutes les formes un ouvrage plein
de grandes beautés sans doute, mais auquel on ne pouvait
donner impunément un pendant, témoin M. de Lamartine
lui-même, qui n'a pu s'imiter sans déchoir.
... Tout système, toute routine est la mort de la poésie,
qui ne vit que d'inspiration : aussi dans une école poétique il n'y a jamais qu'un poète, c'est le fondateur ; tous
les autres ne sont que perroquets.

1. *Le Globe*, 30 juillet 1825 (*Fragments*... I, 103).

... Qu'il se garde de ce genre nuageux, de ce mysticisme du cœur qui ne sait rien appeler par son nom : nous sommes au temps de la réalité et de la vérité ; aujourd'hui tout jusqu'à *je vous aime* doit se dire simplement (1).

. Enfin, pour compléter cet ensemble de jugement, il convient de citer une partie du long article consacré à Lamartine par Rémusat, dans le *Globe* du 12 mars 1825. Cet article a été réimprimé dans le premier volume des *Critiques et études* (2), et accompagné d'une note (3) qui, tout en prouvant le sens critique de Rémusat, tendrait à diminuer un peu trop la valeur durable de ses conclusions. On en jugera en lisant attentivement ce qui suit, et en se demandant si vraiment la critique toute récente ne garde pas les mêmes *positions*.

... Sa rêveuse imagination s'adressait aux imaginations rêveuses : aussi son succès a-t-il été plus grand dans le monde que dans les académies, chez les femmes que parmi les hommes, dans le Nord qu'en France. Qui n'a rencontré de ces esprits jeunes, moitié exaltés, moitié naïfs, qui se plaisent dans le vague, qui savent trouver un fond de tristesse dans les impressions les plus douces, et prêter quelque douceur aux impressions les plus tristes?... C'est tour à tour la circonstance la plus simple ou l'objet le plus auguste qui les pénètre de joie, de peine, ou plutôt d'une émotion qui n'est ni peine, ni joie ; c'est tour à tour le spectacle de la nature ou celui d'une fête, c'est la pensée de l'immensité ou la vue d'une fleur, c'est le souvenir de Dieu, la chute d'une feuille, le murmure de

1. Le *Globe*, 22 fév. 1825. Cf. un article du 19 mars 1825, sur les *Odes* d'Ed. d'Anglemont.

2. P. 228.

3. « Toutes ces observations sur le talent et les idées de M. de Lamartine paraîtront peut-être assez piquantes aujourd'hui que le temps les a si complètement démenties. » J'ai déjà cité cette note dans mon *Introduction*, p. 19.

l'eau, qui les touchent et les enlèvent aux calculs et aux
intérêts de la vie positive, dont l'activité leur semble toujours tenir de trop près à l'égoïsme. A cette disposition
morale, ignorée du grand nombre, et souvent passagère
chez ceux qui l'ont connue, répond la poésie de M. de
Lamartine. De là l'impression inégale qu'il a produite sur
des âges, des sexes, des caractères divers ; de là l'impossibilité de faire comprendre son mérite à ceux qui ne
l'ont point senti d'eux-mêmes : il faudrait ou leur ôter
des années, ou leur rendre des affections. C'est déjà une
tâche assez difficile que de s'entendre avec ceux qui goû-
tent son talent : c'est pour eux comme une question personnelle ; ils ont couru au-devant du charme qu'il leur
offrait ; en l'écoutant, ils ont cru rêver seuls, et à chaque
révélation de sa Muse, il leur a semblé qu'ils se retrou-
vaient encore et qu'ils rentraient en eux-mêmes.
    ... Les *Méditations poétiques* ont cet avantage qu'elles
expriment des sentiments que l'auteur a connus. Elles
sont vraies en ce sens qu'elles sont sincères : c'est à ce
caractère, on peut se le rappeler, que nous avons reconnu
l'inspiration. On prétend que M. de Lamartine les regarde
comme des essais, comme des préludes, et qu'il réserve
toutes ses espérances pour des compositions plus étudiées
et plus ambitieuses ; cela même prouve que les *Méditations* lui ont échappé au lieu de lui coûter, et qu'elles
décèlent plutôt un sentiment qu'une combinaison. C'est
déjà un mérite qui nous suffirait pour les placer au premier rang des ouvrages qu'il nous promet. Puisse-t-il
démentir notre conjecture, mais il nous semble appelé
surtout, uniquement même, à ce genre de composition.
L'attrait de la rêverie, les regrets de l'amour, le dégoût
de la vie, la pensée confuse des choses invisibles et de
l'avenir éternel, sont les sujets qui lui conviennent le
mieux...
    Ce qui manque aux *Méditations* pour la pensée, c'est
la force ; et pour le cœur, c'est la passion : elles sont
élevées et tristes, voilà tout. Aussi les meilleures expri-
ment-elles les sentiments les moins prononcés ; elles ont

alors un charme d'une suavité que les mots ne peuvent pas rendre. (Voyez *Le Soir, L'Isolement, Les Préludes, Les Adieux à la mer*, et surtout la pièce intitulée *Souvenir*). Mais lorsque le poète s'attaque à des pensées graves et profondes, ses vers, malgré de grandes beautés, ont quelque chose de confus et d'indécis qui satisfait mal les esprits sérieux ; et quand il veut redescendre à la vie réelle et aux sentiments positifs, il perd le naturel et l'effet ; témoins ses fragments épiques et dramatiques, témoin surtout la *Mort de Socrate*.

(Critique le style, pour la négligence).

(La *morale* des *Méditations*) : Elles ne sont que l'hymne du découragement, du scepticisme et de l'inaction. Les conséquences rigoureuses en seraient, en religion, la mysticité sans conviction et sans pratique ; en morale, la sensibilité sans vertu ; en politique, la soumission sans examen (1).

Croirait-on, d'ailleurs, qu'à cette même date de 1825, Rémusat ait dit que Cas. Delavigne était, des trois poètes lyriques qu'il *admet*, celui *qui promettait le plus* ? Voici son jugement :

L'auteur des *Messéniennes* est celui peut-être qui promet le plus à l'avenir, précisément parce qu'il n'a point un genre à lui, et semble chercher encore sa mission. Quoique moins original que les deux autres (Lamartine et Béranger), son talent est si pur et si étendu qu'il peut se prêter avec plus de succès et de facilité à l'innovation, dès que son esprit osera la concevoir ; il parle naturellement en vers, et nul don n'est plus rare.....

1. *Globe*, 12 mars 1825 (*De l'état de la poésie française*, 3ᵉ article : M. de Lamartine), réimprimé dans *Critiques et études littéraires*, I, p. 218. Cf. *Mercure du XIXᵉ siècle*, tome XII (1826), art. de H. (Latouche) sur les *Œuvres complètes* de Lamartine.

Mais Rémusat reproche à Delavigne « de n'avoir pas élevé ses pensées au niveau de son talent » ; et ceci est d'une réelle finesse critique :

Trop souvent, il se borne à mettre admirablement en œuvre des idées communes ; *je n'entends point par là des idées populaires, car elles rendraient sa poésie vraie et neuve, mais de ces idées prévues du lecteur, qui ne caractérisent ni l'auteur ni le sujet...*

Aussi, malgré la faveur apparente de l'appréciation initiale, Rémusat conclut-il par un *conseil* fort piquant. même si le critique n'y a fait entrer aucune ironie : il est impossible de mieux placer à son rang le poète superficiel et insipide que devait rester toute sa vie l'auteur des *Messéniennes* et de *Louis XI* :

Ses conceptions, dit-il, ne supposent pas une vue assez haute ni assez profonde jetée sur les choses humaines. C'est donc son esprit et sa raison qu'il doit exercer et agrandir : il n'a plus besoin de songer à son talent ; il le retrouvera chaque fois qu'il voudra le mettre à l'œuvre. Chez lui, c'est le philosophe qui manque au poète, et c'est un bonheur, car la philosophie est une conquête, et la poésie est un don (1)...

Enfin, à la même époque, Rémusat consacre à Béranger un article presque enthousiaste : si l'on songe que Rémusat fit lui-même des chansons, et qu'il n'était point fâché de relever un genre où il s'était compromis, — et que, d'autre part, il sait gré à Béranger de mettre en couplets les idées libérales que lui-même il tourne en phrases élégantes et sentencieuses, — on ne s'étonnera pas qu'il ait écrit :

1. *Globe*, 12 fév. 1825 (*Études et critiques*, I, p. 233). Cf. l'article de Sainte-Beuve, dans le *Globe* du 20 mars 1827.

Nous lui devons la poésie la plus nationale, la plus
contemporaine et la plus individuelle à la fois... A la fois
accessible à toutes les idées de son époque, et fortement
préoccupé de ses impressions personnelles, il chante tour
à tour en son nom et au nom de tous ; il pense comme
tout le monde et ne sent que comme lui-même ; il s'ap-
proprie des idées communes et les traduit dans un langage inimitable, et cependant aussi vite populaire qu'il
est connu (1)...

Si d'ailleurs nous ne pensions pas sortir des limites
de ce chapitre, où il nous semble que Béranger ne
serait pas à sa place, le *cas* de ce chansonnier serait, au
point de vue de nos *exemples*, un des plus curieux à
étudier. Jamais jugements ne furent plus *relatifs*, plus
conditionnés par l'actualité, ni plus complètement
démentis par la postérité.

§ 4. — Victor Hugo: *Les Orientales*. — Sainte-Beuve :
Les Consolations.

Dès 1828, la cause de la grande poésie lyrique, c'est-
à-dire de la poésie *personnelle*, semble tout à fait gagnée. La *Revue française* le constate une fois de plus,
en termes excellents :

Les *genres de convention* sont démonétisés. Le style en
a vieilli.
C'est le moment d'en finir avec tous les genres de
convention... Ce moment nous y touchons, si nous ne
l'avons déjà atteint ; et les poètes feront sagement de ne
plus se hasarder sur ces cordes tendues pour y exécuter
les mêmes tours de force que par le passé, et d'y renoncer, comme déjà ils ont renoncé aux triolets, rondeaux,

1. *Globe*, 16 avril 1825 (*Études et critiques*, I, p. 219).

sonnets et pastorales. — La poésie en est réduite à sa
forme naturelle et primitive, la poésie lyrique.

Une époque arrive où, fatigués des mensonges d'une
poésie toute mythologique, les hommes se mettent à pré-
férer la vérité, et à trouver la nature plus merveilleuse
dans sa simplicité qu'embellie par les plus riches fictions;
c'est alors que la muse lyrique reprend son empire et
redevient l'organe presque unique de tout ce qu'il y a de
poésie dans cet âge de maturité et presque de vieillesse.
Quel autre dira ces dégoûts, ces mécomptes qui naissent de l'excès même de notre développement ; cette
lutte intérieure qui s'établit entre les émotions d'une
nature faible et les lumières d'une intelligence savante ;
cette intempérance d'idées confuses qui, si elles ne vont
pas jusqu'à ébranler la puissance de notre raison, troublent et fatiguent l'imagination, fantômes d'autant plus
imposteurs que nous les voyons et les nions à la fois?

La poésie lyrique est si bien la poésie des temps modernes que c'est sur elle que se fondent les grandes réputa-
tions poétiques de nos jours, non seulement en France, mais
en Allemagne, en Italie, en Angleterre : — Gœthe, Schiller,
Burger, Uhland, Manzoni, Byron qui fait naître dans nos
imaginations ce besoin de poésie sans illusion, de merveilleux sans croyances religieuses, et de terreur supersti-
tieuse sans préjugés populaires.

En France, C. Delavigne, Lamartine, V. Hugo, Mme Tastu, Soumet, Lebrun... (1).

Mêmes observations, et de la même justesse, dans les
articles que Rémusat donne au *Globe*, et dans lesquels
il rend compte de l'ouvrage tout récemment publié par
Sainte-Beuve, le *Tableau de la poésie française au XVIe siècle* (2). Il semble avoir résumé plus tard tout cet article,

1. *Revue française* n° IX (janvier 1828), p. 228 (à propos du
Voyage en Grèce, poème de P. Lebrun).
2. *Globe*, 3 et 27 sept., 5 nov. 1828 (*Études et Portraits...*, I,
p. 281).

en cette formule : « Un nœud plus étroit qu'on ne pense rattache aux œuvres poétiques de M. Victor Hugo les recherches de critique et d'histoire de M. Sainte-Beuve. L'un est en effet le critique de l'école dont l'autre est le chef (1). »

Or, justement en 1828, Victor Hugo qui semblait, dans ses dernières *Odes*, avoir abandonné la poésie de pure imagination, la poésie extérieure et matérielle, pour la poésie intime et personnelle, Victor Hugo va déconcerter la critique par un retour en arrière, en publiant les *Orientales*.

Certes, la critique romantique accueille le nouvel ouvrage avec un respect mêlé d'enthousiasme. Cependant le *Mercure du XIXᵉ siècle*, qui venait de publier sur les *Odes et Ballades* un article où les éloges n'étaient tempérés d'aucune restriction (2), sent très bien la différence ; et le rédacteur plaide avec esprit les circonstances atténuantes : il distingue la poésie de *sentiment* de la poésie d'*imagination*, et il ajoute :

C'est sur ce genre de pièces (*Les Djinns, Sara, la Captive...*) que retombe surtout le reproche adressé à M. Hugo, de ne pas composer ses *Odes*, et de faire de la poésie seulement pour les yeux. On conçoit ce reproche : la poésie d'imagination est à la fois celle qui se comprend le moins, et qui se pardonne le moins. La poésie de sentiment, en nous retraçant des rêves de cœur, que nous avons nous-même éprouvés maintes fois, nous associe en quelque sorte au travail du poète, et il nous semble que nous soyons pour quelque chose dans cette belle œuvre qui nous émeut. Il en est tout autrement de l'autre espèce de poésie ; elle nous accable et pèse sur nous

1. *Revue française*, nᵒ VIII (janvier 1829).
2. *Mercure du XIXᵉ siècle*, tome XXIV (1829), p. 119. Article signé D. J. E. (?)

comme un soleil ; de là une sorte d'impatience et de
révolte intérieure (1).

Mais le *Globe* et la *Revue française* vont, tout en se
montrant peut-être trop sévères, déterminer avec
sûreté le caractère des *Orientales*, et marquer, à cette
date, leur place dans l'œuvre de V. Hugo ; on pourrait
résumer les observations qui suivent, par ces deux formules : *progrès de virtuosité, perte de l'inspiration.*

Le *Globe* ne donne d'ailleurs qu'un assez court article, non signé, pour précéder une citation des *Orientales, Fantômes*. Mais cette *note* est calculée ; chaque
expression y sent le critique avisé : ce ne peut être
Sainte-Beuve, c'est probablement Dubois. Quel qu'il
soit, le rédacteur signale dans les *Orientales* « les descriptions minutieuses, sans proportion avec l'ensemble de chaque composition, — l'absence trop fréquente de sentiments profonds, — un luxe tout extérieur, — une poésie pour les yeux. Ajoutez, dit-il, un
goût bizarre du fantastique, placé au milieu des sujets
les moins propres à les recevoir, et je ne sais quel
amour des petits détails vulgaires relevés d'un éclat
prétentieux. A dire vrai et court, les *Orientales*, sauf
trois ou quatre pieces, attestent dans M. Hugo l'affectation d'une manière... A mesure que la correction
grammaticale et l'habileté de la rime gagnent en lui, il
semble perdre du côté de l'invention (2). »

Mais c'est dans la *Revue française*, dans un article
intitulé *La Nouvelle École poétique*, que nous trouvons
un jugement approfondi sur les *Orientales*. Le rédacteur (3), après des réflexions générales sur la nécessité

1. *Mercure du XIX* siècle, tome XXIV (1829), p. 195 (art. non
signé).

2. *Globe*, 21 janvier 1829.

3. M. de Guizard.

de renouveler la poésie, et sur les dangers de l'imitation
(moyen âge ou xvie siècle), — après avoir dit très justement, mais en style quelque peu prud'hommesque :
« Distinguons les règles qu'il faut respecter et les conventions qu'on peut braver », — en arrive aux *Orientales* :

Les *Orientales* ont peu réussi. Le monde intellectuel,
le monde des idées existe à peine pour [l'auteur]. Ce
sont des impressions fugitives et toutes sensuelles. Il
court à perdre haleine sur la surface des objets, recueille
rapidement leurs plus grossières apparences, s'en empare,
et en grossit son trésor poétique ; mais rarement il inter-
roge leur nature intime, plus rarement encore il fait intervenir l'homme moral. (Exemple de développement de ce
genre dans *Le feu du ciel*)... Sa poésie est un feu rou-
lant de formes, de dimensions, de couleurs, d'enluminures
purement pittoresques... Les couleurs surtout, source
d'oppositions constantes... (Exemples de *noms de couleurs monosyllabiques* jetés à la fin du vers).

Sa conclusion est remarquable : il ne trouve dans les
Orientales que du *matérialisme poétique*, et dit que le
poète s'est engagé dans une fausse route.

Ce n'est pas au sein d'une civilisation raffinée, d'une
société surabondante d'idées et d'impressions morales,
que la poésie fleurira sous la forme qu'elle revêt volontiers chez certains peuples primitifs, dont le langage est
emprunté presque tout entier à la nature extérieure. En
se développant, la nature morale crée un autre monde
d'expressions et d'images dont le poète doit faire aussi
son profit. Toute tentative de réforme poétique sera
vaine ou même funeste, si elle est indépendante de la
pensée qui doit renouveler la poésie française en l'iden-
tifiant plus étroitement avec nos mœurs et nos idées (1).

1. *Revue française*, n° 7.

Tandis que les *Orientales* excitaient à la fois l'enthousiasme des jeunes romantiques et les défiances de
l'école doctrinaire, au sein même du Cénacle naissait
un nouveau poète, dont l'œuvre en contradiction absolue de fond et de forme avec les *Orientales*, ramenait
la poésie à l'expression des sentiments individuels.
Je veux parler du premier recueil de Sainte-Beuve :
Vie, Poésies et Pensées de Joseph Delorme.

L'ouvrage ne paraît en librairie que le 4 avril 1829 (1);
dès le 26 mars, le *Globe* cite plusieurs pièces qui doivent entrer dans le volume : *Causerie au bal, La Veillée*
(à V. Hugo), *Le creux dans la Vallée.* Ces citations sont
précédées d'un court article. Le rédacteur (?) loue la
vérité de cette poésie; rien, dit-il, de plus *intime*, de plus
individuel; l'auteur est de la famille de René, de Wer-
ther, d'Obermann; on trouve chez lui des cris d'effroi,
de l'ironie, la volupté du désespoir. Il le compare aux
poètes anglais contemporains. Le style lui paraît neuf
et original : « Jamais, ce nous semble, nous n'avions
vu se montrer dans des vers tant de mots bas ou tom-
bés en roture, redevenus poétiques et nobles, comme
on dit, par la seule magie du rythme (2). »

A cette note très favorable, devait succéder, le 11 avril
suivant, un important article de Ch. Magnin. Celui-ci
ne manque pas de comparer Sainte-Beuve aux *lakistes*
anglais. Mais les restrictions, et même les reproches,
suivent les éloges. Magnin juge la poésie de Sainte-
Beuve « parfois bizarre, délirante et précieuse » (ici,
il cite les *Rayons jaunes*); il signale des « crudités de
langage », un « amour futile pour la difficulté vaincue ». Et sur ce point, il insiste un peu lourdement à
sa manière, mais non sans justesse :

1. Cf. Michaut, *Sainte-Beuve avant les Lundis*, p. 170, p. 606.
2. *Globe*, 26 mars 1829.

Vous vous moquez assurément, dit-il, de l'abbé Delille ;
mais êtes-vous bien sûr que, dans quelques-unes de ces
babioles et de ces tours de force auxquels vous vous com-
plaisez, il y ait un sentiment beaucoup plus juste de l'art
que dans la description du tric-trac, des dés et du cornet ?
Ce sont pures difficultés vaincues des deux parts, pure
marqueterie sans idée. Ce n'est pas assez pour qui peut
mieux faire. De tels jeux, croyez-moi, risquent de gâter
la main au lieu de l'exercer : il ne faut jamais badi-
ner avec le faux (1).

On le voit, Magnin mettait bien le doigt sur le vice
essentiel de cette poésie, poésie intime, sans doute, et
psychologique, mais plutôt analytique et, pour dire le
vrai mot, *critique*. Mon objet n'est pas de discuter dans
quelle mesure cette opinion est restée juste ; on en
trouvera une très pénétrante analyse dans le livre de
M. Michaut (2).

D'ailleurs, les rédacteurs du *Globe*, de l'aveu même
de Saint-Beuve, n'étaient pas d'accord sur le mérite de
Joseph Delorme : « Il y a eu là-dessus, dit-il, scission
et débats au *Globe :* Leroux, Jouffroy, Damiron,
Lerminier, Magnin d'une part, et de l'autre, MM. Vitet, Desclozeaux, Duvergier, Duchâtel, Rémusat, etc.
N'est-ce pas glorieux et amusant (3) ? »

Un écho de ces discussions se retrouve dans la *Lettre
d'un abonné au Rédacteur du Globe* (4).

Les *Consolations*, l'année suivante, sont l'objet de
quelques comptes rendus intéressants. Le *Globe* les
annonce le 15 mars 1830, et cite deux pièces (IX et

1. *Globe*, 11 avril 1829.
2. *Sainte-Beuve avant les Lundis*, pages 170 à 181.
3. Sainte-Beuve, *Correspondance*, I,16 (23 avril 1829). Cité par
M. Michaut, p. 183.
4. *Globe*, 15 avril 1829. Peut-être de Duvergier de Hauranne,
selon M. Michaut (p. 180) ?

XVII) (1). Le *Mercure du XIXᵉ siècle* consacre au nouveau recueil de Sainte-Beuve un très éloquent article. Le rédacteur définit avec justesse l'originalité des *Consolations* par rapport aux *Poésies de Joseph Delorme* ; il y trouve surtout un retour à la religion, au déisme, au mysticisme.

Enfin, on dirait Lamartine, avec moins de sublime et d'ampleur peut-être, mais avec plus de naïveté, plus de réalité, plus d'individualité, plus de causerie et plus d'indépendance de rythme. L'auteur des *Consolations* s'inspire aux mêmes sources que l'auteur des *Méditations*... Lamartine s'était emparé de ces échos sublimes de l'âme humaine, il en avait formé de merveilleux concerts ; il parlait du haut de son génie... Il a interrogé face à face les mystères les plus ardus du christianisme, les paradoxes les mieux échafaudés de la philosophie, il les aborde un à un, sans exorde, et avec son ton d'inspiré. L'auteur des *Consolations* est plus homme ; il part d'un incident de la vie privée ou domestique pour arriver aux régions les plus élevées du déisme, de la morale et de l'éclectisme ; il commence par une conversation, une lecture, une promenade ; il finit par une admirable méditation pleine de logique, de dignité et de poésie. En un mot, ce recueil est tout intime, tout personnel, l'auteur s'y montre entouré de ses amis et de ses affections (2).

La *Revue française* se montre sévère pour les *Consolations* :

On y remarque, dit le rédacteur anonyme, des inversions, des enjambements, des coupes heurtées qui ne sont pas là pour le besoin de la pensée, et encore moins de l'harmonie, mais parce qu'il fallait le cachet de l'école. On y remarque des bizarreries de forme, de conception, et

1. *Globe*, 15 mars 1830.
2. *Mercure du XIXᵉ siècle*, tome XXIX (1830), p. 132.

d'idées, qui trahissent à chaque instant les efforts qu'on a faits pour paraître original. Si tous ces défauts disparaissaient, l'ouvrage en serait meilleur, nul doute ; mais il n'appartiendrait pas aussi exclusivement au romantisme, et il serait moins vanté (1).

La même Revue venait d'accueillir avec des observations analogues un ouvrage de caractère bien différent, les *Contes d'Espagne et d'Italie* d'A. de Musset. C'est toujours le même reproche d'originalité à tout prix. Les *intellectuels*, les *rationalistes* de la *Revue française* devaient être aussi choqués par la capricieuse et impertinente fantaisie de Musset, que par la mièvrerie ou la trivialité de Sainte-Beuve :

> Déjà plus d'une fois nous avons vu apparaître des compositions informes, dont tout le mérite est dans l'exagération des sentiments, dans le décousu des idées, et principalement dans une certaine prétention de style d'autant plus choquante qu'elle emprunte les apparences de la naïveté. Voici encore M. de Musset qui, par la publication de ses *Contes d'Espagne et d'Italie*, semble vouloir apprêter un facile triomphe aux nombreux ennemis de l'école romantique. [Le rédacteur cite quelques vers des *Marrons du feu*, de l'*Andalouse*, de la *Ballade à la lune*, et conclut :] On s'y perd, et il faut bien se séparer de M. de Musset, puisqu'il devient tout à fait inintelligible (2).

Mais nous voilà parvenus à la date de 1830, que nous nous sommes assignée pour borne. C'est donc le cas de citer deux témoignages *contradictoires*, sur l'*état de la poésie*. Le premier sera un fragment de l'article auquel nous venons d'emprunter ce jugement sur les *Consolations*, et qui prouve que le parti doctrinaire,

1. *Revue française*, n° XIV (mars 1830), p. 260.
2. *Revue française*, n° XIII (janvier 1830), p. 281.

celui qui soutient le romantisme juste-milieu, n'est pas
satisfait ; il ne croit plus à l'avenir d'une école devenue
une coterie. Le second nous donnera la note des romantiques eux-mêmes.

Les renommées durables, lisons-nous dans la *Revue
française*, ont toujours appartenu non à ceux qui ont
devancé leur siècle, comme on ne cesse de le répéter, mais
à ceux qui l'ont compris, à ceux qui en ont rendu, quoique diversement, toute la pensée. N'avons-nous pas vu
déjà s'élever parmi nous quelques-unes de ces gloires
incontestées ? L'envie même oserait-elle disputer aujour-
d'hui à Chateaubriand, à La Martine et à Béranger cette
couronne que leur ont décernée les contemporains, et qui
ne doit jamais se flétrir ? Et cependant ils n'ont prêché
aucune réforme ; ils ne se sont point annoncés comme des
novateurs ; poètes, ils ont fait ce qui convient à des poètes ;
ils ont beaucoup senti, et ils ont exprimé avec bonheur
ce qu'ils sentaient. Voilà leur secret et leur gloire !
Au nombre des jeunes écrivains qui aspirent à les
égaler, à les surpasser peut-être, il en est qui ont voulu
faire une révolution, ne voyant pas qu'elle était facile ou
qu'elle se ferait d'elle-même ; ils se sont réunis pour accomplir cette grande tâche, et il sont là haletants, épuisant
leurs forces, cherchant dans le passé les matériaux d'un
édifice qui soit indestructible dans l'avenir. Qu'en résul-
tera-t-il bientôt ? C'est qu'au lieu d'être au delà de ce
mouvement, de ce progrès que nous avons constaté, ils
seront impuissants à le suivre.
... Où en est cependant la nouvelle école ? Après avoir
admis ce principe d'impartialité et de liberté, après l'avoir
pris pour devise et se l'être en quelque sorte approprié,
la voilà qui s'en écarte et qui l'abandonne. Elle a une doctrine, des préceptes, des règles ; elle devient exclusive,
intolérante et absolue comme l'école classique. Elle se fait
une prosodie et une poétique bizarre... Enfin, elle ne dit
pas comme autrefois : «°Affranchissez-vous de tous les

systèmes »; elle dit, ou du moins elle semble dire : « Renoncez à votre système et suivez le mien. » Un esprit de
prosélytisme étroit s'est emparé d'elle ; au lieu de s'associer au mouvement des esprits et de marcher en avant
comme elle pouvait le faire, elle s'est isolée, elle est entrée
dans le désert où quelques disciples ardents l'ont suivie,
mais où la foule ne la suivra point.

Lisez les préfaces, les poèmes, les drames, tous les
manifestes de cette école, et vous verrez qu'elle s'enfonce
de plus en plus dans l'esprit de secte ; qu'elle se croit
jetée dans un monde étranger pour accomplir une mission
réservée à elle seule et à laquelle n'ont point travaillé les
contemporains. L'auteur des *Consolations,* M. Sainte-
Beuve, ne disait-il pas, dans le volume qu'il a publié sous
le nom de *Joseph Delorme :* « Lui aussi (c'est-à-dire
M. Sainte-Beuve), lui aussi aura sa part à *la grande
œuvre* ; lui aussi il aura apporté sa pierre toute taillée au
seuil du temple ; et, peut-être sur cette pierre, dans les
jours à venir, on lira quelquefois son nom. » Dans la pièce
intitulée le *Cénacle,* il exprimait plus nettement encore sa
pensée et comparait ses amis aux disciples de Jésus-Christ...
Le nouveau recueil (1)... est un hymne pompeux à quelques amis dont les succès ont un peu ébloui M. Sainte-
Beuve. Il est dédié à M. V. Hugo, le chef et l'orgueil de
l'école romantique. (Ici, une citation de la Préface.) Nous
n'hésitons pas à l'avertir (V. Hugo) qu'il se tromperait
étrangement en prenant la voix de ses amis pour la voix
du peuple.

M. Sainte-Beuve se laisse entraîner beaucoup plus encore
aux illusions de l'amitié, quand il s'adresse à M. A. de
Vigny (2).

Comparons à cet article sévère jusqu'au dédain, celui
que le *Mercure du XIX*e *siècle* publie sur les *Poètes*

1. Les *Consolations.*
2. *Revue française,* n° XIV (1830), p. 260. La *Revue* considère dès
1829 Sainte-Beuve comme le critique attitré de l'école romantique. Cf. p. 305.

lyriques contemporains, sous la signature P. B. (?). Il serait difficile, je le crois du moins, de résumer aujourd'hui, d'une façon plus nette, les sources et les caractères du lyrisme romantique.

Le rédacteur commence par réfuter brièvement la théorie soutenue par V. Hugo dans la *Préface de Cromwell* ; il n'est pas vrai, dit-il, que les temps modernes soient exclusivement dramatiques. Il constate que :

... la Révolution qui a déjà introduit tant de changements dans les individus comme dans la société, est encore bien loin de l'apogée de son progrès. Sous mille noms divers elle nous envahit, nous déborde de toutes parts, on dirait que ses forces s'accroissent incessamment des obstacles mêmes que les arriérés de toutes les couleurs tentent de lui opposer. Elle a réformé les mœurs, modifié les croyances, détruit nombre d'opinions qu'elle refait aujourd'hui. Son travail de reconstruction semble échapper à nos yeux, parce que nous n'en distinguons pas les sensibles progrès dans ce qui frappe d'ordinaire la masse, je veux dire les institutions. Pour cela ils n'en sont pas moins réels...

La preuve de ce qu'il avance, le rédacteur veut la chercher dans le *Lyrique « qui est jusqu'à présent, quoi qu'on en puisse dire, le plus beau titre littéraire du siècle.* » Il rappelle que ni Malherbe, ni J.-B. Rousseau ni Lebrun ne sont des lyriques.

... Ils ont revêtu d'un langage beau et sonore des idées qui n'étaient pas et ne pouvaient pas être les leurs..... Ils ont été, lyriquement parlant, ce qu'ils pouvaient être de leur temps. Le sentiment lyrique ne pouvait guère surgir de la cour de Louis XIV, non plus que du philosophisme du xviiie siècle. Il lui fallait des émotions dignes de lui, des émotions qu'il devait trouver dans une grande catastrophe, dans un bouleversement immense. André Chénier, cette âme de poète, retrouvée après tant d'années de stérilité, cet imitateur original des Grecs, n'a pas été servi à temps par les événements.... Les désastres de 1793, la lutte contre l'Europe qui s'ensuivit, n'eurent pas de chantre ; la poésie était alors trop dans les choses ; elle se faisait trop sentir d'elle-même pour avoir besoin d'un interprète. L'art exige un idéal qui alors s'effaçait devant une trop vive réalité... [— Parmi les poètes qui se sont inspirés des triomphes et des malheurs de la France, se distinguèrent C. Delavigne et Béranger ; plus encore, Victor Hugo.] Rénovateur décidé, M. Hugo a tenté tous les systèmes d'inspiration ; il innove dans la forme aussi bien que dans le fond. Il a parcouru l'ode dans tous les sens, il l'a asservie à tous les rythmes, il l'élève ou la rabaisse à tous les tons. S'il était permis à la critique la plus ignorée de se manifester à un homme de ce mérite, peut-être pourrait-elle lui reprocher de faire quelquefois de la poésie avec de l'érudition, et de méconnaître trop souvent sa nature éminemment créatrice, pour recourir aux petites ressources de l'art...

Après Victor Hugo, le rédacteur du *Mercure* cite Mmes Desbordes-Valmore et Tastu, MM. Lebrun, Barthélemy, Méry, de Vigny et J. Lefebvre. On remarquera que, jusqu'à présent, Lamartine n'a pas été nommé ; c'est qu'il mérite une place à part. Voici le remarquable éloge qui lui est consacré :

... Tous ces poètes, il faut bien le dire, les uns en caressant l'esprit de parti, et demandant la plupart du temps leurs plus touchantes inspirations aux souvenirs de la patrie glorieuse et désolée ; les autres, en s'aidant de compositions et d'images empruntées à d'autres littératures, à d'autres âges surtout dont une imitation trop fréquente a épuisé le merveilleux ; ces poètes, dis-je, n'ont

pas su découvrir dans notre âme la corde délicate que
M. de Lamartine a si harmonieusement touchée. Si on se
rappelle ce que je disais tout à l'heure des deux sources
d'inspirations que la Révolution a ouvertes, on a vu que
le génie de nos poètes contemporains s'est éveillé à l'aspect matériel, pour ainsi dire, de nos bouleversements ;
leurs chants se sont plus ou moins ressentis des agitations
politiques, et ils les ont reproduites avec plus ou moins
d'énergie, plus ou moins de fidélité. Une vocation plus
intime se serait-elle arrêtée là ? *Derrière ces effets immé-
diats, directs, presque physiques de notre grande secousse,
il y avait un fait moral immense qui devait solliciter
puissamment l'enthousiasme d'une imagination rêveuse.*
Quand cette philosophie qui naguère avait détruit tant de
préjugés, venait d'éteindre toutes les croyances, lorsque
le sentiment religieux, repoussé de la religion même qu'on
s'obstinait à ne plus regarder que comme une forme, se
refoulait au fond des cœurs comme dans un sanctuaire
impénétrable, quelqu'un se rencontre qui réveille ce sentiment et rallume ces croyances. *M. de Chateaubriand
accomplit une partie de cette vocation, mais il semble
s'être adressé plutôt aux hommes réunis qu'à l'homme
seul* ; il a plutôt servi la société que l'individu : plus
générale, son influence a été moins directe et moins efficace, par cela même que le pouvoir d'alors en a fait un
instrument politique. Mais ce qui ramène la foule ne suffit pas au penseur, au philosophe. *C'est qu'il fallait pour
tenter cette régénération sur les esprits supérieurs, une
âme exclusivement lyrique,* passionnée, solitaire, qui ait
eu besoin de s'éclairer, et de se vaincre elle-même, qui fût
arrivée à la vérité par l'erreur, à la foi par le doute, à la
victoire par le combat. Il la fallait tout à la fois d'une
énergie infernale et douée d'une sensibilité douce, pleine
d'une mélancolie sympathique, et surtout d'une éloquence
surnaturelle. *Il fallait encore que cette âme doutât elle-
même pour vous intéresser, puis qu'elle gémît pour vous
attendrir, qu'elle aimât pour vous attirer, et qu'elle crût
pour vous convaincre.* Qui ne connaît les *Méditations?*

C'est, selon moi, l'œuvre lyrique la plus individuelle de notre époque (1).

Telles étaient, en 1830, les *positions* de la critique à l'égard du lyrisme contemporain.

1. *Mercure du XIX° siècle*, tome XXVIII (1830), p. 118. Nous aimons mieux citer cet article inédit et qui révèle un critique de premier ordre, et signaler seulement les deux articles de Sainte-Beuve sur les *Harmonies* de Lamartine (*Globe*, 16 et 20 juin 1830). Le texte en est connu.

CHAPITRE III

La critique dramatique tient une place considérable dans les périodiques de la Restauration. Souvent les comptes rendus sont de simples analyses ; souvent aussi, la discussion théorique s'y étale avec complaisance. De tous les genres, le théâtre est celui qui, à toute époque de notre histoire littéraire, a suscité le plus de querelles dogmatiques ; et si ces querelles furent vives au temps même où les critiques étaient d'accord sur le fond des règles et des conventions traditionnelles, où le public, quoique curieux de nouveauté, était enchaîné par l'habitude au respect du *répertoire*,— on juge quelle devint leur exaspération à partir du jour où quelques écrivains se posèrent hardiment en révolutionnaires et trouvèrent à la fois des critiques pour les encourager et des spectateurs pour les applaudir.

Trois opinions nettement tranchées, sont dès lors en présence :

Les uns, admirateurs exclusifs et absolus de notre théâtre classique, orthodoxes intransigeants et intolérants, n'admettent sur la scène tragique que des sujets antiques ou *lointains* (comme *Bajazet*) traités selon les règles d'Aristote. — A vrai dire, ceux-là sont peu nombreux, et paraissent des retardataires un peu vieillots, même aux yeux des classiques. Duviquet, aux *Débats*, est leur plus illustre représentant. Dans les périodiques qui nous occupent, je ne vois pas cette opinion extrême soutenue par un critique de quelque notoriété, non pas même à la *Minerve* ou aux *Lettres normandes*. Il convenait donc de la signaler, mais pour constater qu'elle ne paraît plus possible, et que les pseudo-classiques libéraux comme les classiques royalistes s'établissent sur un tout autre terrain.

Ce premier groupe écarté, comme étant décidément de nulle influence, restent deux thèses critiques, l'une et l'autre bien définies, l'une et l'autre soutenues par des arguments *intéressants à leur date*, et que l'on peut suivre et renouer à travers tous les périodiques de la Restauration.

Il y a, d'une part, ceux qui disent : « Cherchons de nouveaux sujets; exploitons l'histoire de France et celle des autres pays ; imitons les chefs-d'œuvre des littératures étrangères; — mais conservons la *forme classique*. » C'est vouloir appliquer à la tragédie le précepte de Chénier : « Sur des pensers nouveaux faisons des vers antiques. »

Il y a, d'autre part, ceux qui disent : « A des sujets nouveaux, historiques, étrangers, etc... convient une forme nouvelle. Indépendance complète pour le poète dramatique. »

§ 1. — Fond nouveau ; forme classique.

Les pseudo-classiques de la *Minerve* encouragent les auteurs dramatiques à traiter des sujets nationaux, — mais ne conçoivent pas qu'on puisse adapter à ces sujets une autre forme que celle dont Corneille, Racine,

Voltaire, de Belloy, M. J. Chénier, Raynouard, ont
laissé des modèles.

Tissot louera vivement les *Vêpres Siciliennes* de
C. Delavigne, mais l'engagera paternellement à «médi-
ter Corneille, Voltaire, et surtout Racine. » Bref, il ne
le jugera *bon* que dans la mesure où il s'est approché
des *bons modèles* (1).

Le même Tissot analysera le *Louis IX* d'Ancelot, et
lui donnera les plus grands éloges, « pour le sujet et
surtout pour le style » (2).

Un rédacteur qui signe O. avouera que la *Jeanne
d'Arc* à Rouen, de Davrigny, est un peu vide d'action,
mais il lui pardonnera ce défaut en faveur du style
« d'une pureté remarquable » (3).

Mais, dans cette même *Minerve*, Aignan (dont j'ai cité
plus haut un remarquable article sur les caractères
généraux du romantisme) fonde la nécessité de continuer à imiter les classiques sur des raisons de critique
historique et relative. A propos de la *Lettre à Milady
Morgan sur Racine et Shakespeare*, il fait les réflexions
suivantes :

... Vouloir contrarier un peuple quelconque dans les idées
qu'il s'est faites de son théâtre, c'est entreprendre la chose
la plus inutile que je connaisse. Avant de prouver à des
Français qu'ils ont tort de se passionner pour Corneille et
pour Racine ; à des Anglais qu'ils ne doivent pas être
fanatiques de Shakespeare; à des Allemands que Schiller
et Gœthe sont loin d'être habituellement admirables ; à des

1. *Minerve*, tome VIII (1819), p. 125.
2. *Id.*, tome VIII (1819), p. 126.
3. *Id.*, tome VI (1819), p. 218. Ne pas confondre cet O. avec
celui du *Globe* (Duvergier de Hauranne). Sur la *Jeanne d'Arc de
Davrigny*, cf. un article de L. Thiessé. *Revue encyclopédique*,
tome III (1819), p. 508.

Espagnols enfin, que Calderon et Lope de Véga sont, avec des éclairs de génie, des auteurs extravagants, il faudrait commencer par leur prouver qu'ils doivent cesser d'être Français, Anglais, Allemands, Espagnols. En effet, la source de l'idolâtrie de chaque peuple pour ses premiers auteurs dramatiques, vient de ce qu'ils ont réussi prodigieusement à mettre en action, outre les idées et les sentiments communs à tous les hommes, les nuances de sentiments et d'idées qui constituent pour chaque division d'hommes appelée peuple, son individualité nationale. Aussi les étrangers les plus instruits de la littérature d'un pays n'en comprennent-ils jamais que fort imparfaitement le théâtre.

Le principal mérite des poètes qui en font la gloire, non seulement n'est point senti, mais est blâmé par eux, comme fondé sur des rapports intimes qui leur échappent ou qui leur sont même antipathiques.

... Les dramatistes nationaux doivent continuer à marcher dans les voies littéraires de leurs devanciers, tant que leurs compatriotes continuent à marcher dans les voies morales de leurs aïeux. Et si quelque chose prouvait manifestement que la Révolution, en améliorant les mœurs des Français, ne les a point changées ; c'est que leur culte pour Molière, Corneille, Racine et Voltaire, est toujours le même, ou pour mieux dire, qu'il a en quelque sorte redoublé (1).

A propos d'une traduction du *Guillaume Tell* de Schiller par Merle d'Aubigné, Aignan prouve le même sens du relatif, en louant ainsi Schiller :

C'est un art désordonné, mais qui a ses lois et sa science cachée. Je ne conseillerais pas à l'écrivain dont le talent n'aurait pas été mûri par l'étude et par l'observation, de se fier à l'apparente facilité de ces tableaux, pour les

1. *Minerve*, tome II (1819), p. 65.

entasser sans règle et en attendre l'effet. Tous ceux de Schiller sont habilement conçus et contrastés ; et tel coup de pinceau qui, d'abord semble indifférent, tient, par des procédés adroits, à la composition générale (1).

Les *préceptes essentiels des genres* inspirent à un rédacteur des *Lettres champenoises* en 1818, après une analyse de la *Jeanne d'Arc* de Davrigny, une réflexion peu critique, sans doute, mais vraiment prophétique, s'il est vrai que le futur drame devait être lyrique et épique. « Où en serions-nous, dit-il, si l'on pouvait transporter dans la tragédie les récits du poème, et dans le poème le dialogue de la tragédie ? La littérature ne serait plus qu'un chaos (2). »

La même *Jeanne d'Arc* est, pour les *Lettres normandes*, l'occasion d'une protestation anticipée, curieuse à sa date, contre l'abus de l'histoire dans la tragédie. Le rédacteur blâme ceux qui *cherchent dans l'histoire des sujets tout faits*, et rappelle fort judicieusement aux écrivains la méthode de nos classiques.

Les maîtres du théâtre français s'emparent de ce que l'histoire a négligé ; loin de s'en faire les faibles et infidèles échos, ils saisissent pour parler ses intervalles de silence ; ils expliquent ce qu'elle ne dit pas, et leurs fables deviennent d'utiles compléments du récit, surtout chez Racine... Aussi rien ne le gêne dans le développement de son sujet ; il invente toujours, il marche de fiction en fiction, sans que jamais l'histoire puisse l'accuser de mensonge ou d'inexactitude : loin de là ; dans *Britannicus* et dans *Athalie*, il est frappant de vérité ; il semble que ce soit l'histoire même, et cependant tout est invention. C'est que la vérité pour le poète n'est pas dans l'exacti-

1. *Minerve*, tome III (1818), p. 289.
2. *Lettres champenoises*, tome III (1818), p. 323.

tude des faits, elle est dans la peinture fidèle des mœurs, des caractères et des passions (1).

On pourra rapprocher ces lignes d'une admirable page de Manzoni dans la *Lettre à M. Chauvet*. Ce que le rédacteur des *Lettres normandes* indique en termes justes mais assez banaux, surtout vers la fin, Manzoni l'expose et le précise en poète de génie qui sait raisonner sur son art. Mais, en 1819, la *Lettre* de Manzoni n'avait point paru, et le rédacteur anonyme des *Lettres normandes* peut revendiquer pour lui seul cette belle expression : « ils saisissent pour parler ses intervalles de silence. »

Il y a mieux encore, dans les *Lettres normandes*. Le rédacteur qui écrit un compte rendu de la *Marie Stuart* de Lebrun semble avoir *mis au point* pour les futurs historiens de la critique, ce que l'école classique modérée entendait par la nouveauté du fond et le traditionalisme de la forme. Et dans le même article, on voit apparaître nettement, une fois de plus, l'idée d'une filiation entre le *mélodrame* et le futur drame romantique.

Honneur aux poètes tragiques de notre âge, qui ont enfin la noble audace d'abandonner la fable et l'histoire ancienne pour vous offrir des tableaux tirés de nos propres annales, ou du moins des fastes modernes ! Cinq tragédies représentées depuis peu de temps avec plus ou moins de succès, ont aplani la route ouverte avec timidité par leurs devanciers, *Jeanne d'Arc*, les *Vêpres siciliennes*, *Louis IX*, *Charles de Navarre* et *Marie Stuart*, ont fait éprouver aux spectateurs un genre d'intérêt plus profond et plus grave que les tragédies de l'ancienne école. Le premier et le dernier de ces ouvrages sont empruntés à

1. *Lettres normandes*, tome VI (1819), p. 205.

Schiller. Les poètes français, en accommodant à notre scène les irrégulières compositions de l'auteur allemand, ont terminé après tant de savantes et d'inutiles dissertations, l'éternel procès des *classiques* et des *romantiques*. Rien de plus romantique que les deux tragédies allemandes, rien de plus classique que la *Jeanne d'Arc* de M. Davrigny, et que la *Marie Stuart* de M. Lebrun. La décision de cette question peut se réduire à ce court précepte. Appliquez, à des sujets tirés de l'histoire moderne, les règles constantes du goût, et l'imitation des compositions antiques ; consultez les chroniqueurs du moyen âge pour le fond, et les poètes grecs pour la forme. Suivez quelquefois les exemples de l'école allemande ; imitez la hardiesse de ses conceptions, la fidélité de ses observations morales et locales ; imitez quelquefois le charme pittoresque de son style ; mais n'oubliez jamais les préceptes du maître suprême, d'Aristote.

... Chose étrange ! c'est le mélodrame qui, rompant à la fois les liens du goût et les entraves d'un préjugé déraisonnable, et se précipitant *per fas et nefas*, a le premier abordé des plages où la tragédie n'avait osé se diriger. C'est ainsi qu'on a vu d'audacieux pirates frayer à la navigation la route des grandes découvertes. En littérature comme en politique, les révolutions sont presque toujours accompagnées d'erreurs, et les partisans des préjugés et de la routine s'en font des armes contre les améliorations.

On condamne la liberté à cause de la licence ; et par respect pour quelques vénérables vestiges, on voudrait conserver des antiquailles sans prix et sans utilité ! Les *ultras-classiques* reprochent aux auteurs qui veulent traiter des sujets domestiques, *domestica facta*, et la licence de l'école allemande, et les monstruosités du mélodrame ! En vain leur répond-on que l'abus ne prouve rien contre l'usage. Ils persistent ; ils prescrivent le vin parce qu'il enivre, et le feu parce qu'il brûle. Cette doctrine ressemble à celle de M. de Bonald sur la liberté individuelle.

Nos poètes nationaux sont les patriotes de la littérature, les auteurs de mélodrames en sont les jacobins (1).

Dans cet article, on le voit, les positions sont nettement indiquées. On peut en rapprocher avec intérêt
quelques remarques des *Lettres champenoises* sur la couleur locale. En 1820, à propos du *Charles de Navarre*
de Brifaut, ce périodique classico-monarchique devance
les réclamations de Hugo et de Dumas.

Il ne paraît plus une tragédie qui ne porte pour devise :
domestica facta (2). C'est fort bien. Je consens de tout
cœur qu'on travaille sur l'histoire de France. Mais il est
une mesure en tout, et je ne veux point que l'on confonde
les temps et les mœurs ; je ne veux pas qu'un héros du
xiv° siècle vienne me débiter sur le théâtre des tirades
saupoudrées de tout l'esprit du xix°. Je ne veux pas, en
entendant une scène, croire lire un article du *Constitutionnel* ou une page de la *Minerve*. Ce que nos poètes
tragiques négligent le plus de nos jours, c'est la couleur
locale. Il ne suffit pas qu'un personnage ait le costume
de xiv° siècle, il faut surtout qu'il en ait les idées et le
langage (3).

Mais ce ton de réflexion et de tolérance fait place, le
plus souvent, dans les périodiques pseudo-classiques, à
la critique véhémente et ironique, qui parle au nom de
dogmes, qui condamne sans discussion, et sans appel.
Comme exemple de ce genre, voici un fragment d'article, signé *Le Vieil Amateur*, et consacré par les
Annales de la littérature et des arts à la *Jane Shore* de
Lemercier :

1. *Lettres normandes*, tome X (1820), p. 106.
2. Ces mots étaient inscrits par Davrigny en *épigraphe* de sa
Jeanne d'Arc à Rouen.
3. *Lettres champenoises*, 1820, p. 146.

Où en sommes-nous, Monsieur? n'est-ce point une illusion? en croirai-je un témoignage de mes sens? est-il vrai que j'ai vu, *de mes propres yeux vu*, la profanation la plus complète de notre scène française, de cette scène créée, agrandie par Corneille, embellie, perfectionnée par Racine, soutenue par Voltaire et Crébillon, desservie avec respect par une foule d'écrivains qui se sont fait gloire de marcher sur les traces de ces illustres modèles ? Ainsi, pour cette fois, le génie du mal a triomphé, je m'explique, le génie anglais, non pas tel que Ducis l'empruntait en se l'appropriant, en le pliant à nos règles, à nos mœurs, à notre caractère, à nos habitudes, mais tel qu'il enchante, qu'il électrise le peuple de Londres, par la confusion des temps, des lieux et des faits, par le mélange des plaisanteries et de l'atrocité, des grandeurs sociales et des infirmités de la nature, enfin par tout ce qui doit inspirer ailleurs l'horreur et le dégoût plutôt que la pitié. Si jusqu'à présent le mélodrame des boulevards s'était glissé dans nos tragédies, du moins il s'y montrait encore timide, il gardait quelques ménagements envers ce que les novateurs appellent nos préjugés. Aujourd'hui devenu plus audacieux par la mollesse de notre résistance, c'est à face ouverte, c'est d'assaut qu'il emprunte, qu'il envahit le trône de Melpomène. A la première attaque il semblait avoir été repoussé ; la partie éclairée du public avait fait justice de cette irruption barbare : loin de se tenir pour battu, l'usurpateur, abandonnant une partie de ses bagages, a livré un nouveau combat ; il est resté maître de la place, et les juges qui avaient un moment condamné le vaincu, ont adouci les termes de leur sentence ; ils seront bientôt les courtisans du vainqueur (1).

On sent poindre sous cette indignation, l'idée de faire intervenir le pouvoir contre les *dévergondages scéniques*. Dès 1818, à propos du *Bélisaire* de Jouy, les

1. *Annales de la littérature et des arts*, tome XV (1824), p. 73.

Lettres normandes, qui cependant ne manquaient pas
une occasion de blâmer ou de flétrir la *censure*, récla-
maient vivement des mesures restrictives, contre certains ouvrages dramatiques.

Le public appréciera le mérite d'un plan sage, d'une
fable habilement tissée, d'un bon choix de caractères,
d'un grand nombre de scènes intéressantes et bien trai-
tées, d'une foule de beautés de détail dont plusieurs sont
du premier ordre, enfin d'un style de la meilleure école.
Espérons que les Chambres s'occuperont de soustraire le
théâtre à un régime qui en écarte les ouvrages estima-
bles, pour le livrer à des productions ridicules ou monstrueuses, honte de notre littérature, et qui, sous un mo-
narque ami des lettres, expose la scène française au trop
juste mépris des étrangers (1).

Est-il besoin de rappeler que ce singulier dessein
d'en appeler à l'État pour empêcher le *drame* d'esca-
lader le « trône de Melpomène », ne cessa d'inquiéter
les libéraux pseudo-classiques, dont plusieurs, comme
Arnault, Etienne et Jouy, étaient « orfèvres » ? et que,
après le « scandaleux » succès de *Henri III*, une pétition, restée célèbre par son intolérance et son ridicule,
fut signée par *MM. les Auteurs de la Comédie française*,
et remise au roi ? On connaît la spirituelle réponse de
Charles X.

Si l'on veut maintenant compléter les opinions des
libéraux sur le *drame*, les *Lettres sur le théâtre* publiées
par Etienne dans le *Mercure du XIXᵉ siècle* de 1823 à 1825,
et réimprimées dans ses *OEuvres complètes*, fourniront
à la critique une ample moisson. Il est aisé de remarquer qu'Etienne s'occupe fort peu d'art et de théories
dramatiques ; la politique seule l'attire, et elle absorbe

1. *Lettres normandes*, t. IV (1818), p. 219.

tout. A propos du *Comte Julien* de Guiraud (1), du
Maire du Palais d'Ancelot (2), du *Pierre de Portugal*
d'Arnault (3), de la *Jeanne d'Arc* de Soumet (4), se po-
sait, et même s'imposait la question de l'histoire au
théâtre : on chercherait en vain dans ces *Lettres* une
discussion critique sur ce sujet. Il n'en est plus de même
le jour où Saint-Marc Girardin continue, au tome XII
(1826), les *Lettres sur la littérature dramatique*. Mais il
étudie de préférence les comédies, avec autant d'esprit que de finesse morale. Je ne vois à signaler parmi
les articles consacrés aux tragédies et aux drames par
Saint-Marc Girardin, dans *le Mercure du XIXᵉ siècle*, que
ceux-ci : *La mort de Louis XI* de Mercier (5), *Louis XI*
de Mély-Janin (6), *Julien dans les Gaules* de Jouy (7),
Virginie de Guiraud (8).

Vers la fin de 1827, la critique dramatique change de
mains au *Mercure*. De classico-monarchique qu'il était
devenu depuis trois ans, le *Mercure* redevient romantique, ou à peu près : nous le retrouverons plus loin.

Les *Annales* consacrent à *Cromwell*, en 1828, un article assez équivoque. Le rédacteur semble approuver le
sujet, et condamner la *forme* ; il accuse V. Hugo de
« parler volontairement une mauvaise langue » ; il
relève des *vulgarités* ; mais il cite avec éloges le songe
de Cromwell (9). A propos de *Faust*, traduit en vers

1. *Mercure du XIXᵉ siècle*, t. I (1823), 2ᵉ lettre.
2. *Id., ibid.*
3. *Id.*, t. III (1823), lettre 15.
4. *Id.*, t. VIII (1825), p. 602.
5. *Id.*, t. XVI (1827), p. 316.
6. *Id., ibid.*, p. 457.
7. *Id., ibid.*, p. 592.
8. *Id.*, t. XVII (1827), p. 367.
9. *Id.*, t. XXXII (1828), p. 234.

français par A. Stapfer, les *Annales* admirent l'épisode
de Marguerite, et déclarent tout le reste *barbare* (1).
Olga d'Ancelot est vivement critiquée ; « l'auteur n'est
bon que lorsqu'il redevient classique » (2). Enfin, donnons le jugement des *Annales* sur *Henri III*.

[Ce drame] fera-t-il époque dans la carrière théâtrale ?
Annonce-t-il un de ces génies créateurs auxquels il est
donné d'ouvrir des routes nouvelles, et qui ne reçoivent
de lois que d'eux-mêmes ? Quelques enthousiastes le
prétendent et se plaisent à le proclamer... Vingt vers de
Cinna, de *Britannicus*, de *Mérope*, en diront toujours
plus à l'esprit que cette prose cousue de lambeaux d'histoire travestie et défigurée (3).

Le *Mercure du XIXᵉ siècle* publie sur *Cromwell* l'article
le plus incohérent qu'on puisse imaginer, — singulier
mélange de reproches sans discussion et d'éloges sans
justification. Il est difficile de découper dans cet article
un passage vraiment critique ; nous en citerons seulement la conclusion :

Mais, nous dira-t-on, M. Hugo est donc un homme
sans talent ? Hélas ! non, messieurs, nous qui tranchons
les mots, nous vous dirons même que c'est un homme de
génie... Cet ouvrage est un des livres les plus hauts et les
plus défectueux, une des productions les plus pernicieuses
à l'art et les plus honorables à l'auteur ; enfin un drame de
l'effet le plus manqué et de la pensée la plus forte (4).

Mais dans la *Revue Encyclopédique*, Chauvet consacre
un article très judicieux à la *Préface* et au drame de

1. *Annales...*, t. XXXII (1828), p. 236.
2. *Id., ibid* p. 376.
3. *Id...* t. XXXIV (1829), p. 247.
4. *Mercure du XIXᵉ siècle*, t. XX (1828), p. 33. Cf. Lettre au
Mercure sur *Cromwell* par E. Deschamps, t. XX, p. 289.

22

Cromwell. On peut lire avec intérêt, encore aujourd'hui, sa discussion du *grotesque*. Sur le drame lui-même, Chauvet est assez sévère ; — quelques-unes de ses observations témoignent d'une grande timidité de goût ; — mais, pour notre objet, voici le passage le plus caractéristique :

> Qu'est-ce qu'une pièce qui n'est pas propre à être représentée ? Le premier mérite de l'artiste n'est-il pas de remplir les conditions de l'art ? A force de vouloir faire du drame un moyen d'enseigner l'histoire, nous n'aurons bientôt plus ni histoire, ni drame... Si vous retranchez du problème les conditions nécessaires pour le succès du théâtre, vous éludez la question... Certes, M. Hugo, dans son *Cromwell* a fait preuve d'un rare et vigoureux esprit ; mais il a prouvé aussi qu'il n'a pas une idée juste de ce qui convient à la scène. Pour cueillir la palme qu'il ambitionne, il lui faut, je ne dirai pas plus de talent, mais un plus heureux sujet et un meilleur système (1).

§ 2. — Fond nouveau : forme nouvelle.

Pour le *Conservateur* et la *Muse française*, je me contenterai, comme plus haut, de renvoyer au travail de M. Maurice Souriau sur la *Préface de Cromwell* : dans son *Introduction*, il a analysé et reproduit en partie ce qu'il y a de plus intéressant dans les articles de V. Hugo. Je souscris entièrement à ses conclusions.

Cependant, dès 1819 et 1820, la question du drame romantique est posée par les rédacteurs du *Lycée français*. On est assez surpris de trouver sous la signature de Brifaut, l'auteur de *Ninus II*, la réflexion suivante : « Il faut désormais pour mériter notre attention que le

1. *Revue Encyclopédique*, t. XXXVII (1828), p. 654.

système dramatique se lie à notre système politique ; il faut que la nation se retrouve sans cesse devant elle-même (1). » Et Brifaut cite pour exemple: *Le siège de Calais, Charles IX, Les Templiers.* N'oublions pas, en effet, que son *Ninus II* n'est devenu tel, c'est-à-dire une insipide tragédie *assyrienne,* dans le genre de la *Sémiramis* de Voltaire, — que par la faute des censeurs de 1811 ; l'auteur avait placé son action en Espagne. Mais Brifaut ne pousse pas assez loin sa thèse critique; il a seulement le mérite de formuler nettement, dès 1819, le principe essentiel d'une renaissance dramatique.

De ce principe, un critique clairvoyant et logique, Rémusat, devait tirer les conséquences essentielles. L'article qu'il publie au tome II du *Lycée français,* en 1819, à propos du théâtre du comte de Gain-Montagnac, et qu'il intitule : *Révolution au théâtre,* contient tout un exposé de la question et l'esquisse d'un programme. Rémusat commence par signaler un fait : le dégoût du public pour les pièces nouvelles composées *dans les règles*: on y reconnaît toujours les mêmes procédés. A ne représenter sur nos premières scènes que de

1. *Lycée français,* t. I (1819), p. 23 (*De l'état actuel du théâtre en France*). — A propos de la comédie, dans le même article, Brifaut écrit : « Trop de jeunes écrivains dramatiques, séduits par la lecture des pièces de notre ancien théâtre, s'imaginent qu'ils n'ont rien à faire qu'à reproduire sur la scène les personnages d'autrefois. Ils oublient que les marquis, livrés au ridicule par Molière, n'existent plus ; que les valets et les soubrettes ne mènent plus les intrigues de leurs maîtres ; qu'il faut abandonner les financiers brutaux, les gascons affairés, les tantes burlesquement coquettes ; caractères depuis si longtemps usés au théâtre et si inconnus maintenant dans la société... Le public ne les reconnaît pas ; les acteurs les jouent mal. Puisque nous avons d'autres originaux, faisons donc aussi d'autres portraits. »

pareilles tragédies, on s'expose à voir le public se contenter du mélodrame. Il constate aussi que la plupart des reprises de tragédies classiques (quelques chefs-d'œuvre exceptés) ont échoué : on y trouve le *factice* et le *commun*. D'autre part, quelles sont les tragédies nouvelles qui ont réussi ? Trois seulement : *Les Templiers*, *Marie Stuart* et les *Vêpres Siciliennes*. Or, ajoute-t-il (et c'est ici que se révèle le sens critique de Rémusat ; car ceci est écrit en 1819), « dans ces ouvrages, les beautés sont des hardiesses, les défauts tiennent aux règles suivies par l'auteur. » Évidemment, on peut discuter cette affirmation, en soi ; mais Rémusat a très bien vu que ces drames *historiques* auraient gagné quelque chose à se dégager des unités de temps et de lieu (1).

Dans le *Lycée français* paraît également, en 1820, l'article de Chauvet sur le *Carmagnola* de Manzoni. Mais Chauvet, tout en admirant fort le drame italien, croit que l'auteur aurait mieux fait de soumettre à la concentration des unités un sujet qui reste quelque peu flottant (2). Chauvet s'attira, on le sait, une réplique de Manzoni, cette *Lettre sur les Unités* à laquelle Fauriel collabora certainement, et qui est aussi supérieure à la *Préface de Cromwell*, que peut l'être une étude critique pensée par un poète philosophe à une brillante improvisation de poète ignorant.

Il faut signaler encore, dans le *Lycée français*, un article de Ch. Loyson sur la *Jeanne d'Arc à Rouen* de Davrigny. Loyson juge la pièce monotone, faite d'intéressants rapprochements avec Schiller, et regrette que

1. *Le Lycée français*, t. II (1819), p. 205 (article réimprimé dans *Critiques et Etudes*, 2e éd., tome I, p. 127).
2. *Id.*, tome IV (1820), p. 61.

l'auteur français se soit privé des ressources du *merveil-leux* (1).

Rémusat devait compléter les idées résumées plus haut, dans un article des *Tablettes universelles*, paru en 1821, à propos du livre de Guizot sur Shakespeare. Après une série de comparaisons judicieuses entre notre théâtre et celui de Shakespeare, entre notre goût et celui des Anglais, Rémusat en arrive à conclure selon sa méthode déductive que, nos goûts et nos mœurs ayant changé, il faut modifier notre littérature : « En éclairant la littérature par l'histoire, dit-il, on peut jeter un jour nouveau sur le fameux débat du genre classique et du genre romantique. On parvient ainsi à le réduire d'abord à cette question qui se décide par le fait : « Les peuples modernes ont-ils tort d'avoir une littérature nationale, et surtout un théâtre national ?... » Pas plus que celle de l'État, la liberté du théâtre n'est un désordre ; c'est un art nouveau, le plus difficile, peut-être, le plus sublime (2)... »

A l'occasion d'un drame en cinq actes de Laya, *Falk-land*, un rédacteur des *Tablettes universelles*, Sylv. Dumon, distingue les sujets qui peuvent s'accommoder des unités classiques, et ceux qui y répugnent. La tra-gédie historique est *impossible*, avec les unités. Or, s'il est un genre qui convienne à notre époque, c'est celui-là.

C'est de nous-mêmes, de nos intérêts, de notre his-toire, qu'il faut nous parler aujourd'hui : le théâtre est comme une tribune poétique. A défaut d'une impulsion plus sérieuse et plus forte, le besoin littéraire de la nou-veauté eût jeté les poètes dans cette route inconnue : ils

1. *Lycée français*, tome I (1819), p. 55.
2. *Tablettes universelles*, n° 30 (1823), p. 341 (article réimprimé dans *Critiques et Études*, 2ᵉ éd., I, p. 211).

y entrent avec ardeur ; mais qu'ils songent bien, en
essayant de rajeunir la tragédie, qu'un sang nouveau
ne peut couler dans des veines vieillies (1).

Enfin n'est-ce pas à Rémusat qu'il faut attribuer un
article anonyme consacré à deux ouvrages très différents, dont la comparaison fournit au critique d'excellentes réflexions ? Il s'agit d'une tragédie d'Ancelot, le
Maire du Palais, et du second drame de Manzoni, les
Adelchi.

...M. Ancelot a fait abnégation des convenances particulières de chaque sujet, en faveur de je ne sais quel
moule uniforme, où doivent être jetées toutes les conceptions dramatiques, quelque diverses qu'elles soient, pour
en sortir avec la même figure. — Plaignons-le de ne pas
s'être senti une force d'esprit assez indépendante pour sortir des voies battues, et ne connaître d'autre loi que celle
de son sujet même. Triste manie de bâtir éternellement
d'après le même plan que les devanciers, de se mettre à
l'étroit pour le plaisir d'y être, de faire tomber l'art en
métier, et les nobles jouissances du théâtre en un ennui
de convention, qui n'est diversifié que par le jeu des
acteurs... Ici, comme ailleurs, c'est la vérité qui réclame
contre le préjugé, et qui doit en rester victorieuse. La
question des littératures modernes, pour les esprits un
peu accoutumés à la spéculation, se rattache intimement
à toutes les hautes questions qui agitent aujourd'hui le
monde. Elle en aura le sort. Résolue dans la théorie,
longtemps avant de l'être dans la pratique, elle finira par
cesser d'être une question, l'on s'étonnera qu'elle en ait
été jamais une (2).

A partir de 1824, le seul organe vraiment intéressant
à consulter sur cette question de renaissance dramati-

1. *Tablettes universelles*, n° 30 (1823), p. 111.
2. *Tablettes universelles*, n° 32 (1823), p. 76.

que, est le *Globe,* auquel nous joindrons, à partir de
1828, la *Revue française,* et en 1829 et 1830 le *Mercure
du XIXe siècle* devenu tout à fait romantique.

Entre 1824 et 1829, n'apparaît aucune œuvre dramatique de premier ordre dans le genre nouveau, — sauf
des œuvres non destinées à la scène comme le *Cromwell* de V. Hugo, le *Théâtre de Clara Gazul* de Mérimée,
les *Barricades* et les *États de Blois* de Vitet, les *Proverbes* de T. Leclercq, les *Soirées de Neuilly* de Dittmer
et Cavé. Chacun de ces ouvrages est, pour les rédacteurs
du *Globe,* l'occasion d'une discussion théorique toujours
intéressante. — De plus, les œuvres secondaires et mixtes, qu'elles aient pour auteurs des *classiques* un peu
téméraires comme Ancelot, ou des romantiques trop
timides comme A. Soumet, sont très nombreuses ; et
nombreuses aussi les reprises de tragédies oubliées ou
les mises à la scène d'œuvres interdites par la censure
impériale. Aussi les critiques très distingués et très rai-
sonneurs des périodiques doctrinaires, les Guizot, les
Rémusat, les P. Dubois, les Vitet, les Magnin, sont-ils
sans cesse ramenés par l'actualité littéraire à la question du drame romantique.

Pour mettre un peu d'ordre dans les citations qui
vont suivre, je voudrais pouvoir distinguer la critique
négative (celle qui s'exerce sur les œuvres *pseudo-classiques*), de la critique *positive* (celle qui a pour objet les
tentatives de rénovation dramatique). Mais cette classification est impossible ; on le comprendra aisément.
C'est en effet, le plus souvent, dans la discussion des
œuvres qu'ils condamnent, que les critiques doctrinaires
et romantiques formulent leurs principes et esquissent
leurs théories. Mieux vaut donc, — par nécessité, —
suivre l'ordre des dates.

Dès octobre 1824 (le *Globe* vient d'être fondé), les

positions sont prises par un rédacteur qui signe A.(probablement Aug. Trognon), et qui rend compte d'une tragédie en cinq actes et en vers : *La Mort du Maréchal de Biron.*

C'est moins à cet ouvrage que nous faisons la guerre, qu'au système déplorable aujourd'hui régnant sur notre scène et avec lequel il est temps de ne plus garder de ménagement. Que nos jeunes poètes,au lieu de s'obstiner à faire de la tragédie une combinaison réglée du faux et de l'ennuyeux, recherchent le vrai et s'efforcent de le reproduire d'une manière vivante ; qu'au lieu d'imiter sans fin nos grands maîtres, dont ils ne nous offrent que des copies méconnaissables, ils aspirent au mérite de l'originalité, et une bonne fois tâchent d'être eux-mêmes ; qu'enfin, usant librement de ce que la nature leur a accordé de talent,ils accordent à la sévère raison tout ce qu'elle réclame, mais n'accordent rien au préjugé... (1).

Mais voici, sur le *Fiesque* d'Ancelot, tout un programme. Tandis que les *Lettres champenoises* (2) faisaient de ce drame bâtard, maladroite imitation de Schiller, le plus pompeux éloge, et félicitaient l'auteur de son attachement aux traditions, le rédacteur du *Globe* (Duvergier de Hauranne) écrit :

Les formes de la tragédie grecque conviennent-elles à la tragédie moderne ? Les impressions théâtrales doivent-elles être épiques ou dramatiques, et peuvent-elles être l'un et l'autre ? La vérité est-elle ou n'est-elle pas la condition première de tout drame historique ? Y a-t-il enfin moyen de concilier cette vérité avec le vers alexandrin et la dignité du cothurne français ? Telles sont quelques-unes des nombreuses questions qui se rattachent à la

1. *Globe,* 6 octobre 1824.
2. *Lettres champenoises,* tome XIX (1824), p. 49.

grande querelle des classiques et des romantiques ; questions immenses, complexes et que je ne veux point traiter ici...

Que dirai-je de plus ? Partout l'auteur français a dépouillé Fiesque de son intérêt, de sa vie. Sous sa plume, les scènes les plus originales sont devenues banales. Le caractère du moyen âge a fait place à quelque chose de mixte entre l'antique et le moderne ; et sous le nom de Génois, il nous a montré des espèces de Grecs habillés à la française (1).

Dans un second article, le rédacteur examine le *style* de la pièce ; et c'est là qu'il expose plus largement ses idées :

Si par ce mot *style* l'on entend l'art d'enfiler de ronflants alexandrins, d'aligner des tirades sonores, nul doute que le style de M. Ancelot ne soit estimable à beaucoup d'égards. Mais s'agit-il de prêter à chaque personnage le langage qui lui soit propre, de retracer avec la parole les mœurs, les idées, les sentiments d'un siècle ou d'une nation ; s'agit-il enfin d'émouvoir par ces mots vifs et naturels qui, lorsque les passions s'exaltent, remplacent toujours dans le dialogue les tournures prétentieuses et compassées, alors, je ne crains pas de le dire, M. Ancelot a un style d'autant plus mauvais qu'il est chez lui l'effet d'un système, et c'est ce système qui, bien plus encore que l'unité de temps et de lieu, me paraît l'écueil de la tragédie française. Chez les Grecs, le langage comme les manières conservait toujours un certain degré de dignité : c'est d'ailleurs dans les temps héroïques qu'ils allaient chercher le sujet de tous leurs drames, et jamais on ne s'était représenté les Thésée, les Agamemnon, les Oreste, autrement qu'ils ne les ont peints. Mais quand nous mettons sur la scène ce moyen âge que l'histoire nous fait si bien connaître, et dont les principaux caractères sont la tur-

1. *Globe*, 14 décembre 1824.

bulence et la naïveté, vouloir à toute force le vêtir à l'antique ou à la Louis XIV, c'est vouloir d'un seul coup tuer
l'illusion et le plaisir, c'est faire un art faux et mensonger
d'un art qui, plus que tout autre, demande de la vérité.
Mais, dira-t-on, vous voulez donc bannir de notre tragédie l'exaltation du langage, la poésie enfin ?... Non, sans
doute. De tout temps, il y a eu des êtres dont le langage
a été exalté et poétique, au moins dans certaines situations données, et leur en prêter un simple et vulgaire ne
serait pas un contre-sens moindre que celui dont je me
plains. Mais le système contre lequel je m'élève, c'est
celui qui, confondant le temps et les lieux, tend à tout
égaliser dans une action où s'agitent divers personnages ;
c'est celui qui fait parler un Italien comme un Grec, un
valet comme un héros, une femme du peuple comme une
jeune fille en proie à un premier amour ; c'est enfin celui
qui, craignant de prononcer le mot propre, dès que le
mot est d'un usage familier, le remplace par une péri-
phrase harmonieuse, par une image qu'on appelle poétique...

> *Irez-vous, durement cahoté,*
> *Sur les nobles coussins d'un char numéroté ?*

dit Hortense à Danville dans l'*Ecole des Vieillards*, et
tous les critiques de s'extasier sur l'habileté avec laquelle
M. Casimir Delavigne a évité de prononcer ce vilain
mot de *fiacre* !

Qu'on y réfléchisse bien, ceci est la plus grande plaie
de notre littérature dramatique, celle à laquelle il importe
de porter un prompt remède. Que résulte-t-il d'une
pareille affectation ? C'est que tout finit par avoir une
même couleur, que chacun, avant de paraître, semble
avoir endossé un habit de cour, et que jamais on n'a
sous les yeux que des acteurs qui parlent au public.

Voilà pourtant ce que les *Débats* et la *Pandore* trouvent admirable ! Voilà ce que, triomphant de quelques
expressions de Schiller peu appropriées au génie de notre

langue, ces deux journaux nous présentent comme un
modèle de style tragique !

... En résumé, voici donc le dilemme que je propose
à MM. Ancelot, Guiraud et Cie : Ou mettez de côté
tout votre bagage de règles, de dignité tragique, de convenances théâtrales ; ou renoncez à traiter les sujets du
moyen âge, et tenez-vous aux sujets grecs, les seuls
auxquels les formes grecques soient vraiment applicables.
Je sais que vous avez maintenant pour vous la force d'une
longue habitude, et que, stylés (1) dès l'enfance à admirer de pompeuses niaiseries, nous avons besoin de faire
un effort sur nous-mêmes pour les apprécier à leur juste
valeur. Mais le règne du mensonge est bien près de finir :
vous n'aurez pas toujours affaire à un public qui, comme
le disait M.C... (2) dans les *Débats* du 12 novembre, « juge
quelquefois, il est vrai, d'après ses sensations, mais plus
souvent par les principes conservateurs d'un art qu'il se
croit appelé à protéger » ; et dès que les jeunes gens
seront convaincus qu'ils vont au théâtre pour s'amuser, et
non pour défendre un principe, vous serez irrévocable-
ment perdus. Que demain l'Odéon s'ouvre à de *vraies*
imitations de Shakespeare et de Schiller ; qu'il joue des
pièces nationales telles que *Pinto*, et c'en sera fait de tous
les *Louis IX*, de tous les *Comte Julien* du monde. La
vérité... tel est le but vers lequel nous marchons à grands
pas, et, après avoir éclairé la politique et la religion, elle
ne restera pas exclue de la seule littérature. Ce serait un
contre-sens que rien ne pourrait expliquer (3).

1. Le texte du journal porte ici (tome I, p. 200) *sifflés*, évidente
faute d'impression.

2. C. Duvicquet, successeur de Geoffroy aux *Débats*.

3. *Globe*, 16 décembre 1824.—Un *abonné* crut bon de protester en
faveur des Grecs, par une *lettre* insérée dans le numéro du 18 décembre : « On trouve chez eux, à côté du sublime, le simple et le
familier, tout aussi bien que dans Shakespeare et Schiller, à cette
exception près, qui ne saurait diminuer leur gloire et notre
estime, qu'avertis par un sentiment délicat, ils ne descendent
jamais jusqu'à la bassesse et la trivialité... » — 21 déc. : Réponse

On retrouve les mêmes revendications, plus franches encore, dans un article sur le *Cid d'Andalousie* de P. Lebrun.

...Resterait à connaître la grande et capitale objection faite à cet ouvrage, celle de confondre tous les tons et tous les genres, de placer l'intérêt dans une sorte de fantasmagorie dramatique qui fait passer sous les yeux du spectateur l'assemblage indistinct de mille objets divers, une réception royale, une entrevue d'amants pendant la nuit, un duel, des assises, etc... Tandis que nos grands maîtres soutiennent si habilement pendant cinq actes le développement d'une seule et même action. A cela, nous aurions à répondre, si nous le voulions, que la pièce de M. Lebrun est tout aussi simplement construite que beaucoup de nos ouvrages dits classiques, et que la variété des objets qui s'y rencontrent n'est pas beaucoup plus grande que celle de telle ou telle tragédie de Corneille ou de Racine. Nous pourrions aborder plus franchement encore la question, et convenir que cela même que l'on reproche à l'auteur du nouveau *Cid* est ce que nous appelons de tous nos vœux ; que l'art tragique, expirant aujourd'hui en France parmi les entraves de l'étiquette et les langueurs d'un ennui de convention, reprendra vie alors seulement qu'il ira puiser à la source de la réalité, et reproduira changeant et complexe, comme il est, le tableau de l'existence humaine...

...A en croire le plus grand nombre de nos journalistes, rien de plus commun, de plus lâche, de plus prosaïque, que la diction du *Cid d'Andalousie*. Nous concevons ce reproche : quand on se prosterne devant la vide magnificence de la versification de *Fiesque*, quand on tressaille

du rédacteur : (Se justifie... Et conclut) « ... Je suis convaincu que si Eschyle et Sophocle apparaissaient aujourd'hui, notre classique Académie n'hésiterait pas à leur fermer ses portes, en criant au *romantisme :* ce qui par bonheur n'ôterait rien à leur mérite. »

d'enthousiasme aux niaises et sonores maximes de *Régu-lus*, quand on se perd avec ravissement dans les vapeurs du style de *Saül* et de *Cléopâtre*, on doit être bien choqué de la façon de dire généralement simple et unie de M. Lebrun. Les vers de comédie abondent dans son ouvrage ; il aime à appeler les choses par leur nom, et fuit l'ambition des périphrases. Le mouvement enfin est plutôt en dedans qu'en dehors de la diction ; et plus les sentiments sont élevés, plus ils se produisent avec simplicité et franchise. Voilà ce qui a été chez lui le principal objet du blâme, voilà ce que nous y louons (1).

De même, P. Dubois dira du *Germanicus* d'Arnault « qu'il eût été facile de remplacer les *langueurs* du discours par des actions vives et naturelles, sans blesser en rien la règle si chère de l'unité de temps et de lieu : il n'eût fallu pour cela que consentir à sortir du palais » (2).

Il reproche à Soumet, auteur de *Jeanne d'Arc*, d'avoir « transporté la fausseté de notre vieille scène dans l'histoire moderne » (3).

Un autre rédacteur du *Globe* (O. = Duvergier de Hauranne) essaie d'expliquer les résistances du public, et, en 1825, semble annoncer la *bataille d'Hernani*.

... Pourquoi donc faut-il qu'à peu près banni des arts et de la poésie proprement dite, le pédantisme ait trouvé dans le parterre de nos théâtres un asile inviolable ?

Là au moins il règne encore en maître, il tranche, il décide ; au besoin même, il invoque l'honneur national à son secours, et, pour échapper à une défaite qu'il prévoit, il proscrit la concurrence et consacre le privilège. Bien convaincu qu'il périrait, s'il *laissait faire*, toute pro-

1. *Globe*, 7 mars 1825, article non signé.
2. *Id.*, 23 décembre 1824 (*Fragments*, I, p. 40).
3. *Id.*, 17 mars 1825 (*Fragments*, I, p. 69).

duction franchement dégagée de la routine classique est
par lui condamnée d'avance : sifflets, éclats de rire ironiques, applaudissements tumultueux, il n'est rien qu'il
n'emploie pour détourner l'attention, égarer les esprits....
Pour exécuteurs de ses arrêts, le pédantisme a choisi une
foule de jeunes gens qui, ardents, impatients sous tous les
autres rapports, se sont, par une étrange inconséquence,
voués à la cause de l'immobilité théâtrale. Ils bâillent,
mais il applaudissent ; ils rient, mais ils sifflent ; et nous
en avons vu qui, furieux de s'être amusés contre les
règles, faisaient payer cher au pauvre auteur le crime de
les avoir égayés ou attendris : aussi ne tiennent-ils plus
guère au suranné que par amour-propre.

Cependant, ajoute-t-il, la *demi-chute* de tragédies
comme *Clytemnestre* et les *Macchabées*, le succès indiscutable de *Marie Stuart*, tout paraît indiquer que l'avenir est aux sujets *historiques* :

La tragédie historique et libre n'est pas à coup sûr le
romantisme tout entier : mais elle en est l'une des branches les plus importantes, celle peut-être vers laquelle la
direction actuelle des esprits nous pousse le plus irrésis-
tiblement, celle qui nous permet les jouissances les plus
vives. Aussi bientôt, si nous en croyons nos pressenti-
ments, ne comptera-t-elle plus parmi ses ennemis que ces
éternels détracteurs de tout ce qui est nouveau, que ces
puritains de la littérature toujours bardés de citations et
de lieux communs. Déjà dans les deux camps, les bons
esprits paraissent s'entendre sur quelques points importants ; et tandis que dans le *Mercure du XIXᵉ siècle* (93ᵉ liv.),
M. Jall admet que la littérature et les arts ne peuvent ici-
bas être soumis à des principes immuables, M. Étienne
(90ᵉ liv.) y déclare contre les pompeuses tirades de nos
tragédies, y prêche pour la vérité locale et historique....
Que nos jeunes auteurs se livrent donc sans scrupule à
leur propre essor : qu'ils osent, c'est le seul moyen de briller plus d'un jour. Des succès plus contestés peut-être

d'abord, mais bien plus durables, bien plus glorieux, voilà ce qui les attend dans cette nouvelle carrière ; et sifflés peut-être à la première représentation par quelques-uns de ces douaniers du parterre, toujours prêts à arrêter au passage ce qui ne se trouve pas sur leur tarif, à la dixième ils les feront pleurer et frémir eux-mêmes (1).

C'est aussi en faveur de la tragédie historique largement traitée que réclame Paul Dubois, dans un article que je citerai parce qu'il n'a pas été inséré dans ses *Fragments*. Il s'agit d'une tragédie représentée à l'Odéon, *Rienzi*, par Gustave Drouineau. Dubois constate d'abord que le goût de la vérité fait chaque jour des progrès au théâtre ; nous voulons y voir les grands hommes avec leurs ridicules et leurs vices, et non pas des *héros de collège*. Or, M. Drouineau n'a que des *souvenirs*, et l'on ne trouve dans sa pièce aucune trace de vérité historique.

Rienzi, c'est Auguste pour la générosité, et Sylla pour la politique, etc... Toutes ces situations sont les mêmes, conduites absolument de la même manière, et amenant les mêmes contrastes. J'insiste avec force sur cette remarque, parce que le public se laisse toucher à des effets qu'il a éprouvés cent fois, et qui lui rendent une émotion de mémoire qu'il prend pour une impression nouvelle. Il faut aussi protester contre ces violations de l'histoire, qui tendent à donner aux événements et aux caractères modernes une couleur fausse, et à corrompre le bon sens de la jeunesse par les fictions d'un art au-dessous des lumières du siècle. Les jeunes poètes tragiques ne doivent pas se le dissimuler ; le temps n'est plus où avec un cadre vulgaire et des personnages fantastiques, on pouvait

1. *Globe*, 24 mars 1825 (article intitulé *Du romantique*, signé O. (Duvergier de Hauranne). Rapprocher trois articles du même O. sur les *Unités* : *Globe*, 24 décembre 1825, 7 janvier et 14 janvier 1826.

composer une tragédie. Il faut aujourd'hui de longues études, une vive et continuelle familiarité avec les temps et
les hommes que l'on veut peindre. La classe éclairée de
la nation sait beaucoup sur l'histoire; de jour en jour elle
apprend davantage, et si les poètes restent en arrière, ils
ne se la concilieront jamais... Il n'y a guère que *Sylla* qui
ait résisté, parce que c'est réellement la tragédie la plus
historique et la plus vraie que nous ayons vue depuis dix
ans, grâce à l'admirable talent de Talma qui en corrige
les défauts et en fait ressortir les beautés avec toute la
science d'un érudit et tout le génie d'un poète.

(Après l'analyse, trace à grands traits le tableau complexe de cette époque, en fait ressortir les *contrastes* violents...)

Mais un tableau si grand et si vrai ne se peut enfermer
dans notre vieux cadre : il faut faire comme Shakespeare
quand il a peint Jules César (1).

Shakespeare, d'ailleurs, ne doit pas être imité sans
intelligence : et Dubois saisit l'occasion d'une reprise
du *Macbeth* « arrangé » par Ducis, pour donner aux
auteurs de son temps de fort judicieux conseils :

... Je ne connais pas d'exemple plus propre à instruire
ceux de nos jeunes poètes qui voudraient toutes des imitations étrangères. Ils y apprendront qu'il faut avant tout
comprendre la pensée de son modèle, et qu'une tragédie
ne se compose pas de scènes rapportées, comme une mosaïque, mais de l'esprit qui l'anime, et qui lie toutes les
parties de l'action. Peut-être aussi, en voyant combien il
est difficile de conserver cet esprit, en transportant un
sujet d'un pays dans un autre pays, d'un siècle dans un
autre siècle, ils se persuaderont qu'on n'arrive pas plus
à l'originalité en mutilant Shakespeare qu'en traduisant

1. *Globe*, 2 février 1826, signé P. D...s, non inséré dans les
Fragments.

Racine. Et quant à nous qui nous armons souvent de
l'autorité des tragiques étrangers, ce ne sont point les
sujets qu'ils ont traités, mais la liberté de leurs formes
que nous voudrions voir sur notre scène. Les trois unités
ne nous déplaisent point quand le sujet les comporte :
ce que nous désirons, c'est qu'on n'y réduise pas de force
des sujets vastes, compliqués, et qui demandent un grand
développement (1).

A l'imitation de Shakespeare se lie de façon étroite la
question de savoir s'il faut mêler, et dans quelle mesure,
le comique et le tragique, question traitée de façon
très judicieuse par Duvergier de Hauranne (O.), dans
deux longs articles. C'est, dit le rédacteur, un point sur
lequel les classiques et les romantiques sont loin de
s'entendre. Puis il distingue l'*unité de ton* et l'*unité
d'impression :* si l'on veut représenter la nature humaine,
il faut des contrastes de joie et de douleur ; d'autre
part, le spectateur a besoin de *repos*. Mais il faut toujours chercher l'*unité d'ensemble* par une *succession
d'effets*. Tel est en substance son premier article (2).
Dans le second, il fait une nouvelle distinction, très
juste. On peut, dit-il, éviter le mélange du tragique
et du comique dans les tragédies *antiques* ou *bibliques ;*
mais les sujets *historiques* exigent, pour être une exacte
peinture, ce mélange et ces contrastes : jamais la vérité
n'est *abstraite*. Il conclut par ces lignes prophétiques à
la veille de *Cromwell :*

1. *Globe*, 28 février 1826 (*Fragment*, I, 135). Le *Globe* contient,
sur Shakespeare, une suite d'articles signés E. D. (Ernest Desclozeaux) : 27 nov., 24 déc. 1824 ; 5 fév. 1825 ; 19 août, 9 sept. 19 oct.
1826.
2. *Globe*, 6 mai 1826 (*Du mélange du comique et du tragique*.
Signé O...)

... Cependant le règne du privilège touche à sa fin : les hommes éclairés s'étonnent de trouver plus de drame dans l'histoire simplement racontée que dans le drame lui-même ; les masses, frappées de langueur, ne s'émeuvent plus au théâtre ; tout enfin annonce une réforme, qui, *pour triompher, n'attend qu'un génie audacieux et puissant.* Doit-elle se faire tout d'un coup, ou par des changements graduels? nous penchons pour le premier avis. Le public s'est trop longtemps reposé dans ses anciennes habitudes, pour qu'il soit possible de lui donner le change. Il n'adoptera quelque chose de nouveau que si on le présente comme tel (1)...

Le Globe louera donc presque sans restriction les drames de Manzoni, où il trouve une application rationnelle de ses principes (2). Et surtout, il accueille avec enthousiasme, en 1825, le *Théâtre de Clara Gazul.* Voici la *note* par laquelle le *Globe* annonce l'apparition de cet ouvrage :

L'originalité est rare en ce temps, et surtout au théâtre, dont la censure et les règles académiques lui défendent l'entrée ; aussi bientôt ne verrons-nous plus de pièces hardies et neuves que dans les livres, et les auteurs dramatiques seront réduits à renoncer aux honneurs de la représentation. On parle beaucoup dans les salons et dans le monde littéraire d'un recueil de comédies qui doit paraître la semaine prochaine, chez le libraire *Sautelet*, place de la Bourse, sous le titre de *Théâtre de Clara Gazul*, comédienne espagnole : c'est, dit-on, l'ouvrage d'une actrice que bien peu de gens ont vue au théâtre de Madrid, et dont le traducteur inconnu pourrait bien être le véritable auteur (1)...

1. *Globe*, 10 juin 1826 (même titre).
2. *Id.*, 29 juin et 1er juillet 1826 (Sur les tragédies de Manzoni).
1. *Id.*, 21 mai 1825.

Quelques jours après cette annonce, le *Globe* publie un article signé J.-J. A.(Jean-Jacques Ampère). Voilà enfin, dit Ampère, un *exemple* des *théories* romantiques ?

Il semble impossible, après l'avoir lu, de ne pas convenir que sous des formes très différentes de celles de notre comédie, on peut mettre beaucoup de vérité et de finesse, et être très amusant sans imiter Molière et sans rappeler M. Duval. On n'y veut rien prouver, rien établir, rien combattre : on se borne à peindre d'une manière piquante, rapide, quelquefois profonde, des sentiments, des passions, des ridicules. Cependant un peu de sécheresse et de hâte ; mais ces défauts mêmes reposent des lourdes déclamations du théâtre actuel (1).

Un *abonné*, quelques jours après, ajoute aux éloges d'Ampère une très juste observation critique :

... Je ne crains pas d'avancer que l'auteur est, avec W. Scott, l'écrivain moderne le plus éminemment vrai. L'apparition de Waverley fit, il y a quelques années, une révolution dans toute la partie *épique* de notre littérature, en nous montrant une vérité jusque-là inconnue dans les *mœurs* et les *caractères*. L'auteur du *Théâtre de Clara Gazul* complète cette évolution, en portant cette même vérité dans les *passions* et par contre-coup dans le *drame* (2).

C'est avec la même faveur que le *Globe* accueille les *Barricades* de Vitet (3), les *Proverbes dramatiques* de M. Leclercq (4), *les Soirées de Neuilly* de Dittner et Cavé, que louera Vitet lui-même dans un long article,

1. *Globe*, 4 juin 1825.
2. *Id.*, 18 juin 1825.
3. *Id.*, 8 et 27 avril 1826.
4. *Id.*, 10 février et 30 juillet 1828.

en félicitant les auteurs d'avoir très bien peint les personnages subalternes (1). Seulement, les rédacteurs
font tous la même réserve : les *exemples* restent incomplets, et la question romantique au théâtre n'est pas
résolue, parce que ces ouvrages ne sauraient être représentés. Et quand Mérimée publie *La Jacquerie et la
Famille Carvajal*, la *Revue française* insiste sur ce point:

> Ces deux nouvelles pièces sont beaucoup moins suscep-
> tibles d'être jouées que celles de *Clara Gazul*. Cependant
> il serait bien temps que la nouvelle école dramatique
> essayât d'être théâtrale. La difficulté est très grande sans
> doute, et elle n'a été qu'à peine effleurée. Tant qu'elle
> ne sera pas résolue, le système classique gardera un immense
> avantage, et pourra défier insolemment le système nou-
> veau. La représentation est l'épreuve décisive ; pour les
> ouvrages dramatiques, c'est le jugement de Dieu (2).

On ne s'étonnera donc pas des réserves avec lesquelles ces critiques, si sévères cependant pour les ouvrages pseudo-classiques, ont accueilli le premier en date
des chefs-d'œuvre romantiques dramatiques, le *Cromwell* de Victor Hugo, ni, par contre, de la faveur
qu'ils témoignent à un drame aujourd'hui bien démodé,
le *Marino Faliero* de C. Delavigne.

Les articles publiés sur *Cromwell* sont très nombreux.
Parmi ceux des journaux quotidiens, il faut signaler
celui que publie Et. Béquet (qui signe R.) dans les
Débats du 6 août 1828.

Mais la discussion la plus approfondie, — comme

---

1. *Globe*, 3 avril 1827, 1er mars et 29 mars 1828 ; le dernier article est signé L. V. (Vitet).

2. *Revue française*, t. I, n° 4 (juillet 1828). Cf. un article de
Rémusat dans le *Globe* du 28 juin 1828.

l'appréciation la plus équitable, — est de Rémusat dans
le *Globe*.

Dès le 6 décembre 1827, le *Globe* avait annoncé *Cromwell* en termes flatteurs : « Cet ouvrage est de ceux qui
servent doublement les progrès de l'art : c'est à la fois
une expérience hardie, et l'exposition d'une nouvelle
poétique du drame. » Le rédacteur (1) ajoute qu'il n'admet pas la théorie de V. Hugo sur le *grotesque* ; mais il
partage son opinion sur *la réalité selon la nature* et *la
réalité selon l'art*. A la suite de ces lignes favorables, le
Globe publie quelques pages de la *Préface*, ainsi que
les scènes IV, V et VI du troisième acte.

Les articles de Rémusat paraissent le 26 janvier et le
2 février 1828 (2). En voici le sens, et quelques extraits.

Rémusat, toujours prudent, commence par « mettre
à couvert sa responsabilité », mais de façon ingénieuse
et intéressante :

> Les critiques, dit-il, ne peuvent se défendre d'une bien-
> veillance indulgente pour les poètes qui sont de leur avis ;
> et lorsqu'un homme de talent s'aventure sur la foi de nos
> idées, compose dans le sens de nos théories, nous prête
> enfin l'appui de son exemple, il nous semble que nous
> lui devons nos éloges, ou, tout au moins, nos remercie-
> ments. Peut-être, en effet, avons-nous contribué au parti,
> tant soit peu téméraire, qu'il vient de prendre ; peut-être
> notre voix l'a-t-elle poussé dans une arène dont il ignorait
> les périls (3). Certainement, il tente de nous rendre plus

1. M. Michaut (*Sainte-Beuve avant les Lundis*, p. 602, note 1)
écrit : « Le 6 décembre, sous le titre *Poésie, Cromwell, drame,
par Victor Hugo*, le *Globe* publie deux extraits de la pièce, précédés de quelques lignes très favorables (VI, 29). Sainte-Beuve y
est-il pour quelque chose ? »

2. Ces deux articles sont reproduits dans *Critiques et études*,
I. 249.

3. Rémusat fait allusion à ses articles : *Révolution du théâtre*

qu'il n'a reçu de nous : un bel ouvrage sera toujours la
meilleure des preuves, et la cause de la nouvelle poésie ne
sera jamais mieux défendue que par de bons poètes.
Nous sommes bons tout au plus à faire des plans de campagne; mais ils nous gagneraient des batailles. Malheureusement il y en a plus d'un qui nous expose, au lieu de
nous servir : et plus d'une fois encore, il nous arrivera
d'être battus dans la personne de nos généraux. Nous ne
courons pas ce danger avec l'auteur de *Cromwell*...

Rémusat observe ensuite que Victor Hugo est un
talent *hors des atteintes de la critique*, « qui s'offense-
rait de ménagements, comme il se rirait des censures. »
Il le jugera donc, quoique romantique, avec un entier
désintéressement, et *comme un autre*. *Cromwell* renferme deux choses : un système et un drame. Rémusat
félicite V. Hugo d'être à la fois un critique et un poète;
car ce qui manque à la plupart des poètes, ce sont *les
idées*, c'est *l'esprit*. « On en pourrait citer plusieurs qui,
certainement, n'étaient pas dénués de talent ; mais,
par grand malheur, ils étaient des sots. » On se rappelle le jugement de Rémusat sur Casimir Delavigne :
serait-ce à lui qu'il fait allusion?
La discussion de la *Préface* est telle qu'on peut l'attendre d'un homme docte et sensé, fin et subtil comme
Rémusat. Les *idées* que Victor Hugo *présente comme
des faits*, sa distinction des trois âges poétiques, toute
cette partie préliminaire lui semble assez chiméri-
que (1). Au contraire, il est d'accord avec le poète sur
les *règles de composition du drame moderne*; tout au

(*Lycée français*, V, t. II (1819), p. 205) et *Du Théâtre de Shakspeare* (*Tablettes Universelles*, 1823). Cf. pages 332, 333.
1. « M. Hugo a des vues; les idées ne lui manquent pas, mais
il les accueille avec trop peu de sévérité. Lorsqu'il raisonne, on
dirait encore qu'il imagine. »

plus regrette-t-il que « des choses si sensées soient pré-
sentées dans un style qui ne l'est guère. » Il chicane
V. Hugo sur sa théorie du *grotesque*, qu'il commente et
complète par de très justes restrictions, dont la conclusion, d'ailleurs, est que « la tragédie devrait se permettre l'observation des mœurs, des caractères, la peinture de toute la société et de l'homme tout entier, —
comme le sérieux, le noble, le pathétique même ne sont
point exclus de la comédie. »

Dans *Cromwell*, Rémusat voit « l'expression fidèle du
système dramatique de l'auteur ». *Cromwell* est un
ouvrage *nouveau*, et Victor Hugo « est plus louable
qu'un autre de se plaire à de telles nouveautés ». C'est
ici que se place, dans l'article de Rémusat, une série
d'observations très importantes à leur date : le *doctrinaire libéral* semble attribuer les progrès littéraires de
V. Hugo à l'évolution de ses opinions politiques. Ses
premiers essais, dit-il, n'annonçaient pas l'originalité de
Cromwell.

Son esprit, qui ne fut jamais commun, semblait prendre
parti pour les idées communes. Quelque temps, il parut
prétendre innover par la bizarrerie des formes, non par
l'originalité de la pensée. Il menaçait de s'en tenir aux
idées du parti qu'il avait choisi ; c'eût été s'ensevelir dans
les cendres du passé. Quelques années se sont écoulées,
et les idées qui passaient pour le paradoxe des esprits bla-
sés ont pris place dans le bon sens, avec cette rapidité de
conquête que la raison n'a possédée que dans notre siècle.
La liberté de la poésie et des arts a gagné sa cause au
tribunal de l'opinion. Le mouvement est venu jusqu'à
M. Hugo ; et tel est le lien qui unit toutes les vérités,
qu'en s'initiant aux nouvelles doctrines littéraires, il a
modifié, nous oserions en répondre, l'ensemble de ses opi-

nions philosophiques..... Certes, M. V. Hugo n'a point
prétendu changer de cause ni de doctrines ; mais, par
instinct de poète, par intention dramatique, il a été con-
duit à considérer sous un jour nouveau l'*histoire des hommes*; et je ne serais pas surpris que, depuis qu'il a fait son
Cromwell, il ne jugeât autrement que jadis l'histoire contemporaine, son parti, le nôtre, la Révolution.

Sur le drame lui-même, Rémusat présente un grand
nombre de remarques ingénieuses. Il critique les *dispa-
rates* dans la peinture du caractère principal, la recherche
des *singularités*, et dit très justement : « C'est également
défigurer la nature humaine que de la réduire soit à une
seule passion, soit à ses contrastes. » Il ne croit pas que
Victor Hugo ait bien choisi le *moment*, dans la vie de
Cromwell. Il ajoute que la multiplicité des détails, l'étendue des scènes .., étouffent l'intérêt dramatique ; et sa
critique, ici, prend une réelle importance théorique.
« Voici, dit-il, une des difficultés du théâtre romantique.
Comme l'esprit d'observation y joue un grand rôle, la
conception principale, celle de l'action, peut en souffrir ;
et la vieille règle *ad eventum festinat*, qui a pourtant
son prix, est trop souvent négligée. De là des défauts
graves et qui pouvaient devenir mortels à la représentation... » La partie que Rémusat loue le plus franchement, malgré quelques réserves, c'est le style. Il insiste
longuement sur la nécessité d'abandonner le style conventionnel de la tragédie classique, et dit : « Le style
de Cromwell est la première tentative sérieuse de langage tragique, et, presque toujours, cette tentative est
heureuse. Par un contraste assez inattendu, les vers de
M. Hugo sont beaucoup plus naturels que sa prose. La
bizarrerie... se rencontre beaucoup plus dans le choix des
pensées ou des images que dans l'expression même, et
indique plutôt un défaut de goût que de talent. » Bref,

selon Rémusat *Cromwell* n'est plus un *excellent ouvrage*,
c'est une *admirable étude*.

Il n'est pas inutile de rapprocher de ces appréciations
sur *Cromwell*, les articles consacrés, la même année,
aux *Comédies historiques* de Lemercier, publiées en volumes. — Ch. Magnin, dans le *Globe*, rend justice aux
« idées » et aux « hardiesses » de Lemercier ; il fait de
piquantes réflexions sur la censure qui, selon lui, « ar-
rête les progrès dramatiques », et il cite un fragment
de la *Journée des dupes* qu'il compare au *Cromwell* de
V. Hugo (1). Dans la *Revue française*, Saint-Marc-
Girardin est plus sévère ; il voudrait que ces comédies
eussent «moins de fidélité historique que de vérité générale »... Il n'approuve pas ce système « qui se pique
surtout de fidélité historique,qui se fait spectateur minu-
tieux des choses au lieu de s'ériger hardiment en auteur,
qui enfin regarde et copie au lieu d'inventer et de composer... Les faits ont des ressorts et un mécanisme que
l'histoire ne connaît pas ; et pourtant ce mécanisme
c'est le jeu des volontés et des passions humaines, c'est
l'action en un mot (2). »

Le *Globe* reste donc toujours dans sa position intermédiaire et *critique*. En théorie, il semble très hardi ;
aussitôt qu'une œuvre paraît,il s'empresse d'*enrayer*,et il
ramène les poètes à la raison. Dubois et Magnin n'ont
que railleries pour l'*Olga* (3) et la *Marie de Brabant*
d'Ancelot (4), et ne lui savent aucun gré d'avoir choisi
des sujets historiques. Ils jugent avec la même sévérité,
Dubois l'*Elisabeth de France* de Soumet (5), Magnin le

1. *Globe*, 5 janvier 1828.
2. *Revue française*, t. I., n. 2 (mars 1828).
3. *Globe*, 17 septembre 1828.
4. *Id*., 26 novembre 1828.
5. *Id*., 3 mai 1828.

Roméo et Juliette de Soulié (1) ; cette dernière pièce
est traitée de *mélodrame*. Magnin se montre particulièrement dur pour un drame d'Epagny, *Lancastre* ; il y
voit un essai de *transaction* entre le drame romantique
et la tragédie classique :

> Deux ou trois lieux communs romantiques cousus à un
> fond de tragédie des plus usés... Deux soldats en faction
> qui causent, comme dans *Marie de Brabant* ; trois hom-
> mes du peuple qui conversent, comme dans *Marie de
> Brabant*, et qui de plus clouent la tapisserie qui recouvre
> le trône du roi, comme dans *Cromwell*. Il y a encore
> une reine qui tombe dans une folie subite et mortelle...
> Enfin il y a un voile blanc horriblement ensanglanté,
> dans lequel Mlle Charton s'enveloppe avant de mourir...
> Voilà toute la part du romantisme. L'école nouvelle la
> répudie ; elle ne voit absolument aucune hardiesse dans
> la mise en œuvre de ces colifichets romantiques, aussi
> surannés et aussi ridicules que les confidents, les marquis,
> les songes et les récits classiques... (2)

On sait cependant la place que ces *colifichets* doivent
continuer à tenir dans le drame romantique.

Aussi ne faut-il pas s'étonner de trouver, dans la *Revue
française*, un éloge presque sans restrictions d'une pièce
juste milieu, le *Marino Faliero* de C. Delavigne. « Nous
n'hésitons pas, dit le rédacteur, à placer (cette pièce) au-
dessus de tous les essais tentés depuis un temps sur nos
divers théâtres pour l'affranchissement et les progrès
de l'art dramatique ». Voilà qui est beaucoup dire, semble-t-il ? Car enfin, *Marino Faliero* fut joué à la Porte
Saint-Martin le 30 mai 1829, et le 11 février de la même
année avait paru *Henri III*. Mais *Henri III* est un drame

1. *Globe*, 14 juin 1828.
2. *Id.*, 4 février 1829.

en prose ; *Marino Faliero* est un drame en vers. Et justement le rédacteur conclut en ces termes :

Mais ce qu'il faut louer sans restriction, c'est le style.
Le style est ici le mérite éminent, la grande innovation ;
c'est à notre gré le premier exemple de la possibilité de
transporter sur notre scène le genre historique. C'est un
langage souple et ferme, brillant et naturel, logique et
passionné. Le talent d'écrivain que M. Delavigne a montré dans cette pièce, suffirait pour faire regarder *Marino
Faliero* comme le plus grand événement de l'histoire de
l'art dramatique en France depuis Voltaire (1).

Cependant, avec la publication et la discussion de la
Préface de Cromwell, coïncidait un événement dont tous
les historiens du drame romantique n'ont peut-être pas
senti l'importance, et dont l'importance précisément
nous est surtout révélée par les journaux : je veux parler
des représentations données par les acteurs anglais en
1827 et 1828. On ne saurait mieux mesurer les progrès
de l'opinion et l'évolution du public qu'en une pareille circonstance : en 1822, une troupe anglaise, celle de Penley,
avait déjà tenté de représenter, au théâtre de la Porte
Saint-Martin, du Shéridan et du Shakespeare ; les spectateurs français avaient ri, avaient hué, avaient accablé de
pommes et d'oranges les malheureux artistes anglais. En
septembre 1827, une nouvelle troupe dirigée par Abbott,
fit une nouvelle tentative à l'Odéon, puis à la salle Favart :
on les écouta avec respect, émotion, enthousiasme ; et
s'il se mêlait encore quelque surprise aux sentiments des
auditeurs, ceux-ci parurent faire effort sur eux-mêmes
pour en triompher. Bref, en 1822, il y eut un choc brutal

1. *Revue française*, n° 10 (juillet 1829). Cf. l'article du *Globe*,
3 juin 1829.

entre deux états d'âme incompatibles ; en 1827-1828, il
y eut rapprochement, sympathie et pénétration.

On vit jouer successivement *Hamlet*, *Othello*, *Roméo
et Juliette*, *Le Roi Lear*, *Richard III*, la *Jane Shore* de
Rowe, la *Venise sauvée* d'Otway, le *Virginius* de Knowles,
sans compter plusieurs comédies. Mais les comédies
eurent relativement peu de succès; tant il est vrai que les
passions sont humaines, et les ridicules nationaux. On
applaudit C. Kemble dans *Hamlet*, *Othello*, *Roméo* ; Macready dans *Othello*, *Macbeth* et *Virginius*; Kean causa
quelque déception dans *Richard III* et dans *Othello*, et
ne fut vraiment goûté que dans le *Marchand de Venise*.
Miss Smithson charma et transporta tout Paris ; tour
à tour Ophélie, Desdémone, Juliette, Jane Shore, elle
ne parut inférieure dans aucun de ces rôles si divers.
Il suffit de parcourir les journaux, quotidiens et périodiques, pour y trouver l'écho des applaudissements
enthousiastes qui accueillirent tous ces artistes (1).

Deux leçons se dégagèrent de ces représentations,
l'une à l'adresse des auteurs dramatiques, l'autre à
l'adresse des acteurs.

Les jeunes auteurs dramatiques avaient essayé de lire
Shakespeare : ils ne le comprenaient pas. En dépit de
leurs belles théories, il leur était impossible de saisir, à
la lecture, comment s'opère chez Shakespeare le mélange
du tragique et du comique ; ils avaient cru très naïvement (et la *Préface de Cromwell* et *Cromwell* lui-même
sont là pour en témoigner) à une juxtaposition des deux
éléments : or, chez Shakespeare, il y a fusion, c'est-à-
dire *unité*, et cette unité ne peut être sensible qu'à la
scène par le jeu des acteurs. Dans *la Pandore* (qui rend

1. En particulier le *Globe* et la *Pandore*, de septembre 1827 à
juillet 1828.

un compte très exact de ces représentations) un critique anonyme analyse de la façon la plus frappante la
scène célèbre où Hamlet, qui fait jouer la comédie
devant le roi et la reine observe, tout en badinant avec
Ophélie, la physionomie de ceux qu'il croit coupables.
« Nous ne connaissons, dit-il, aucune tragédie française
où la terreur soit portée aussi loin, *et pourtant toute la
scène est écrite dans le ton d'une farce ; mais la terreur
est dans la situation* (1). »

On trouvera dans le même journal des observations
sur le jeu de C. Kemble dans *Othello*, sur celui de Miss
Smithson dans Juliette, etc.. qui prouvent que Shakespeare est enfin *senti*, et que le moment est venu pour
les auteurs d'essayer de produire avec des œuvres originales des effets analogues. Je veux citer seulement ces
quelques lignes, dont on comprendra bien l'importance,
si l'on songe qu'elles sont écrites en septembre 1827,
avant l'*Othello* de Vigny, le *Henri III* de Dumas, et le
Hernani de Victor Hugo.

C'est en comparant notre système dramatique à celui
des Anglais que les auteurs parviendront à opérer les
réformes dont notre théâtre a tant besoin; *mais cette
épreuve doit être faite en présence du public, et sur le
public même; il faut consulter son goût pour savoir ce
qui est permis sur notre scène, il faut observer l'effet des
représentations sur des spectateurs français.* Hé bien !
le peu que nous avons vu jusqu'à présent nous persuade
que nos auteurs et nos acteurs pourront être hardis impunément. Qui eût osé prédire à Voltaire qu'on verrait sur
un théâtre de Paris un fossoyeur creuser une fosse et
remuer des ossements humains en chantant, Hamlet se
rouler sur le plancher en simulant les extravagances d'un
insensé !... (2).

1. *La Pandore*, 19 sptembre 1827.
2. Id., *ibid*.

Qu'on lise maintenant la *Préface* que Dumas a écrite pour son théâtre, et le chapitre CIX de ses *Mémoires*, et les lettres de Berlioz, etc... on les comprendra mieux (1).

Les acteurs français, eux aussi, durent sentir une véritable secousse, en présence du jeu à la fois si simple et si expressif, si pathétique et si violent, d'un Kemble, d'un Macready, d'une Smithson. Ce n'est pas à dire, certes, que les *grands* comédiens français, ceux de la Maison, puissent dès le premier jour admettre la supériorité de leurs confrères anglais ! Le 20 septembre 1827, Kemble et Miss Smithson jouent *Othello* à l'Odéon ; deux jours après, le 22, le Théâtre Français donne l'*Othello* de Ducis ! Ligier joue le More, et Mlle Bourgoin, Desdémone. On remarqua qu'ils n'avaient rien changé à leur jeu traditionnel (2). Cependant, on

1. F. Soulié avait composé un *Roméo et Juliette* et avouait à Alexandre Dumas que « s'il avait vu les acteurs anglais auparavant, il l'aurait faite autrement ». Mais tout de même, il s'obstina à la faire représenter, et elle *tomba*, le 10 juin 1828, au Théâtre Français. Deux ans plus tôt, elle eût réussi (*Mémoires* d'A. Dumas, t. IV, p. 283.)

2. *La Pandore*, 23 septembre 1827. — Il est curieux de rechercher ce que devint, après cette initiation au vrai Shakspeare, et surtout après la représentation de l'*Othello* de Vigny à la Comédie Française le 24 octobre 1829, les adaptations de Ducis qui étaient restées au répertoire. Si nous consultons les *Tableaux* de M. A. Soubies (*La Comédie Française depuis l'époque romantique*, 1895), nous constatons que l'*Hamlet* de Ducis a été joué : en 1830, 6 fois ; en 1831, 9 fois ; en 1832, 7 fois, en 1833, 4 fois ; en 1834, 10 fois ; en 1835, 4 fois ; en 1836, 2 fois ; en 1837, 10 fois ; en 1838, 1 fois ; en 1839, 10 fois ; en 1840, 8 fois. *Hamlet* ne disparaît du répertoire qu'en 1852. — L'*Othello* de Ducis est joué : en 1829, 2 fois ; en 1830, 2 fois ; en 1831, 4 fois ; en 1832, 4 fois ; en 1834, 12 fois ; en 1835, 7 fois, et ne quitte le répertoire qu'en 1850. (*Othello* de Vigny, joué 13 fois en 1829, et 3 fois en 1830, diparaît pour toujours de l'affiche). *Roméo et Juliette* de Ducis n'était plus au répertoire depuis 1828, ni son *Macbeth* depuis 1827. Le fait le plus curieux à retenir de cette

voyait Mlle Mars à toutes les représentations anglaises, et c'est elle qui devait, en octobre 1829, incarner la Desdémone de Vigny. D'ailleurs, le public avait été tellement enthousiasmé par le jeu de certains acteurs anglais, que les comédiens français furent d'eux-mêmes poussés à les imiter ou à les surpasser. Il n'est pas douteux que les grands artistes d'à-côté, ceux qui jouaient déjà le mélodrame ou ceux qui s'apprêtaient à jouer le Dumas et le Hugo, n'aient subi l'influence de Kemble, de Macready et de Miss Smithson. Les Frédérik-Lemattre, les Joanny, les Bocage, et la grande Marie Dorval ont été touchés d'un souffle shakespearien. Ils ont senti que toutes les audaces leur étaient permises devant un public que le jeu *très extérieur* des acteurs anglais avait électrisé. Écoutez ces réflexions d'un journal, la *Pandore*, qui après une analyse détaillée du jeu de Kemble et de Miss Smithson dans le dénouement de *Roméo et Juliette*, ajoute :

Nous avons voulu donner une faible idée de la manière dont cette scène est rendue : mais qu'on trouvera le jeu des acteurs bien supérieur à cette description ! Le cœur se brise d'y songer et les larmes coulaient au parterre comme dans les loges ; triomphe bien éclatant si l'on considère combien de difficultés s'opposaient à une telle illusion ! Des mœurs théâtrales différentes des nôtres, un idiome difficile pour le grand nombre des spectateurs, un accent dont l'étrangeté se fait toujours sentir, rien n'a comprimé, rien n'a suspendu l'enthousiasme universel. Qu'on nous donne encore *Roméo* ! Les femmes courront chercher à l'Odéon des sensations nouvelles, les hommes iront y apprendre à pleurer (1).

petite statistique, c'est que l'*Othello* de Ducis survit pendant vingt ans à celui de Vigny, et en pleine période romantique.

1. *La Pandore*, 18 septembre 1827.

J'imagine que le jeu des acteurs anglais eut surtout pour effet d'apprendre à nos acteurs, en général trop froids, et plus préoccupés d'une belle et fine diction que d'une pantomime expressive, comment on se fait comprendre du public rien qu'avec des jeux de physionomie et des gestes bien placés. Quand bien même Kemble et Macready n'eussent pas déjà dans leur propre pays joué *très en dehors*, le besoin pour eux de se faire entendre de spectateurs qui savaient mal ou qui ignoraient complètement leur langue, a dû les pousser à user de tous les moyens que le *masque* et le *geste* mettaient à leur disposition. Ces représentations ont dû devenir des *panto mimes*, où tout, à peu près, se saisissait dans le jeu *extérieur*. Et cela est d'autant plus vraisemblable que, d'une part, ce sont les scènes toutes *en action*, comme celle où Hamlet épie le visage de Claudius et de Gertrude, comme la démence d'Ophélie, comme la mort de Desdémone, comme le dénoument de *Roméo*, qui excitèrent les plus grands applaudissements (nous le voyons dans les comptes rendus de la *Pandore*) ; et que, d'autre part, certaines pièces dont la première représentation laissa le public indécis, par exemple *Othello*, le *Roi Lear* et *Virginius*, réussirent brillamment aux représentations suivantes, probablement parce que les acteurs, ne se sentant pas suffisamment compris, avaient décidé de *forcer tous les effets*.

« Forcer les effets » est justement le défaut qu'on peut reprocher à ceux de nos grands artistes contemporains qui font de fréquentes tournées à l'étranger. C'est une habitude qu'ils contractent malgré eux, et dont ils ne peuvent plus se défaire devant le public parisien un peu étonné qu'on se croie obligé de *souligner* des traits qu'il a déjà saisis à demi-mot. Et remarquez que nous ne reprochons jamais à Mme Duse ou à Novelli de jouer avec tout leur visage et tout leur corps: c'est à ce prix en effet que nous les entendons.

Après les représentations anglaises de 1827 et 1828, le public est donc disposé à accepter de vraies adaptations de Shakespeare. On verra cependant se produire encore quelques résistances.

Quand paraît au Théâtre Français, le 24 octobre 1829, *le More de Venise* d'A. de Vigny, Ch. Magnin lui consacre dans le *Globe* un article très élogieux:

> Enfin, dit-il, voilà ce que nous avons tant désiré! Voilà une première pièce de Shakspeare, non plus imitée, défigurée, travestie, mais fidèlement traduite! Voilà l'auteur d'*Othello* introduit sur notre scène par une main habile. Grâces soient rendues à M. A. de Vigny! Autant qu'on peut juger d'un aussi grand ouvrage à première vue, sa traduction nous semble aussi belle, aussi poétique, aussi transparente que nous pouvions le souhaiter et qu'on devait l'attendre de sa plume...

Magnin donne ensuite d'intéressants détails sur l'attitude des spectateurs. Une cabale a sifflé. Pourquoi? On avait écouté respectueusement l'année précédente Macready et Miss Smithson jouant l'original de Shakespeare? C'est que, désormais, la question du *style dramatique* est posée.

> Il ne s'agissait pas de savoir samedi si le public accepterait ou non la forme du drame de Shakspeare ; cette épreuve a été faite... Les représentations du théâtre anglais ont aidé la critique à élargir le drame: il restait à voir si une traduction habile d'un de ses chefs-d'œuvre allait aider la nouvelle école poétique à briser les deux échasses de l'alexandrin et à rompre la mélopée antique (1).

1. *Le Globe*, 28 oct. 1829. — Dans le nº du 18 oct. 1829, V. Hugo écrit, pour répondre au bruit qui avait couru que *Hernani* passerait

24

Le critique avoue que la question n'est pas e ncore résolue ; mais il blâme le public d'avoir protesté contre certaines hardiesses de Vigny.

Le Mercure du XIX° siècle donne également sur *l'Othello* de Vigny quelques observations intéressante s. Le rédacteur s'attache très judicieusement à observer la physionomie du public ; il a noté une certaine *hési- tation* dans le parterre, et quelques murmures, surtout à la scène d'ivresse de Cassio, et au dénouement. Il re- marque que les représentations des acteurs anglais avaient déjà élargi le goût.

Ainsi la révolution, souhaitée par les uns, redoutée par les ennemis de toute innovation, a été préparée, comme doivent l'être toutes les bonnes révolutions, sans secousse, sans éclat ; et la tolérance est montée du monde jusque sur le théâtre. Il restait encore un pas à faire ; c'était le plus difficile : le voilà fait, et non sans quelque bonheur (1).

Nous avons dû anticiper sur les dates et citer l'*Othel lo* de Vigny joué seulement en octobre 1829, avant le *Henri III* de Dumas, joué en février. C'est qu'il impor- tait de ne pas briser le lien qui unit aux représentations anglaises de 1827-1828 la première traduction intégrale d'un drame shakespearien.

Revenons à *Henri III*. *Le Globe* en a senti toute la nouveauté. Ch. Magnin consacre au brillant début d'Alex. Dumas un feuilleton excellent ; non seulement très méritoire à sa date, mais dont certaines parties ont conservé une réelle valeur.

avant *Othello* r« Je comprendrais fort bien que toujours, et quelle que fût sa date de réception, *Othello* passât avant *Hernani* ; mais *Hernani* avant *Othello*, jamais. »

1. *Mercure du XIX° siècle*, t. XXVII (1829), p. 172.

Dieu soit loué ! Voilà un drame qui n'est imité ni de Cooper, ni de W. Scott. Vraie ou fausse, forte ou faible, cette conception n'est pas un calque servile et continu. Le spectateur ne savait pas à l'avance chaque incident, ne connaissait pas chaque scène : les beautés et même les défauts de cet ouvrage avaient pour eux la nouveauté. Aussi la curiosité a-t-elle été très vive ; l'intérêt, d'abord un peu incertain et perdu dans le placage historique, s'est heureusement accentué dans les derniers actes. Le succès a été immense : il est mérité à beaucoup d'égards...

Puis viennent les critiques, d'ailleurs modérées et raisonnées. Magnin reproche à Dumas d'avoir mêlé l'histoire de Monsoreau et de Bussy à celle de Guise ; il raconte la *véritable* aventure de Saint-Mégrin, assez différente du *roman* d'Alex. Dumas. « L'auteur a mal choisi son époque ; il a été obligé de changer les mœurs... Les peintures historiques ne sont qu'à la superficie, et ne pénètrent ni dans les caractères ni dans l'action (1). »

A lire l'article que publie dans la *Revue française* en juillet 1829, le baron de Barante, on s'aperçoit que son idéal de drame historique serait plutôt réalisé par Vitet que par Dumas. Il se plaint en effet beaucoup plus amèrement que Magnin dans le *Globe*, des inexactitudes commises par le dramaturge. « L'auteur, dit-il, n'a pas songé à la fidélité historique ; il s'est occupé avant tout des combinaisons dramatiques et surtout des effets de théâtre. » Il avoue toutefois que le rôle de Henri III, si difficile à peindre, même pour l'histoire, est « bien conçu ». « Ce personnage est celui qui a le plus de consistance et d'originalité ». Mais il conclut, du succès

1. *Globe*, 14 février 1829. Voir dans les nᵒˢ des 21, 28 fév. et 4 mars, l'histoire et la discussion du *Projet de pétition contre M. Taylor, à propos du succès de Henri III.*

même de la pièce, que les spectateurs de son temps n'aiment l'histoire, ou du moins l'emploi qu'on en fait au théâtre, que dans la mesure où elle leur présente les petits côtés et les ridicules des grands hommes ; remarque pleine de finesse et qui prouve que Barante, s'il n'a pas senti toute l'originalité de la pièce, sait fort bien expliquer, en moraliste, les raisons *relatives* et *sociales* d'un succès dramatique : et ce sont précisément des explications de ce genre que nous voulons enregistrer. Voici sa spirituelle conclusion :

Le public s'est plu à cette peinture comme à tout ce qui est dédain du passé... Cette disposition du public a opéré un renversement dans l'art dramatique. Autrefois, la tragédie représentait les infortunes des princes, et la comédie, les ridicules des citoyens ; aujourd'hui, il nous faut le drame pour les infortunes des citoyens, et les pièces historiques pour les ridicules des princes (1).

Cependant le moment approche où des œuvres plus décisives vont assurer le triomphe de la jeune école romantique, œuvres dont les hardiesses épouvantèrent ceux qui semblaient les provoquer et les attendre.

Le *Mercure du XIXᵉ siècle*, tout à fait converti au romantisme, annonce, en 1829, la *Marion Delorme* de Victor Hugo : la pièce est reçue au Théâtre Français (2).

Bientôt, le même périodique insère la note suivante, rédigée sans doute par un ami de Victor Hugo, et qui prouve que l'auteur de *Cromwell* n'avait pas renoncé à

1. *Revue française*, n° 10 (juillet 1829). C'est par erreur que dans un autre ouvrage (*La comédie et les mœurs sous la Restauration*, p. 77), j'ai attribué cet article à Rémusat ; il faut le restituer à Barante.
2. *Mercure du XIXᵉ siècle*, t. XXVI (1829), p. 185.

envisager ses sujets plutôt en poète épique qu'en poète dramatique.

M. Victor Hugo a fait recevoir au Théâtre Français *Ernani ou la Jeunesse de Charles-Quint...* L'auteur se propose, dit-on, de mettre en drame la maturité et la vieillesse de cet empereur dont Robertson fut l'historien, et de parfaire ainsi, à la façon de Beaumarchais et de Schiller, la trilogie de son héros mourant enfin dans la solitude monacale au Couvent de Saint-Just qu'il émerveilla tout vivant du faste de sa cérémonie de mort (1).

A quelque temps de là, nouvelle annonce d'*Hernani* (dont le nom apparaît pour la première fois avec son H initiale).

. Ce sera un grand jour que celui de cette représentation, où le classique et le romantique combattront en bataille rangée. Plaise au vieux et au jeune Appollon que là s'éteigne la guerre civile de la littérature (2).

Assez banal d'ailleurs est le compte rendu de la *première* d'*Hernani* dans le *Mercure du XIXᵉ siècle* ; l'éloge y sent la camaraderie. Je ne vois qu'une remarque intéressante à extraire de cet article ; le rédacteur constate que Hugo, dans ce drame, est moins hardi que dans la *Préface de Cromwell* (ce qui est très juste, surtout en ce qui concerne le mélange du grotesque et du sublime) ; mais ajoute-t-il, *l'auteur a dû être prudent* (3).

Le *Mercure* insère, dans la suite, plusieurs *notes* qui peuvent servir aux historiens du drame romantique, sur

1. *Mercure du XIXᵉ siècle*, t. XXVII (1829), p. 87.
2. *Id.*, t. XXVII (1829), p. 320.
3. *Id.*, t. XXVIII (1830), p. 462.

les incidents des représentations (1), sur *Hernani et la cabale* (2), sur les *Parodies d'Hernani* (3).

Le *Globe* accueille *Hernani* avec équité. Ch. Magnin consacre à la pièce trois articles (4). Dans le premier il signale en termes assez heureux la nouveauté de l'ouvrage, et son importance comme date littéraire. Jusqu'à ce jour, on en était aux discussions théoriques.. « Ces questions sont épuisées, dépassées. C'étaient préfaces indispensables : nous sommes arrivés au livre, l'œuvre est commencée ; elle est sous nos yeux : il s'agit aujourd'hui d'en jouir, et, s'il se peut, de la juger. » Magnin déclare que Victor Hugo vient (de même que Racine en 1667 avec *Andromaque*) de créer un genre. « Il nous semble que M. Victor Hugo vient d'exploiter, je ne dirai pas une forme, mais une source nouvelle d'émotions dramatiques, et de nous donner un drame dont l'avènement n'a guère été possible que depuis trente ans, et qui, depuis quinze, a été vingt fois tenté sans succès : nous voulons parler du drame d'imagination (5). » C'est surtout dans son second article que Magnin plaide avec verve et par de bons arguments, la légitimité du *drame d'imagination*:

Nous connaissions, dit-il, la tragédie héroïque de Corneille, la tragédie tendre et passionnée de Racine, la tragédie déchirante et philosophique de Voltaire : l'auteur de *Hernani* semble avoir voulu nous faire connaître un plaisir tragique d'un autre ordre, un plaisir qui passe bien par le cœur et par l'esprit, mais qui agit principalement et par-dessus tout sur l'imagination... Il a convié

1. *Mercure, id.*, p. 520.
2. *Id. id.*, p. 544.
3. *Id. id.*, p. 555.
4. *Globe*, 1er, 12, et 29 mars 1830.
5. *Id.*, 1er mars 1830.

l'imagination à son drame, et il ne l'a pas fait entrer à la
dérobée : il l'a introduite avec éclat, trop d'éclat peut-
être, et l'a fait asseoir à la première place. Il était naturel qu'une telle innovation fît un grand scandale...

Et Magnin cherche à réfuter les arguments de ceux
qui veulent ramener le théâtre aux préceptes de Boileau.

Il examine de plus près l'*exécution* du drame, et
r eproche à Victor Hugo, d'avoir, dans un sujet romanesque, et parmi des personnages imaginaires, placé un
héros historique, Charles-Quint.

Cela, dit-il, rend la raison plus exigeante. Ne lui
montrez que dona Sol, Hernani, don Gomez, elle croira
tout ; elle croira au pacte insensé du jeune homme ou du
vieillard ; elle croira à l'ordre de mort que le son du cor
apporte. Mais si vous la voulez si crédule, il faut en retour
qu'aucun nom puissamment historique, qu'aucune figure
d'une réalité trop évidente ne l'éveille et ne détruise son
rêve (1).

Dans son troisième article, Magnin continue à défendre *Hernani*. Il raille ceux qui l'attaquent. Mais s'il
subit le charme de la pièce, et s'il justifie les hardiesses de Victor Hugo, il n'en garde pas moins son indépendance critique, et ses observations de détail, très judicieuses, valent encore aujourd'hui. En un mot, le *Globe*
fait à *Hernani* un accueil presque enthousiaste, bien
plus chaleureux en tout cas que ne l'auraient fait supposer les timidités de l'école doctrinaire.

Mais la *Revue française* se montre plus sévère. Là,
Rémusat consacre au drame de Victor Hugo un long
article, écrit non pas au lendemain de la première

1. *Globe*, 12 mars 1830.

représentation, mais après la publication de l'ouvrage;
il a vu jouer *Hernani*, il l'a lu à tête reposée, alors seulement il le juge, et en critique plutôt qu'en journaliste.

Certes, Rémusat loue l'audace, la « franche audace »,
de l'entreprise. « Jusqu'ici la réforme dramatique
n'avait été chez nous que faiblement tentée : novateurs
timides et sans foi dans leurs œuvres, quelques-uns de
nos poètes avaient essayé de ces molles transactions
qui, pour le moment, prétendent tout concilier, et laissent bientôt tout à refaire. Il n'appartient pas à M. Hugo
de procéder ainsi... » Rémusat lui sait gré, surtout, de
n'avoir rien fait contre sa conscience de poète. « C'est
lui-même, lui seul, lui tout entier qu'il livre au public :
il s'agit de le laisser ou de le prendre. » Malheureusement, au théâtre, il a été difficile de juger *Hernani* ; le
public, dans les deux camps, a manqué de sang-froid.
D'autre part, les amis du poète repoussent d'avance toute
discussion *critique* du drame ; ils accordent qu'ils n'y
font chercher ni vérité historique, ni vérité humaine ;..
« une pareille œuvre, disent-ils, ne relève pas du sens
commun, mais du sens poétique. Placez-vous au point
de vue du poète, laissez-le vous entraîner dans sa sphère,
laissez votre imagination subir le charme de la sienne,
vous serez alors compétents pour le juger, vous l'admi-
rerez. »

Et pourtant, Rémusat tient à discuter. Il cherche
d'abord si la pièce offre une unité quelconque : il n'en
trouve aucune, d'aucun genre ; point d'idée-mère ; ce
sont parties diverses auxquelles manque un lien.
Comme drame *historique*, c'est faux d'un bout à l'autre.
Comme drame *humain*, on pouvait espérer que, dé-
gagé des unités, Victor Hugo serait plus à l'aise pour
développer largement et logiquement des caractères ?
Les personnages, chez Hugo, sont « jetés, poussés

comme au hasard ; on les voit dès l'abord atteindre la
dernière limite de leur passion, et étourdir, fatiguer
l'esprit du choc continuel qui résulte de leurs rapports
brusques et désordonnés ». Vient une analyse particulière de chaque caractère, qui aboutit à cette conclusion : « *Hernani* est une *tragédie d'imagination* ; mais
cela équivaut à dire une tragédie de mensonge. » — Le
style est jugé plus favorablement ; Rémusat cite plusieurs passages qu'il admire ; mais il reproche à Hugo
« de ne pas savoir s'arrêter ; une fois lancé dans son
idée, quelque part qu'elle le mène, il faut qu'il aille
jusqu'au bout, dût-il faire une chute ». Il n'en est pas
moins vrai que Victor Hugo a le mérite d'avoir fait
descendre de ses échasses le langage tragique de nos
jours. On avait applaudi en ce sens à la tentative de
Marino Faliero : celle-ci nous paraît plus décisive. » De
même, il règne dans tout le drame une certaine couleur
espagnole.

On a loué *Hernani* d'être « fortement marqué de l'esprit de notre âge, de ce mélange de spiritualisme exalté
et de raison sceptique qui fermente aujourd'hui dans
les têtes. » Mais Rémusat ne veut pas voir dans un
drame ce genre de mérite.

> Notre théorie là-dessus, dit-il, est très nette : qu'une ode,
> qu'une élégie aient pour date votre émotion du jour ou
> de la veille, rien de mieux ; mais le drame, autant qu'il est
> possible, ne doit porter d'autre date que celle du temps
> où il se passe. Ou faites rentrer le chœur dans la tragédie,
> ou renoncez à y consigner la propre expression de vos
> sentiments. Toutes beautés qui viendraient de cette source
> seraient, pour nous du moins, des beautés perdues. Au-
> tant presque vaudraient ces fameuses maximes qu'il y a
> quelques années, on jetait en pâture au libéralisme du
> parterre.

Enfin, que V. Hugo doive ou non réussir à créer une
œuvre dramatique durable, « il y a quelque chose de
lui qui ne saurait périr, et la scène française gardera la
trace de son passage (1). » Mais, au fond, la pensée de
Rémusat est restée celle qu'il exprimait l'année précédente, après *Cromwell* et avant *Hernani*; il disait de
Victor Hugo : « Ce n'est pas au théâtre que l'attendent
les lauriers. Cependant il a le sentiment du drame,
mais il n'a pas pour mission de le réaliser. Il ignore
l'art du dialogue (2). »

Enfin ce doit être Saint-Marc Girardin qui, dans la
Revue dramatique du même périodique, donne les conclusions dernières de la critique rationaliste et libérale
sur le drame romantique. Ceci est écrit, remarquons-le,
non plus en 1825, à l'époque où les romantiques n'a-
vaient encore produit aucune œuvre viable, ayant subi
l'épreuve de la scène, mais en 1830, après *Henri III* et
Hernani. On jugera, en lisant les lignes suivantes, que
les *doctrinaires*, excellents théoriciens, ont puissamment aidé à discréditer le théâtre pseudo-classique, ont
défini avec une singulière lucidité l'état d'esprit du
public et ont ainsi encouragé les novateurs à satisfaire
le besoin de nouveauté et de poésie, mais que leur rôle
s'est strictement borné à *préparer* et à déblayer : ce
qui, d'ailleurs, est peut-être le rôle essentiel, et souvent
inconscient, de la critique.

L'école romantique, avec l'exagération de ses doctrines,
est pour beaucoup, à coup sûr, dans ces tristes résultats;
on a tant déclamé contre le despotisme des règles, on a
tant prêché l'indépendance et l'égalité littéraires, on a si
haut annoncé à son de trompe, qu'il fallait en revenir à

1. *Revue française*, n° 14 (mars 1830), p. 135.
2. *Id.*, n° 7 (janvier 1829), p. 237.

la nature toute nue, que tous les esprits incultes et mal-
habiles ont pris le parti de se croire des génies ; quoi de
plus naturel en effet que l'incorrection et l'ignorance ?
Quant aux hommes d'art et d'étude, tous finissent, dans
ce grand désordre, par ne plus savoir eux-mêmes ce qu'ils
sont et ce qu'ils ont à faire... *Le théâtre est donc dans
un double état de décadence et de mendicité*, si on peut
parler de cette façon ; quelques amis vigoureux ont cependant battu la caisse à tour de bras pour assembler le
public sur la grande place et lui dire que le drame moderne
avait trouvé son *Cid* et son Corneille dans *Hernani* et
dans M. V. Hugo. Ce qu'il y a de vrai dans cette
proclamation, un écrivain éclairé et consciencieux [Rému-
sat] s'est réservé le soin de l'apprendre aux lecteurs de la
Revue française (1).

Voilà, en quelque sorte, le dernier *bulletin* de cette
longue guerre entre la tragédie pseudo-classique et le
drame romantique. Celui-ci était vainqueur *en fait*, et
nul ne pouvait nier le discrédit où tombait presque
subitement la tragédie au Théâtre Français. Non seulement, les innombrables ouvrages de ce genre joués
entre 1800 et 1830, et dont plusieurs s'étaient mainte-
nus au répertoire, disparurent « comme les nuages sous
les flèches d'or d'Apollon » (2), mais la production nouvelle fut frappée de stérilité. « A partir de *Junius Brutus*(d'Andrieux, 13 septembre 1830), onze années s'écoule-
ront avant que, si l'on en excepte un *Caïus Gracchus* de
Théaulon et d'Artois, on représente à la Comédie
Française une nouvelle tragédie sur un sujet emprunté
à l'antiquité, *le Gladiateur*, de Soumet... (3) »

1. *Revue française*, n° 14 (mars 1830), p. 292.
2. Voir cependant la note de la page 358, sur les adaptations de
Shakespeare par Ducis.
3. Albert Soubies.*La Comédie Française depuis l'époque roman-*

En droit, la cause devait être révisée, mais seulement au profit des chefs-d'œuvre de la tragédie classique. Corneille et Racine sont redevables au drame romantique, et particulièrement à Victor Hugo, de les avoir *coupés* du troupeau d'imitateurs compromettants qui s'étaient enchaînés à leur suite. Débarrassés de ce poids mort, les chefs-d'œuvre du xviie siècle rebondirent, jusqu'au sommet d'où ils ne sont plus descendus.

tique (1825-1894), Paris, 1895, p. 92. En consultant les *Tableaux* placés à la fin de cet ouvrage, on pourra constater, chiffres à l'appui, la *baisse* de la tragédie et la *hausse* du drame, à partir de 1830.

CONCLUSIONS

Ainsi, les périodiques littéraires publiés de 1815 à 1830 contiennent, — on a pu s'en assurer par les trois exemples proposés, — des témoignages nombreux et intéressants.

Il est, d'ailleurs, bien d'autres questions à étudier et à éclaircir à l'aide de ces journaux. L'ouvrage de M. Michaut sur *Sainte-Beuve avant les lundis* prouve quel profit on peut en tirer pour établir les origines et les progrès d'un critique. Dans la thèse toute récente de M. Édouard Estève, *Byron et le romantisme fran-çais* (1), on constate que ces mêmes journaux sont du plus précieux secours pour suivre au jour le jour l'*in-filtration* et l'*invasion* d'un élément *étranger* dans la littérature française ; je suis heureux d'avoir à citer, en *dernière heure*, ce travail qui justifie en quelque sorte et les théories de mon Introduction, et mon livre tout entier. Sur *Shakespeare et le romantisme*, il reste à faire une étude du même genre, et suivant la même méthode. Mais quoi ? il faudrait publier une série de brochures ou d'articles intitulés : la *presse* de Lamartine ; la *presse* d'A. de Musset ; la *presse* de Béranger, etc... afin que la critique puisse avoir désormais sous les yeux, reproduits avec leur date, leur origine, leur signature, tous les jugements donnés par les journaux sur ces écrivains

1. Paris. Hachette, 1907.

dont la *vie littéraire* serait ainsi reconstituée depuis leurs débuts jusqu'à nos jours.

Mais qu'on nous permette d'insister une fois de plus, en terminant, sur les principes essentiels qui doivent guider, en ces recherches, un historien de la littérature. Le premier principe est celui-ci : abandonner résolument ce sophisme qui consiste à nous prendre nous-mêmes pour juges des jugements d'autrui, et à croire que nous sommes aujourd'hui en possession d'une sorte de vérité absolue sur les œuvres et sur les hommes du passé. Nos jugements actuels sont aussi subjectifs que ceux des contemporains de l'auteur. Nous ne représentons, à notre tour, qu'un *moment* dans une *série*, laquelle se continuera après nous. Aussi devons-nous renoncer à chercher dans les témoignages antérieurs la justification de nos propres idées, ou les éléments d'une polémique puérile. Ces témoignages, prenons-les *à leur date*, évaluons-les *à leur date*. Habituons-nous à les enregistrer dans leur intégrité, quelque singuliers qu'ils puissent nous paraître, au lieu de n'en retenir que des formules détachées qui, précisément parce qu'elles nous agréent aujourd'hui, ont peut-être perdu leur vrai sens.

En second lieu, renonçons à nos préjugés sur la personnalité des critiques. L'article anonyme, ou signé d'un nom sans éclat, a une valeur documentaire. Inquiétons-nous plutôt des tendances politiques, sociales, littéraires, du journal où l'article a paru.

Enfin, dans la classification de ces témoignages, point de *système* ; mais seulement la recherche des *moments successifs*, et le tracé d'une sorte de *courbe* de l'opinion.

Dans ces conditions, il pourra se former, à côté de la critique subjective, — idéaliste, impressionniste ou morale, — une critique littéraire historique, objective et scientifique.

15 août 1907.

INDEX ALPHABÉTIQUE

DES NOMS CITÉS

25

F

Fabre (V.), 208.
Faguet (Em.), 32,77,78,102.
Famin, 257.
Féletz (de), 15,73,74,84,86, 87.
Florian, 286.
Fontan, 56.
Fontanes, 54,69,195,197, 246.
Foucher (V.), 96.
Fournier (E.), 99.
Frayssinous (Mgr.), 45.
Frédérick-Lemaître, 359.
Fréron, 15,18.

G

Gain-Montagnac (de), 331.
Garat, 69.
Gautier de Claubry, 201.
Gautier (Th.), 13,47,110, 135.
Gay (Delphine), 104,109, 277.
Gay (Sophie), 104,108.
Genlis (Mme de), 63.
Genoude, 98,113,198,256.
Geoffroy (J.-L.), 29,71,73, 339.
Gérando (de), 82.
Gérard, 168.
Géraud (E.), 36,114,120,121, 198,208,284,285,286,287, 293,294,296.
Géronval (de), 84.
Ginguené 69,123,187.
Giraud (V.), 156.
Gœrres, 24.
Gœthe, 24,47,120,129,173, 217,224,320.
Gosselin, 95.
Gouriet (J.-B.), 149.

Grille, 56.
Grimm (les frères), 24.
Guadet, 122.
Guiraud (Alex.), 17, 104, 108,109,114,133,200,208, 225,228,271,276,277,328, 339.
Guizard (de), 153,180,181, 306.
Guizot,12,39,42,47,136,140, 152,153,156,158,161,168, 170,177,180,213,231,233, 335.
Guizot (Mme), 140.

H

Hallam, 180.
Hazlitt, 241.
Héreau (Edme), 82,111,265.
Holmondurand, 111,276.
Hottinger, 24.
Houssaye (A.), 99.
Hugo (le général), 96,109.
Hugo (Abel), 90,96,101, 113,198,200,203.
Hugo (Eugène), 94,95,135, 198.
Hugo (Victor), *passim.*

J

Jacobs, 24.
Jal, 96,342.
Janet (P.),157.
Janin(Jules),28,30,127,131, 132.
Jay, 43,60,62,63,69,70,72, 74,99,122,160,196.
Jeffrins, 241.
Joanny, 359.
Jordan (Camille) fils, 80, 119,266,267.
Jouffroy, 156,158,159,160, 161,170,171,309.

Jouslin de la Salle, 99.
Jouy, 18, 43,56,59,60,62,
64,69,70,72,73,74,76,114,
123,160,196,208,210,326,
327,328.
Jubé, 60.
Jullien de Paris, 81.

K

Kant, 168,240.
Karr (Alph.), 110.
Kean, 356.
Kemble (C.), 356,357,358,
360.
Klopstock, 80.
Knowles, 356.

L

Labeaumelle, 213,214.
Laborde (Alex.), 82,
Laborie (Roux de), 203.
Labouïsse-Rochefort, 208.
Lacépède, 82.
Lacretelle aîné, 43,60,62,
69,70,77.
Lacretelle jeune, 70, 200,
205,206.
Lacroix (Paul), 90,94,96,
99,128,132.
Lafitte, 170.
La Harpe, 15,54,70,86,119,
205,207,255.
Lair (A.), 157,159,161.
Lamartine, *passim.*
Lamennais (de), 104,109,
154,176,262.
Lameth (Alex. de), 78.
La Motte-Fouqué, 24.
Langlais (J.), 26.
Langlois, 82.
Lanjuinais, 82,122.
Latouche (H. de), 78,80,

122,126,131,249,291,295,
301.
Laurentie, 84,87,198.
Lavocat, 213,252.
Laya, 153,208,333.
Lebrun (Écouchard), 123,
255,314.
Lebrun (Pierre), 77,98,148,
304,315,323,324,340,341.
Leclerc (J.-V.), 142,149.
Leclerc (T.), 335,347.
Lécluze (de), 142.
Lefebvre-Deumier (J.), 27,
99,104,119,315.
Legouvé (E.), 73,123.
Lemercier (Nép.), 76,82,
117,123,210,218,285,325,
353.
Lemontey, 78,123.
Lenormand (Ch.), 170,177,
180.
Léonard, 286.
Leroux (Pierre), 158,159,
170,309.
Lessing, 23.
Levée, 119.
Lherminier, 170,177,309.
Liadières, 210.
Ligier, 358.
Lockroy, 81.
Lope de Véga, 213,321.
Lovenjoul (S. de), 110.
Loyson (Ch.), 141,142,146,
148,231,249,250,254,332.
Lucas (Ch.), 170.
Luce de Lancival, 44.

M

Mackintosh (James), 242.
Mackready, 356,358,359,
360,361.
Magalon, 56.

TABLE DES MATIÈRES

DEUXIÈME PARTIE :

LA MÉTHODE ET LES EXEMPLES

ACHEVÉ D'IMPRIMER
le trente août mil neuf cent sept

PAR

Ch. COLIN

à Mayenne

pour le

MERCVRE

DE

FRANCE

MERCVRE DE FRANCE

XXVI, RVE DE CONDÉ — PARIS-VI°

Paraît le 1er et le 15 de chaque mois, et forme dans l'année six volumes.

**Littérature, Poésie, Théâtre, Musique, Peinture, Sculpture
Philosophie, Histoire, Sociologie Sciences, Voyages
Bibliophilie, Sciences occultes
Critique, Littératures étrangères, Revue de la Quinzaine**

La **Revue de la Quinzaine** s'alimente à l'étranger autant qu'en France; elle offre un nombre considérable de documents, et constitue une sorte d' « encyclopédie au jour le jour » du mouvement universel des idées. Elle se compose des rubriques suivantes :

Epilogues (actualité): Remy de Gourmont.
Les Poèmes : Pierre Quillard.
Les Romans : Rachilde.
Littérature : Jean de Gourmont.
Littérature dramatique : Georges Polti.
Histoire : Edmond Barthélemy.
Philosophie : Jules de Gaultier.
Psychologie : Gaston Danville.
Le Mouvement scientifique : Georges Bohn.
Psychiatrie et Sciences médicales : Docteur Albert Prieur.
Science sociale : Henri Mazel.
Ethnographie, Folklore : A. van Gennep.
Archéologie, Voyages : Charles Merki.
Questions juridiques : José Théry.
Questions militaires et maritimes : Jean Norel.
Questions coloniales : Carl Siger.
Questions morales et religieuses : Louis Le Cardonnel.
Esotérisme et Spiritisme : Jacques Brieu.
Les Bibliothèques : Gabriel Renaudé.
Les Revues : Charles-Henry Hirsch.
Les Journaux : R. de Bury.
Les Théâtres : A.-Ferdinand Herold.

Musique : Jean Marnold.
Art moderne : Charles Morice.
Art ancien : Tristan Leclère.
Musées et Collections : Auguste Marguillier.
Chronique du Midi : Paul Souchon.
Chronique de Bruxelles : G. Eekhoud.
Lettres allemandes : Henri Albert.
Lettres anglaises : Henry.-D. Davray.
Lettres italiennes : Ricciotto Canudo.
Lettres espagnoles : Gomez Carrillo.
Lettres portugaises : Philéas Lebesgue.
Lettres hispano-américaines : Eugenio Diaz Romero.
Lettres néo-grecques : Demetrius Asteriotis.
Lettres roumaines : Marcel Montandon.
Lettres russes : E. Séménoff.
Lettres polonaises : Michel Mutermilch.
Lettres néerlandaises : H. Messet.
Lettres scandinaves : P. G. La Chesnais.
Lettres hongroises : Félix de Gerando.
Lettres tchèques : William Ritter.
La France jugée à l'Etranger : Lucile Dubois.
Variétés : X...
La Curiosité : Jacques Danrelle.
Publications récentes : Mercure.
Echos : Mercure.

Les abonnements partent du premier des mois de janvier, avril, juillet et octobre

France		Étranger	
UN NUMÉRO	1.25	UN NUMÉRO	1.50
UN AN.............	25 fr.	UN AN.............	30 fr.
SIX MOIS	14 »	SIX MOIS...........	17 »
TROIS MOIS	8 »	TROIS MOIS.........	10 »

Poitiers. — Imprimerie du Mercure de France. BLAIS et ROY, 7, rue Victor-Hugo.

www.ingramcontent.com/pod-product-compliance
Lightning Source LLC
Chambersburg PA
CBHW050314030726
47505CB00003B/702